僕と23人の奴隷

岡田伸一
Shinichi Okada

23slaves and me

双葉社

僕と23人の奴隷

岡田伸一

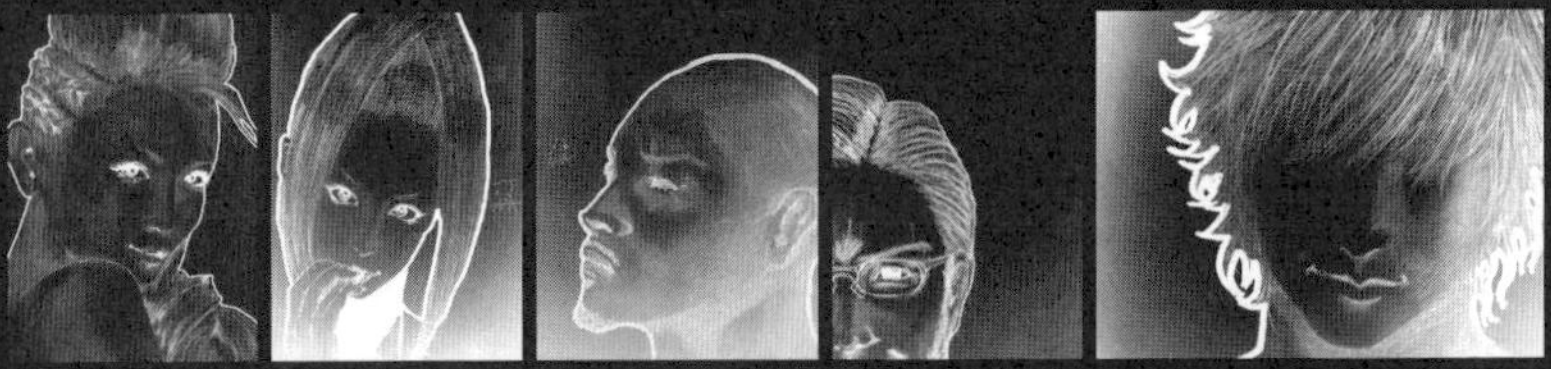

僕と23人の奴隷

Contents

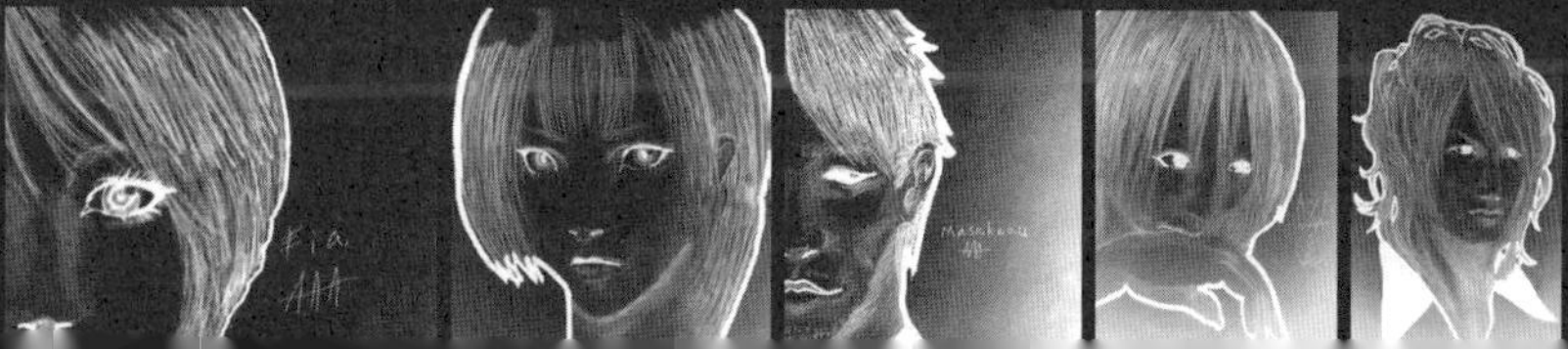

０００１　荒川エイア

私は人より冷めていると思う。

今まで遊びも勉強も恋愛も、それなりにこなしてきた。

けど、そのどれにも夢中にはならなかった。友人との会話で笑っていても、誰かが泣いているのを見て励ましの言葉をかけていても、心のどこかでは冷めた私が冷静に状況を見ている。

人との新しい関わりも、何かつまらない。

好きな言葉は造語だが、『石橋は叩いて渡らない』。

そんな性格のためか、どんな男と付き合っても長く続かない。

別にバカにしてるわけじゃないのだけれど、尊敬できる人間に出会えないんだ。

本当に心を開いたのは、飼っていた犬くらいだ。

表向きの私は、そんなに冷めた人間ではない。

熱しやすくて冷めやすく面倒臭がりだが、やることはキチンとやる。

同性の友人もいるし、困ったときは互いに助け合ったり、バカバカしいことでも泣き笑う青春も過ごした。

しかし、付き合いの長い友人に言われた。

「エイアって、あんまり人を信用しないよね」

別れた男に言われた。

「お前って無機質だよな」

0001　荒川エイア

言われた言葉が、余計に私をそういう人間にする。

人は人に言われた勝手なイメージが、その後の性格に多大な影響を及ぼす場合がある。

「可愛い」と言われれば、美意識が高まり本当に可愛くなるように。

「頭がいいね」と言われれば、また言われたいがために勉強をするように。

「冷たい」と言われれば、自分は冷たいと納得し、冷たい自分を実行してしまうこともあるんだ。

人が私に抱くイメージと実際の自分のギャップに、私が悪いのだろうか、と思うこともある。

けれど、自分に損がないと分かれば、変わる必要もないな、と納得する。

そうやって、メリットやデメリットを計ろうとする自分がいる。

こんな話は決して人にはしない。私は本心や本音を出さない。

些細な感情や思考でも、そのほとんどを心の底に沈め、表には出さない。

出すのは恥だと思う気持ちと、誰にも理解されない、という諦めにも似た感覚があるからだ。

誰にでも、そういうものはあると思う。

私は一歩前に比較的、社交性のある自分を置き、本当の冷めた私が後ろから彼女を監視する。

そんな生き方をしてきた。

でも何だろう？　ときどき、胸の奥で熱くうねって交わる、重油みたいなこのイライラは。

暇な奴に限って情緒的で、物事をよく考える。私もそうだ。

早朝の国分寺駅では、泥酔した若者たちをよく見かける。

しゃがみ込んで泣きながら悩みを打ち明け合い、傷を舐め合う若い男女。

それを一瞥しながら出勤する大人たち。

そして、それらを観察する冷めた私。みんな紙一重だ。

私は恵まれた環境で育ち、普通に小中に通い、高校のときにみんなより少し遊びすぎた結果、大学にも行かずモデルの真似事をしながら、実家で父親と暮らしている。

冷めた感覚の私は、普通の生活をしているなかで、自分だけではなく、他人も観察していた。


私は今、高校時代からの友人と待ち合わせをしている。

昨夜の3時間の電話の結果、会って話すことになった。

あの3時間分の電話代は何だったのだろう?

電話の内容は、彼女の失恋についてだった。

なんでも、3ヵ月付き合った彼氏に、ゲイだと打ち明けられたそうだ。

友人は別れる口実かと思い、頑なに別れを拒んだ。すると、その彼は新たな恋人と名乗る男性を連れてきて、友人の目の前でフェラチオをかましたという。

興味のなかった他人の別れ話に、山吹色の刺激が舞い降りた。

断固として別れる気のなかった友人も、それを見て終いには何も言えなくなった。

こうしてやり場のない感情が、3時間の電話となり私に向けられた。

始発から2本目の電車で友人は来た。

20歳にもなって、ファンシーキャラクターのサンダルに、上下灰色のスウェットを着ていた。化粧はしていたが、電車のなかでも泣いたのだろう、溶けたマスカラで目がパンダのようだ。落ち着けよ、いろいろと。

ファーストフード店に入り、友人の話が始まった。

雑談も交え、出会いから現在に至るまで、同じ話を3回したために、話が終わったころにはコーラは溶けた氷でまずくなり、灰皿はメンソールタバコで一杯になった。

彼女の話を要約すると、出会いのきっかけは意外にも彼のナンパだった。

友人の家の最寄り駅でナンパされ、お互いの笑いのツボが一緒だったということが決め手で、彼からの申し出で付き合い始めたそうだ。

2人は互いの時間が許す限り会い、付き合って1ヵ月目で体の関係を持った。

些細なケンカはあったものの、2ヵ月間は健康的なカップルだった。

そして3ヵ月記念の昨日、恋人は彼女の目の前で、新しい彼氏にフェラチオをかましたそうだ。

友人は何度も鼻をかみながら、「ありえない、わけが分からない」という言葉を連発した。

友人の不安定さこそありえないが、嘘をついている様子はない。

彼の目的は？　ゲイというのは事実？　広がる疑問。昔から、こうなると私は止まらない。

こうして、私の好奇心に火がついた。

「その元カレくんと、新しい恋人くんと会えない？」

友人は、ぐちゃぐちゃになった顔を、もっとぐちゃぐちゃにした。

「連絡は取れるけど、なんで？」

「だって、意味不明なことばっかじゃん。エッチしたんでしょ？　両刀ってこと？　あっちからナンパして告ってきたんでしょ？　で、別れたい理由もゲイだからって、何か矛盾してない？　ゲイである前に人間同士の付き合いなんだから、失礼じゃん」

今の友人に、興味本位でその彼氏を見てみたいとは言えない。本心を理屈で隠してみた。

友人は恐らく、私の言葉の半分も理解していないであろうに、うんうんと頷いた。

「だよね。分かった。言ってみる。でも私から会いたいって言うのは気まずいから、エイアが会いたがってるって、言っていい?」

「問題ないよ」

素直にアポを取りつけるということは、恐らく私を利用してでも彼に会いたいのだろう。友人相手に〝利用〟という言葉はあまり使いたくないが、互いにメリットがあるからこそ納得できる。

私たちは自称ゲイの元カレくんに、コンタクトを計った。

話はすんなりまとまり、翌日に会うことになった。

シカトされると、人はしつこくなる。彼女はその典型だ。会いたいという要望に素直に応じたことから、例の男はそれを分かっているのだろう。話を聞いていても、彼は女性の心理や行動、ツボをよく理解した好青年だった。友人が入れ込むのも無理はない。私は余計に興味が湧いた。


そして当日。

待ち合わせのファミレスに私と友人、そして例の元カレと新たな恋人の4人が集まった。

大田ユウガ、それが彼の名前だった。

身長は180センチ弱で、男前だが、挨拶をしたときの笑顔が幼かった。

2月にもかかわらず、肌が黒い。服のセンスもサーファーっぽい。見た目から夏を感じた。

ノンケでもそうでなくても、間違いなくモテるタイプだ。

ファミレスのドリンクバーで、彼はコーラに紅茶用のレモン果汁を入れた。

その飲み方を見て思った。こいつ、遊び慣れてる。

そしてユウガの恋人と名乗る男は、爆発した頭で肌が黒い。ライオンみたいだった。

「あはは、どうもー」よく言えば明るいが、頭は悪そう。

この2人がフェラをかました場面なんて想像できないし、なんか複雑だ。

男女4人は向かい合い、ファミレスの席に着いた。

「エイアさんはいくつなの？」

ユウガが私にそう訊いた。

「20だよ、君は？」

「へぇ！　年上かと思った！　僕もこいつも21だよ！」

とりとめのない会話をして数十分経つが、あたしの友人は話に入らず、みんなに合わせて笑うだけだった。彼女はテーブルの下で、私の手を握っている。訊きたいことはたくさんあるのに、実際に会ったら忘れてしまったんだろう。

「なんでゲイなのに、この子と付き合ったの？」

私は単刀直入に訊いた。誰がどう見ても、突拍子もないタイミングだ。

私以外の3人は数秒凍りついてから、私を見た。上等。

時間を動かしたのはユウガだった。

「それは彼女に言った通りさ。僕は彼のことを好きになったんだ」

「じゃあ、この場でキスして見せて」

「ヤダよ。君だって、人前でしたいとは思わないだろ？」

私は隣に座る友人のアゴに手を添え、唇を重ねた。

皆が唖然とするなか、私は目を見開いてユウガを見た。

ユウガは黙って左を向き、何かを考えている。

人間は何かを考えるとき、左を見ると本で読んだことがある。本当なのかな。

3人はユウガの答えを待っている。

「じゃあ、ちょっとゲームをしない？」

「え？　何言ってんのあんた」

ユウガは微笑んだまま、彼から向かって左手の窓際をアゴで差した。

「あそこにさ、2人の客がいるじゃん？　さっきから気になってたんだ」

友人は振り返り、その2人を見た。

窓際のソファーに女性が座り、向かいのイスに男性が座っている。

「あの2人の関係を当てたら、本当のことを話すよ」

何を言いだすかと思えば、突然下らない推理ゲームが始まった。面倒くさいな。

男性は30代に見えるのに対し、女性は20代だった。

女性は小綺麗な格好で、ＯＬに見える。男のほうは無精ヒゲを生やし、清潔感がなく、一言で言えば汚いおっさんだった。不釣合いだ。気になると言えば、気になる。

「普通にカップルとかじゃないの？」友人はそう言った。

「同伴とか？」ライオンくんはそう予想した。

ユウガは、私の目を見て訊いた。

「エイアさんは、どう思う？」

「カップルでも何でもない。さっき知り合ったばかりだろうね。出会い系か何かで」

「え？　なんで分かったの!?」皆、一斉に私を見た。

「そうか、距離感で分かったんだ！」

ユウガのほうを見ると、私は「違う」と首を横に振った。

「さっき、トイレで女のほうが電話してた。友達に、会った男が微妙だって」

「……なんだ、そうなんだ」

ユウガのゲームはすぐに終わった。

「ほら、約束通り、さっきの質問に答えなよ」

「……エイアさん番号教えてくれない？　メアドでもいいから」

意外な返答だった。友達を見ると、呆れた顔で「いいんじゃない？」と小声で言った。

友人が、私を絶対的に信用しているのはユウガも知っているようだ。

「いいよ」

こうして私とユウガが番号を交換しただけで、４人は解散することになった。

解散後、やはり友人の愚痴を聞くハメになった。

「あいつ絶対、エイアのこと狙ってるから。あんなにチャラい奴だとは思わなかった」

会ったことによって、未練は大分緩和したようだ。

ただ、「ユウガからメールきた？　きたら教えてね」としつこく言ってくる。

彼女には悪いが、ほとんど聞き流した。


次の日。私はユウガと会った。２人きりで。

【話したい。空いた時間に会って話がしたい】という内容のメールが朝、ユウガからきた。

別れて間もない友達の元カレに会うのはどうかと思うが、彼のメールの文章は後ろめたさを感じさせない簡潔なものだった。何より初めて会ったときから、私も２人で話してみたいと思っていた。うまくは言えないが、人として興味があった。

バレンタインデーの夜、国分寺駅の牛丼屋の前に、彼が車で来た。

簡単な挨拶を交わし、車に乗り込んだ。

公園の前に車を停め、彼は温かい缶コーヒーを買ってくれた。

目の前には、誰も乗っていないブランコや、背の低いすべり台、小さなバケツとスコップが残された砂場。私たちは公園のベンチに座った。

「昨日のエイアさんの質問の、本当の答えなんだけどさ」

会話の流れと、空気を読んだ素晴らしいタイミングでユウガは話を切り出した。

「エイアさん頭いいから、もう気づいてるだろうけど、実は僕、ゲイじゃないんだ」

私は不意に、ユウガのこの自然さに魅力を感じた。

「好きな人のゲップって、許せる？」

彼は車輪のような目を真っ直ぐに私のほうへ向けて、そう言った。

「は？　まあ、生理現象だからね。別に平気」

「些細なことだったんだけどさ、ある日、彼女とテレビで話題の中華料理屋で餃子を食べたんだ。そして彼女を車で送った。そのときさ、車んなかで彼女はゲップをしたんだよ」

「それが別れた理由？」

「違う、その臭いを嗅いじゃったんだ」

「ああ」なんだか、納得してしまった。

「言えないだろ？　１週間も経つのに、２人で食った餃子の臭いが頭から離れなくて、友達に相談したら満場一致で爆笑のあとに同情されたから、別れようだなんて。僕は考えたんだ、彼女にとって一番いい別れ方を」

「それでゲイのフリ？　それもおかしくない？」

　ユウガは苦笑した。

「子供のころからいたずらが好きなんだ。僕としては別れることに納得してもらうのが一番だし、これなら笑い話っていうかネタだろ？　最善だと思ったんだ」

　彼の選択は別の意味でも当たっていた。あの子は頭が悪い上に頑固だ。大抵の別れ話には納得もしないし、未練も愚痴も半端ではない。

　別れの口実を自分のせいにしたユウガに、優しさすら感じる。

「わざわざ大人のオモチャ屋でディルドーを買ってきて、あいつにつけてもらってさ」

　あいつとは、ユウガの恋人として来た彼だろう。

　ディルドーって、たしか男性自身を模した大人のオモチャだ。触ったことすらない。

「あとは、知っての通りだよ」

　呆れたが、彼の暴露は本当だろう。

「くだらなすぎて興醒めだわ。ことと次第によっては、ぶっ飛ばそうと思ったのに」

「今日は殴られる覚悟で来たのに。後悔はよくない。今のうちにワンパンくらい入れておきなよ」

　ユウガはそう言って、シャツをめくり腹を出した。

　呆れて罵倒しようとしたが、彼の腹筋は彫刻のダビデ像を思わせる、見事なシックスパックだった。一瞬、美しいと思った。

「……あんた、すごい体してるね」

「筋トレが趣味だからさ、実はちょっと見て欲しかった。と言うわけで、さっき話したのが、僕のいたずらの全貌だ。けど、今はもっと大切なことがある」

「大切なこと？」

「君だよ、エイア」

急に呼び捨てにされて、ドクンとした。

「何それ。どうしたの？　急に」

私は不自然な質問で、動揺を隠そうとする。彼は微笑んだ。

「ファミレスの２人、覚えているだろ？　君が関係を当てた、汚い男と小綺麗な女性の２人だ」

「うん」

「エイア、君はいつトイレに行ったんだ？」

ああ、気づいてたんだ。

「君はトイレには行っていない。親に電話をすると言って、ファミレスの外に出ただけだ。にもかかわらず、君は２人の関係を当てた。どうやって分かった？」

「いや、あんたの推理ゲームが面倒だったから、適当なこと言っただけだよ。実際はカップルだったんじゃないの？」

「何言ってんだよ、あのあと本人たちに直接確認したら、あの２人、本当にネットで知り合った初対面だったんだよ」

「え？　嘘でしょ？」本当に訊いたの？

「本当さ。しつこく訊いたら意外と素直に答えるもんだよ、人間は。それよりも、どうしてピンポイントで初対面と分かった？　どこからそういう発想が生まれた？」

私は公園の先に停めてある車から、隣に座るユウガへ視線を移した。

「そんなこと言われても……強いて言うなら、彼女が早く帰りたがってたように見えたから……」

「具体的には？」

「しきりに携帯を見てたし、ご飯を食べるのも早かった。何回も足を組み替えてたし」

「すごいな。どんだけ周りを観察してたんだよ。彼らはエイアの後ろの席だったのに、どうしてそれが分かった？」

「あんたの後ろが鏡張りになってたから、ファミレスの店内が全部見えてたんだ」

彼は目をそらさず、真っ直ぐな瞳で私を見ていた。

「あははは！」そして突然笑いだした。

「どうしたの？」

「嬉しいんだ！　君みたいな人、ずっと探してたんだ！　なあ、また会ってくれよ！　今度おもしろいものを見せるから！」

「わけが分かんないんだけど」

その後は、軽く雑談をしてから家に送ってもらった。

数日後、すべてはユウガの思い通りになった。

彼と2人で会ったことは伏せて、友人には「やはりゲイだった」と嘘の報告をした。

手の込んだ仕掛けには呆れたが、そこまでした理由には納得できた。復縁もありえないだろう。

友人は他の友達に、被害者ぶって今回の話を言い触らすようになった。

ユウガの評判は内輪の間で最悪なものになったが、当の本人に実害なんてない。

こうして友人とユウガは無事、別れることになった。すべてはユウガの思い通りだった。

4人で会ってから2週間経ったある日。私は約束通り、ユウガと会うことになった。

カラオケで、お互いが好きな曲を歌っていると、ユウガが突然切り出した。

「ねえ、SCMって知ってる?」

「知らない」SCM? 私は一瞬、アーティストか何かの名前だと思った。

「エイアにだけ話したいことがあるんだ」

ユウガはカバンから、ビニール袋に包まれた入れ歯みたいな物と、説明書を取り出した。

「信じられないかもしれないけどさ、これで奴隷が手に入るんだ」

「は? 何それ?」ユウガの顔は真剣だった。

「聞くだけでいい。君に損はない。僕も初めは信じられなかった。けど、これは本物なんだ」

新手のインチキ商法としか思えないんだけど、「試したの?」

「いや、まだだ」

私はユウガから受け取った、SCMと呼ばれる器具を眺めた。

ビニールはまだ開いていない。新品ということだけ分かる。

続けてSCMの説明書をペラペラとめくった。白紙の表紙をめくって3ページ目。初めに書いてある文章はこうだった。


――あなたの上の歯は10本ありますか?――

さらにページをめくると、そこには奴隷になる心理過程が書かれていた。

【合コンで王様ゲームをしたことがありますか？

テレビ番組で下らない罰ゲームをする芸能人を見たことはありませんか？

みな本人が嫌がることをやらせています。なのに当人はなぜやるか？

罰ゲームを行う人の心理は、それがメリット（金銭）が伴う仕事であったり、ルールを守る責任を感じるため、というものです。人は『責任』を感じた分だけ、『責任』を全うしようとします。

社会で生きる人間であればあるほど、責任感は強いのです。

ＳＣＭはあなたの声から特殊な周波を抽出し、勝負に負けた責任を永続的に増幅させます。

どんな小さな勝負やゲームでも、相手に『負けた』という感情を抱かせ、『罰ゲーム』という責任を押しつけることで、相手はあなたの奴隷になります。王様ゲームで一度勝つだけで、あなたはずっと王様でいられるのです。

ＳＣＭをつけた者同士が半径30メートル以内に近づくと、ＳＣＭが振動し、互いの存在を知らせます。半径15メートル、５メートルと、近づくにつれて振動は強くなっていきます。

勝負の内容は、しかけられたほうが決めます。仮にＡさんがＢさんに勝負をしかけたら、勝負の内容はＢさんにしか決めることはできません。あなたがＳＣＭをつけた者と勝負を行い、たとえそれがどんな勝負だとしてもあなたが勝てば、責任能力の如何にかかわらず、相手を奴隷にすることができます。

奴隷になった相手は、主人の言うことには絶対に逆らうことができません】

「へー、ふーん」何これ、バカバカしい。

「それは最初、ネットオークションで数百円で売買されていた。けど、今じゃ最高６００万円で買いたいと言ってる奴もいる」

「はあ？　６００万円⁉　うそでしょ⁉　これが⁉」

驚いて、その器具を慌てて両手で持ち直した。

「最高６００万円だ。他にも数万円から数十万円の購入希望者が出ている」

私はＳＣＭをユウガに返した。

「へええ、そりゃたしかに信じたくもなるけど、値段が高いからって、本当に奴隷にできるかどうか、分からなくない？」

「ああ。だから僕は、これからこのＳＣＭを試す」

ユウガは上を向いて口を開けた。そこにもＳＣＭがついていた。

「あ、アゴの裏につけるんだ」

「ああ。まだ値段が上がる前に興味本位で２つ買った」

私はミルクティーを飲みながら、ユウガに訊いた。

「いくらだったの？」

「２つで１８００円。送料込み」

「ぶっ」まじめな顔で送料込みと言うユウガに、ミルクティーを吹いた。

「ていうか、それを試すってまさか私を奴隷にする気？」

まあ、できるわけないけど。

「はは、違うよ」

ユウガは笑いながら、もう１つの新品のＳＣＭを手に持ち、私の目を見ながら言う。

「僕が欲しいのは仲間と保険なんだ」

「仲間と保険？」

「ああ、このページを見てみてくれ」

説明書のそこには【奴隷の解放】という欄があった。

「これって……」

「一度、奴隷になっても解放をすることができる。奴隷を解放する方法は２つ」

「２つもあんの？」

「ああ。１つは、24時間以上ＳＣＭを外させておく、という方法」

「簡単じゃん」

「うん。けど、これには重大なペナルティがあるんだ」

「ペナルティ？」

「説明書には簡単にしか書いてないけど、ＳＣＭは複雑な仕組みで人間の脳に多大な影響を与える機械なんだ。正当な科学と化学の道理で作られていて、特殊な周波で宿主の脳内の分泌物を操作する機械なんだよ」

「何それ、こわ」んな物、口んなかにつけんなよ、って言いたかった。

「ＳＣＭで奴隷になった人間が、24時間以上ＳＣＭを外していたり無理矢理外させられると、恐らく本人は脳に障害を受ける」

「主人側も？」

「いや、多分主人側は大丈夫だ」

テーブルの向かい側に座るユウガは「多分」を強調した。要するに未知なんだろう。

「脳に障害って、具体的にはどうなるの？」

「現代医学を2歩越えて、さらに脱線したような機械だ。よくて、自分で尿意や便意を感じられなくなる」

笑おうとしたけど、ユウガはまったく笑ってなかった。

「じゃあ、もう1つの解放方法っていうのは？」

「奴隷を所有する主人側が〝奴隷の解放〟を宣言するんだ」

ユウガはタバコを取り出した。

私もつられてタバコに火をつけたが、ユウガはタバコをくわえるだけで火はつけない。

「けど主人側が奴隷を手放すなんてことは、まずしない。そのために、僕は事前に2人の信用できる仲間を用意したい」

突拍子もない話ばかりだけど、流れからユウガのしたいことが分かってきた。

「まず、ＳＣＭを所持していない仲間」

ユウガはタバコの箱を、テーブルの上に置いた。

「そしてもう1人、ＳＣＭを所持する仲間」

次に、ライターを置いた。

「僕がもし、誰かの奴隷になったときに、助けてくれる仲間を2人、用意するんだ」

「……なるほどね」

「僕の貯金は300万円ある」

ユウガが、カバンから通帳を取り出して、私に手渡した。
1、10、100……たしかに300万円だわ。

「すご！　自分で稼いだの!?」

「ああ、ゆくゆくは自分の会社を持ちたくてさ」

「何の会社？」と訊いたけど、ユウガは笑顔で「まだ決めてない」と答えた。

21歳で３００万円か。この人見た目によらず、なかなか倹約家なのかな。

「その口座は、これから法人の口座にする。架空の会社を立ち上げ、公証人立ち会いの正式な公文書を作り、金を下ろすには３人の承諾が必要にする」

「ほお」なんか意味が分からなくなってきた。

「さらに、下ろす際には、僕の印鑑と通帳と本人確認を必要とする」

ユウガは印鑑を取り出し、通帳とともに掲げた。

「印鑑はもう１人の仲間に渡し、通帳はエイアに持ってもらう」

「は？」

「僕が預金口座に関する書類を持ち、暗証番号も僕しか知らないようにする」

ユウガは微笑んだまま続けた。

「３人揃って初めて、お金を下ろせるようにするんだ」

そう言うと、ユウガはタバコを口にくわえ、ライターで火をつけた。

「タバコ、火、唇があって初めて、タバコを吸えるようにね」

ユウガはタバコの煙を吐き出しながら続けた。

「誰かの奴隷になった僕を君が解放してくれた場合、僕のＳＣＭは破損する」

「へえ、壊れちゃうんだ」

「ああ。その後、ＳＣＭは機能しなくなる。もう１人の仲間の役割は、僕の身の安全と破損した

ＳＣＭの確認だ」

　仲間って？　と言おうとすると、私の心を読んだようにユウガは続けた。

「もう１人の仲間は、まだ教えられない。ただ、彼の役割は〝連絡と確認〟だ。もし僕が誰かの奴隷になったら、彼が君に連絡する。君が裏切って、僕を誰かの奴隷にしたまま３００万を手に入れようとするなどのズルもさせないし、できない」

　彼ということは男か。

「何それ、私は信用ないじゃん」

　つい、思ったことを口にした。ユウガは困ったような笑顔を見せる。

「君の役割は最も重要な〝保険〟だ。僕も必死なんだ。だからと思って、今すべてを説明している」

　ユウガはコーラを一口飲み、灰皿にタバコを押しつけた。

「もし奴隷になった僕を解放してくれたら、君には１００万円を渡す」

「ちょっと、何言ってんの」

「これが仲間と保険なんだ」

　私はミルクティーに手を伸ばした。

「真の勝利者とは、勝利よりも敗北をよく考える」彼はそう言って、私を見た。

「僕の好きな言葉だ。話は以上だよ」

　ユウガは、さあ何でも言ってごらん、という笑顔で手を広げた。

「まず、なんで私なの？」

　言いたいことや、訊きたいことはたくさんあったが、まずそれだった。

「奴隷にする条件は、どんな勝負でも相手を負かすこと。けどそんなルール、どうにでもなる。むしろ逆手にもとれる。ハッキリ言って、僕はまず負けない」

「大した自信だね」

ソファーに腕をかけ、偉そうに座るユウガ。説得力はあった。

「それでも万が一、負けたとき、僕を負かした相手にも勝てる仲間が必要なんだ」

何それ、なんかゲームの勇者みたいじゃん。

まだ何も信用していないのに、私はワクワクしている自分の感情に気づく。

「必要な条件は知性と信頼、そして何よりも行動力と度胸を持った仲間」

ユウガは私に力強い目を向けた。

「エイア、君しかいない」

「……今、自分カッコイイって思ってるでしょ？」

「カッコイイんだから、仕方ないだろ？」

「そのクソ自信がなかったら、本当にカッコイイよ」

「ハハ、とにかく僕が負けた場合、僕を負かした相手を倒すのが、エイアに求める役割なんだ」

「まだ3回しか会ってないのに、私の何が分かるの？」

「時間は関係ない。あの子と付き合ってるときも君の話を聞いて興味があったし、少しだけ話せば君が賢くて信用に足ると分かる。それに……」

ユウガは立ち上がり、私の隣に座った。私は無意識に、バッグをどけていた。

「これから、たくさん会うじゃん」

「それはいいけど、ＳＣＭについてもあんたも、まだ信用してないし」

「そうだね、おまけに漫画みたいに危険な勝負へ、巻き込む可能性もある」

ユウガは私の肩に手を回した。そのときのユウガの瞳はキラキラしていて、幼かった。

「だからこその保険なんだ」

「ユウガのでしょ」

「君に断る権利はあげない」

は？　って顔でユウガの手をどける。ユウガは続けた。

「けど、僕を助けないという選択肢はあるんだ」

彼は向かい側の、誰もいないソファーを見つめた。

「信用してもらうために、君に貴重なＳＣＭと通帳を渡す。口座の手続きも立ち会ってもらう」

うわ、なんか面倒臭そ。けど、もう１人の仲間には会えるのかな。

私の脳裏に、以前ユウガと一緒にいたライオンくんが映った。彼がその仲間かな。

「ちなみに、もう１人の仲間には時間をズラして、口座立ち上げと手続きを確認してもらう」

つまりは会えない。さすがだよユウガくん。

「さっき貴重って言ってたけど、ＳＣＭっていくつあるの？」

「現在確認できているのは５つだ」

ユウガはそう言って、手をパーにした。

「まずここに２つ」

私が貰ったＳＣＭと、ユウガ自身のＳＣＭで２つ。

「さらに、ネットで見つけたサイトで２つ確認した」

「ネットの話？」

「あとで印刷したものを見せる。そしてもう1つ、3日前に見つけた」

「どうやって見つけたの？」

「偶然通りかかったホストクラブの前で、アラームが鳴った」

「ホスト？　あんたまさか……」

「いや、僕はホストじゃないよ」

そういう落ち着いたところがホストっぽい。まあ、見た目はサーファーって感じだけど。

「まずはそこにいる奴に挑む。あっちも僕の存在には気づいているはずだ」

ユウガはタバコを取り出し、一服すると、部屋の天井を眺めながら言った。

「ＳＣＭの争奪戦はもちろん、互いを奴隷にしようとする戦いもある。ＳＣＭをめぐってこれから状況が激化する」

「激化ってオーバーじゃない？　あんたはなんで、そんな危険な地雷原に飛び込むの？」

まさか何でも言うこと聞くメイドちゃんが欲しいとか？　そういう理由は勘弁してほしい。

「奴隷が欲しいとか、興味はあるけど理由じゃない。むしろおもしろいのは、自分が奴隷になるかもしれないという、そのリスクなんだ」

こいつ、Ｓと見せかけたドＭか。

「自分を試したいんだ」

「自分を……」試したい？

「多分エイアなら分かると思う。今の日本で生活をするなかで、自分のエネルギーが余ってる気がしないか？　好きなアイドルはいる？　夢中なものを持つ人が、羨ましくないか？」

冷めた私のなかで、うねる重油。エネルギーが余ってる。このストレスが、それ。

「自分のすべてをぶつける何かが、欲しいとは思わないか？」

「少し分かる」

ユウガは見抜いていたのかな、私のなかにある、使いようのないこのモチベーションに。むしろ、同じものを互いに感じたから、私たちは今ここにいるんだ。

「これから出会う、ＳＣＭをつけた連中はそんな奴らばかりなんだ」

ユウガはまた灰皿にタバコを押しつけると、暗闇でも分かるキラキラした目で壁を見ていた。

「僕は、そのなかに飛び込む」

「あんた、バカなんだ」

「だから賢い君が必要なんだ。仲間になると承諾しなくてもいい。渡したＳＣＭは売ってしまってもいい。けどせめて君に僕を見守って欲しい。君の前だと、僕は輝ける」

「なんか、告白されてるみたいなんだけど」

「ハハ、一応告ったつもりなんだけどなあ」

頭の後ろをかき、恥ずかしそうに笑うユウガ。

自分をたくさん認めてくれた人に必要とされるのは、なんか快感かもしれない。

「あんたが本当に本気なら、できる範囲でその手助けはしてあげるよ」

「そう言ってくれると思ってた。ありがとうエイア」

ユウガの言葉は、いつも私の心を見透かしているようだ。他の女の子にもそうなのかな。

ユウガはＳＣＭと説明書が入った箱を私に渡した。

「説明書は必ず、よーく読んでくれ。しばらく下調べや様子見が必要だけど、僕は近いうちに行動する。そのときは報告する。場合によっては協力して欲しい」

「なんか探偵みたい。ていうか、もしそこまでしてＳＣＭが偽物だったら？」

ユウガは左上を見て、アゴに手を当てて、考える仕草をした。

「んー。そんときはあの３００万で、君と事業でも起こすよ」

「あはは。それいいね」

いつの間にか、うまく言いくるめられた気がする。奴隷ができるなんて嘘みたいな話を、半分くらい信じていた。ユウガの言葉には、それらを信用させる説得力と超然さを感じた。

けれど、後に私は心から、この出会いを悔やむんだ。

かなうなら、あなたを知らない私になって、もう一度ゼロからやり直したい。

0002　杉並ルシエ

殺すよりも生かして苦しめたい奴っている？　あたしにはいるんだ。

そいつと知り合ったきっかけはネットでさぁ。

最初はそんなに興味なかったけど、しつこく絡んできて、悪い気はしなかったんだ。

目と指が疲れるくらい、メールのやりとりをするようになったときには、お互い心霊系が好きで、同じ心霊スポットに行ってたり、結構共通点が増えてきてさ。

メールを返すのが生活の一部になった。メールを始めてから1ヵ月くらいで「会わない？」って言われて、そのころには写メなんかも交換してて。

ルックスは柴犬みたいな犬顔。ちょっとおっさんぽくて微妙だったけど、歳は二十代だった。

普通に用事や仕事で2回断ったけど、3回目の電話で会うことにしたんだ。

いきなり？　とは思ったけど、一緒に心霊スポットへ行くことになったんだよね。

あんま深く考えてなかった。誘われて、OKしたときの気持ちとかよく覚えてないもん。

年明けからやっと貰えた連休で暇だったし、ノリもよくて、あたしの話をよく聞いてくれてたから、割と信用してた。それは、たった数日前の出来事だった。

そしてあたしは、そいつにレイプされた。

深夜に立ち寄ったコンビニで、カラフルに包装されたチョコレートを見て、年が明けたと思ったら、もうバレンタインデーの時期か、と思ったのを、よく覚えている。

府中街道沿いのファミレスで夜食をとり、お店を出たとき、おかしな男の子に声をかけられた。「お2人って、どこの出会い系で知り合ったんですか？」って。

無邪気な笑顔が、嫌味な言葉をさらなるものにした。

怒りだした犬顔の態度で、図星であることが明らかにバレた。あたしは恥ずかしかった。

それから、高尾山の心霊スポットを見に行ったんだけど、そいつは山道沿いの狭い空き地で突然車を停めた。そして、まず告られた。

まだ会って数時間だったから、ドン引きだったけど、なるべく柔らかく断った。つもりだった。けどそいつは、そこから「キスがしたい」「6年も彼女がいないから溜まっている」とか、どうでもいい欲求不満話をするようになった。

「怖いから家に帰して」と言っても、そいつは「外は寒いよ」とか聞く耳を持たない。

会話の流れは今でも覚えてる。まだ会う前に、あたしがそいつのことを「紳士的だしおもしろいよ」と、社交辞令程度に褒めたことを言ってきた。

さらに、「常識があっておもしろい人が好きと言ったじゃないか」などと言う。

どうやら自分があたしの好みのタイプで、イコールあたしが自分に惚れている、と思い込んでいるみたいでさぁ。

そんなことを言われても、そいつはあたしが好きな〝おもしろい常識人〟ではなかった。女の子と会うのに髭は剃ってこないし、車のなかもホコリっぽくて、仕事で使うのか工具が後部座席を埋めていた。最低限の清潔感すらなかった。

あたしは段々と口数が少なくなった。頭のなかでは、どこまで山を下ればタクシーを拾えるかとか、通りすがりの車にヒッチハイクできるかなど、割とのん気に考えていた。

そいつは突然、髪の毛を触ってきた。

「女の子って頭撫でられるの好きなんでしょ？」

そんなもん相手によるから。あたしはさすがに怖くなってきて、「帰る」とだけ言って車を出ようとした。そしたら、バッグを掴まれ、押し倒されたんだ。

押し返して、手を伸ばしてドアを開けても、そいつはまたあたしを押さえ付け、ドアを閉める。引っ掻いたり、背中を叩いたりしたけど、女であるあたしの抵抗は、たかが知れていた。

そいつは「女の子は強引な男に弱い」とか「本当は、こういうのを求めてるんだろ？」とか、ブツブツ言いながら無理矢理キスしてきた。

ブニュッとした生暖かい唇の感触で恐怖を抱いたのは、初めてだった。他の女の人はどうだか知らないけど、本当に怖いときって叫べないから。

あたしはただ泣きながら、そいつに頬や首を吸われていた。ジュッジュッて、湿った音が鳴る度にあたしのなかにある養分が激減していくのを感じた。

「このでけえ乳で誘ってたんだろ？」とか、「嫌がる女も、事が済めば自分の言いなりになる」とか、あたしを犯している最中も、そんなことをブツブツ言っていた。口数の多さに、そいつにも良心の呵責があるんだと感じた。あたしへじゃなく、自分に言い聞かせているんだ。

ごめんなさいごめんなさい、ごめんなさい。あたしは心のなかで何度も何度も、何度も謝った。誰かに謝ってるわけじゃなくて、怖くて悲しくて、軽率だった自分に自己嫌悪して、あたしにも悪いところがあったんだと反省したんだ。

謝罪の言葉で埋まる脳内を過ったのは、パックの野菜ジュースに机の上に溜まった書類、そして嫌いな上司。それらが胸をえぐるほどに懐かしかった。

可能なら、家を出る数時間前に戻りたかった。あのファミレスでもいい。狭い助手席で、あたしは何故か腰と首を曲げて、足の先が冷えて、痛くて。車のなかの工具がガシャガシャと揺れていて、あたしはいつの間にか鼻で息をしていて、下腹部で腰を動かすその生き物を、人間の男だと感じなくなって……。

どこか冷静な部分のあたしが「すぐに終わる、終わったら帰れる」って、泣いてるあたしを励ましてくれていた。

「鼻！　鼻を！　鼻の穴、舐めろ！　舐めてくれ！」

わけが分からなかったけど、あたしは言われるまま、そいつの鼻の穴に舌を入れた。塩っ気が効いていて、生暖かかった。その直後、そいつはあたしのなかに射精した。

射精とともに地獄の時間が終わった。でも終わった実感はなかった。そいつの体が自分から離れても、あたしはただ「ひぃ、ひぃ」と、今までに出したことのない声で泣いていた。

そいつに気づかれないように、あたしは汚らわしい唾を吐き出していた。

我に返ったのか、そいつはあたしを無理矢理降ろし、車を走らせて逃げたんだ。

バッグもパンツもジーンズも車のなか。あたしは上着に靴下とスニーカーだけの格好で、下半身丸出しのまま山のなかに取り残された。最中よりも、そこからの記憶のほうが曖昧だった。

覚えてるのは寒さと、夜特有の透き通った空気感と、自然の匂い。

寒くて寒くて、すごく寒くて。指先の感覚がなくなるほど凍えて、鳥肌を通り越して、自分は蝋燭みたいに固まって、動かなくなるとさえ思った。太ももの内側を伝うあいつの精液を、小指の付け根で拭ってては枯れ葉で拭いた。

呆然としながら山のなかの道路を歩いて下った。車や人を探すよりも、とにかく家に帰りたかった。

そして途中、若い男の子が3人乗る車に声をかけられたんだ。

「お姉さん、大丈夫？」

安堵感や恥ずかしさでまた泣いた。男の子たちはあたしを車に乗せ、山を下りてくれた。初めは優しかったけど、数分でそいつらがニヤニヤと笑ってることに気づいた。

あたしは後部座席の左側に乗っていた。山を下りきる前に突然車は停まり、隣に座る1人が、あたしを押さえ付け、運転席の奴もこっちまで来て、あたしのアソコに指を突っ込んできた。

頭に浮かんだのは「またか」っていう一言。

助手席に座る1人だけが「やべーよ」「やめようよ」と言っていたが、決して力ずくで助けてくれる雰囲気ではなかった。結局、またレイプされた。

最後、偉そうに「送ってやろうか」と言われたが、もちろん断った。

奴らが乗った車は走り去った。あたしはその場で崩れ落ち、祈るような姿勢でじっとしていた。不意に、〝女〟という漢字は祈る女性の姿から生まれたという話を思い出した。女という字は、男に虐げられた姿から生まれたんだと、勝手に解釈した。

涙は出ないけど、きっと動物みたいに唸っていたと思う。

辺りが明るくなるころ、女の子たちが乗った車に拾われた。

その子たちは親切で、何も言わなくても状況を理解したのか、警察に行こうと、必死にあたしを説得した。車内は暖房が効いてて、かけてもらったブランケットがたまらなく温かかったのを、よく覚えている。

あたしの頭のなかには、両親の悲しむ顔が浮かび、警察へ行くことはひたすらに断った。両親や親戚に対する恥ずかしさや、迷惑をかけるという申し訳ない気持ちが、ただ膨れ上がっていた。

家まで送ってもらい、シャワーを浴び、ベッドに入り寝て起きて。

朝、いつもの癖で、まず携帯を手に取ろうとした。けど枕元には携帯がない。携帯はバッグのなかで、バッグはあいつの車のなかだった。夢じゃなかったんだ。

そこで初めて、大声を出して泣いた。

汚れた汚れた。汚れた。

あたしの名前は、杉並ルシエ。24歳。

陽光輝く爽やかな朝。傷を負った、汚くて新しい人生が始まった。


机の上に置いた鏡には、見慣れた自分の顔が映っている。

童顔で、髪を肩まで伸ばしたことがなくて、身長も低いけど、眉が濃くて目つきが悪くて、肩が凝りやすくてさ。小さいころ、親から「高くなれ高くなれ」って鼻を引っ張られた。けど、結局鼻は低いままで。

「ううっ、っぐぅ」幼き日の思い出を脳裏に描いた瞬間、咽ぶように泣き崩れた。

その日から、あまり家から出なくなり、仕事が始まってもパソコンのメールで適当に休む理由を送信し、欠勤した。運良く内見や契約など、客と関わる予定はなかった。

少し貯金があるので、しばらくは問題ないけど、母親からは定期的に電話がかかってくる。携帯がないから、パソコンのメールで「携帯をなくした、すぐに買うから心配しないで」とだけ送って済ませた。今は誰とも関わりたくないし、母親と話したらあたしは間違いなく泣いてしまう。

別に死にたいとは思わなかった。けど、自分に対する嫌悪やストレスを常に腹で感じ、女として最低な動物になった気がした。なるべく何も考えず、何もしない日が数日、続いた。眠る前に必ず、あたしを犯した奴らのことが思い浮かぶようになった。最中の言葉や、断片的などうでもいい仕草の記憶に嫌悪しながら、寝つきの悪い日が続いた。

何日かたって、昼夜逆転するような生活になった。


そんなある日、家のチャイムが鳴った。一瞬で顔が強張り、肩が冷えた。恐る恐るインターホンに出ると、同僚の男の子だった。そうか、いつもなら業務が終わる時間だ。

エントランスへの入り口は開けたけど、ドアにチェーンを掛け、部屋には入れなかった。何かを察したかのように、彼は僅かに開いたドア越しに話してくれた。

「甲状腺の調子どう?」ホルモンバランスの病気。そういうふうに嘘をついたんだった。

「うん。だいぶ楽になった。総務や社長、何か言ってた?」

「社長は杉並のこと買ってるから大丈夫だけどね。総務のクソババアは馬鹿だから、杉並の机にまた書類置いて定時に帰ってたよ」

会社の愚痴に雑談を交え、10分もしないで彼は帰って行った。ドアノブにはコンビニの袋がぶら下がっている。ファッション誌とゼリーとプリン。その下には、パックの野菜ジュースがあった。

あたし、彼のこと好きだったんだ。そう、心配して来てくれた同僚の彼。

あたしより2ヵ月早く入社した先輩で、年上なのにミルクみたいな匂いしててさ。

うちの会社って少ない人数でやってるから、業務で分からないことがあったとき、誰に聞いてもおざなりだった。

　でも彼だけは、どんなに忙しくても丁寧に教えてくれたんだ。

　あたしが胃の調子が悪くて、朝ご飯を食べていないと言ったら、「これだけでも飲めよ。俺のオススメ」と言って野菜ジュースを渡してくれた。片思いだった。

　嫌な上司がいる職場も、ほのかな恋心も、あたしの生活のすべては、数日前のあの出来事によって、墨の雨が降る嵐みたいにすべて吹き飛ばされ、汚された。

　その日の夜には少し落ち着いて、パソコンでインターネットができるようになった。なるべく好きなものや、おもしろいもの、ストレスが発散できるものを探そうとしていた。けど、ディスプレイの煌めきには、今のあたしが興味を持てるものは何もなかった。

　せめて欲しい物を買おうと、ネットショッピングのサイトを開いたけど、前は欲しいと思っていた物も、なぜか興味が持てない。サイトを転々としながら、バナーや検索にヒットしたサイトを見ていると、変わったオークションサイトにたどり着いた。

　そこはアダルトグッズを売り買いするオークションだった。あたしはイラッとしながら、すぐに『戻る』をクリックした。そのとき、画面の外れの文字がなんとなく気になった。

　嫌悪感を抱きつつも興味が勝り、またそのサイトに戻った。

　あたしが気になったのは【奴隷】という言葉だった。

「ははっ」あたしは小馬鹿にするように、鼻で笑う。精神的に末期かな。

　商品の説明には【この商品を使えば、あなたに奴隷ができます】なんて、夢のようなことが書かれててさぁ。こんなバカバカしい商品、よくオークションに出せるな。

　けど、妄想したんだ。

もし、自分に奴隷ができたら何をしよう？　あたしを犯した、あいつらを殺してもらおうか？　それとも、あいつらを奴隷にできたら……。

あいつらが泣いて悲しみ、嗚咽するところを想像すると下半身がムズムズし、股に力が入る。痒みすら感じた。あいつらが苦しむ情景を想像しただけで、あたしはキラメキを感じ、気絶するほど興奮した。何かが体に入ってきたかのように感情が起伏する。ゾクゾクしてる。

いい！　いい！　いいよ！　あいつらが苦しむ顔が見たい！　見たい見たい、見たい！

鎖骨まで届いたビスを何回も何回もネジると、妄想のなかのあいつらは顔を歪めて苦しんでてさぁ！　死んで欲しい奴が苦しむのを想像すると、なんて気持ちよくて幸せな気分になるんだろう！

【Slave Control Method】（スレイブコントロールメソッド）

――これをつけるだけで、他人が奴隷になる――

略称、ＳＣＭ？　９００円？　品薄？　安い。

その後、他のサイトも見たが、結局あたしはその商品を購入することにした。

数日で届いた小包。なかには手に収まるサイズの、歯の矯正器のような金具が入っていた。いびつな月型は今の自分の気分にピッタリだった。箱の奥には小冊子が入っている。説明書のようだ。

白紙のページをめくって３ページ目。初めに書いてある文章はこうだった。

――あなたの上の歯は10本ありますか？――

歯の数なんて数えたこともなかった。舌で数えてみる。最近、親知らずが生えだしたあたしの上の歯は多分15本。改めて数えてみると奥歯あたりがあやふやで、正確な数がよく分からない。

　さらにページをめくると、同封された歯型の金具を口のなかに入れる図が記されていた。上の歯の裏側にハマるようになっている。説明書の続きには、この器具の機能が書かれていた。

　要約すると、この月型の金具、スレイブコントロールメソッド（以下ＳＣＭ）によって絶対服従の奴隷を作ることができる。条件はＳＣＭをつけた者同士が勝負（ゲーム）をすること。負けた者が勝った者に従うそうだ。ＳＣＭをつけた者同士？　誰でもいいわけじゃないんだ。

　この、応用編という欄もおもしろい。

【応用編・１人目の奴隷を手に入れたら】

　１人以上の奴隷を所有したあと、さらに別のＳＣＭをつけた者と出会った場合、自分の奴隷を使って勝負をさせることができる。自分の奴隷が勝てば、相手は自分の傘下の奴隷となる。自分の奴隷が負けると、自分の奴隷は相手の奴隷になる。

　奴隷を１人失うだけで、主人側にはまったく影響がない。１人の奴隷が手に入れば、自分が奴隷になるというリスクが劇的に減るようだ。

　すでに主人を持つ奴隷同士が勝負しても同様だ。奴隷同士が勝負しても、主人からしたら奴隷が１人増えるか減るか。自分に害は及ばないそうだ。

　将棋と一緒だ。奴隷を手に入れた時点で、奴隷は主人の『駒』となる。駒が負けると、負けた駒は相手側の駒になる。

　また、もし奴隷を所有する主人同士が勝負をした場合、勝った主人は、負けた主人と奴隷を丸ごと奴隷にできる。

1人ずつ奴隷にもできるし、主人と勝負して勝てば、相手側全員を一気に奴隷にできる。奴隷を手に入れれば、勝負の幅が広がるわけだ。なんか、クイズ番組みたい。

あたしはＳＣＭを箱へ戻し、机の上に置いた。

あー、楽しかった。説明書を読んでる間は夢中になれたけど、こんな物、実際つけるわけがない。やっぱり偽物でした、なんてオチもバカバカしいし、万が一本物でも、奴隷になるリスクを伴う勝負なんてできるわけがないしさぁ。

そのうちＳＣＭの箱は、パンプスの箱と一緒にクローゼットのなかへとしまいこまれた。


その存在すら忘れた、１ヵ月後。

あたしは会社にも出勤するようになり、新しい携帯も買った。クレジットカードやキャッシュカードを無効にする手続きもした。眠るときには相変わらず、あの日のことを思い出した。何か重いものを抱えたような生活だったが、日常生活はなんとかやっていけるようになった。

あの日のことは誰にも話してない。話したら警察に行くことになり、親や会社に迷惑がかかる。何よりも、友達ならまだしも、他人や親族に性的な部分を知られる。それは恥ずかしさを越えた羞恥だしさ。

このまま誰にも話さずに、墓までこの傷を持って行くのだろう。あたしにこんな悲愴な覚悟をさせたあいつらは、今ごろどうしているのだろうか。そんな考えが頭を過るたびに、思考を停止させた。

そんなある日、仕事中にふと思い立った。その日は締め日で、家賃の入金チェックをしていた。画面越しに管理物件の住所を眺めているとき、思ったんだ。

もし。もしも、あいつがうちの会社の顧客だったら。うちの管理物件を借りていたなら。初めにあたしをレイプした男、あの犬顔野郎。たしか、メールのやりとりで隣町に住んでいると聞いていた。名前は……マサカズ。名字は思い出せない。

その日、事務所内にはあたし1人だった。自身が思いついた非道徳な行いを嫌悪しながらも、社内のサーバーから隣町にある物件のリストを検索せずにはいられなかった。そしてあまりにもあっさりと、あたしはその名前を見つけてしまった。

……あった、これだ！　目黒マサカズ。あたしをレイプした男の名前は目黒マサカズ。見つけた！　家が、家が分かった。これ、うちの管理物件じゃん！

しかも、あたしが客づけしたことのある物件だ。間取りまで手に取るように分かる。その気になれば鍵だって手に入る。どうしよう。どうしてくれよう。でもまずは確認だ、書面上で登録されていても、実際にまだ住んでいるとは限らない。

仕事を終え、すぐにその物件へと向かった。自分でも何がしたいのか分からなかったけどさ、この機会を逃したら、きっと二度とここまではできない。

そう思いながら、郵便受けを見た。間違いない、目黒と書かれている。

暗がりのなか、2階の窓には明かりがついていた。恐る恐る2階まで上がり、配電盤をチェックすると、電気メーターはのん気に回っていた。

いる、目黒はここに住んでる。視界の周りが白くなるような感覚に陥り、目元が果てしなく熱くなる。今、あたしの白目は真っ赤に充血してるのではないかと思った。舌を噛み血の涙を流すほど憎む相手の家を前に、下腹部が爆発するほど熱くなり、くやしさで身が震えた。

どこかでまた会う可能性を危惧していたけど、一方で、どこか遠くに逃げていてくれればと期待していた。まさか逃げもせずに、あたしの家から車で30分の、こんな近くにいたなんて。

自分をレイプした犯人の家を突き止めたんだ。あたしは興奮を抑えきれないまま、アパートを離れ車に乗り込んだ。身体は冷え切っていたけど、心はマグマのように熱く、ドロドロして重い。

運転しながら、目黒マサカズを苦しめる様子を妄想した。家に放火してやろうか。いや、むしろ本人を燃やして、慌てふためく姿が見たい。それとも家族や職場を調べて、嫌がらせをしてやろうか。いろいろ考えた。復讐とは少し違う。とにかく「目黒の苦しみ悲しむ顔を見る」という結果を、あたしは求めていた。

しかし次の瞬間には、事件性が絡むことを懸念していた。あんな奴のために、これ以上人生を棒に振る？　冗談じゃない。あたしが何かして警察に捕まったらすべてが明るみになる。自分が捕まるのは、この際かまわない。ただ、それによって親を悲しませる、ということだけは避けたかった。何より、その程度では満足できないだろう。

ふと、クローゼットのなかに放置したＳＣＭを思い出した。

非現実的だけど、あたしに至福の妄想を与えてくれた器具。１ヵ月前も今も、あんな物で本当に相手を奴隷にできるなんて考えてはいない。けど縋りたいんだ。これしか、あたしを１００％満足させられる希望はないんだ。

一度家に帰り、クローゼットにしまったＳＣＭの箱を取り出した。なかには入れ歯みたいな器具と説明書。料理本を読むように説明書をペラペラめくると、目に留まる項目があった。奴隷に対する命令の制限について？

【奴隷になった人間は、基本的に何でもあなたの言うことを聞きますが、いくつかの制限が存在します。

【1・自分（奴隷自身）の死に繋がる行為はさせられません】

要するに、奴隷本人に自殺させることはできないらしい。また、間接的に死に至らせようとしても、奴隷本人が自分が死に至る、と判断したことはできないそうだ。

例えば「ビルの10階から飛び降りろ」と言っても聞かないが、内緒で毒を入れた飲み物を用意し、「この飲み物を飲め」と命令すれば飲んで死ぬのだろう。

【2・奴隷本人の『感情』を操ることはできません】

どういう仕組みかは理解できないが、奴隷になっても思考自体は何も変わらないらしい。

『行動』は主人の命令に従うが、『感情』は奴隷になる前の本人のものと、あまり変わらないそうだ。頭では主人の命令を最優先に考えるが、個人特有の発想などはそのまま。

つまり不条理な命令は怒りつつも実行するが、主人を「愛せ」と命令しても愛することはできないんだろう。

【3・人間の規格を越える行為はできません】

これは「1日で月に行け」とか「空を飛べ」と言っても無理だという話だ。まあ、そりゃそうだろう。なんかおもちゃの注意書きみたい。

【4・生理現象を制限するのは、奴隷の忍耐力に準ずる】

例えば「食うな」や「寝るな」と言えば、限界まで実行するが、【自分の死に繋がる行為はしない】という制限に引っかかり、奴隷本人が限界を感じたら食べたり、眠る。どうやら、奴隷自身の『本能』的なものや『生理』的なものまでは操れないようだ。

そういえば、何かの本に書いてあった。催眠術は、嫌いな食べ物を食べさせることはできるが、自殺させることはできないらしい。それは人間が本来持つ生存本能により、ストップがかかるそうだ。

ふと疑問に思ったのは、「人を殺せ」という命令はできるのだろうか？　それについては書かれていなかった。まあ万が一、あいつらを奴隷にできても、自殺させたり人殺しをさせるのは、あたしの目的じゃないから、あまりこだわらない。

ていうか、ＳＣＭをつけた者同士でしか勝負ができないなんて、こんな物をつけた人間に、そうそう出会えるのだろうか？　せめて２つ買っておけばよかったあ。

「ふふぅ」あたしは、自分の考えで不意に笑った。今夜の夕食はおいしいモツ煮込み。豚や牛の内臓。この〝料理本〟はいい。本当にその料理が作れる気になれる。

ＳＣＭをつけた者でないと、奴隷にできないというのが引っかかるが、説明書を読んでいると本当に人を奴隷にできる気になれる。説明書を読みながら時々、目をつむり、あいつらを具体的に苦しめる自分の姿を妄想した。

あいつらのアソコに熱したお湯をかけたり、思いっきり踏んでタバコの火を消すみたいにネジったり。１枚１枚爪を剥がしたり、親に土下座させたり、身体も家族も社会性も、大切なものすらぶっ壊してさぁ。

「うっくく」たまらない。

読んでる間だけ、読んでる間だけ、妄想に浸れるんだ。

ひと通り説明書を読み終わると、あたしはビニール袋からＳＣＭを改めて取り出してみた。針金と柔らかい樹脂でできた、小さくて細い器具。ところどころに、パソコンの内側にあるような、小さなチップがある。こんな物でどうやって人間の行動を制御するかなんて、想像もできない。

料理ができた。コンロの火を消し、代わりにパソコンを立ち上げ、検索サイトに【ＳＣＭ　スレイブコントロールメソッド】と入力する。情報、もっと情報が欲しい。そして、確証も。

ディスプレイに、検索で引っかかったサイトが出てきた。

「え？」検索結果が21万８０００件？　嘘でしょ？

こんなにＳＣＭについてのサイトがあるの？　人に知られていないマイナーなガセ商品を調べる感覚で、公式サイトでもあれば、という気持ちだった。とりあえず検索結果を見ていく。

ほとんどはまったく関係ない、ＳとＣとＭの単語に引っかかったサイトだったが、なかにはスレイブコントロールメソッドについてのサイトや書き込みもあった。

【６００万円で取り引き？】【春のジャマイカ？】【メス奴隷の調教？】

流して読んでいくが、ネット上の書き込みサイトでは、ＳＣＭに数万円から最高６００万円の値が付いてるという話題が多かった。ほとんどが【奴隷が作れるらしい】とか【高値で取り引きされているらしい】という噂レベルの話題だったけど。

まあ、ネット上の話題ではその２つだけで十分だろう。なかには具体的に【15万円で買う】という書き込みもあったしさ。検索結果を見ていくと、噂だけではなく、本物のＳＣＭについての情報も載っていた。どうやら、本物にはシリアルナンバーが書いてあるらしい。

少しホコリがかった箱の裏を見ると、たしかに十数桁の英数字が並んでいる。あたしのシリアルナンバーの下四桁は【０００２】。ＳＣＭ本体にも、同様の英数字が小さく刻み込まれていた。これが製造番号らしい。

02ってすごくない？　あたしって2番目に買ったのかな？　それともランダム？

パソコンのほうに向き直り、さらにサイトを見ていくと、【ＳＣＭ所有者のみ利用できるサイトがある】という書き込みがあった。

その投稿者はいろいろ試したが、そのサイトには入れなかったと書かれている。リンクが貼ってあったので、あたしはそのリンクをクリックして【ＳＣＭ所有者のサイト】に飛んでみた。

真っ暗な画面のなかに大きくＳＣＭとだけ書かれていて、【シリアルナンバーを入力して下さい】という入力スペースがあるのみ。箱を片手に、十数桁のシリアルナンバーを慎重に入力していった。最後に０００２と入力する。何度か英数字を確認し、Enter キーを入力した瞬間、パソコンのＣＰＵからカチカチと微かな音が鳴り、画面が切り替わった。

映し出された画面には、まず【ようこそ ０００２様】と書かれていた。

そして画面下には、項目が１つだけ。【ＳＣＭ所有者の位置】

嘘、こんなのがあるの？

リンクをクリックすると、画面には関東地方の地図が映し出された。

各所に、赤と黄色と緑の〇が点滅している。

目をこらして見ると、〇は関東地方というより、東京に集中している。画面には地図をズーム・アウトできる機能があった。東京にズームしてみる。東京のアップの地図が映し出され、〇の数と色がより分かりやすくなった。

〇の数は８個。ＳＣＭを所有している人数が８人ということだろう。しかし、３色に色分けされている意味が分からない。いや、画面の隅に、色分けの説明が書かれている。

【赤＝主人ＳＣＭ　黄＝奴隷ＳＣＭ　緑＝初期ＳＣＭ】

色によって、ＳＣＭの状態が分けられてるんだ。赤は２人いる。黄色は３人。奴隷にも主人にもなっていないＳＣＭは３人。

主人が２人で奴隷が３人？　ということは、すでに奴隷を２人所有している人がいるんだ。

あたしは、何か恐ろしい焦りを感じた。

次に小さな興味が浮かび、自分が住んでいる場所をズームしてみた。あたしは東京都の清瀬市に住んでいる。ある程度までしかズームできないが、自分の家の場所が大体分かるくらい、大きくできた。

あたしの家のある辺りには、○がない。そうか、ＳＣＭを実際につけていなければ、このサイトには探知されないんだ。いいことを知った。でも次の瞬間、そんないい気分が吹っ飛んだ。

自分の家から、そんなに遠くない所に緑色の○を見つけたんだ。

大体の場所だけど、そこは隣町。あたしの脳裏に、闇のなかの犬顔が浮かぶ。

まさか目黒がＳＣＭをつけている？　そんな都合のいいことはないでしょ。もしそうならものすごい確率だ。でも、もし、もしもつけていて、道でばったり会ったらどうしよう。できるものなら、目黒を奴隷にしたい。

たしかＳＣＭはしかけられたほうしか、勝負の内容を決められない。じゃあ、あたしがしかけても、きっと目黒は自分に有利な勝負を提案するだろう。そんなことになったら、負けは目に見えている。きっと目黒も説明書を読んでいるはずだから、目黒から勝負を挑むなんてしないはずだ。それでは奴隷にするとか、しないとか、何も始まらない。

どうやって双方に公平な勝負を決める？　クジ引き？　けどやるからには、絶対に勝たなければいけない。けれど、そもそもパソコン上の隣町で点滅する、緑の初期ＳＣＭが目黒なんて保証はどこにもない。まず、このＳＣＭの持ち主を確認しなきゃ。

相手を確認するには、実際にＳＣＭをつけて、半径30メートル以内に近づかなければいけない。しかしＳＣＭをつけたら、この地図にあたしの所在地が載ってしまう。

それだけじゃない。30メートル以内に近づいたらアラームが鳴るということは、得体の知れない相手にも自分の存在がバレてしまう、ということだ。ＳＣＭ所有者の存在を知らせる地図があるということは、ＳＣＭをつけた時点で、何か重いリスクを背負わされるということになるんだ。

あたしのパソコンはデスクトップだから、外に持ち運ぶことはできない。けど、隣町のＳＣＭは気になる。

ＳＣＭをつけているのが、あたしをレイプした目黒なのか、目黒じゃないのか。久しぶりに仕事以外に頭を使った。不意に、あたしの視界に携帯電話が映る。あ、そうだ。

閃いたあたしは、ＳＣＭのサイトのＵＲＬを携帯に送ってみた。携帯から、このＳＣＭの所有者の地図が見られるなら、ＳＣＭをつけなくても相手を確認できる。

添付したＵＲＬを携帯から開くと、まずはシリアルナンバーを入れる黒い画面。これなら、もしかしたらいけそうかもと期待が膨らむ。そして、また同じ手順で十数桁の英数字を入力した。

【ようこそ０００２様】パソコンよりは粗い画面だが、地図と○が映し出された。

やった。このサイトの地図は携帯でも見られる。時間はもう夜の9時だった。でも明日からまた仕事で、身動きが取れなくなる。あたしはご飯を食べてから、車で隣町まで行くことにした。

ポケットには、一応持ってきたＳＣＭ。道路の向こう側、20メートルくらい先に目黒のアパートが見える。アパートが視界に入ったのと同時に、あたしは一度車を停め、携帯を開いた。すでに目的の〇付近ではあるが、これ以上ズームできない。

ああ、失敗した。地図では狭い範囲に見えるけど、実際に現地まで来ると〇の範囲は広すぎる。半径およそ20メートルといったところだろうか。

周りを見渡すと、目黒が住むアパートを始め、一戸建ての家や、マンションが多数ある。恐らく、この周辺だけで数百人の人が住んでいるだろう。これじゃあ、この地図でＳＣＭ所有者を探すなんて、ほぼ不可能だ。

やっぱり実際にＳＣＭをつけて、30メートル圏内に近づくしかないのかな。

あたしはコートのポケットから小さな袋を取り出し、それを眺めた。つけるのは嫌だしバカバカしいけど、ここまで来て無駄足になるのも損した気分だ。そう思いながら、袋からＳＣＭの器具を出した。まあ、とりあえずつけてみて、見つかっても見つからなくても、すぐ外せばいいか。

説明書の取りつけ図を思い出しながら、周りに人がいないのを確認し、顔を下に向け、親指と人差し指で唇を広げ、アゴの裏にＳＣＭをつけた。

『――ユイーン』え？　何これ？

口のなかにＳＣＭを入れた瞬間、歯医者のドリルのような振動が起きた。

ＳＣＭをつけた起動音？　それともこれが、他のＳＣＭ所有者が30メートル圏内に入ったときのアラーム？　あたしが振動に驚いていると、目黒が住むアパートの窓が開いた。混乱に次ぐ混乱。

そうだ、アラームだったら、あっちも鳴るんだ！

冷静な判断ができていれば、すぐに身を隠すか、何食わぬ顔で携帯でもイジっていただろう。けど混乱していたあたしは身を乗り出し、開いた窓を見てしまった。カーテンでなかが見えない。でも明らかに、内側にいる誰かが窓を開けた。

そうか！　しまった！　自分が相手の立場なら、まず顔がバレるのを避けるはずだ。あたしが乗ってきたのは会社の車、身元はすぐにバレる。

窓を開けたのはフェイントだったんだ。あたしは開けられた窓を見て、「ＳＣＭをつけている」と、まんまと白状したんだ。隠れて、窓から道路にいるあたしを見た奴は、確実にＳＣＭ所有者だ。あたしはすぐにキーを回し、逃げようとした。

「待って！　待ってくれ！　俺の話を聞いてくれ！」

窓から男の声。待てと言われて、誰が待つか。

「勝負はしないから！　話がしたいんだ！」

アクセルを踏もうとする、あたしの足が止まった。男は2階から降りて来て、車の横に立つ。あたしの知らない男だった。目黒じゃなかった。

ジャージにサンダルで、髪はボサボサで、ライオンみたいな金髪。年齢は20代前半くらい、あたしより少し年下だろうか。だらしなくて不潔な若者って感じ。

そいつが近づく度に、ＳＣＭが『キュイーン』と鳴った。やっぱり、さっきの振動はＳＣＭの所有者同士が近づいた警告アラームだったようだ。

「えっと、君もＳＣＭを？」男は屈んで、車の窓からのぞき込んできた。

「はい、まあ……」あたしは辺りを気にしながら小声で応えた。

こいつの大声のせいで、周りに不審がられたり、ましてや目黒に見つかるのは嫌だ。

「あの、ここじゃちょっと……」

あたしがそう言うと、男もキョロキョロと周りを見る。

「あ、ああ。気になる？　俺の部屋でよかったら……」

「いや！」

「え？　じゃあどうしよう」

困った様子の男。たしかにどうしようもない。けどここにいるのも、男の部屋に行くのも危険だ。というか普通に嫌だ。

「少し、歩きません？」

あたしの提案に男は頷く。あたしが車から出ると、男は一瞬、不思議そうにあたしを見た。分かってる、思ったよりも身長が低いと思ってるんでしょ。もう慣れてるから、そういうの。

「あの、話って？」

車のハザードを点滅させたまま、あたしと男は夜の住宅街を歩き始めた。何かあっても、そこら辺の家へ駆け込めば何とかなる。あの日以来、男に対する警戒心は常に研ぎ澄まされていた。

「あ、ああ。俺はこのＳＣＭを手放したいんだ」

「え？」

男の話を要約すると、この男も興味本位からネットオークションでＳＣＭを落札したそうだ。まだ安かったし。しかし、ネット上のあるブログを読んで恐ろしくなったらしい。

「ブログ？」

「……春のジャマイカ」

ジャマイカ……どこかで見た気がする。

「ＳＣＭのブログ。春のジャマイカのブログを知らないの？」

「知りません」ちなみに、ＳＣＭ所有者のサイトの話はしなかった。

この男は知らないようだったし、あわよくば情報を一方的にいただこうと思った。

「ＳＣＭによって主人と奴隷になった男女の話が、載ってるブログなんだけど……」

男はそのブログの話をしてくれたが、その内容は壮絶なものだった。

ＳＣＭによって主人と奴隷になった、とある男とキャバ嬢。

ＳＣＭの作用による生理現象や性的暴行を、奴隷になった女がどこまで耐えられるか。

そんな実験報告を載せているのが、そのブログだそうだ。

実験の内容は、食欲、睡眠、喫煙から、果ては尿意、便意のコントロールにまで及んでいた。

さらにピアッシング、刺青、ＳＭ。肉体的、精神的苦痛、恥辱、脱法ドラッグによる依存を、ＳＣＭをつけた女がどこまで耐えられるか。

若者は大体しか話さなかったが、あたしはその話を聞いて、嫌悪感どころか吐き気を覚えた。

そんなの実験じゃない。単なるＳＭプレイじゃない。

「俺がしたわけじゃないんだ、そんな顔で見ないでくれよ」

あたしは相当嫌そうな顔をしていたんだろう。元々、自分でも神経質なほうだと自覚している。

「そのブログを書いているのが、春のジャマイカっていう人なんですか？」

「そう」

「その女の人は？」どうなったの？

「すべて耐えた」

いや、そういう意味じゃなくて、それからどうなったのかを訊きたかったんだけど。

あたしがそれを口にする前に、男は話を続けた。

「だけど本当に恐ろしいのは、そのブログの閲覧者がＳＣＭに殺到していることなんだ。そりゃ俺も、何でも言うことを聞くメイドちゃんが欲しかった」

「はい？」

「けど、そんな異常な欲求を持つ連中と勝負するなんて、怖い」

変な言動もあるが、男がSCMを手放したいという気持ちは、まあ理解できる。

「さらにSCMで奴隷になった者には、説明書にも載ってない、おそらくはSCMの制作者にすら想定できなかった【第二段階】があったんだ」

SCMの制作者？　そんなこと考えもしなかった。

たしかに、誰がSCMを作ったのか気になるけど。

「第二段階？」

「説明書は読んだよね？」

「一応、ひと通り」同時に、赤信号になった交差点で立ち止まった。

「SCMでも感情は操れないって、あったろ？」

そういえばそんなことが書いてあった気がする。あたしは黙ってうなずいた。

「けど長い時間、およそ2000時間前後、奴隷でいると、心まで主人に捧げるようになるんだ」

「2000時間って言ったら……えっと大体3ヵ月弱？」

「多分この第二段階の作用は、SCMによるものじゃない。人間が本来持つ順応性や感情によるものなんだよ」

「だいぶ、わけが分からないんですけど」

「長く奴隷をしていると、奴隷は主人に対して情や愛が生まれるってことだよ」

男はそう言いながら、青信号になった横断歩道を歩き始めた。今更だけど、この人背中が広い。

「そうなったら、もう手に負えない。多分、完璧な解放もできなくなる。俺はこの恐ろしいSCMを手放したいんだ」

解放？　よく分からないけど。

「じゃあ何で、SCMをつけ続けているんですか？」

「えっと、今ちょっとお金がないんだ」ああ。この男の目的が何となく分かった。

「もしかしてSCMを持っている他の人に、自分のSCMを売りたかったんですか？」

「ま、まあそんな感じ」

さっきまでの雄弁な雰囲気から打って変わり、男は気まずそうに答えた。

そうか。多分、知らない人間に売るより、価値を知る所有者に、より高値でSCMを売り付けたかったのだろう。

「売るとしたら、いくらで売りたいんですか？」

「今ネット上では15万円くらいで買う人もいるんだけど、なんとお得な10万円でどう？」

〝なんとお得な10万円〟なんて、話にならない。

「あー。じゃあいいです」

あたしが向きを変えて、車に戻ろうとすると、男は慌てて引き止めた。

「ちょっ！　じゃあ8万！　いや7万は!?」

「1万円」背中を向けたまま、あたしは断言した。

「へっ？」

「元値が数百円で、しかも口んなかに入ってた中古品ですよ？　1万円でも十分高いですよ」

ていうか、今持ってる現金が１万円なんだけどね。

「１万円って！　ネットでは６００万円って人もいるんだぞ!?」

あ、こいつも知ってるんだ。多分この男、何らかの理由でネットで売り買いができないんじゃないかな。電気代滞納で、パソコンも使えないとか。

「じゃあ、その６００万円って人に売ればいいじゃないですか」

あたしがそのまま、足早に車へ戻ろうとすると、男はもう一度、後ろから引き止めた。

「わ、分かった！　１万円で売るよ！　売らせて！」

どうやらあたしの考えは図星なようだ。

あたしが１万円札を出すと、男はその場でＳＣＭを外した。ちょっとばっちいけど、あたしがつけるわけじゃないからいいか。男が外したＳＣＭをティッシュでくるみ、ポケットに入れた。

奴隷や主人になる前のフリーのＳＣＭなら、一度つけた物を外し、他人に譲与しても問題ない。そう説明書に書いてあったと、わざわざ説明してくれた。

こうして、あたしは１万円で２つ目のＳＣＭを手に入れた。まだ本当に役に立つか分からない物に１万円は高すぎだし、目黒がＳＣＭをつけたわけでもない。それに、このＳＣＭで本当に目黒を奴隷にできるか分からない。

けど、あたしは一歩ずつ確実に、目黒を奴隷にするための準備を整えていた。

それから数日。帰宅する度に、２つのＳＣＭを見つめる。
１つはあたしの【ＳＣＭ　０００２】。もう１つは、目黒と同じアパートに住む男から売ってもらったＳＣＭ。シリアルナンバーは【０００３】。偶然の連番には驚いたけど、やっぱり買った人の順番とシリアルナンバーは関係なさそうだ。何とかして、この2つ目のＳＣＭを目黒につけさせたい。そして勝負をして、絶対に勝たなければいけない。

でも、もし勝ってもＳＣＭの効果なんて嘘だったら……。あたしはそんなことを考えながら、こないだまで、あの小汚い若者が口につけていたＳＣＭの臭いを嗅いでみた。

くさっ！　昔嗅いだ、抜いた虫歯と同じ臭いがする。けど、このＳＣＭは洗浄しない。この臭いＳＣＭをそのまま、目黒につけさせてやる。

目黒に小包で送ってみようか？　でもそのまま捨てられたら終わりだ。興味を持ってもらうために、ＳＣＭの説明書を一緒に送ってもいいけど、余計な知識を持ってもらっても困る。

ん？　余計な知識？　あたしの脳に、細い光が降りた。

あたしはその、微かに光る言葉を、頭のなかでちょっとずつ言い換えながら繰り返した。

余計な知識。無駄な知識。いらない知識。間違った知識……。間違った知識。

やがて、頭のなかの淡い光が、天使が舞い降りたような輝きに変わった。

殺すよりも生かして苦しめたい奴っている？　あたしにはいるんだ。

０００3　目黒マサカズ

あー。鼻フェラされてー。鼻の穴を、フェラチオみたいに舐めてもらうの。俺さー、自分でも変態だと思うのよ。鼻の穴を舐められるのが好きでさー。あのくすぐったい感じがたまんなくてね。デリヘル嬢頼んだときに、興味本位でやってもらったのがきっかけだったんだけど、それが思いのほかハマっちゃったのよ。

毎回風俗行って、鼻フェラをやってもらえりゃいいけど、嬢によってはやってくんねえし、毎週毎週、風俗行く金なんてねえし。そんなことはお構いなしに、このガチガチに固まったスプレー缶みたいな息子は、30歳手前にして反抗期だしよ。どうすりゃいいんだよ。

日曜日の昼間、自分の部屋で悶々としていると、部屋の隅に置いてあるジーンズが視界に映った。最近、気がつくとこのジーンズとパンツの匂いを嗅いでいる。俺の部屋にないはずの、女ものＴバックとジーンズと、さらにバッグ。

１ヵ月くらい前、ルシエという女と会った。その女は俺に気のある素振りを見せて、俺のことを手のひらでコロコロしようとしやがった。不動産の営業とか言って、ＯＬのくせにＴバックなんか穿きやがって。けしからん。

ネットで知り合ったなかでは上玉だったけど、俺は騙されねえ。あの程度のレベルで、俺を惚れさせようなんて10年早い。逆に、俺の〝スプレー缶〟をぶち込んで、下半身丸出しにして、山へ捨ててやった。泣いてたけど、女が悪いんだ。俺をバカにした態度をとったから、いけないんだ。

シルクだかの柔らかい生地でできた、水色のTバックを顔に当てながら、そう自分に言い聞かせた。ルシエのパンツからは、未だにほのかな柔軟剤の香りがした。

キレイ好きで神経質そうな女だったが、背が小さくて巨乳だったな。あー、あの女もう1回やらせてくんねえかな。そう思いながら、ルシエの忘れ形見の匂いを嗅いでいると。

「宅配便でーす」

チャイムとともに、快活な男の声が聞こえた。ああもう、人が一発抜こうとしているときに、とイラっとしながら、俺は不機嫌さ全開でドアを開け、サインして荷物を受け取った。

届いた宅配便は、携帯が入ってる箱と、ほぼ同じサイズの小包だった。

送り主は……株式会社SCM？　心当たりがないな。生ものではなさそうだ。とりあえず包装を破り、箱を開けてみることにした。

なかには薄っぺらい説明書と入れ歯みたいな器具、そして手紙が入っていた。手紙の内容は、新商品販売前のモニターとして、目黒マサカズ様、つまり俺様が選ばれたという内容だ。

モバイルナントカっていう携帯サイトのなかから、抽選で俺が選ばれたと書いてある。あとから料金を請求するような、新手の詐欺かと思ったが、手紙には『今後一切、会社側から連絡はしません、この商品がよかった、と感じたときだけアンケートに答えて下さい』と書いてあった。

さらに、SCMを使用してアンケートに答えた際には、ペアで南国ジャマイカへの旅行をもれなくプレゼントするそうだ。ジャマイカ？　ジャマイカってどこだ？

俺は同封された器具と説明書を取り出した。

説明書にはまず、上の歯は10本あるか、と書いてある。舌で歯を数えながらページをめくると、この器具の取りつけ方の図や、説明が書かれていた。あ、俺の上の歯って16本あるんだ。

【SCMスーパーチャームマシン
このSuper Charm Machine（以下SCM）は歯の裏につけるだけで、あなたの魅力を増大させる新時代型気功コントロールアクセサリーです。スロットに行けば必ず大当たり、宝くじを買っても必ず当たります。あなたの体には無限の魅力が眠って（以下略）】

……ああ、これはアレだ、つけるだけでモテモテになったり、ギャンブルは勝ちまくって万券の風呂に入れるっていう、アレだ。幸運のお守りってやつだな。

「はっ！」俺がこんな物を本気にすると思うか？　この会社はこんな商売をして、よくやっていけるな。俺は片手に持っていたSCMとかいう幸運のお守りを、床にポイっと放り投げた。

けど、直後に手紙の内容を思い出したんだ。無料だし、使用してアンケートに答えたらジャマイカか。ジャマイカって英語圏かな？　俺、英語喋れないけど大丈夫かな。

俺は、もう一度SCMを手に取ってみた。グニャグニャと曲がる樹脂と金具と、小さな基盤によってできた器具だ。臭いを嗅いでみると……くっさ！

抜いたあとの虫歯と同じ臭いがした。んだよ、これ、誰かがつけたやつじゃないのか？

なんか嫌な感じだが、つけているだけで運がよくなるなんて、そんなデタラメ、販売元の会社へクレームを言ってやりたい衝動にかられた。

説明書の図解を見ながら、俺はSCMを口のなかにつけてみる。だが何も起きない。

まあ、つけただけじゃ何も起きないか。あ、試しにスロットにでも行ってみようか。スロットに行けば必ず勝てると、説明書には堂々と書いてあったしな。負けたら、この会社に金を請求してやる。俺は支度をして、家から10分ほどのパチンコ屋へ向かった。

パチンコ屋に入ると、ガチャガチャした機械音や、いろいろなテーマで流れるパチンコのマーチが耳を刺激した。スロットコーナーへ向かい、台のデータをチェックしていった。

手頃な台を見つけ、座った瞬間。

『キュイーン』突然、歯の裏に振動を感じた。

何だ？　何だよ、これ。マジわけ分かんねえ。トイレで外そうか。この場で外したら入れ歯みたいで恥ずかしい。俺は千円札を握ったまま、そんなことを考えていた。

『キュイーン』また鳴った。さっきより強い。やっぱり、このＳＣＭとかいう機械から鳴ってんだ。けど一応、幸運のお守りだしなあ。

『キュイーン』またかよ。この不快感といったら、スロットどころじゃない。

やっぱ外そう、と決心した直後のことだ。足元にズシリと、重たいバッグが。

「久しぶり」隣に女が座った。

騒音のなかでも聞こえるくらいの大きな声で、女は俺に話しかけた。スロットコーナーには、俺を含めて数人の客しかいない。みんな散り散りに座っている。俺に声をかけてきたとしか思えない。

一瞬で逆ナンという言葉や、裸女に囲まれたハーレム状態の写真を思い浮かべた。以前見た、幸運のアクセサリーの広告だ。

隣に座った女を見た。品のいい茶色い髪が耳を隠している。細くて濃い眉と、鷹のような目つき。座っていても背が低いと分かる。

それにしても、どこかで見たことがあるな。いや、それどころじゃない。こいつは……。

「覚えてる？」

「あ、ああ……」ルシエ。間違いない、この前、俺がヤって山に捨てた女。ルシエだ。

俺は頭が真っ白になるという感覚を、初めて体験した。指先が冷たくなり、体から力が抜けた。血の気が引くとはこのことだろう。この場からダッシュで逃げるヴィジョンが浮かぶ。

「ねえ、勝負しない？」

「は？」頭んなかがパニック状態の俺に、ルシエはわけの分からないことを言いだした。

「この場に合った、勝負をしない？」

「た、例えば？」

「あたしもあんたも今、座ったばかりだから、これから20分間、２０００円で、どっちがよりメダルを残すかって、どう？」

20分で２０００円。メダルが多いほうが勝ち。テンパっている俺でも分かる、簡単なルールだ。

「けど、今のはあくまで提案。勝負の内容はあんたが決めていい」

ルシエは、生足をあらわにしたミニスカートを穿いていた。わずかに血管が浮き出た太ももを、俺は思わず見てしまう。

「あんたが勝ったら、またヤらせてあげる」

俺の股間にドクンとマグマ。

「お俺が負けたら?」まさか警察とか。

「1万円ちょうだい」ルシエは指を1本、ピンと立てた。

「い、1万円？」たったの？

「そう。あたしが勝ったら1万円。あんたが勝ったら、あたしを好きにしていい」

「２０００円で、よりメダルを稼いだほうが勝ちだな？」

なんだこいつ。金のないヤリマンか？　俺はすでに、やる気マンマンだった。

「いいえ。提案したのは、メダルをより多く残したほうが勝ち、っていうもの。けど決めるのはあんたでいい」

「いっ、いいぞ。絶対にヤらせるんだな？」よく意味は分からないが、同じことだろう。

ルシエが頷いたのとほぼ同時に、口のなかで何かの音がした。もし２０００円のうち、１０００円が残った場合は等価の50枚とする、ってことでまとまり、俺たちは勝負を始めた。


俺は台に3枚ずつメダルを入れていく。リールが回り始めたら、左からボタンを押していった。順押しだ。座った台の今日のデータは、当たりなしの、ちょうど１００回転目。前日までのデータを見た上では、20分以内でも十分に当たる可能性のある台だ。

隣に座ったルシエの台もすでに見たが、あの台は現時点で３００回転以上も回っている上に、前日も出ていないカス台だ。隣から見ていても、小役すら揃っている様子はない。

おまけにルシエの打ち方ときたら。まずコインをまとめて入れる。それだけならまだしも、１リールごとに止める手がぎこちない。まるでスロットに興味のない彼女が、彼氏を待つ間、退屈しのぎに打っているようだ。この女、スロットを打ったことないな。じゃあなぜ、俺にスロットの勝負なんて……うほ！

俺の台の予告ランプが点いた。俺はルシエを見てニヤリと笑う。

この予告ランプが点いた場合、１００％当たりが確定したことになる。しかもＢＩＧ。大当たりだ。携帯の時計を見ると、まだ開始してから4分しか経っていない。

ルシエは、何回もチラチラと俺の台を見ていた。

あとはリールを適当に揃えていれば、勝手にメダルが出てくる。メダルが多いほうが勝ち、というルールなら、ゆっくり打ってもよかったが、まあ余裕だし深く考えなくていい。

開始から10分で、俺は約３００枚獲得。ルシエはメダルがなくなり、さらに１０００円を投入した。２枚目の１０００円札を使ったんだ。俺はまだ１０００円残っているから、おおよそ４００枚換算。ルシエは50枚前後。つまり俺の圧勝だ。

おいおい、あっさりすぎじゃないか？　このままだと、また犯しちゃうよルシエちゃん？　そんなに僕の鼻クソの味が忘れられなかった？　勝ったらまた舐めて……。

ガチャコン！　ルシエの台から景気のいい炸裂音がした。同時に、ルシエの台の予告ランプが光る。この音は当たり確定の合図だ。しかも、ＢＩＧ。大当たりだ。

ルシエがニヤリと笑って俺を見る。このアマ、調子に乗るなよ？

今の当たりを踏まえても、お前の合計は、せいぜい４００枚弱。

小役続きで、まだ台のなかにコインが残っている俺は、４００枚以上を維持している。さらにＢＩＧからの50回転は熱い。このままいけば、すぐに。

ガチャコン！　ほらきた！　未だにメダルを放出中のルシエを尻目に、俺は当たり確定だ。

小当たりに当たるレギュラーだが、それでも１５０枚獲得できる。

すでに17分経過、残り３分だ。

「当たり後に残る、機械のなかのメダルはなしでいいからな！」

俺は余裕ぶっちぎりの態度で、ルールの追加をルシエに言った。ルシエはチラっと俺を見ると、視線を戻して当たりの終わった台を回し続けた。

台のなかに残ったメダルを差し引いたら、ルシエの持ちメダルはおよそ５００枚弱。

俺は、この当たりで５００枚強。へっへー、ビビってるだろー？

あと2分で、この女に俺の鼻の穴を舐めさせることができる。この前は、車のなかで落ち着かなかったから、今日はスロットで勝った金でラブホに行ってやろう。バイブも使って思う存分楽しんでやる。嫌がっても力ずくで押しくるめてやるんだ。

「うへ、うっへへへ」我慢しても笑いと鼻水が込み上げてきやがる。

俺は今日ついてる！　ＳＣＭ、たしかスーパーチャームだったな！　スーパーチャーム万歳！

当たったメダルを吐き出し終わった。俺の台のメダル入れには５００枚強のメダルがある。そして時間は、残り1分だ。俺の勝ちは絶対だ！

ほら、もう時間になるぞ。20分だ。俺は携帯片手に、ルシエを見ながら言ってやった。

「終わりだ」そして、ご奉仕タイムの始まりだ。

次の瞬間、ルシエがバッグを持った。

「おっとー、逃がさねえぞ」

「ちげーよ」ルシエはそう言って、バッグのジッパーを開けようとした。

分かってんだよ。その重たそうなバッグに、あらかじめメダルを入れてたんだろ。

「そんなかにメダル入れてたって、認めないからな!?」

それを足して勝ちだなんて、そうはいかねえ！

「それもちげーよバカ」

「ああ？」

俺は取り上げたバッグを開ける。「ジャマイカ？」

中身は旅行雑誌の束だった。真っ先にジャマイカ旅行のパンフレットが見えたんだ。

両手でバッグを抱える俺を見ながら、ルシエは後ろへ身を翻した。そこには、メダルが山盛りに入った、ドル箱が置いてあったんだ。

ルシエはそのドル箱を持ち上げると、自分の台の受け口に向かって逆さまにした。ギャラララと、ドル箱からは大量のメダルが流れ落ちた。

「は?」ルシエの突然の行動に、俺は頭が真っ白になった。

ドル箱に入っていたメダルは、明らかに５００枚を越えている。

「な、何やってんだよ!」

「残ったメダルって言った」ルシエは俺の目を真っ直ぐ見ながら、そう言った。

「ああ?」

「20分で稼いだメダルじゃない。20分経って残ったメダルの数、って言った」

最後に残ったメダルの数。持っていたバッグはおとりだった。

こいつ、あらかじめ後ろの台の上に、メダル山盛りのドル箱を用意してたのか。

「事前に持ってたメダルが、駄目なんて言ってない」

たしかに言ってない。俺は立ち上がり、ルシエを指差した。

「て、てめ!　イカサマだろ!　そんなの通じるわ……」

キレて乗り切ろうとしたが、俺は心のなかで思っちまった。

バッグじゃなかった。後ろの台に置いてあったんだ。やられた、ってな。

『カチッ、カチカチ』その瞬間ハッキリと、口のなかから音が聞こえた。

直後に俺の鼓動がドクンと鳴り、喉が渇く。

「乱暴しないでよ！　警察呼ぶよ！」

ルシエの言葉に、俺は反射的に体を遠ざけた。〝怖い〟って思ったんだ。

「す、すみません」自分でも信じられないが、俺は思わずルシエに謝った。


「あんたがまんまとパチンコ屋へ行ったときは、マジ嬉しかった」

俺は今、自分の部屋にいる。ルシエも一緒だ。

「いろいろ悩んだけどさ、あのスロットのイカサマくらいしか思いつかなかったんだよねぇ」

今俺は、裸で四つん這いになり、背中にタオルを敷かれている。

そして、俺の背中にはルシエが座っていた。

「とにかくSCMをつけて欲しかった」SCM。口のなかのこれか。

「あ、ちなみに口のなかのそれ。外したら大変なことになるから、許可なく外さないでね」

大変なことってなんだ？　俺はただ「はい」と返事をするしかない。

さらに、俺の頭の上にはパックの野菜ジュースが置かれていた。彼女は、チューチューとそれを吸い「落とすなよ」と命令して、再び俺の頭の上に置いた。

俺は必死に体勢を維持していた。この女、チビのくせして重いんだよ。

「そのために、わざわざ偽物の説明書まで作ってさぁ。ちゃんと全部読んだ？　スーパーチャームマシン」

「いや、読んでない」くそ。何がスーパーチャームマシンだ。

「あー、言葉遣いが気に入らないから、これからは敬語ね」

「はい」くそ！

「わけ分からないでしょ？　あたしも夢かと思うほど、わけが分からない」

ルシエは俺のタバコを吸いながら、俺の顔を覗き込んできた。

「ねえねえ、自分の顔を思いきり殴ってみて？」

俺は四つん這いのまま、片手を挙げた。

したくないのに……しなければもっと恐ろしい目に遭う気がしたんだ。

バチン！　俺は、自分の顔をグーで殴った。同時に、野菜ジュースのパックが頭上から落ちた。

「どう？　痛い？」

「はい……痛いです」くそ、自分の顔を殴るなんて初めてだ。

「ジュース落としちゃったね。だから、もう1回」バチンッ！

「もう1回。ねえ、もう1回」バチッ！　バチンッ！　バチッ！

ルシエに言われるまま、俺は何回も、自分の顔をぶん殴った。

「ねえ、痛い？」

「はい」口のなかに鉄の味が広がる。

「よかったぁ。夢じゃないのね」ルシエは嬉しそうに言った。

「あづ！」そしてタバコを俺の尻につけて、消したんだ。

痛みとともに、キュッとケツに力を入れた。するとバブンと屁が出て、体がビクンと動く。

「くっさっ！　最悪なんだけど！　体勢崩すなよ！」

ルシエの言葉に俺は「ひゃい」と情けない声を出した。この女の声が無条件に怖かった。

「あんたが、あたしにしたこと、あたしは絶っっっ対に許さない」

暖房をつけていない部屋で俺は裸。寒さのせいなのか、重みのせいなのか、疲れのせいなのか恐怖のせいなのか。腕や足がブルブルと震える。

「イカサマだろうが、ルールに沿った敗北感を与えれば、奴隷になるんだー。ＳＣＭって最高」

ルシエは俺の上で何かの本を読みながら、そう言った。

奴隷？　ＳＣＭ？　一体なんなんだ。この体勢じゃ、その本の表紙にＳＣＭと書かれていることしか分からない。

「ジャマイカにようこそ、クソ野郎」くそっ。ジャマイカってどこだよ。

「けど、あたしの復讐はまだ終わらない。あんたに山に置き去りにされたあとね、あたしはまたレイプされたんだよ？」

そうなのか。そりゃ下半身丸出しなら、ありえなくもないか。俺がなんとなく顔を上げてみると、ルシエも俺を見ていた。目を広げ、力や怨念が込もっているような。なんていうか、マジ、イっちゃってる目だ。

「ほら、何か言えよ」

「すみません」

バチッ！「あぐっ」

ルシエは靴を履いたままの足で、俺の腿あたりを蹴った。土足で俺の部屋に入ってるんだ。

「何がすみませんだ。すみませんで済んだらＳＣＭはいらねえんだよ」

「あの、ＳＣＭって……？」

「誰が、お前みたいな鼻クソ野郎に教えるか」

くそ！　くそ！　くそ！　その鼻クソを舐めたのはどいつだ！

「あんたは、あたしの言うことを、黙って犬みたいに聞いてりゃいいんだよ。あ、これから返事をするときは、ワンって言って」

　い、犬だと？　ふざけんじゃねえと思いながらも、俺が「はい」と応えると、ルシエはまた俺の足を蹴った。

「はいじゃないでしょ？」

「わ……ワン」

「あははは！　マジウケる！　てゆうか犬にすら、あんたの存在は申し訳ねえんだから、全世界の犬に謝れよ。ほら」

　くそ！　くそ！　くそ！　くそおお！

「ぜっ……全世界の犬の皆様、生まれてきて申し訳ありませんでした」

　バカバカしすぎる俺の謝罪に、ルシエはいつまでもケラケラと笑っていた。

　ひとしきり俺を虐めると、女王様は立ち上がり、こう言った。

「これからあたしをレイプした、他の奴んとこに行くから。超大変だったんだよ？　車のナンバーから、違法サイトで住所とか調べてさぁ。２万円近くかかったし。けど、おかげでなんとか１人だけ住所が分かった」

　あー、ルシエの重みがなくなっただけで、だいぶ楽だ。俺は上半身を起こし肩を回す。ルシエの話はよく聞いていなかった。

「何ボケっとしてんの？　あんたはこれから車を出して、あたしとココに行くんだよ」

　彼女は、バッグから出した紙を俺に渡した。紙には住所と名前が書いてある。ここから車で40分くらいの場所だ。

「つうかテメー！　これあたしのバッグじゃねえか！」

ルシエの大声に、俺はビクッと震えた。

タンスのなかに置いていたルシエのバッグを、本人が見つけたんだ。女王様はサイフのなかを見た。

「8000円くらいあったのに！　あとで返してもらうから！」

その後、何回も蹴られた。


俺は服を着て、アパートの前に停まっている車に乗り込んだ。ルシエはてっきり助手席に乗ると思ったが、後部座席に座った。後部座席にあった俺の仕事着や雑誌を、助手席へ放り投げてる。

「相変わらず汚ねー車。ほら、早く出せよ」

「はい」と応えると、ルシエが運転席の裏を蹴った。

「だからワンだろ！」くそ。

「ワン」ルシエの声を聞くと無条件に緊張して、怖くなるんだ。おまけに申し訳ない、という気まずさまで感じる。仕事中に親方から怒られるよりも、ストレスになる。

車を走らせてから、しばらくは、お互い無言だった。ラジオでもつけようと思ったが、何をしてもルシエに怒られる気がして、運転に集中するしか俺にはできない。だが、無言は無言で怖く感じる。俺はバックミラーで、チラッとルシエを見た。

ルシエは助手席の背を睨んでいた。うお、あの顔、怖え。そう思った直後、「おわっ！」

ルシエは突然、思いっきり助手席の背を蹴った。

ボスッ！　ボスン！　と、こもった音が車を揺らした。「なっ、何を……」

ルシエの行動にビビりながらもそう訊くと、ルシエは俺を睨んだ。

「お前がここで、あたしをレイプしたんだろぉおお!!」

生まれて初めて、女がこんなに低い声を出したのを聞いた。

俺は何も言えないまま車を走らせた。そのうち、ルシエは落ち着いた。

けど、すぐに「うっ、うっ」と気持ちの悪い、何かを我慢しているかのような声が、後部座席から聞こえたんだ。泣いているのか？　俺は何も言わず、なるべく何も考えないようにした。

紙に書かれた住所に近づくと、何回か車から降ろされ、くそ寒いなか、電信柱などにある番地を確認させられた。

やっと紙に書かれていた住所の場所に着く。そこはいたって普通の一戸建てだった。幸いなのか、近くに車を路駐できるスペースがあり、そこから家の様子がよく見える。そこに車を停めるように指示された。

俺は現地に着いて初めて、ルシエを2回目にレイプしたそいつを見つけたらどうするのか、疑問に思った。しかし、下手なことを訊いてもろくな返事が返ってこないのは、いい加減学習している。俺が訊かなくても、ルシエは後部座席からこう言ってきた。

「そいつが来たら、拉致して車に入れて」

ほら、ろくなことじゃない。もう怒りや憤りじゃない、諦めや疲れしか感じない。

さらに、それからがしんどかった。

俺たちの待ち人は、家から出て来るのか？　それとも外から帰って来るのか？　そんな情報も一切聞かされていない。時刻は18時、辺りは街灯が点き始め、空は暗くなっていた。

初めはそいつが早く来ることを望んでいたが、考えてみれば来たって、俺にはまったくメリットはない。なんたって、人を拉致するのは犯罪だ。途中からは、むしろそいつがこのまま来ないことを望んだ。だが、ルシエは朝まで待とうとする勢いだ。

女王様は時々携帯をイジったりしている。俺が自分の携帯をイジろうとすると「ダメ」と言われた。このままじゃ呼吸をするのも禁止されんじゃねえかって思った。

もう2時間くらい待っただろうか。その2回目にレイプした男に来て欲しくはないが、来てもらわないと俺は帰れない。貴重な休日に、俺は何してんだ。疲れたし眠い。腹も減った。そういや朝から何も食べていない。それでも後ろにいるルシエから、常に緊張を感じるんだ。何なんだこれ。そんなことを考えていると、運転席の背をルシエが再び蹴った。

「……あいつだ」

フロントガラスの先を見ると、大学生くらいの若者が道路際の歩道を歩いていた。持っている荷物と着ているジャージの雰囲気から、テニスの帰りだと分かる。

「行け」

「えっと……」

「言われないと分かんねえの!? 車近づけて助手席にぶち込むんだよ！」

俺は、ギアを切り替え、サイドブレーキを解除し、車を走らせた。

幸い車通りはなく、通行人も見当たらなかったが、ギュルギュルとタイヤを鳴らす音が住宅地に響き渡った。対向車線に侵入し、道路を逆走して若者の前に車を停めた。

突然目の前に現れた車に、若者は驚いていたが、焦っているのはこっちも一緒だ。俺はすぐに車から降り、とにかく若者を捕まえようとした。

若者は「何すか！　何すか！」と抵抗したが、俺のほうが身長はデカイし、体格もいい。若者の口を片手で塞いだ。「いでっ！」噛まれた。

ルシエが助手席のドアを開けてくれたお陰で、若者の体を半分、車に入れることができた。ルシエの「押さえろ！」という指示に、俺も噛まれた痛みに耐えながら、必死でそいつの口を塞いだ。もちろん、そいつも必死だ。猿のように暴れやがった。

尻は助手席に入ったが、両手でドアを掴み、意地でも車に入ろうとしない。

ルシエは後部座席から身を乗り出すと、ビニールテープで若者を助手席に縛りつけた。初めは腰のあたりにテープを巻きつけ、次に俺が押し込んだ頭だ。

腕を押し込んだ時点で、俺は助手席のドアを閉め、車の周りを移動して、運転席へ戻った。

改めて若者の体を押さえつけた。不意に、ルシエを襲ったときのことを思い出した。女に比べて、男のほうが往生際が悪いな。

若者が逃げたらまずいのは百も承知だ。指示はなかったが、とにかく必死でルシエをフォローした。ルシエと俺の空気を読んだ共同作業で、若者を助手席に縛りつけることに成功した。俺はすぐに車を出した。

若者が俺たちの前に現れてから、ここまで数十秒だった。

ルシエは本物の蜘蛛のように、若者をビニールテープでグルグル巻きにしていた。しかも、いつの間にか防寒用のマスクをしている。自分だけ顔を隠して卑怯だ。顔を見られた俺は今更もう遅い。

「んー！　んー」

鼻から下のほとんどを縛りつけられた若者は、目だけを見開き、必死で声を出そうとしていた。

俺は車を運転しながら、頭のなかは今さらながら混乱していた。周りに人や車がいた様子はなかったが、タイヤの悲鳴が耳から離れないんだ。口から玉子が出るんじゃねえかってほどの、吐き気がする。

今朝まではルシエのパンツの匂いを嗅ぎながら、自慰をしようとしてただけの穏やかな休日だったのに、夜には見ず知らずの若者を車で拉致している。じわじわと、日常からかけ離れていくのを実感していた。ハンドルを握る手の、噛まれた場所から血が垂れ流れているのを見ると、涙が出そうになった。

「ん！　んー」助手席の若者は、まだ叫ぼうとしている。

ルシエのせいで俺の人生は滅茶苦茶だ！　ちくしょう！　ちくしょう！

俺の人生が！　俺の人生が！　なんで俺は、こんなチビ女の言うことを聞いちまう！

ＳＣＭって何なんだよ！　これがジャマイカなのかよ！


ルシエは俺に、高尾山へ行くように指示した。ルシエを捨てた、心霊スポットがある山だ。

拉致した若者は初め暴れたが、今では鼻で荒く息をするだけになった。１時間弱、車を走らせると、山の麓にたどり着いた。さらに山道へ入り、20分ほど走れば、木々で景色が遮られ、民家すら見当たらないロケーションが続く。

若者の落ち着きがなくなってきた。山道に入って謎が解けたんだろう。顔を隠した後ろの女が、自分がレイプした女だと確信したんだ。

自分は殺されて、穴に埋められる、とでも考えているに違いない。誰よりも、俺がそう思う。まさか隣で運転する俺も、この女をレイプした〝同類〟だなんて夢にも思っていないだろう。

適当な空き地で、車を停めるように指示された。そこは、車が２、３台停められるくらいの空き地……ああ、ここはルシエをレイプした場所だ。

若者はさらに鼻息を荒くしているが、どうしようもない。ルシエは車内の電気を点けた。

「これで、そいつのズボンを脱がして」

ルシエは布を切るための、大きなハサミを俺に渡した。脱がすというより、切れという感じか。

「んー！」若者は必死に体を動かすが、ビニールテープ１ロールすべて使っただけあって、席ごと壊さないと逃げられない。

俺は若者の股間付近のビニールを、ジャージごと切ろうとしたが、こいつが動くせいでうまく切れない。

「騒いだら大事なところが切れちまうぞ」

若者の腰を押さえながらそう言うと、若者はおとなしくなった。

「アソコあたりだけでいいから」

携帯片手に、俺たちを後ろから覗きこみ、ルシエはそう指示した。携帯の持ち方から、明らかにカメラモードにしているのが分かる。なんだこの女。こういうコレクションを欲しがる変態か？

ハサミの音が車内に響く。動かなくなったおかげで、順調に若者のジャージのズボンが切れ、すぐに男もののトランクスが出てきた。ちくしょう、女だったらよかったのにな。

「パンツも切って」予想はしてたが、マジかよ。女王様はパンツの奥も見たいらしい。

「んー！」若者がまた騒ぎだした。俺だって男のパンツなんて切ったら、何が飛び出してくるかなんて分かり切っている。

しかし、俺はルシエの指示には逆らえない。何の根拠もないのに、逆らうヴィジョンを浮かべただけで、胃を握られたような不快感に襲われるんだ。

「マジで動くなよ？　俺だって傷つけたくないんだ」

俺が同情を含んだ言葉を投げると、若者は助けを求める目で俺を見てきた。目に涙を浮かべ、「ふぃ、ふぃ」と子犬みたいな息を漏らしてんだ。

こいつ、まだ20歳くらいか。くそ。そんな目で俺を見るな。

俺だって、こんなことしたくねえんだ。くそ。俺だってお前がかわいそ……ああそうか。ルシエも。ルシエもあのとき、こんな思いで俺を見てたのか。

つらくても、誰も助けてくれない。助けを求めても状況は何も変わらない。

俺は、そんなルシエを性欲にまかせて無理矢理、犯したのか。

したくないのに、若者を苦しめているからこそ分かる。胸が、とても苦しくなった。俺は若者を見て思った。こいつも気づいてるのかな。無理矢理、性的暴行を受ける人間の気持ちが。

「早くやれよ」ルシエの声が、俺の気持ちを吹き飛ばした。

「は……ワン」すまん。

俺はさらに若者のパンツを切った。切り刻まれたトランクスの布が、若者の股間を隠すだけになる。

「それ邪魔。とって」

さっきまでルシエに同情していたが、この女はやはりそういう趣味の変態女か？　痴女だ痴女。

俺は汚い雑巾でもつまむように、若者の股間を隠している布を取った。そりゃできるだけ男のソレには触りたくない。

「はは、いいざま」

全身グルグル巻きに縛られ、股間だけさらす若者。彼の情けないマニアックな姿に、ルシエは笑っていた。若者は目をギュッとつむり、泣いていた。俺が言うのもあれだが、この女最低だな。同情するよ、本当に。客観的にことを見ていたが、若者の股間があらわになると、ルシエは俺に向かって信じられない言葉を吐きやがった。

「しゃぶれ」

「え？」

「しゃぶるんだよ、それを」

それとは、俺の隣に座る若者のアレだ。サイドブレーキじゃない。

「早く」ルシエは携帯を構え、俺たちに向けていた。

「んー！　んー！」若者も必死で嫌がるが、ふざけるな！　俺のほうが嫌だ！

「早く！」ルシエの声が頭に強く響いた。たとえようのない衝動が俺を動かすんだ。

俺は顔を若者の股間に近づけていた。俺も、多分若者も目をつむっていた。

俺の口のなかに、生暖かい物が入った瞬間。

ピロリンと、のん気すぎる音が、ルシエの携帯から鳴った。

「あはは！　ほら動けよ！　イクまでやれよ！」

ちくしょう！　こいつ写メじゃなくて、ムービー撮ってやがる！

「てゆーか、いいこと思いついた！　そいつのそれを手でシゴイてさぁ、イカせてよ！」

嬉しそうなルシエの閃きに、俺は口に含んだモノを噛みそうになった。歯が当たった瞬間、若者がテープ越しに叫んだ。

ルシエは突然、助手席のドアを開けた。車内に冷たい空気が流れ込み、クソ寒い。

だが、新たな嫌がらせはさっきよりマシだ。若者もそれを察したのか、俺が握ってやると、強く目をつむり何かを妄想している。下手に抵抗するより、素直に従って1秒でも早く終わるのを望んでいるんだ。

20分以上シゴイただろうか。俺の腕が痙攣しそうになる寸前、開けたドアからガムシロップぐらいの精液が飛び散った。若者がやっとイキやがったんだ。

「あ、やっとイッた？」

「ワン……」これで満足だろ。

「じゃあ撒き散らしたそれ、全部舐めてキレイにして」

「は、あ!? お、俺が!?」

「口開いてんのは、あんただけでしょ？」

たしかに、若者はテープで口を塞がれていた。つうかテメーが舐めろ。

そんなことを言えるわけもなく、数十秒後には冷たい砂利をベロベロと舐める俺の姿があった。

若者と俺は、その後ありとあらゆる恥ずかしいことをさせられた。全部あの女の携帯に入っている。ルシエはキャッキャッと小鬼のように笑いながら、ひたすらムービーを撮っていた。


すべてが終わったのは深夜。いい加減飽きた様子のルシエは、俺に若者のビニールテープを切るよう指示をした。そして自分の携帯を掲げ、若者にあのムービーを見せた。

「テープは解くけど抵抗したら、この男がお前をさらにひどい目に遭わせる。別に警察に行ってもいいけど、行ったらこのムービーをお前の友達や家族、ネットにも流す。それに、お前の罪も必ず立件させる。お前もただじゃ済ませない」

それを聞いた若者は、テープを解かれてもおとなしかった。恐怖もあったろうが、もう疲れたのだろう。ルシエは最後に、こう言い残した。

「お前が何かしたら、お前のパパとママを、この男が犯す」

トドメの一言だ。父親すらも俺が犯す。ルシエはその日が来たら、本気で俺にその命令を下す。

若者も俺も、心底それを確信していた。

腕を縛るテープだけをそのままにし、布で目隠しをしてから若者を外へ出した。

目隠しはナンバープレートを見せないためだ。恐らく拉致したときにも見られていない。

俺は車を走らせながら、バックミラーを見た。布を頭に巻き、下半身丸出しで放心状態の若者の姿が見えた。まるで、初めて地球に降り立った宇宙人だ。

ああ。あのときは逃げるのに夢中だったが、あの夜のルシエもこんな感じだったのかな。

ルシエは、その日から悪魔になったんだ。

多分、あの若者は警察には行かないだろう。俺としても、ぜひ行ってほしくない。俺も捕まるし、あんなムービー誰にも見られたくない。

もう、何も考えたくない。若者も俺も、多分あの日、山に捨てたルシエも、そう思ったんだろう。俺はただ車を走らせ、ルシエは後部座席で黙っている。さっきまで悪魔のようなテンションで、男同士の痴態を撮っていたが、今はおとなしい。

ルシエは俺とあの若者に傷つけられ、俺とあの若者を傷つけた。この女はこれで、満足したのだろうか。そう思っていると。

「ぅふっふふ、うふふふ」え？　ルシエが突然笑いだした。

「あはははは！　このムービー、マジうける！」

静かだと思ったら、俺と若者のムービーを見ていやがったんだ。

「あ、そうそう！　あいつが警察行ったら、お前が全部の罪をかぶるんだよ！」

「わ、ワン！」この女はやっぱり悪魔だ。

ちくしょう。俺はこれから先いつまで、この悪魔の言うことを聞かなければいけないんだ。


深夜3時くらいに、やっとルシエの住むマンションに着いた。まだルシエとメールし始めたころ清瀬市とは聞いていたが、意外に近くに住んでいたんだな。車から降りる際、電話番号を交換させられ、口のなかのＳＣＭは絶対に外すなと念を押された。

「これで終わったと思うなよ」

そう言い残すと、ルシエはマンションのエントランスに消えて行った。

やっと解放された。自分の意思で車通りの少ない深夜の道を走らせ、家に帰れる、この幸せ。可能ならこのまま車で轢き殺してしまいたい。

ああ、長かった。驚くほど長い1日だった。

自宅のアパートに着き、車を停め、自分ん家の匂いを嗅いだ瞬間、泣きそうになった。我が家だ。死ぬほど落ち着く。家に帰れただけで、こんなに感動したのは初めてじゃねえのか？

俺はシャワーを浴びて、念入りに歯を磨いた。つい、口のなかに入ったモノを思い出しちまった。その瞬間、胃液がこみ上げ、風呂場の排水溝へ吐いた。

すぐに寝よう。もう何も考えない。今日を振り返らずに、とにかく寝よう。

そう思いながら布団に入ると、頭に何か当たった。ルシエが飲んでいたパックの野菜ジュースだ。俺はストローの部分を一度舐め、残りのジュースを飲んだ。そして握り潰し、ゴミ箱に投げてやった。その直後のことだ。

『キュイーン』口のなかのアレが、また鳴った。
俺は反射的にルシエが近づいたのかと思ったが、振動は１回だけで、何事もなかった。
そうだよ。全部これが悪いんだよ。何なんだよ。ＳＣＭって。
いっそ死んだほうがマシ。
明日が怖いと思う人生ほど、苦しいものはないと思った。

0004 豊島 アヤカ

「アヤカ、その目、どうした？」

部屋中にセイヤの匂いがする。セイヤとの待ち合わせは、いつもカラオケ。

セイヤは人目を避けた場所で会いたがる。それでも、会えるだけで舞い上がるほど嬉しい。

なのに、あたしの目元は醜く腫れていた。

「ちょっと、ものもらいしちゃって。変？」

本当は今日、本番した客に殴られたんだ。

コンシーラーで青たんを隠そうとしても、違和感があった。セイヤとのデートに、キャンセルなんて選択肢はありえない。結局、眼帯をつけてあたしはセイヤと会うことにした。

せっかく、買ったばかりの服を着て来たのに。あのデカチン野郎のせいで、あたしの顔面は醜く腫れ上がっていた。

「いいや、大丈夫だよ」

ソファーに座るセイヤに、あたしは心からめちゃくちゃ甘えた声を出した。

「セイヤ、ありがとう！　あのね、あのね、ちょっと痛いこと訊いていい？」

セイヤは「ああ」と言ってくれた。

カラオケなんて歌いたくない、あたしはただただ、セイヤとの会話を望んでいた。

「アヤカとー、セイヤはー、特別な関係だよね？」

「ああ。そうだよ」

「あは。友達に、もうセイヤに会いに行くのはやめろって言われたの」

セイヤの前だと、甘えた女になれる。

「だけど、あたし言ってやったんだ。セイヤとはホストと客とか、男と女とか関係ない。男女の仲を越えた特別な関係なんだ！　って」

少し嘘。セイヤの前だと可愛い女になれる。

「ああ、よく言った」

セイヤは、あたしの頭を撫でてくれた。やべ、超いい匂いする。

「ね、ね、セイヤもそう思うでしょ？」

「ああ。だから今一緒にいるじゃないか。それに……」

セイヤはそう言って、あたしが手に持つＳＣＭを指差した。

「それをつけたら、さらに深い関係になれる」

「あ、ごめんね。忘れてた。じゃあ、つけるね」

あたしは手に持っていたＳＣＭを口に近づけた。

今日、会うことになったのも、これのおかげ。電話で、セイヤは説明してくれた。

これはつけた人同士の絆を強くする、ジャマイカ発祥のアクセサリーなんだって。

先日、セイヤは１人でジャマイカへ旅行に行った。

ホストという仕事を忘れて、たまには１人で旅をしたいんだって。

そのお土産で、このＳＣＭを買ってきてくれた。

ジャマイカはよく分からないけど、あっちでは流行ってるって言ってた。

セイヤはあたしに、「俺たちだけの絆が欲しい」って言ってくれた。

そのためには、このＳＣＭをつけて、儀式をしなきゃいけないんだって教えてくれた。

勝負をして、あたしが負けなきゃいけないんだって。

セイヤが久しぶりに店の外で会ってくれたのが、本当に嬉しかった。

セイヤの頼みなら、ＳＣＭだってつけるし、他人とセックスだってできる。

これは恋愛じゃないんだ。セイヤの前だと、あたしは女の子でいられる。

人に弱みを見せずに生きてきたあたしが、セイヤにだけは甘えられる。

セイヤをナンバーワンにしたのはあたし。

風俗で必死に金を稼ぎ、他に太客のいないセイヤをあたし1人でナンバーワンに押し上げた。

その月に使った金額は１２００万円。

デリヘルとソープをかけ持ちして、裏引きしてでも稼ぎ、貯金も一気に使った。

周りの友達は引いたり呆れたりしていた。ただでさえ少ない友達が、さらに少なくなった。

けど、あたしはそれでいいの。バカな女と笑われてもいい。

誰に何を言われても関係ない。セイヤはあたしの誇り、作品なの。

セイヤをナンバーワンにしたかった。ナンバーワンはセイヤとあたしの夢だった。

セイヤをナンバーワンにした瞬間、達成感で、あたしは泣いて喜んだ。

セイヤとは色恋やお金を越えた、夢や未来に近い、もっと崇高な関係。

セイヤはあたしの誇りなの。

あたしは言われた通り、ＳＣＭを歯の裏につけた。

『キュイーン』つけた瞬間、振動が起きた。

ビックリしてセイヤを見ると、セイヤも目を見開いてあたしを見ていた。

「た、多分、これがアラームだ」

「あ、近づいたら鳴る、素敵な機能だよね」

聞いた通りの機能だった。あたしはペコリと頭を下げた。

「じゃあ、あたしと勝負して下さい」

「ああ。ジャンケンだ」

『カチッ』口のなかから、さっきとは違う音が鳴った。

針金とゴムみたいなものだけでできているのに不思議。

「ジャーン、ケン」

あたしはチョキを出し、セイヤはグーを出すの。

あたしが負けるように打ち合わせたんだ。これで、あたしはセイヤの奴隷になる。

「ポイッ」

セイヤはグーを出した。

けど、あたしが出したのはパー。

「おまえっ！　なんで⁉」

セイヤは立ち上がり、あたしの肩を押そうとした。

「ごめんね」

『カチッ、カチカチ』

セイヤは立ち上がったまま、体をビクッと動かした。

「ねえ、セイヤ。大丈夫？　座って？」

セイヤは何か言いたそうだけど、座ってくれた。

さっきまでの怒っていた様子とは打って変わり、混乱しているのか、目をキョロキョロさせている。

「あのね、あたしＳＣＭのこと、知ってたんだ」

「え？」

「持ってないけど、ネットの話題で見たことがあってね。セイヤは読んでないの？　ＳＣＭを使って酷い実験をしたブログとか、高い値段がついてるとか」

「し、知らない。俺を、俺を解放しろ、してくれ」

「大丈夫、あたしはセイヤにあんな酷いことしないから」

「なんで、なんで」

いつもなら殴られるような場面だけど、ＳＣＭの影響か、それができないらしい。

「あたし、セイヤの奴隷ならいいと思ってた。でも、どうしても訊きたかったの」

あたしはセイヤの目の高さまでしゃがみ、思い切って疑問を口にした。

「あたしのこと、本当はどう思ってる？」

セイヤは目をそらした。そして。

「……気持ちの悪い、痛い女だと思ってる」

あたしは痛む目にすごい力を込めてセイヤを睨むと、唇をかみしめた。覚悟はしていた。

「……あたしはずっと、貴方の言うことを聞いてきたじゃない。どうして今さら、ＳＣＭで奴隷にしようとしたの？」

「面倒くさかった」

「は？」

「お前にコビを売って、ご機嫌とったり営業したり」

コビ。ご機嫌。営業。

「夜中にリスカしただの、眠剤を飲んだり」

リスカ。眠剤。

「励ましたり、愚痴聞いたりするのが……初めは耐えられたけど、もう、面倒臭かった」

あたしの心に、セイヤの言葉がズブンズブンと突き刺さる。

「ＳＣＭを使えば、お前は無条件で金を落としてくれると思って」

大丈夫。あたしはまだ耐えられる。

「他には？　あたしが稼いだお金は何に使ったの？」

「バイク買ったり、パソコン買ったり」

それは聞いていた。バイクには、あたしを一番に乗せるって言ってくれた。

「……彼女と、ジャマイカ行ったり。彼女が欲しがっていた犬を買ったり、友達にキャバクラおごったり」

「この前、ジャマイカ行ったのは彼女とだったんだ」

「あ、ああ」気まずそうなセイヤ。

彼女がいたのはいい。隠してたのも、嘘つかれてたのもいい。友達と、あたしの悪口を陰で言っていたとしてもいい。一番辛いのは夢が覚めること。

「ふふ」あたしは不意に笑った。

自分で夢を覚まそうとしているのに。

「ねえ、セイヤ。あたしＣ型なんだって」

「え？　Ｃ型なんてあるのか？」

「血液型じゃない。Ｃ型肝炎。昨日、病院で血液検査したんだ」

「Ｃ型かんえんって？」

セイヤはバイ菌でも見るような目であたしを見た。

「肝臓の細胞を悪くするウィルス。最悪、死ぬ病気を発症させる原因になるウィルス」

たしかに最悪の場合は死ぬけど、発見が早ければその可能性は極めて低い。

あたしはセイヤの反応を待った。けどセイヤの第一声は……。

「それ、伝染るの？」

ああ。あたしは何を期待していたのだろう。

「……うん、伝染る。あたしは仕事で感染したの」

本当は、性交感染の可能性はとても低い。

「けど、セイヤのこと、恨んでないよ？　ねえ、もう1回教えて」

唾を飲み込む喉が痛い。

「セイヤにとって、あたしって何？」

セイヤは怯える子供のように言った。

「気持ちの悪い、病気のＡＴＭ」

ジンジンと熱を帯びた瞳。あたしは生まれて初めて、熱い涙を流した。

「ねえ、セイヤ」

暗い部屋で、あたしは自らスカートをたくし上げてパンツの紐を解き、股を広げた。

「舐めて」

「は？」

「あなたのために、頑張って病気にまでなったこの子を慰めてあげて」

セイヤはあたしの股に顔を近づける。それはもう、嫌そうに顔の筋肉をひきつらせながら。

あたしはそんなセイヤの顔を見ないように、目をつむった。

ああ。セイヤ、いい匂い。

セイヤが近づくと、シャンプーと香水が混ざった匂いがする。

安心して、セイヤ。C型肝炎になったっていうのは嘘。気を引きたかった。

嘘ばかりついてごめんね。

あたしはセイヤの髪を撫でる。キメ細かい線の集まりなのに、シルクみたいな、サラサラでキレイな髪の毛。初めて触れた、あたしより手入れされてる夢の髪。

そして、口のなかのＳＣＭを舌でなぞる。

夢は覚まさない。覚ましてたまるか。

あたしはＳＣＭで夢を繋ぎ止める。ＳＣＭで酔い続けるんだ。

今、始まったの。今、この瞬間。この薄汚れた歌舞伎町の、ヤニ臭いカラオケボックスの個室から。

セイヤとあたしの物語は、誰にも邪魔させない。

次の瞬間、あたしたちの物語はカラオケの終了コールで邪魔された。

慌ててセイヤから体を離し、電話に出て30分間延長した。

ちくしょう。このカラオケボックス、二度と来るものか。

でもいい、ＳＣＭがある限り、何回でも何百回でもできる。

あたしは気を取り直し、セイヤが持っていたＳＣＭの説明書を読んだ。

気になることはたくさんあったけど、ショックな項目があった。

【奴隷本人の『感情』を操ることはできません】

その項目には、主人は奴隷の行動は操れるが、感情は操れないと書かれていた。

奴隷に自分を『愛せ』と言っても、愛させることはできない。

あたしにとって、もっとも目障りなルールがそれだった。

しかし直後に、以前見たネットのブログを思い出す。

【奴隷には第二段階がある】

説明書に書かれていない、ＳＣＭの規格を越えた裏設定。

３ヵ月だっけ。奴隷とそれだけの期間をともにすると、奴隷の心情は変化を見せる。

それは奴隷が『心』まで主人に捧げる、という変化。それがＳＣＭ第二段階。

セイヤは、まだあたしを愛していない。ＳＣＭがあって、初めて言うことを聞く。

あたしが欲しいのはセイヤの心、すべて。

２０００時間経てば、それも手に入る。

ページを読み進めていくと、別のページにも気になる箇所があった。

【奴隷になってからの行動基準
奴隷は主人に危害を加える行動、また不快な気分になる行動を自らの思考で考えられる範囲で、しようとしません。ただし、命令された質問には、たとえそれが主人の気を害する答えでも、奴隷の思考や知識に準じた答えを的確に答えようとします。

また、主人の命令が『主人自身を傷つけるもの』であった場合も、それに従います】

あたしは、この項目を読んだとき、疑問に思った。

命令で主人を傷つけるなら『殺せ』と言ったら、主人を殺すのかしら？

さっき読んだところには奴隷に自殺させようとしても、できないって書いてあった。

携帯の時計を見ると、カラオケボックスの退出時間が近づいていた。

あたしは説明書を閉じ、セイヤに2つの指示を出した。

1つ目は、今まで以上に仕事を頑張ること。

2つ目は、彼女と別れ、あたしと暮らすこと。セイヤは「分かった」と言った。

あたしとセイヤはカラオケボックスを出て、歌舞伎町の一番街を歩く。

いつもなら、ただ隣を歩くだけ。けど今日は違う。

「セイヤ、腕」

あたしがそう言うと、セイヤは肘を私のほうに突き出した。

あたしはそこに腕を差し込み、セイヤと腕を組んで歩いた。

ああ。これ、夢だったんだあ。前に一度だけ腕を組むことを望んだけど、その時は「他の客に見られたら面倒だから」と断られた。

けど、今は違う。

ねえ！　みんな見て！　特にそこの、不思議そうにあたしたちを見るブッサイクなカップルの女！　あんたが手を繋ぐ、その病気のピーナッツみたいな彼氏より、あたしの彼のほうがカッコいいでしょ⁉　彼は身長180センチで、高校生のころからギターとバスケットをやってて、ファンクラブまであったの！

ずっとモテ続け、今では歌舞伎町でも名の知れたホストクラブのナンバーワン！

そんな彼が全部あたしのもの！　あたしが彼をナンバーワンにしたの！　キスをしてと言えばしてくれる！　本命の彼女と別れろと言ったら別れてくれる！　舐めてと言ったら、どんな場所でも舐めてくれる！　彼とあたしは男女を越えた関係！

彼はあたしの奴隷なの！

……あれ？　あたし今、セイヤを『奴隷』って思った？　やだやだ、セイヤは奴隷じゃない。

「セイヤ、楽しいね」

あたしは自分の脳裏に根付いた暗い何かをかき消そうと、甘えた声でセイヤを見た。

「うん……」けどセイヤは落ち着かない様子で、キョロキョロと周りを見ている。

セイヤのその様子に、イラっとした。

「ねえ、これからは楽しそうにして。白けるから」

「はっ、はい」

セイヤは勢いよくこちらを向いた。怯えたような表情であたしを見る。

何やってんだろ。これじゃあ、あたし、お金を払ってるからと、ホストにあれこれ強要する痛客じゃない。

でも、あたしはセイヤに１２００万円以上使ったんだ。いいよね。これくらい。

「うん、ごめん。言いすぎた」

気を取り直して駅に向かって歩いていると。

『キュイーン』ＳＣＭが鳴った。

セイヤが驚いた顔であたしを見てる。

「今……」

「ああ、鳴った」

ネオン輝く街のなか、歩く人は無数にいるけど、あたしとセイヤは同じ緊張感に包まれる。

都会のなかで、あたしたち2人だけが共有する緊張感。やだ、この状況、なんかイイ。

映画みたい、とあたしが妄想をしていると。

『キュイーン』ＳＣＭがまた鳴った。

「たしか、ＳＣＭは奴隷と主人になってからだと近づいても鳴らなくなるって、説明書には書いてあったよね？」

あたしは、セイヤの腕を思いっきり引っ張った。

「ああ、主人と奴隷関係以外のＳＣＭが近づいたときだけ、アラームは鳴る」

「じゃあこれって、他のＳＣＭが近づいてるっていうアラームだよね？」

「ああ、さっきと同じだから。多分」

「2回目ってことは、半径15メートル以内にいるの？」

「多分」

「セイヤ、あたし怖い」

あたしは木陰に隠れるウサギのように、セイヤに抱きついた。反面、この必然的なスキンシップに酔っていた。

こちら側に歩いてくる男が目に映った。

身長はセイヤと同じくらい。黒の短髪で、肌も少し黒いイケメンだから、いやでも目立つ。

ちょっとカッコイイ。あ、セイヤのほうがカッコイイけど。

『キュイーン』また鳴った。

3回目ってことは、半径5メートル。周りにそれらしい人はいない。

さっきカッコイイと思った男は、隣を歩く彼女らしき女と笑い合いながら、あたしたちの隣を通り過ぎる。一瞬しか見えなかったが、女は美形だと分かった。

着てる服もオシャレだし、なんか芸能人みたいなオーラを感じる、美男美女カップル。

SCMの振動も気になるけど、あいつらマジ気に入らない。

次にセイヤを見る。モデル系のセクシーな顔立ちに、よく手入れされた髪の毛。

パリっと着こなしたスーツ、エゴイストの香水、オメガの時計、首下に王冠のネックレス。

それらが彼のトレードマークだった。うん。完璧。あたしは安心した。

「何もなかったね」

結局、何事もなく駅に着いた。

「ああ、実は以前にも鳴ったことがあったんだ」

セイヤは相変わらず、周りをキョロキョロと見ながらそう言った。

「え？　そうなの？」

「店にいるときに2回。15メートルまで近づいていたはずだけど、何事もなかった」

「やだ、怖い。そういえばセイヤ、他に奴隷にした人はいないんだよね？」

「ああ、いない」

「そう、もし他のSCMに勝負を挑まれたらどうしよう」

「勝負をしないのが懸命だと思う」

たしかに。勝負を仕掛けられても、断ることはできる。

「そうよね、分かった」

「えっと、じゃあここで」

改札の前で、セイヤは一歩、あたしから離れた。

「は？　何言ってんの？　家まで送るでしょ？　普通」

「仕事……代表とミーティングが」

セイヤはあたしから目をそらし、ボソボソとつぶやいた。

本当に嫌だしムカつくけど、仕事を頑張れと言ったし、セイヤの立場も考えなきゃいけない。

「分かった。じゃあ電話には必ず出てね」

心のなかで舌打ちをするのと同時に、セイヤは頷く。あたしって、なんていい女だろう。

別れ際のセイヤは、とても嬉しそうだった。今に、あたしなしじゃ生きられなくなるから。

その日は、仕事を休むことにした。

セイヤを手に入れた、今日のこの興奮と、これから始まる夢のひと時に浸りたい。

そんな素敵な日に、客の鼻の穴なんて舐めてられるか。

あたしは、そう自分に言い聞かせながら店長に電話した。


それから数日後、セイヤが彼女と別れたと報告してきたので、セイヤの家に住むことになった。

彼が住む、小綺麗なアパート。ここが、アヤカとセイヤの愛の秘密基地。

この数日間、あたしは夢のような日々を想像していた。

セイヤは完璧なホストだけど、男の子だからきっと部屋は汚くて、あたしが隅から隅まで掃除しなきゃいけないの。彼のために毎日料理を作ってあげて、青空の下で洗濯をするあたし。

そんなあたしを後ろから抱きしめるのは、もちろんセイヤ。

家事をする女の姿に、男はムラムラするって雑誌に書いてあった。

今日からそんな、夢の同棲生活が始まる。

セイヤに続いて、部屋のなかに入った。香水とお香が混ざったみたいな、いい匂いがする。

部屋のなかはとてもきれいで、それはもう掃除の必要がないほどのピカピカのフローリングだった。あたしのなかの母性的な熱が、5℃ぐらい下がった。

8畳ほどの部屋に不釣り合いな、大画面テレビにゲームとＤＶＤ。ノートパソコンもある。

なんか男の子って感じ。あたしは壁際の鏡台に目をやった。

明らかに女性ものの化粧品や香水、コテがある。周りには海外セレブのゴシップ誌。

クローゼットを開けてみる。ハンガーラックが不自然に空いていた。

すぐ下の引き出しを開けると、女性ものの下着が目に飛び込んできた。

「なんで、前の女の物が残ってるの？」

セイヤはあたしから目をそらし、髪をイジりながら言った。

「急だったから、新しい部屋が見つかるまで、とりあえず友達の家に行ってもらって、部屋が決まってから荷物を送るんだ」

ふつふつと沸騰する感情を抑えながら、あたしはセイヤを睨んだ。

「実家にでも送ればいいじゃない」

「いないんだ。その子、親が」

「じゃあ捨ててよ」

「え？」

「いいから捨ててよ！　目障りなんだよ！」

あたしの勢いに、セイヤは黙った。恐怖や怒りがごちゃまぜになった複雑な顔だった。

「……分かった」

セイヤはそう言うと、前の女の荷物をラックのなかに押し込めた。

「……あたしも手伝ってあげるから」

あたしは、少し言いすぎたかなと反省した。セイヤは何も言わずに作業を続けた。

こんなに気まずい思いをするなら、無理に捨てさせることはなかったかな。

けど、セイヤと前の女の写真を見つけたときは、破いてラックのなかに押し込んだ。

夕方、セイヤは仕事に行った。あたしは、その日も仕事を休んだ。

このままセイヤの奥さんになることしか、あたしの頭にはなかった。

次の日の午前中には、広くなったセイヤの部屋にあたしの荷物が届いた。

いよいよ、本格的にあたしとセイヤの同棲生活が始まるんだ。

昼にはセイヤが帰って来る。そのタイミングに合わせ、あたしはキッチンで皿を洗い始めた。

3月でも水道の水は痛いほど冷たい。こんな健気なあたしの姿を、セイヤに知ってもらうんだ。

ノブに鍵を差し込む音が聞こえた。直後にキッチンの先にある玄関のドアが開く。

よっしゃ！　セイヤが帰って来た！

「あ、おかえりなさーい」

あたしはセイヤに近づき、手を握った。セイヤはキッチンを見た。

「あ、ああ。水で洗ってたの？」

「うん！　そうだよ！」あたしって健気でしょ？　惚れるべ？　惚れるべ？

「お湯、出るけど」

は？　「う、うん、次からそうする」

ちくしょう。無性に恥ずかしかった。

セイヤは、そのままトイレへ行った。

もちろん扉は閉めたが、カチャカチャとベルトを外し、ズボンを下ろす音が聞こえる。

そして、シャアアアって。やだ。セイヤがオシッコする音が超聞こえる。

バストイレは台所の後ろにあるから、ダイレクトに聞こえた。

続いて、ボブンッっていう空気音とともに、大をする音まで。

どうしたらいいのか分からなくなり、とりあえず皿を洗うのをやめ、テレビがある部屋に行って携帯をイジっていた。

スッキリした顔でトイレから出てきたセイヤに、あたしは訊いた。

「ねえ、引っ越す予定ないの？」

「え？　いや　ないよ」

「そう……」セイヤは何でも言うことを聞くけど、さすがにトイレの音が聞こえるから引っ越したいと言うのは……あっ。

「ねえ、引っ越したいから物件を探しておいてあげる」

「え？　え？　どうして？」

「何でもいいでしょ！　とにかく引っ越すから！」

「……分かった」

さすがにわがままがすぎたとは思う。けど、考えてみたらセイヤのトイレの音が聞こえるということは、あたしのトイレの音までダイレクトに聞かれてしまう。

水を流して誤魔化す音ですら聞かれたくない。

まだ2日目だけど、あたしが想像していた同棲生活とは何か違った。


同棲して3日目。あたしは久しぶりに、セイヤが働くホストクラブへ行った。料金はセイヤのおごり。この数日間、掃除や料理や洗濯をした自分へのご褒美だ。男ものの香水と暖かい店内。久しぶりの雰囲気に、あたしは緊張した。

「っしゃいせー!」

元気のいい若いホスト君たちのかけ声で、あたしの腹の下は興奮する。

やっぱ何度来ても、この空間はいい。

店内のテーブルに案内されるとき、時間をズラして出勤したセイヤの接客姿が視界に入った。前までは、セイヤが他の客を接客している姿を見たら、平静を装っても心のどこかで焦りや嫉妬心を抱いていた。けれど今は違う。

仕事中のセイヤはやっぱり一流のホストだった。

客との距離感、つけてる香水、会話の流れ、火の点け方、酒の作り方、さりげなく前掛けを直すタイミング。視線は唇。すべての仕草や表情が、神がかり的で、客を魅了する。

セイヤはあたしの作品。そんなあたしの作品で酔う客がいる。

この店のホストたちの頂点であるナンバーワン、セイヤ。それを陰で操るあたし。

あたしは、そのピラミッドの頂点なのだ。

「ふふ」久しぶりにセイヤの働く姿を見るといいなあ。

あたしが手に入れたものの価値がよく分かる。これからは定期的に店へ来よう。

「セイヤさんご指名ですよね、少々お待ちください」

「いいのよ、セイヤも忙しいだろうから。ゆっくりで」

ヘルプの男の子に、あたしは言った。

どう？　大人の余裕って感じでしょ？　ホストの客はこうでなくちゃ。

あたしはそんなことを考えながら、ヘルプの男の子が作った酒を手に取った。

その瞬間。『キュイーン』

ＳＣＭが鳴った。ヘルプ君はグラスを掲げ、乾杯をしようとしていたが、あたしは瞬間的にセイヤのほうを見た。セイヤもあたしを見ている。

セイヤは客のババアに何か言うと、あたしのテーブルに来た。

「今、鳴ったよね」

「ああ」

若いヘルプ君は笑顔で「どうしました？　携帯すか？」と会話に入ろうとする。

悪いけど、ここからはセイヤとあたしの絆の世界。入るな。

またＳＣＭが鳴った。２回目、15メートルだ。

「つしゃいせー！」

新しい客が入った。ビクッとなる。今入って来た客は間違いなく、ＳＣＭ所有者だ。

あたしは首を伸ばし、出入り口にいる客を見ようとした。けど、セイヤに止められた。

「見ちゃ駄目だ、バレる」

「あ」たしかに、こちらが意識したら、あたしたちがＳＣＭをつけているとバレてしまう。

「お客様、困ります」

しかし、入店した客は案内のホストを無視し、真っ直ぐにこちらへ向かって来た。

『キュイーン』すぐに3回目のアラームが鳴った。

見上げると、そこには2人の男女が立っていた。思ったよりも若い。

「このテーブルがいい。同席は駄目かな？」

あたしは背筋が凍るほど恐ろしかった。

セイヤは、座ったまま一度男を見て、次にあたしを見る。

あたしは口を少し開けたまま、首を横に振った。

「申し訳ありませんが、他のお客様のご迷惑になるので」

セイヤは立ち上がり、男にそう言った。しかし、男は一歩も引かない。

「あなたが、セイヤさん？」

「はい」

「座ってるのは、豊島アヤカさん？」

「え？」やだ。なんであたしたちの名前と顔を知ってるの。

あたしはさらに怖くなったが、その男は、あたしの心を読んだかのように笑顔で続けた。

「大丈夫。君たちが損をするような話はしない。情報も交換したいんだ」

周りのホストや客たちも会話をやめて、その男女に注目していた。

男の背は、セイヤと同じくらいだから、１８０センチ前後のはず。真っ直ぐな瞳で人を見るが、笑った顔は少年みたい。ホストかな。

隣に立っている女は、黙ってあたしたちの様子を見ていた。

ショートヘアで、顔はハーフっぽくて、うらやましいくらいまつ毛が長くて目がデカい。なんかキラキラしてるし、背はあたしより高くて、スタイルもいい。ムカつく。

そして2人とも、どこかで見たような気がした。その答えを求め、あたしはセイヤに向かって頷いた。

途端に、セイヤは笑顔を作った。

「すみませーん、僕の友達なんです」

わざとらしく大きめの声でそう言うと、ヘルプ君を立たせ、あたしたちのテーブルに男女を招いた。店内の空気は一気に和み、みんな会話を再開させた。

うん。これこそ、ナンバーワンの力。セイヤマジックだ。

セイヤはソファーを勧めたが、男女は丁寧に断り、ヘルプイスに座った。

座って向き合った瞬間、女が男のほうを向いて言った。

「マジアウェイ。恥ずかしかったんだけど」

そんな彼女をシカトして、男のほうが自己紹介を始めた。

「大田ユウガです！　フゥワ！」

男の軽いノリに、あたしも隣の女も笑ってしまった。

セイヤは優しく微笑んだまま、女のほうに訊いた。

「お名前をいただいても、よろしいでしょうか？」

「お名前は差し上げられませんが、エイアっていいます」

エイアと名乗った女の返しにイラっとしたが、セイヤは笑顔で「たしかに」と言った。

「ご存知のようですが、僕はセイヤと言います。ユウガさん、エイアさん、今日はどのようなご用件で？」

テーブルについたセイヤは無敵だ。テレビ番組の司会者のように、完璧に会話のイニシアチブを握る。

「申し訳ないけど、最初に言った情報交換って言うのは少し嘘です」

「え？」ユウガと名乗った男の言葉に、一気にその場が凍りつく。

「単刀直入に言うと、勝負をしに来た」

ユウガは、隣に座るエイアへ開いた手を向けた。

「彼女、エイアと僕はフリーのＳＣＭ所有者です。僕たちは、手を組んで、あなたたちに勝負を挑みに来ました」

爽やかな笑顔でそう言ったユウガに、エイアという女も黙って頷く。

「セイヤさんたちは、もう主従関係ですよね？　主人側は？」

え？　なんであたしたちが、すでに主従関係なのを知っているの？　主人はあた……。

「俺です」セイヤが名乗り出た。

セイヤが、あたしを守ろうとしてくれている。

あたしは感動して、涙が出そうになった。最近ひどい扱いをしていたね。ごめんね、セイヤ。

ＳＣＭなんて関係ない。セイヤ、アヤカにとって、あなたは真のホストだよ。

セイヤの答えに、ユウガは黙ったまま、あたしとセイヤを交互に見た。

この男に見つめられると、嘘が通じないような感覚になる。

「分かりました」よかったあ、バレなかった。

ユウガって人も、なかなかの男前だけど、やっぱりセイヤのほうが……あ。

思い出した！　ユウガとエイア、この２人、数日前に繁華街ですれ違った２人だ！

そうだ！　間違いない！　２人は以前から、あたしとセイヤを調べていたに違いない。

このことを、早くセイヤに伝えなきゃ。

けど、どうしよう。この場で話せる空気じゃない。

あ、そうだメールだ。セイヤは勤務中も携帯を持ってるはずだ。

あたしはさりげなく携帯を取り出し、メールを打ち始めた。

「それで、勝負の件ですが」

ユウガが先に口を開いた。

「それに関しては、お断りします」

セイヤは笑顔でそう返した。目は笑ってない。

あたしはメールを送り、携帯をソファーに置いた。

携帯をイジってる間、エイアはあたしを見ていた。

直後に、セイヤのポケットからバイブの振動が聞こえた。けど、セイヤは携帯を見ない。

あー、しまった。セイヤは接客中に携帯を見ないんだった。

バイブの間隔でメールだと分かってるはずだし、あとで見る気なんだろう。

「セイヤ、携帯鳴ってるみたいだけど」

「ああ、失礼」セイヤは一瞬だけ携帯のディスプレイを開ける。

数秒で閉じると、すぐにユウガのほうへ顔を向けた。

「すみません。部下のキャッチの報告でした」

ユウガは「いーえ」とだけ言って微笑んだ。

よかった、無事に伝えられた。けど、考えてみたら伝えたところで、状況は何も変わらない。

ユウガがさらに何かを言おうとするが、セイヤが先に口を開いた。

「申し訳ありませんが、とにかく勝負は受けません」

セイヤは、チラリとあたしを見た。きっと自分の判断の肯定を、あたしに求めているんだ。あたしは頷いて見せる。なんかこのアイコンタクト的なやりとり、イイ。

けどユウガは折れなかった。

「まあ、そう言わずに。提案と条件だけでも聞いて下さいよ」

なんかこの人、営業マンみたい。

「まず、勝負は一気に4人でやりたい」

「はい?」何それ。

「主人側を負かせば負かした主人と奴隷の、まるごとが手に入る」

それは知ってる。ユウガが隣に座るエイアに「説明書」と言うと、エイアはカバンからSCMの説明書を取り出し、彼に渡した。

「さらに、ほらここに書いてある」

ユウガはページを開けた状態で、あたしたちに説明書を渡した。

【SCM所有者の団体戦について】

そのページには、SCM所有者が複数で勝負をした場合でも、通常のルールに準じ、互いを奴隷にできるという内容が書かれていた。

団体戦でもSCMの効果は発揮する。メンバーのなかにSCMをつけていない者がいても、勝負は行える。

もちろん、SCMをつけていない者が負けても奴隷にはならないし、自分が所有する奴隷をさらに負かしても、変化はない。そう書かれていた。

あれ？　一度、奴隷と主人になった者同士が勝負をして、もしも主人が奴隷に負けたらどうなるんだろう？　例えば、今のあたしとセイヤが勝負をして、セイヤが勝ったらどうなるの？

説明書には、そのことについては書かれていなかった。

するとまた、あたしの心を読んだかのようにユウガが口を開いた。

「ちなみに、団体戦で、すでに主従関係の奴隷と主人が勝負をする場合は……」

もし自身の主人に奴隷が勝ったら。

「立場逆転、奴隷が主人となる」

あたしはパッとセイヤを見た。一瞬だけ笑ったように見えた。

今さら、セイヤがあたしを奴隷にしたら。そう考えたら、背筋がゾクッとなった。

「僕はこれを【革命】システムと呼んでます。でも憶測にすぎません。そもそも奴隷に危なっかしいチャンスを与える主人なんていないけどね」

【革命】システム。そんなの、憶測で終わって欲しい。

ユウガは一口、セイヤが作った水割りを飲んで続けた。

「今回の勝負は、団体戦と言うより、チーム戦にしたいんです。チームとはもちろん、僕とエイア。そして、セイヤさんとアヤカさん」

思わずセイヤのスーツの端をつまんだ。

「そして勝負は、今この場でできることなら、何でもいい」

ユウガは体勢を変え、自分の膝に肘をつき、リラックスした姿勢になった。

「以上が提案と条件で、勝負の内容はあなたたちが決めていい」

あたしとセイヤは顔を見合わせた。

えっと、チーム戦で４人で、今この場でできる勝負が条件でしょ。

どうしよう。この空気。なんか、もうすでに勝負をするような空気。

むしろ勝負が始まってる緊張さえ感じる。セイヤも同様の感覚だろう。

すると、ユウガがまた口を開いた。

「あ、さらに僕たちのスペックも教えます」

スペック？　ユウガは、終始黙っていたエイアの背中に手を当てて、話し始めた。

「彼女、エイアは見ての通り、なかなかの美人だ。モデル事務所にも所属してる」

は？　モデル事務所？　あたしはエイアの顔を見た。

目が合った。そらすもんか。エイアも猫みたいに、あたしから目をそらさなさい。

「おまけに彼女の母親は、イギリスでファッションブランドを立ち上げた著名なデザイナーだ。

父親は一級建築士。奴隷にすれば、金にもなるしステイタスにもなる」

セイヤは一瞬、エイアのほうを見た。なんか、その一瞬がいやらしい。

たしかに、エイアはハーフと言われればハーフっぽいし、着ている服もオシャレで高価そう。

あたしはイラっとした。次に劣等感を抱いた。

セイヤを手に入れた安心感から、今日着てる服は量販店で買った安物だった。

「そして、僕には３００万円の貯金がある」

ユウガはそう言うと、エイアから渡された通帳を見せた。たしかに３００万円ある。

はっ！　たかが３００万円でしょ？　あたしは月に９００万円稼いだんだ。

「ホストにとっては少ないかもしれないけど、短時間の勝負で手に入るなら、それなりの額だと思う。どうだい？」

「勝負の内容は、こちらが決めていいんですよね？」

すべてを聞き終えたあと、セイヤがそう言った。

「うん、その代わり、この場でできるゲームみたいなものを希望する」

ゲーム？　これからの人生をゲームで決めるの？　妙な違和感を覚えたけれど、考えてみたらあたしとセイヤなんて、ジャンケンで奴隷と主人になったんだ。

ＳＣＭの効力はシャレにならない。誰よりもセイヤが、それを知っている。

「2人で相談する時間をいただけますか？」

あ、相談する時間は欲しい。ユウガは携帯の時計を見た。

「じゃあ、今から20分。どうぞ」

あたしとセイヤは席を移し、ユウガたちから離れたテーブルで、相談タイムに入った。

「どうしよう、どうしよう」

ユウガたちと対峙していたときの緊張感から解放されたあたしは、素を出して混乱していた。

相手はあたしたちの下調べをしている。きっと家も知っている。

どうやって、あたしたちの居場所を突き止めたの？　今回は断っても、またしつこく挑まれたり、違う奴に勝負を挑まれたら。それに、一番怖いのは、ユウガの話を聞いていると……。

「正直、公平だと思う」

「え？」あたしの思考の途中で、セイヤが話し始めた。

「あの男、ユウガは頭がいいというか、回転が速い上に口がうまい」

そう、あたしもそれが言いたかった。

ユウガって見た目は好青年だけど、話し始めたら、独特の雰囲気に引き込まれてしまう。

「うちの店に欲しいくらいだ」たしかにホストに向いてるけど。

「そんなこと言ってる場合じゃないよ」

「一番いいのは俺たちが勝負の内容を決められることだ」

「あっ、イカサマつきの勝負を考えられるってこと？」

「ああ」セイヤは腕時計を見た。あたしが買ってあげたやつ。

「しかも俺たちには勝負の内容を決める権利と、相談をする時間がある」

セイヤは店の端っこのテーブルに座っているユウガとエイアを見た。

誰もテーブルにつけずに、自分たちで酒を作ってホストごっこしてる。何なの、あの余裕。

「そして、彼らにはそれを与えない」

たしかに、あたしたちのほうが有利だ。

「あれだけの男が出した条件だ。何かしら裏はあるだろうが、この相談する時間が俺たちの強みだ」

白い襟の下にチラリと見える王冠のネックレス。何度、そこに隠れる妄想をしたか。

あたしはセイヤを見ながらうっとりした。たまらない。セイヤって本当に、頼り甲斐があるわあ。

「この場でできるものと言われたら、大分限定されるが、俺たちが提案するゲームなんて予想できないだろ」

「じゃあ……」

「俺は受けてもいいと思う」

「セイヤがいるなら、あたしも受ける」

たった数分で３００万円手に入るのはおいしいし。何よりあのエイアって女も気に入らない。

それに、ユウガはなかなか男前。エイアとユウガ、２人が手に入るのも悪くない。

セイヤは世界一頼りになる奴隷……じゃない、あたしのホストだ。

「でも絶対に勝てるゲームなんてあるの？　それが一番の問題じゃない？」

「絶対に勝てるゲームは思いつかないけど、相談する時間があり、チーム戦だからこそ有利に進められるゲームは思いついた」

セイヤはそう言って、手錠をはめられたように両手の拳と拳を合わせた。

「あっ、これ知ってる」

「アヤカの誕生日は11月２日だよね」

「え？　うん」さすがホスト。よく覚えてる。

「俺の誕生日は２月10日だね」

覚えてる。その日に、この腕時計を買ってあげた。

「どうしたの急に？」

「俺たちの誕生日で、この勝負の勝率を上げるんだ」

約束通り20分ほどで、あたしたちはユウガたちのいるテーブルに戻った。

座った瞬間、セイヤが言った。

「イッセーノって知ってます？」

「いっせーの？」ユウガとエイアは、お互いの顔を見合わせて首を傾げた。

「ほら、こうやって」セイヤは拳と拳を合わせた。

そして「イッセーノ、1」と言って、右手の親指をピンと立てた。

「こうやって、みんなで親指を立てて、全員の親指が何本立つか予想して、数字を当てていくゲームです」

そう。2人以上で、何人でもやれるゲーム。

「自分が当てたら片腕を引っ込めて、もう片腕のみでゲームを続ける」

引っ込めたあとは、片腕分の指しか出せない。

「両腕を引っ込めた状態、つまり2回当てることができれば、その人は上がり。勝ちです」

「あー、知ってる。あたしの高校ではウーって言ってた」

エイアが声を上げた。何がウーだ。ローカルネタだろ。

「ああ、僕も知ってる。僕の地元ではグーだった」

ウーでもグーでもペーでもいい。

「はは。地元によって呼び方は違うかもしれませんが、ルールは基本的に一緒のはずです。今回のかけ声はイッセーノでいきましょう」

セイヤの言葉にユウガが反応した。

「つまり？」

「はい。僕たちは勝負を受けます」

ユウガとエイアの顔が真剣になった。

「今回のイッセーノで出せる指は親指のみ。つまり1人が出せる数は、ゼロと1と2の3択」

つまり、1人『2』まで出せる。4人なら『ゼロ』から『8』の9択を当てることになる。

「分かった？」ユウガが隣にいるエイアに、そう言った。

「これくらい分かるから」

エイアとユウガのそんなやりとりを見ていて、この2人の関係が気になった。

恋人同士と言うほど、馴れ馴れしくはないし、単なる友達というほどかけ離れた空気間でもない。

「けど4人だし、チームとしての勝敗は？」

エイアがそう質問した。すると、セイヤより先にユウガが話し始めた。

「最後まで上がれなかった奴の負けを、チームの負けにして欲しい」

セイヤはあたしを見る。勝敗の細かいところまでは相談していなかった。

まあ、そこは何でもいいんじゃん？　セイヤにまかせる。頷くあたしを見たセイヤは、「それでいきましょう」と答えた。

「順番は？」エイアが言った。この質問娘、シャシャるな。

「セイヤさんから時計回りでいいよ」

ユウガがそう答え、セイヤ↓ユウガ↓エイア↓あたしの順に決まった。

エイアは奴隷を持つことに興味がないそうだ。もしあたしたちが負けたら、あたしとセイヤはユウガの奴隷になる。そうなったら、あたしとセイヤの関係は奴隷同士になるんだ。

そしたら関係はイーブン。

ＳＣＭの効果は関係なしの、平等になってしまう。そう説明書に書いてあった。

そしたらセイヤは、あたしをどうするんだろう？

けど、あたしたちにはセイヤが考えた勝利の秘策がある。

「じゃあ、始めます」

セイヤの合図で、全員が拳を合わせ、テーブルの上に置いた。

『カチッ』口のなかのSCMから音がした。セイヤを奴隷にしたときと同じだ。

セイヤもユウガもエイアも、口のなかでSCMが鳴ったはず。

「イッセーノ……」

まずはセイヤ。あたしが出すのは1。セイヤはそれを知っている。

「2」

指を上げたのはユウガ1。エイアはゼロ。あたし1。そしてセイヤ自身はゼロだった。

「あは！　セイヤすごい！」

親指の合計は2。やった、正解だ。セイヤは片手をテーブルの下にしまった。

開始数秒で、まず白星を上げた！　エイアとユウガは黙って互いに見つめ合うだけだった。

声一つ出さないのは落ち着いているから？　それともあたしみたいに、緊張してるから？　これが、ポーカーフェイスってやつか。

「イッセーノ」

次はユウガの番だった。

「4！」

指を上げたのは、エイア2、あたし1、セイヤ1、そしてユウガ自身はゼロ。

指の数は4。ユウガは正解した。

「えへへ、いただきまーす」

さっきまでのポーカーフェイスを崩し、ユウガはわけの分からないことを言いながら、片手をテーブルの下にしまった。

次はエイアだったが、見事に外してくれた。ざまあみろ。

そして、いよいよあたしの番。あたしの番では、セイヤは1を出す。

あたしたちは、お互いの番に、互いが出す数字を知っている。

しかし20分程度では、何周するか分からないゲームの数字を、正確に覚えるのは難しかった。

そこで、あたしとセイヤの誕生日だ。あたしの誕生日の１１０２。これが、セイヤの番のときに、あたしが指を出す数の順番。

０２１０、これがあたしの番のときにセイヤが指を出す数の順番。

互いの誕生日の４桁の数字を、ローテーションで繰り返すだけ。

誕生日にしたのは、より覚えやすくするためだ。片手を引っ込めた場合はマイナス1する。これが相談タイムで決めた、あたしとセイヤのイカサマだった。

何度も順番が回ってくるわけじゃないから、パターンを読まれる可能性は極めて低い。

エイアとユウガの番のときは、適当に指を立てたり立てなかったりすればいい。

あたしたちはお互いが出す数字が分かるけど、奴らはお互いの出す数字が分からない。

だから、あたしたちのチームは有利なんだ。

全部セイヤが考えた。セイヤって天才。

あたしは息を吸い込み、エイアとユウガの目を見る。そして。

「イッセーノ、３」

セイヤは本来２を出すはずだが、片腕を下げているから出すのは１。

立った指はユウガ1、エイアゼロ、セイヤ1、そしてあたし自身は1。正解だ。

「やった！」あたしは歓声とともに、片手を引っ込めた。

1周目で、エイア以外全員が片手を引っ込めている。

思ったよりも展開が速い。エイアの両手がまだ残っている時点で、あたしとセイヤチームが優勢だ。

今、選択できる数字は『ゼロ』から『5』の6択。

そして2周目になった。

「イッセーノ、2」

指を上げたのはユウガ1、エイアはゼロ、あたしはここでゼロだ。そしてセイヤ自身の1。

「やった！　セイヤ上がりだ！」

あたしは飛び跳ねそうになるほど、喜んだ。

あーあ、一番初めに上がった人のチームが勝ちだったら、よかったのに。

勝敗は、最後に残った者で決まる。残るはエイア、ユウガ、あたし……。

……あれ？　でも、ていうことは、あたしはこれから1人で戦うの？

セイヤは興味をなくしたかのように、店内の様子を見ていた。あたしは急に不安になった。

今までは、セイヤの出す指の数が分かっている、という強みがあった。何より、セイヤの言うことを聞いていれば勝てるという安心感があった。けど、セイヤは先に上がり、打ち合わせした誕生日のイカサマはもう終わり。

あれ？　むしろ誕生日のイカサマって、本当に勝率上がってたの？

勝率って個人の勝率じゃない？　チームの勝率じゃないんじゃ……。

あたしは混乱した。セイヤの言う通りにしていれば、勝てると錯覚していた。そして、ふと思った。もしかしてセイヤ、主人があたしからユウガに替わることを望んでいるんじゃ……。

下調べしていたのなら、ユウガとセイヤがコンタクトを取っている可能性もある。

「大丈夫？」エイアの声にハッとする。

「あ」ユウガの番はまだ、行われていなかった。

敵のエイアが声をかけるほど、あたしはボーっとしてたんだ。

けど、普通セイヤが「大丈夫？」って、あたしに訊くべきじゃない？

あたしの脳裏に、ＳＣＭの説明書に書かれていた文章が浮かんだ。

〝ＳＣＭは奴隷の感情までは操れない〟

「イッセーノ、２！」

ユウガの声で、咄嗟に指を上げた。エイアはゼロ、あたし１、そしてユウガ自身の１。

「やっふー！」

ユウガは、笑顔で両手を上げた。

「ま、劣勢だけど頑張れよ！」

「うるさい」ユウガはエイアの背中を叩いた。

そうだ。これが普通の仲間のやりとりだ。

セイヤは、あたしに「頑張れ」とか「大丈夫？」って言ってくれなかった。

勝負はあたしとエイアの１対１になった。これに負けたら、セイヤはあたしの言うことを聞かなくなる。

「ちょっとタイム！」

あたしの大声に、全員が注目した。

「ねっ、ねえセイヤ？」

驚いた顔のセイヤに体を寄せ、緊張で渇いた喉に、唾を押し流した。

「あたしを裏切ったり、してないよね？」

うまい言い方が思い浮かばなかった。けど、そんなのどうでもいい。

あたしにとって一番重要なのは、ユウガやエイアを手に入れることじゃない。ＳＣＭでセイヤと夢を見続けること。

セイヤは子供のように澄んだ瞳で答えた。

「いや、してないよ」

ＳＣＭは嘘をつかせない。あたしの脳裏に、その言葉が過った。

あたしは熱く重い息を吐き出し、うつむいた。

疑って。「ごめん……」

あたしがそう言うと、セイヤは「いや」とだけ言った。

あたしの心には、今もまだ重いものが残っている。この場がものすごく気まずい空気になった。もう、よく分からない。何を信じたらいいのか。何もかもが、分からない。

セイヤを疑った時点で、あたしは何かを失ってしまった気がする。

セイヤを奴隷にして以来、あたしは彼を手に入れたと勘違いして、どんどん何かを失っていたんだ。ただ、セイヤに愛されたいだけだったのに。ただ、セイヤの側にいたいだけなのに。

同時に、28年間の下痢みたいな人生が脳裏を過る。

それなりにモテて、チヤホヤされていたのも束の間。ダメ男に騙され、借金を背負わされ、家族や友達にすら見放され、自分の身体を傷つけて生を確認しながら、客の体を舐める毎日だった。そんななかで出会った、あたしの希望が、信じるべきものが、生への絆が、セイヤだったのに。それも今、失おうとしている。

今のあたしとセイヤの絆は、あたしのカサカサの髪の毛みたいな、1本の線でしかない。あたしは、また1人になるの？　あたしは、あたしは……。

「イッセーノ！」

ハッと我に返ると、エイアが大きな瞳であたしを見ていた。泥のような悪夢から、あたしは暖光で輝く、豪華な装飾のホストクラブに引き戻された。

そうだ、今は勝負の最中。セイヤと自分の今後の人生を賭けた、ＳＣＭの戦いの最中だ。

「イッセーノ！」

エイアの瞳は真っ直ぐに、あたしを見ている。大きくてホリが深くて、キラキラした色素の薄い瞳があたしを見ている。エイアって本当にキレイ。

「３！」

エイアのかけ声と同時に、あたしは指をピンと立てた。エイアは両指を立てていた。

あたしたちの指の合計は3。エイアはそっと片腕を下げた。

そうだ。あたしはこの女が羨ましかったんだ。見た目だけで分かる、エイアの人生の輝きに嫉妬したんだ。あたしはエイアに、自分の容姿や人生のコンプレックスを感じていたんだ。

そんな自分の弱さに気づき、認めた瞬間。折れかけたあたしの心に、強い光が生まれたのを感じた。重い心が、軽くなった気がする。

この女に勝てれば、この女に勝てれば。この女を越えられれば！

次にセイヤを見る。端整に作られた顔は、やっと手に入れたあたしの誇り。セイヤを見て思い浮かぶ言葉は、誇りや宝物や絆。あたしが今まで持っていなかった、すべてなんだ。

あたしのこれまでなんて、何もなかった！　そう、だからこそセイヤはあたしのすべてなんだ！　失うわけにはいかないんだ！　あたしは、この勝負に勝たなければいけない！　この勝負に勝てば、あたしは今までの弱くて暗い自分から抜け出せる！

革命を、自分で、自分に！

「イッセーノ！」

次はあたしの番。負けない！　あたしは負けられないんだ！

「２っ！」

エイアの指は、立っていない。あたしは珍しく人前で舌打ちをした。

直後にエイアも勢いよく声を出す。

「イッセーノ！」

あたしの指がピクッと動く。あたしの指を注視するエイアの視線を感じた。

出したらまずい！　あたしは直感的にそう思った。

「２っ！」

エイア自身が指をピンと立てた。あたしは立てていない。切り抜けた！

あたしは、エイアの指と瞳だけに集中していた。

「イッセーノ！」

あたしのなかで、信じられないほど集中力が加速していくのが分かる！

今、あたしは魂を燃やしているんだ！　勝つ！　勝てる！

あたしは勝つんだ！　エイアの指がピクッと動いた。

けどあたしは直感的に感じた。フェイクだ！

「ゼロ！」

あたしは指を立てなかった。エイアの指は……立っていないまま。

すべての指の数はゼロだ。

「あ……」エイアの唇から声が漏れる。あたしは、あたしは勝ったんだ。

あたしの肩や腹の重いものが、スーっと抜けていく。次に、心臓がドキドキしだし、黒い興奮が腹の下に広がる。同時にドクっと、アソコが濡れたのも感じた。

「ああ！　ああ！」

あたしは興奮して叫んだ。勝った！　勝った勝った勝った！

「勝った！　あたし勝った！」

思わず、セイヤに思いっ切り抱きついた。

スーツの繊維と、セイヤの体臭と香水の混ざったいい匂いで、よだれが出そうになる。

セイヤは腕を垂らしたまま、呆然としていた。

勝つって快感！　奴隷！　これでエイアも！　ユウガも！　そしてセイヤもあたしの奴隷のまま！　あたしは主人だ！　特別ルックスのいい３人！　人が羨む３人！　あたしはこいつらの頂点なんだ！

「へは」溢れ出す感情で、あたしの口が緩む。

「あは！　あははは！」

あたしは、笑った。目の下と口元が引きつるほどに。

エイアもユウガもセイヤも、店内にいるホストも客も、あたしを見る。片目越しに映る世界はすべてあたしのもの！　見て！　あたしを見て！　もっとあたしを見ろ！　笑わずにはいられない！　あたしはすべてを手に入れたんだ！

呆然としているエイアとユウガに指を差した。

「あんたたち！　あんたたちはあたしの奴隷だ！」

ＳＣＭの作用で、セイヤみたいに、あたしの奴隷になった！

「イスから立って！　床に正座してよ！」

とにかくＳＣＭの効果を、こいつらに試したかった。

エイアとユウガは互いの顔を見合わせる。さあ、床に正座してみろ！

けど、いくら待っても、エイアもユウガもイスから降りなかった。

「何してんの！　早く正座してよ！」

ユウガもエイアもただあたしを見るだけで、イスから降りようとしない。

興奮したあたしも、何かがおかしいことに気づいた。

「ありがとう」

最初に口を開いたのは、ユウガだった。

「は？」何言ってんのこいつ。

「君たちとの勝負で、ＳＣＭについてたくさん分かった」

本当にわけが分からない。

「僕たちは君に負けてない」

「は？　さっきから、何言ってんのお前？　言うこと聞けよ早く！　あたしはたしかにイッセーノで勝ったじゃないの！」

イカサマはしたけど、ＳＣＭの設定は守った！

「ゲームのルールだって！　最後に負けた奴のチームが、奴隷になるって！」

あたしがそう叫ぶと、ユウガは言った。

「その通り。だけど僕たちは負けたことになっていないようだね」

ようだ？　ようだってどういうこと？　血の気が引き、指先が冷たくなっていく。

「ＳＣＭは信じられない技術でできた機械だが、実はそんなに複雑にできていない」

ユウガはエイアに渡された説明書をめくる。

「ＳＣＭは僕たちの状況を認識しているようだが、認識しているのはせいぜい２つ」

ユウガがセイヤを見る。セイヤも放心状態みたい。

「１つ目は、設定通り勝負が始まったこと」

次にあたしを見た。

「２つ目は持ち主の、敗北感」

「はいぼく……感？」

「重要なのは現実の状況じゃない」

何言ってんのこいつ？

「現実から感じた、ＳＣＭの宿主の情緒なんだ」

ユウガは真剣な表情を少し緩めた。

「まあ要するに、負けたと思わせれば勝ち。逆に、微塵も負けたと思わなければ奴隷にならない」

そんな。じゃあ、ユウガとエイアはなんで負けを感じないの。

「僕は説明書やネットにある数少ない情報から、以上の話を推測した」

ユウガは穏やかな笑顔で続ける。

「そして、今日のこの勝負で、その予想は当たっていたことが分かった」

あたしの興奮した感情は、ユウガの話を聞けば聞くほど、冷めていく。

「ＳＣＭの勝負は、精神の戦いなんだ」

ユウガはエイアに視線を移す。説明をするときのユウガの様子は、まるで教師のようだった。

「君たちとの勝負が、僕にとって初めての勝負だった。だからこそ、いろいろと試してみたかった」

ユウガは説明書に視線を移し、適当にペラペラとページをめくる。

「４人対戦による作用や、勝負の勝敗の定義は感情が優先か、ルールが優先か」

そして説明書から、あたしとセイヤのほうへ顔を向けた。

「結果、確信できたことは、『現実の勝敗』よりも『敗北感』という感情が、相手を奴隷にする引き金になること。もちろん、ルール通りに負けただけで、ＳＣＭは十分に宿主の敗北感を認識する」

「だから、勝負の内容よりも、条件や提案にこだわっていたのか」

セイヤがそう言うと、ユウガは頷いた。

初めはわけが分からなかったが、話を聞いているうちに、なんとなく理解できた。けど、あたしは納得するわけにはいかない。

「さっきから、何言ってんの!?」

あたしの叫び声に、ユウガは落ち着いた様子でエイアを見た。

「実は試したいことの1つが、彼女の存在だ」

そしてユウガは、信じられないことを言いだした。

「エイアはSCMをつけていない」

「は？」「え？」あたしも、セイヤも、思わず声を上げた。

「もちろん僕は、SCMをつけている」

ユウガはそう言って、口を大きく開けて上を向いた。

あたしはすべてを理解してしまった。

2人同時に近づいても、アラームは1人分しか鳴らない。

あたしたちが反応したアラームは、ユウガのSCMのみ。

それだけで、エイアもSCMをつけていると思い込んでいた。

「エイアは奴隷云々に関係ないから、とにかく僕を勝たせる存在としてここに呼んだ」

ユウガは姿勢を変え、前のめりになった。

「僕たちが事前に話していたことは『どんな勝負になっても、まず僕を勝たせること』だった」

「……だから、『残った者のチームが負け』というルールを提案したのか」

ユウガがセイヤを見て言った。

「そう。SCMをつけていないエイアの存在自体が、僕の最強の保険だった。君たちがどんな勝負を提示しても、僕にはその保険があった」

当のエイアは、グラスを手に持ち、氷をカラカラと回しながらユウガの話を聞いていた。ハッとしたセイヤは、すぐにエイアが置いたグラスを受け取り、酒を作る。

セイヤほどのホストが、女の子のお酒が減っていたことに気づかないほど、ユウガの話は引き込まれるものがあった。

「提案を軽く考えすぎていた」

セイヤは悔しそうにつぶやき、エイアの前にグラスを置いた。セイヤは悪くない。

こんなの誰にも分からないよ。

「保険の存在と、それに対する信頼が、僕に敗北感を抱かせない理由なんだ」

ユウガはエイアを一度見て、次にキラキラした黒目をあたしたちへ向けた。

「すごいんだよ！　エイアは！」

今までの知的な雰囲気とは打って変わり、ユウガの顔は興奮を帯び、まるで少年のような顔になった。

「勝負がイッセーノと教えられ、数分で始まった勝負中に、僕へ指の数を教える合図を考え、実行してくれたんだ！」

ユウガはそう言うと、テーブルの下にある自分の足元を覗き込んだ。釣られてあたしとセイヤも覗き込む。ユウガは、テーブルの柱をコツコツと靴で叩いた。

「こうやって僕の足を叩いて、自分が出す指の数を教えてくれたんだ」

「いや逆に、それくらいしか思いつかないしさ」

エイアは恥ずかしそうにつぶやいた。

こいつらも、お互いの指の数を把握していたんだ。

エイアはセイヤが考えたイカサマより、遥かに分かりやすくて確実なものを一瞬で考えた。頭がいいとか回転が速いとかじゃない。この女は頭が柔らかいんだ。

セイヤは気まずそうに、エイアから目をそらしている。

「彼女の機転のおかげで、僕は先に上がれた」

ユウガはそう言うと、タバコを取り出した。

間髪入れずに、セイヤがデュポンを鳴らして、火を点けた。

「多くの推測とたしかな保険がある。だから僕たちは勝てなくても、高確率で負けないんだ」

この勝負で、ユウガが敗北感を抱くということは、ありえなかったんだ。

あたしは、心に浮かべそうになってしまった。考えることさえ許されない、その言葉を。

風が吹いただけで、折れそうな心へ、ユウガの言葉が吹きかかった。

「真の勝利者とは、勝利よりも敗北をよく考える。僕の好きな言葉だ」

やられた。あたしたちは、初めからこの2人に負け……。『カチッ、カチカチ』

口のなかのSCMが鳴った瞬間、あたしの心臓が高鳴った。

呼吸がしにくくなり、これまでに感じたことのないような、人生最高の緊張感が、あたしを襲った。

数秒後、バッチィンという衝撃が、耳から脳まで貫いた。

あたしはセイヤに、思い切り殴られたんだ。

残った片目にセイヤの怒りの顔を映したのを最後に、あたしは気絶した。

0005 新宿 セイヤ

モテる男の秘訣は自信だ。ただ、自信があるだけでは駄目だ。

必要なのは根拠のある自信。実績があっての自信だ。

スポーツ選手や、オリンピックの金メダリストを見て、ルックスの良し悪しに関係なくカッコイイと思ったことはないだろうか。ルックスが悪くても、性格が悪くても、金がなくても。

何か1つ、実績ある才能を持つ者は輝き、モテる。

俺はルックスだけはよかったが、都内で有名なホストクラブで働き始めたとき、なかなか売れなかった。ホストを始めたときの俺には、自信しかなかった。結構苦労したよ。

世間でのイメージ以上に、ホストはあくまでサービス業だ。

サラリーマンだって残業をしたり、家で仕事の続きをすることもあるだろう。

ホストにとってのキャッチや営業メール、果てはアフターや店外デートは、残業なんだ。もちろん努力がすべて実るとは限らない。

そんな苦労の末に、やっと手に入れた。

豊島アヤカ。この女のお陰で俺はナンバーワンになれた。

泥酔して、トイレで泣きながらホストを辞めようと本気で思ったことや、仕事の努力が実を結んで泣いたこともある。泣いた日のほとんどを、アヤカと過ごした。

アヤカの前だと、俺は素になれた。

だが、努力が金に替わり、俺は調子に乗った。

そしてアヤカ以外の、ある女と付き合うようになってから、俺はその子を愛しすぎるようになった。彼女は俺のホストとしてのルールや心を、いい意味で壊し続けた。

反面、本命の彼女ができたことに罪悪感を抱くほど、俺にとってアヤカは大きな存在となっていた。遊び慣れた男なら、遊びの女をどう扱うかなんて熟知しているはずだ。

ほどよい距離を保ち、情を抱かず、バランスよく金を使わせる。

体の関係を持つこともまれにはあったが、俺はセックスを売りにはしない。

枕はくじ引きの、当たらない賞品みたいなものだ。釣りであり、切り札だ。

俺は可能な限り、模範的な営業をしてきた。

けど俺のそんなルールをぶち壊す女が、同時に2人、現れたんだ。

アヤカには、俺の心を見せすぎていた。そして俺もアヤカの心を見すぎていた。

仕事とプライベートは分けるようにしてきたが、恋人とアヤカだけが、俺に仕事を忘れさせる存在だった。俺には恋人である彼女が必要だった。アヤカには俺が必要だった。

必要とする者も、必要とされることも、俺には捨てがたいことだったんだ。

アヤカは、ひと月で金を使いすぎて、身も心もボロボロになった。

次の月からは、ほとんど使い物にならなくなるだろう。

翌月の決算で、俺はナンバーワンから降格する可能性が高かった。アヤカ1人にそこまでさせた俺はホスト失格だと思う。ナンバーワンを維持するプレッシャーも手伝い、スランプになった。

けど、そんななかで本命の彼女と行ったジャマイカの海が俺を変えた。

熱い浜辺で酒を飲みながら、彼女と見たジャマイカの海は、涙が出るほどキレイだった。

パノラマに広がる海と、お香のようなマリファナの匂いに包まれ、潮風で髪が乱れた彼女の横顔を見たとき。

彼女のためにならホストを辞めても、アヤカを失ってもいいと思った。

俺は、彼女のオナラですら好きだった。ぷうっと疑問系に鳴る彼女のオナラ。頬を赤く染め、恥ずかしがるあの子の姿が印象に残っている。

旅行から帰った、その日の夜。早速、アヤカが手首を切ったと報告してきた。アヤカが自分を傷つけることや自分で首を締めることは今までも何度かあったが、そのときは、心底面倒臭いと思った。

夜の仕事をしていれば、珍しい話じゃないが、俺は苦手なんだ。こればかりは理由なんてない。男は浮気したときにこそ、本命のよさに気づくんだ。

アヤカと関われば関わるほど、本命の彼女を大切にしたいと思うようになっていた。

俺はアヤカを突き放す決意を固めた。可能なら、金を落としてもらえる関係を続けたまま。

ナンバーワンである前にホストで、ホストは仕事で、ホストである前に俺は男だ。

1人の女の寝顔が大好きな、ただの男なんだよ。

俺は、ネットで購入したＳＣＭを試すことにした。元同僚が世間話のなかで教えてくれたんだ。もしアヤカを奴隷にできれば、リスカや大量の眠剤を飲むのを、やめさせることもできる。

そんなきれい事の建て前で、自分を納得させた。

けど、アヤカ自身の裏切りでそれも失敗した。俺は逆にアヤカの奴隷になってしまった。

一瞬、アヤカへの感謝を忘れた自分の罰だとも思って反省したよ。

しかしあいつのわがままは青天井式に、宇宙までつけ上がった。

アヤカの要求は、ありえねえ。

彼女と別れろと命令された。実際に彼女に別れ話を切り出したときは、泣いてる彼女を前にして何もできなかった。しなかったんだ。何もしなかったのは、アヤカやＳＣＭの影響からじゃない。

別れ際を飾る、俺の最後の意地だった。

早くに親を亡くし、行き場のなかった彼女は、友達の家に泊まることになった。しかし、その後のメールで友達の家にもいられなくなり、親戚の家に住むことになったと知った。

彼女の惨めな行く末に、俺は泣きそうになった。

彼女の荷物を俺に捨てさせ、皿を洗う家庭的な自分に酔うアヤカを見たときは、怒りと呆れで胃腸が破裂するかと思ったよ。

奴隷になってから、たったの数日で、俺は豊島アヤカを殺してやりたいと思うようになった。

しかも、今まで気づかなかったが、アヤカは足が臭い。

そのくせ素足で履くブーツを好み、フローリングもペタペタと歩きやがる。

何なんだ、お前のその無駄なスタイルは。酸っぱいんだよ。

そんな俺の怒りですら、ＳＣＭは抑えつける。

アヤカに対する反逆は、それ以上の恐怖や緊張感でかき消されていった。

店にユウガとエイアが訪れたときは、俺のなかに微かな希望が生まれたよ。

このままアヤカの奴隷でいるくらいなら、ユウガみたいな男の奴隷になったほうがマシだと思った。しかしＳＣＭの作用が、俺の行動や発言をさらに複雑にさせる。

腹のなかではユウガの勝負を受け、勝たせてもいいと思う。

しかし、実際はアヤカの不利になることや、不快にさせることを言ったりしたりできない。

そのとき、小さな奇跡が起きた。

ＳＣＭは、状況によって効果が強くなったり弱くなったりすることを知ったんだ。仕事中の緊張感で、ほんの少しだけ効果が弱まった。逆に、何かに失敗をしたときなど、申し訳ない気持ちを主人に抱いたときは効果が強まる。

仕事中だというスイッチが、ＳＣＭの効果を弱め、自身の判断を発言に反映させやすくなった。俺は自分の感情を誤魔化し、勝負を受ける方向にアヤカをうながすことに成功した。そして勝負は、引き分けたかに見えた。

「本当の目的は勝つことではなく、引き分けにしたかった」

ユウガは後にそう言った。

ＳＣＭの説明書には、引き分けについては書かれていない。ユウガはそれを試したかったそうだ。

アヤカが、決着がついたあとのユウガの話で敗北感を抱いたのは、事故だった。

俺にとっては、ハッピーな事故だ。口のなかのＳＣＭが『カチャン』と壊れたような音を立てた瞬間、俺を縛っていたアヤカの鎖が解けたのを感じた。

抑制されていたアヤカへの怒りが一気に膨れ上がった。俺は嘔吐感を覚え、視界が真っ白になった。気がついたときは、店のなかであることも忘れて、アヤカをグーでぶん殴ってたよ。

倒れたアヤカを、もう一発殴ろうとしたとき。

「よせっ！」

ユウガの言葉で、俺は凍りついた。そのときに、俺の主人がアヤカからユウガに替わったことを実感したよ。けど、それはどうでもいい。アヤカの奴隷じゃなければいいんだ。

他の客に見られたが、店の仲間がうまくフォローしてくれて騒ぎにはならなかった。

エイアが、冷たいおしぼりでアヤカの頬と鼻を押さえていると、アヤカが気がついた。

「大丈夫?」

エイアが心配そうに訊く。

「セイヤくん」エイアが、何か言いたそうな目で俺を見ている。俺はアヤカに顔を向けず、タバコを吸っていた。

アヤカが気を失っている間、今までのいきさつをユウガとエイアに話していた。

ユウガは黙って聞いてくれた。この辺は男同士、俺の苦悩やアヤカに対する怒りには、共感してくれる部分があったようだ。

けど、エイアは開口一番でこう言った。

「アヤカちゃんが気がついたら、まず殴ったことを謝りなよ」

まるで母親だ。


「殴ったのは……悪かった」

俺がそう言うと、アヤカは泣きだした。

「つたく」不細工な顔で、子供みたいにビービー泣きやがって。

面倒くせえ。泣いても、もう取り返しつかねえんだよ。

「まー、いろいろあるけど」

ユウガが気まずそうに切り出した。俺はユウガの顔をじっと見る。

アヤカも泣きながら起き上がり、ユウガに顔を向けた。

泣いていても、SCMがそうさせるんだろう。ユウガは俺たちの反応に、少し驚いた様子だった。

「本当はSCMから解放させたいんだけど、とりあえず、しばらくはつけておいてもらいたい」

「何言ってんの？　早いとこ解放してあげなよ」

俺やアヤカが何かを言う前に、エイアが言った。

ユウガは困ったように、天井のシャンデリアを見た。

「んー、SCMを外すのは待って欲しい」

「だから、なんで？」

「いやエイア、むしろそんなに外させたいの？　ここまでくるのに、一緒に苦労したじゃん」

「うん。けど、まさか本当に奴隷になるなんて思わなかった」

どうやらエイアは、ギリギリまでSCMの効果を信用していなかったらしい。それも無理ない。今に至るまで、ユウガの好奇心だか何だかに振り回されていたのだろう。少し、2人の関係が理解できた。

「逆に、そのモチベーションで一緒にホストクラブまで来てくれたのがすげえよ」

「は？」エイアがユウガを睨む。この空気はまずい。

「あの」俺は2人の間に入った。

「どうして、俺たちの居場所が分かったり、主従関係だと分かったんですか？」

ユウガは携帯を開きながら答えた。

「うん、まずはこの店の前を通り過ぎたときに偶然アラームが鳴ったんだ。2週間くらい前だよ、心あたりあるだろ」

「はい」たしかに2週間前、店にいたとき、一度だけアラームが鳴った。

ユウガはイジっていた携帯の画面を向けた。

携帯の画面には、カーナビみたいな地図と、画面中央にいくつか重なった◯が見えた。

「これがSCM所有者の位置なんだ」

「え？」携帯を覗き込んでいたアヤカも、俺と同時にユウガの顔を見上げた。

アヤカの顔が無駄に近い。ユウガはこの地図が、SCM所有者のサイトだと教えてくれた。

誰が開設したのかなど謎は多いが、ユウガも最近、このサイトの存在を知ったそうだ。

主人である赤い◯と、奴隷の黄色の◯によって、俺とアヤカが主従関係だと判断したらしい。

「こんなの、あったんだ」

アヤカの言葉に、ユウガは言った。

「あとは知っての通り、街角ですれ違ったり、調べられるとこまで調べた」

「本当、もうやめなよ。危ないよ、それ」

エイアの視線は、俺の口のなかにあるSCMだ。

「あんたたちだって、もういろいろ失ったり、ロクな思いしてないでしょ？」

アヤカはうつむく。俺もテーブルに並んだグラスを見つめながら、別れた女のことを思い出していた。

「あんたも、今回は運がいいだけで、次は奴隷かもよ？」

そう言われたユウガは、笑った。

「けど、そのための最強の保険！　神の子エイアちゃんが……」

「あたしはもうやんないし、あんたに何があっても助けないよ」

明るい調子のユウガの言葉をさえぎり、エイアは冷たい目で睨んだ。

しばらく沈黙が続く。エイアは吸っていたタバコを灰皿に押しつけた。

「あー、なんか空気悪くしたね」

彼女は上着を着て、バッグを手に取る。

「帰んの?」

誰がどう見ても帰る雰囲気だが、ユウガはエイアを見上げて訊いた。

「んっ。ごゆっくりー」

エイアは自分の飲み代をテーブルの上へ置き、店内をすたすたと歩いて行く。

「あの、追ったほうが……」

タバコに火をつけたユウガに、アヤカが恐る恐る言った。

「無駄だろ」ユウガが何か言う前に、俺が答えた。

「女の子は、こーゆーときは追って欲しいんだよ……」

アヤカは下を向いてブツブツと言っている。んなこと、俺もユウガも分かってる。

けど男にも意地ってもんが……。

「すまん! 会計しといて!」

ユウガはそう言うと、テーブルの上に1万円札を置いて店を飛び出した。

しばらくSCMからは解放されないようだが、アヤカの奴隷になったときの絶望感に比べたら、今の状況は数百倍マシだ。

その後、なんとかユウガはエイアと仲直りできたようだ。

帰り際にユウガから来たメールには、SCMをつける前までの、今まで通り、普段の生活をしていいと書かれていた。そして万が一、他のＳＣＭ所有者に会っても、絶対に勝負を受けるなと、念を押された。メールには、ＳＣＭ所有者のサイトのＵＲＬも添付されていた。

アヤカも同様のメールを受け取っているはずだが、画面を見ながら固まっていた。

「どうした？」

「あっ、ううん、何でもない……」

少し様子がおかしかったが、深刻そうな表情のアヤカに、嫌悪感を覚えた。

その眼帯つけた不幸面が、ムカつくんだよ。わざわざ訊くんじゃなかった。

恐らく、リスカなどをしないように、念を押されただけだろう。

こうして、その日は解散した。

アヤカには、まだ契約が残っている前の家に帰ってもらった。何か言いたそうだったが、俺はすでにアヤカの奴隷ではない。こうなれば、絶対に家に入れる気はなかった。

家に帰って、すぐにアヤカの荷物をまとめて捨ててやった。


ユウガたちと出会ってから、１ヵ月が経った。

４月も中旬に入り、寒い日と暖かい日が交互に訪れる。

別れた恋人には、あの日のあとすぐに電話をしたが出なかった。メールも返ってきていない。

時々はユウガと連絡を取り合っていたが、それ以外は何事もない日々が続いた。

アヤカはもう客としても来なくなった。むしろユウガの奴隷でいる限り、今までよりはまっとうな生活を送っているはずだ。

俺はアヤカと縁を切ったためにナンバーワンからは降格したものの、なんとか上位を保ち、以前と同じように仕事に励んでいた。

そのころには、歯の裏のSCMを舌でイジるのが癖になっていた。

俺はいつものように店に出勤し、新規の客についていた。

「っしゃいませー！」

店の入口のほうから、客が入店したときのかけ声が聞こえた。俺も一瞬だけ入口に顔を向けて声を返した。その日はたまたま、入って来る客が見えないテーブルについていた。

すぐに新人がオロオロしながら俺のところにやって来た。

「はは、どうした？　すべらない話でもあるのか？」

「いや、あの、前に来たセイヤくん担当の子が、お金ないけどセイヤくんにとか……」

俺はアヤカを思い浮かべた。

「お前、ちょっとこのテーブルについてろ」

立ち上がり、店内を見渡せる場所に行った。

クルリと店内を見回し、さっきまで空いていたテーブルに座る、1人の女を見つけた。

アヤカだったら髪の毛を引っ張って、店から叩き出すつもりだった。

しかし、その女の顔を見た瞬間、店内の景色がスローモーションになった。店内に流れるアップテンポな曲も聞こえなくなり、世界は彼女と俺だけになった。一歩近づく度に、心臓が高鳴る。早く彼女の側に行きたくて、今にも走りだしそうになる。彼女は俺の姿に気づくと、見覚えのある微笑みを見せた。

たった1ヵ月なのに。昨日会ったばかりな気さえするのに。懐かしさで泣きそうになるんだ。

広いソファーにちょこんと座り、片手を上げて「ハァイ」と挨拶する素振り。

ああ。やっと、やっと再会できたんだ。

「ジュリア」

そこに座っていたのは、アヤカのせいで別れた前の彼女だった。

「セイヤ、久しぶり」

俺は隣に座った。間違いなくジュリアだ。

「少し、痩せたか？」

久しぶりに会ったジュリアは、以前より大分痩せていた。

「うん、ダイエットしてるのー」

相変わらず、おっとりした喋り方。間違いなく、ジュリアだ。

「何回も電話したし、メールも……」

「ごめん、親戚の家だから、あんまり携帯使えないんだ」

俺はジュリアの言葉に違和感を覚えた。そんな客に使うような言い訳、俺に使わないで欲しい。

けど、ここでそんなことを言ったら、この時間が壊れてしまう気がした。

「セイヤも少し痩せた？」

「ああ、ダイエットしてるんだ」

ジュリアは笑う。今の俺が言える、精一杯の冗談だった。

「じゃあ、今は親戚の家に？」

「うん」

「仕事は？　まだあの店か？」

ジュリアは俺が働く店と同じ、新宿の歌舞伎町にあるキャバクラで働いていた。

「うん、そだよー」

明るい調子で返すジュリアに、俺は優しく微笑んだ。けど、内心では泣き叫びそうだった。アヤカから解放されてすぐ、俺はジュリアが働くキャバクラに行った。彼女はすでに店を辞めていたんだ。

どうして、嘘をつく。

そんな疑問を最上級の笑顔で隠し、ジュリアの全身を見た。

着ている服は、あの日出て行ったまま。袖の先がほつれている。

ブランド志向のジュリアが、ほつれた服を着るなんてありえない。

髪の毛も、バサバサのエクステに、付け根と毛先の色が違うプリン。手入れが行き届いていな
いとすぐに分かった。最後に会ったときから、カラーもカットもしていないようだ。

さらにジュリアの耳の内軟骨には、以前はつけていなかったピアスが刺さっている。

声や大きな黒い瞳、人なつっこい微笑みはたしかにジュリアなんだ。

けど目の前のジュリアは、1ヵ月前までのジュリアと何かが違う。

「あのね、ジュリア、今日お金が……」

特徴的な高い声に、俺は思考をとめた。

「ああ、気にしなくていい。俺のツケにするから、何でも好きな物頼め」

ジュリアは笑顔でうなずき、ファジーネーブルを頼んだ。

ジュリアが好きな酒だ。俺は一緒に、野菜スティックも頼んだ。彼女がいつも食べていた、味
噌ではなくマヨネーズを添えた物だ。

ジュリアは「ありがとう」と微笑む。俺は泣きそうになった。

ジュリアに何が起きたんだ!? ジュリアは今、絶対に幸せじゃない！ 何だよ、この惨めな状況！ 親戚か！ 男か！

……けど、きっかけは俺だ。

行き場がなくなった俺の感情は、急激に冷めていった。

アヤカを奴隷にしようとして、逆に奴隷になって、ジュリアを振った俺が悪い。

俺が全部悪いんだ。けど、叶うなら。どうか。

「ジュリア」

「はあい！ 元気です！」

俺は右手を伸ばし、ゆっくりとジュリアの左手を握った。ジュリアは無垢な瞳で、繋いだ手を見ていた。

「あっ、ゲームする？」

ジュリアの無邪気な提案に、俺は可能な限り優しく微笑んだ。

「ああ、ゲームをしよう」

ジュリアの手を、さらに両手で包む。

「手を離したら負けだ」

ジュリアは黙ってうなずくと、子供みたいに両手でギュッと俺の手を握った。どれだけ俺の心をワシ掴みにすれば、気が済むんだ。

「あの日、別れた理由は、話せば長くなるが、ちゃんと説明する」

細長い指の、ひんやりした感触は間違いなくジュリアだ。

俺は自信と確信と祈りを込めて、ジュリアの瞳を見つめた。

「戻って来てくれ、全部、俺が面倒見るから」

俺の告白に、ジュリアは唇を震わす。

「また一緒に暮らそう」

希望を感じていた。この反応なら大丈夫。俺たちはヨリを戻せる。

「あのね……」

しかし、その一言で俺は絶望した。「あのね」の続きは断りの可能性が高い。

「頼む！　お願いだ！」

ジュリアは、笑顔のまま俺の手をさらに強く握り、残念そうに目を伏せる。

「セイヤ、聞いて。セイヤと別れてから親戚の家に住まわせてもらって」

ジュリアは右手だけ離した。手を離したら負けと言ったが、無性に悲しかった。

「ジュリアは、そこでリュウオウ様と出会ったの」

「は？」ジュリアの口から突然出た、ふざけた名前に俺はイラっとした。

「ふざけてる場合じゃない」

「ふざけてないの、龍の桜と書いてリュウオウ様と読むの」

「ていうか、様って何だよ！　なんで様を付ける！」

「ジュリアはもう、リュウオウ様のものなの……」

わけが分からなかった。一瞬、俺の脳裏にＳＣＭの３文字が浮かぶ。

ジュリアがＳＣＭをつけているわけがない。ＳＣＭのことを知っているはずがない。

第一、ジュリアが近づいてもアラームは鳴らなかった。

ジュリアは「見て」と言うと、右手で左の肩をさらした。

そこには見慣れない刺青が入っていた。肩にかかったブラジャーの線の隣にワンポイント、龍という小さな漢字と、桜の花びらが描かれている。

「えっ？　は？」

さらに、ジュリアはバッグから何かを取り出した。

ジュリアの片手に握られた、月形の金具。それはＳＣＭだった。

「ジュリア……お前、それ……」

彼女はＳＣＭを口のなかに入れ、装着する。

『――ユイーン、カチッ』

間違いない。本物だ。しかも、今までと何か違う。

アラームが不意に『逃げろ』と、言っている気がした。

「ＳＣＭは、24時間以内なら外しても問題ない。外して近づけば、鳴らない」

ジュリアは悲しそうな瞳で、そうつぶやく。

「ジュリア、お前、どこでＳＣＭを……」

「セイヤ、あなたとは付き合えない」

俺の質問には答えずに、ジュリアは目をつむって、下を向いた。

「ジュリアはもう、リュウオウ様の奴隷なの」

ダンプカーに跳ねられたような衝撃と、静かすぎる失恋の絶望が俺を同時に襲う。

『カチッ、カチカチ』

「あっ、え？」

突然鳴った、口のなかのＳＣＭの反応に俺は驚き、混乱した。今のは、負けたときの音じゃ……。

「俺は負けて、ない。ジュリア、ＳＣＭを外して、おぅえ」

突然のめまい。頭痛と嘔吐感に襲われ、ソファーに座ったまま吐いた。

不意にユウガの言葉を思い出す。

〝重要なのは敗北感〟

そうか。失恋と敗北感はよく似ている。俺の心は、ジュリアに負けたのか。

ジュリアと繋いだ手は、すでに離していた。

ジュリアは俺の背中をさすり、おしぼりを俺の口に当てた。

「外しているときに勝負を開始しても、短時間のうちにＳＣＭをつければ勝負の設定は作動するの、これが先行勝負」

「先行勝負だ、とお、ぇ」

ジュリアはもう１枚、おしぼりを俺の口元に差し出す。

「大丈夫？　あんまり頻繁に主人が替わると、その度に脳への作用が強くなるから、体に悪い影響があるって」

「ぐぅ、お」俺は必死で気力を保ち、ジュリアの言葉を聞いた。

「セイヤ、一緒にリュウオウ様の奴隷になろ。それなら一緒にいられるよ」

くそ！　涙と鼻水が止まらない。喉は胃液ですっぱい。景色がグルグルと回る。

「ジュリアぁ！　リュウオウは！　リュウオウはあ！」

「ＳＣＭを外して近づくのも、先行勝負も、リュウオウ様が教えてくれた。セイヤはきっと、主人に勝負を受けないように指示されてるからって」

ユウガの指示が全部、読まれている。まずいぞ、ユウガに教えないと。

ジュリアは普通の奴隷じゃない。俺がアヤカやユウガの奴隷になったときとは、明らかに違う。

リュウオウは凡人じゃない。俺ともアヤカともユウガともエイアとも違う、もっとヤバイ何かを感じるんだ。けど、俺は もう……。

「落ち着いた？」

「ハア、ハア」まだ気分はよくないが、嘔吐感や頭痛は収まった。

「リュウオウ様に会うまでは、ジュリアが仮の主人になるの」

ジュリアは、俺の背中に手を置いたままそう言った。

「あ、ああ。ジュリア、リュウオウは、何者だ？」

「リュウオウ様は寂しい人。ジュリアがそばにいないといけない」

「何だよそれ。俺とリュウオウ、どっちが」大切なんだ？

ジュリアは困ったような笑顔を見せ、何も答えなかった。

「今から、セイヤにリュウオウ様からの指示を出すから、よく聞いて」

ジュリアが俺に出した指示は、前の主人、ユウガの話をすべて報告すること。

俺はジュリアに訊かれるままに、知ってる限りアヤカやエイア、ユウガのことを話した。

そしてもう1つの指示は、次にユウガと会うときはＳＣＭを外し、ユウガの奴隷のフリをしていることだった。

直後に、ユウガから電話があった。ＳＣＭに関して新しいことが分かったらしく、また４人で集まろうということだった。最悪のタイミングだ。

「グットタイミングだね。そのユウガって人と会ってきて、セイヤ。そして24時間以内に、もう

「一度ジュリアと会うの」

そのときに返すからと、ジュリアは俺のＳＣＭを持ち去った。

集まるのは俺の家だ。ユウガは奴隷になった俺やアヤカを、自分やエイアの家に招こうとはしなかった。それでいい。ユウガの家の場所を知っていたら、俺はジュリアに報告してしまう。

俺の家に来たユウガは「借りるよ」と言って、早速パソコンをイジり始めた。

開いたサイトは、ＳＣＭの実験内容を載せたあのブログだった。

「春のジャマイカのブログだ。知ってるよな？」ユウガが俺とアヤカに言う。

「はい」アヤカの奴隷になったとき、俺は少しだけ、このブログを読んだ。

アヤカも読んでいるはずだ。

「エイアも、プリントアウトしたこの文章を読んだよね」

「うん、吐き気がしたよね」


ブログは去年の4月から、今年の2月まで続いていた。

4月に〝そのキャバ嬢〟が奴隷となり、実験が開始された。初めの命令は禁煙だった。

5月、彼女は主人の命令で耳の内軟骨、舌、乳首にピアスを刺した。

6月には、レンジでチンをしたハエを3匹食べた。

7月には、泣き叫びながら、ヘソの穴に限界までボールペンを刺し込んだ。

8月には、舌の裏のエラをハサミで切った。

9月に異変が起きた。彼女は自らの意思で、主人の名前の刺青を彫ったんだ。

10月から11月の1ヵ月間は、ベンゾなんとかという依存性の高い物質を含む脱法ドラッグを投与され、12月から年明けの1月まで、主人の命令によって、その禁断症状で泡を吹き、喉を掻きむしるまで我慢した。

2月になると、小さくて可愛いチワワのペニスを、彼女は満面の笑みで口に含んだ。

彼女はこれまで過酷な拷問を受け続け、すべて耐えたんだ。

「このブログの作者は、販売された直後にSCMを購入しててさ、僕以上にSCMを分析している。僕自身、このブログはSCMの設定を知るうえで、大分参考にさせてもらった」

そうだったのか。ユウガはディスプレイの文章を指差した。

「けど最近、ブログに変化があった」

エイアがユウガの肩から、パソコンのディスプレイを覗き込む。

「更新されたの？」

「いや、更新というよりリニューアルだ」

ユウガがマウスを操作していくと、画面には女の肩らしき写真が映し出された。

「過去の日記それぞれに、被験者である女性の写真がアップされたんだ」

俺も、ユウガの横からディスプレイを見た。

「さらに、過去の日記の文章がところどころ変わっている」

「どういうふうに？」

ユウガはタバコを指に挟んだままマウスを動かした。

「奴隷や主人の心理描写や表現、実験結果がよりリアルになっている」

ユウガは写真のサムネイルを拡大した。

「これが、主人の命令で奴隷側の女性が入れた和彫らしい」

女性の肩の写真が、画面いっぱいに映し出される。

女性の肩には、龍の漢字と桜が描かれた刺青が彫られていた。その刺青には見覚えがあった。

「顔まで公開しててさあ、それが可愛いのなんのって」

次に映し出されたのは、上半身を露出した女の姿だった。乳房に針が刺さっていて痛々しい。

何より違和感があるのは、女性が柔らかい笑顔を見せていることだった。

そして、その女性の顔は……。

「あれ？ この子って」

アヤカが俺を見た。

「あぁ……」

身体中の力が、下に向かってサーッと抜けていくのが分かる。俺はその場で声を上げ、泣き崩れそうになった。

ジュリアだった。ブログの写真の女は、ジュリアだったんだ。

主人は……。ＳＣＭのブログを書いていたのは……リュウオウだ。

「知っているのか？」

俺は何も答えられない。言ったらジュリアの指示に反してしまう。

「この子セイヤの前の彼女で、たしかジュリアっていう子です」

アヤカが代わりに答えた。

「え？」エイアもユウガも俺を見る。

「けど、ジュリアってＳＣＭはつけてないっていうか、知らないいんだよね？」

アヤカは俺に訊いた。俺は相変わらず何も答えられなかった。

みんな不思議そうに俺を見ている。ユウガだけが俺の異変に気づいたようだ。

「ならセイヤと別れてから、ＳＣＭをつけて、このブログの作者の奴隷になったのか」

そうだユウガ。

「けどセイヤが別れたのは1ヵ月前だったよな？　ブログが開始されたのは、それより前だ……」

ユウガはタバコを消す。すぐにもう1本吸い始めた。

「時期が合っていない」

煙を吐きながら考えているユウガに、アヤカが言った。

「今までのブログは違う女の子で、あとからジュリアになったんじゃないですか？」

「いや、最初から現在まで、ジュリアの写真が貼られている」

「今までのブログは想像だったんじゃないの？」

「え？」エイアの発言に、皆が注目した。

「だって今までのブログって文章だけだったんでしょ？　嘘かもしんないじゃん。最近ジュリアって子を手に入れて、ブログの内容を実行していったんじゃないの？」

「それだ！」エイアの推理に、ユウガは声を上げた。

「けど想像であれだけ、だとすると……」

ユウガはブツブツと独り言を言い始めた。

「第二段階の作用に、ＳＣＭの分析。奴隷を手に入れておらず、想像だけでこれだけのブログをアップしていたのなら、ジュリアの主人は……」

リュウオウは異常なんだ。ユウガにそう言いたかった。

「セイヤ、何も言えないんだな？」

ユウガは俺を見る。そう、沈黙が答えだ。

「え？　なんで？　あたしもセイヤも ユウガの奴隷なのに……」

アヤカの疑問に、ユウガが答える。

「セイヤはもう、僕の奴隷じゃない」

「えー!?」

オーバーに驚くアヤカにイラっとした。はっ倒したくなるが、今はそれどころじゃない。

「しかも恐らく、このジュリアって子の主人が、セイヤの今の主人だ」

そうだユウガ。だから俺は何も喋れない。

「勝負したの？」

エイアがユウガにそう訊いた。

「いや、ＳＣＭの命令は絶対だ。勝負は受けるなという、僕の指示は守っているはずだ」

そうだユウガ。そうなんだ。

「生命に関わるほど脅されたか、勝負と認識しないで勝負をさせられたんだろう」

当たりだよ、ユウガ。

けど俺は、頷くこともできない。必死に、目に力を入れるだけだ。

「勝負を認識しないで勝負するって言っても、ＳＣＭはアラームが鳴るじゃないですか」

アヤカはユウガに言ったつもりだろうが、代わりにエイアが答えた。

「外して近づいたんじゃない？」

さすがエイアだ。ＳＣＭをつけていないからこその、答えだろう。

「あっ、そっか！」

アヤカとエイアのやりとりで、ユウガが何かに気づいた。マウスを操作しキーボードを叩き始め、さっきまで見ていたブログとは違うサイトに飛んだ。新たに開いたのはSCM所有者のサイトだった。ユウガは俺の家の周辺が分かる場所まで、地図をズームさせた。

「〇が2個しかない」

アヤカの言う通り、この場でSCMをつけているのは、ユウガとアヤカだけだ。

「多分、セイヤはSCMを外している」

そう！　そうだ！　ユウガ！　俺は目を可能な限り広げた。

ユウガが、終始俺の目を見て話していることに気づいた。

そうか。ユウガは俺の目の反応を見て、憶測が正しいかどうか判断していたのか。

それに気づいた瞬間、俺は目を強く閉じた。あやふやな指示しかされていないからこそ、そこから感じるんだ。俺自身の頭で考えるんだ。ジュリアとリュウオウにとって、マイナスになることはできないと。

本来はSCMをつけていないとバレた時点で、逃げ出すべきだ。この場に留まれるのは、ユウガたちの情報をより多くジュリアに伝えられると、自分に言い聞かせているから。それに、バレてからの指示はされていない。

「じゃあ、セイヤはスパイなの？」

目をつむっているので、周りは見えない。アヤカの発言にユウガの声が聞こえた。

「恐らくそうだ」

「じゃあ、じゃあ、また勝負して負かせば」

「多分、セイヤは今、自分自身のSCMを持っていない」

ユウガの言う通りだった。俺のＳＣＭはジュリアが持っている。エイアの声がした。

「あ、もしかしてセイヤのＳＣＭがなかったら、セイヤは救えないの？」

「そうだね」

俺をリュウオウから解放するには、俺のＳＣＭが必要なんだ。それをさせないために、ジュリアは俺のＳＣＭを持って帰った。

「セイヤにとっては、自分のＳＣＭが人質なんだ」

そうか……ジュリアを救うには、ジュリアのＳＣＭが必要なのか。

「僕たちはもう行ったほうがいい。セイヤの前で話せることはもうない。セイヤ、僕たちは帰るから、もう目を開けていいぞ」

目を開けると、俺以外全員が立ち上がっていた。

「バレたのは事故だし、スパイだと気づいたのは僕やアヤカのせいだ。嘘はつけないだろうが、全部頭がよすぎるユウガ様のせいだ、覚悟してろ、って主人に言っておいてくれ」

「ちょっと、言いすぎだよ」

ユウガは一瞬だけエイアを見たが、すぐに俺へ顔を向ける。

「短い間だったけど、違う形で会いたかった」

ユウガ、お前はいい奴だ。ユウガ頼む。俺とジュリアを解放してくれ。

３人はドアから出て行った。アヤカは何度も俺のほうを振り向いた。

俺はすぐにジュリアに電話をする。

すべてを聞いたジュリアは、「そう」とだけ言った。

２人で見たジャマイカの海。風で乱れた髪を分け、遠い景色を見ていたジュリアの横顔が俺の脳裏に蘇る。

思い出のなかのジュリアは、もういないんだ。


それから数時間後。

俺はＳＣＭを返してもらうために、ファミレスでジュリアと会うことになった。

ファミレスの入口から、禁煙席に座るジュリアが見えた。

そしてさらに、ジュリアの隣に座る、もう１人の人物も。

リュウ……オウ？　あいつが!?　あんな奴が……リュウオウなのか!?

俺が座った瞬間、ジュリアがこう言った。

「セイヤって今、貯金はいくらあったっけ？」

戸惑いながらも「２００万円くらいだ」と言うと、ジュリアの隣にいた奴は微笑んだ。

「あと、１９２０万円」

俺が見たリュウオウの姿は――。

０００６　足立シヲリ

あたしは今、姫様カフェという店でキャストのお姫様として働いている。

客が来たらあたしはそう言って、バラが飾られているテーブルの上に置かれた、真っ白な受け皿に花のティーカップを重ねるの。

「あら、いらしたの？」

店内は豪華なシャンデリアに照らされ、花柄のソファーや、木製のインテリアクローゼットが置かれている。壁の模様は白と淡いピンクの花柄で、床もペイズリー調の花柄カーペット。

とにかくすべて花、花、バラ。

今来た客も、そんな店内の様子を見回しながらテーブルの前に立っている。あたしは向かい側にある、フカフカなイスをアゴで差した。

「そこに座ってても、よろしくてよ」

あたしの言葉に、客はニヤニヤしながらイスに座った。

「お紅茶にします？　それともコーヒー？」

「あ、じゃあコーヒーで」

客は膝の上に両手を置き、肩を狭めて恐縮しつつも、相変わらずニヤニヤしていた。

あたしは両手を挙げて、パンッパンッと手を叩いた。レースの手袋をしているせいで音は響かない。壁際にいた執事が近づいてきて、片膝を床につけてダウンサービスをした。

「この方に、コーヒーを恵んであげてちょうだい」

「かしこまりました、シヲリ姫様」

執事はそう言うと、店の奥に消えて行った。

ここは、お姫様カフェ。メイド喫茶や執事喫茶に続く、新たなイメプレ喫茶だ。

コンセプトは、お姫様。女の子が好きそうな豪華でキラキラした花柄ばかりの店内で、髪の毛をグリングリンに巻き、ロッリロリなドレスを着た女の子が接客をする。接客と言っても、あたしたちは客に対して、かなり上から目線の、上品な口調で話しかけなければいけない。

「いらしたの？　座ってもよろしくてよ」

「お紅茶？　コーヒー？」

「スルメイカ？　どちらの伯爵かしら？」

何か都合の悪いことを訊かれたときは、こう言う。

「俗世間のことはどうも、うとくて」

笑うときは手の甲で唇を隠して、「ぅふふふふ」

初めはおもしろかったが、どうも肩がこるというか、本来の性格や趣味とかけ離れすぎていて、あたしにお姫様キャラは合わない。

「移動手段？　おもに馬車ですわ」

本当はビッグスクーターを買ったローンを支払うために、働いていますの。

「ペット？　マレーシアタイガーが欲しいかしら」

実際はジャンガリアンを飼っていますの。ぅふふふ。

「好きな男性のタイプ？　サーの称号以上の方なら」

本当は先日、クラブでＤＪをやっているクソ野郎と別れてしまいました。ぐすん。

他の女の子たちは、元々ロリータ系とか、こういう格好をするのが好きな子ばかりみたい。店内の装飾もしっかり金かけてるし、女の子の衣装も実はブランド物だ。とんでもなく金がかかってる。この不景気のなか、よくそんな金があるよ。それに比べ、あたしときたら、店に置いてあるスティック砂糖を持ち帰るような赤貧ぶり。

「シヲリ姫って、信じられないくらいお金持ちなんですね」

ねーよ金！　ノーマネー！

なんちゃってだけど、このお店のなかでだけ、あたしはお姫様でいられる。スタッフも本当のお姫様みたいに、丁重に扱ってくれるから、キャストの愚痴は少ない。

時々ひやかし客は来るが、基本的に上から目線の接客ができるのがいい。

面倒な客は相手にしなくてもいいし、合図をすれば執事のおっさんが対応をしてくれるのが助かる。要するに、この店のサービスはソフトＳＭの女王ならぬ、お姫様なわけだ。

もちろん性的なサービスは一切ない。お姫様と健全なトークでお茶会を楽しみーの、紅茶やコーヒーをすすりーの、サンドイッチを食べーの、チェスやトランプ遊びをする。だけ。

ゲームに勝ったらお姫様と写真が撮れたり、ハンカチが貰える。なぜハンカチなんだ。

謎なのは、この姫様カフェが繁盛しているということだ。開店当初はテレビの取材も来たり、雑誌にも載った。最近では、うちの店を真似した店もできているらしい。

女性の客もよく来る。友達同士で来て、「働きたーい！」と騒ぐ。実際、在籍している女の子もかなりの人数だ。けど男の客が何を求めて、この店に来るかは謎だ。

あたしが今、接客している男も終始ニヤニヤしながら、こんな質問をする。

「シヲリ姫は、おトイレとか行くんですか？」

模範解答は「お姫様はトイレに行かないのよ」。だけど、あたしはすでに言い飽きていた。

「ええ。バラが出てくるの」わりとギリギリだ。

けれど、あたしの答えに客の男はキャッキャッと笑う。他のお姫様はこういう客が気持ち悪いと言うが、自分の冗談に笑ってくれるのだから可愛いもんだ。

「じゃあ、じゃあ、いつからお姫様なんですか？」

このバイトをする前は、ガソリンスタンドや居酒屋、回転寿司でもバイトしていた。

「女の子はみんな、生まれたときからお姫様なのよ」

女の子はみんな生まれたときからお姫様、か。

まあ、別に語るほどの思い出なんてないけど、あたしの19年はお姫様とは無縁だ。

「じゃあ、シヲリ姫の家には召使いがたくさんいるんですか？」

人がセンチな気分に浸ろうとしているのに、男はさらに質問してくる。

まあ、仕事中だし仕方ないけど。こいつ、いい加減面倒臭えな。

「ええ、20人ぐらい。けど今は休暇をとらせてジャマイカに旅行中なの」

あたしがジャマイカ行きてえよ。

「へえ。じゃあ僕を召使いにしてください」

おお、会話のキャッチボールを見事に吹き飛ばしやがった。

あたし、昔からこういう変態に好かれんだよな。時々いるんだよ、こういうドM。

できるんだったら本当に召使いにしてやりたい、と思う。

「本当になるなら、よろしくてよ」あ、やべ。言っちゃった。

「なるなる！　シヲリ姫様の召使いなら、僕なるよ！」

うお。一気にテンション上がったよ。鬼のように面倒臭え。

「ぅふ。あたくしの従者になるのなら、絶対的に服従してもらわないと、務まりませんことよ？」

ちょっと痛いけど、ハードル上げるしかねえな。あたしの言葉に、男は大事そうに抱えていた大きなリュックをゴソゴソとまさぐり始めた。おいおい、何を取り出す気だよ。首輪なんか出されても困るよ。

「ほら！　これを使えば、僕はシヲリ姫の忠実な召使いになるんだ！」

男は携帯が入ってるくらいの、白い箱を取り出した。一瞬、本当に携帯でも渡してくるのかと思ったけど、男が開けた箱のなかには、入れ歯みたいな金具が入っていた。

「そ、それは何かしら？」

「これは今、流行りのＳＣＭってゆうんですよ」

「俗世間のことは、どうもうとくて」今、流行りの？　嘘つけ。

「これはつけるだけで、相手を召使いにできるのです」

「あら、すごいわねえ」嘘くさ！

あたしは、男から受け取ったアホな金具をビニール越しに触った。グニャグニャと曲がる。封は開けられていない。どうやら新品のようだ。

「それはシヲリ姫に差し上げます」

「はい？」いらねーよ。それにほら、執事のおっさんがこっち見てるし。客からプレゼントや金を受け取る〝裏引き行為〟は、誕生日を除いて禁止されている。あたしは金具を男に返した。

「ぅふふ、うれしいけど庶民から物を受け取らない主義なの」

そんなもん売り払ってキレイなオベべでも買いな。心のなかで悪態をつく。当の本人は一気にテンションが下がり、残念そうにSCナンチャラをしまった。

んな物受け取って、喜んでつける女なんているの?

何なんだろ、この人。顔はそんなに悪くないんだよなあ。なんか整ってるのに、着てる服や髪型がもったいない感じ。うらやましいくらい痩せているし、よく見たら肌もきれい。歳もあたしと同じくらいかねえ。もちろん、微塵も好みじゃないけど。

なんで、こんなキモオタな雰囲気を出しているんだろう。あたしがそこまで観察できるほど、男は低いテンションを維持したまま、口数も少なく帰って行った。


「お疲れー」

夜11時過ぎ。あたしは他の女の子に挨拶をして、池袋駅に向かった。

寒っ、吐く息が白い。あたしはしばらく、鼻から白い息を出して遊んだ。

おっと、それどころじゃなかった。明日は休み。今夜は駅で待ち合わせをしている友達と合流して、あたしの家でお酒を飲むことになっていた。

「……シヲリ姫」

店から少し離れた場所で、路地から1人の男が出てきた。

うお。怖っ! こいつ夕方に接客した質問ドM男じゃん! 夕方から待ってたのかよ!?

「な、何かしら?」思わず腰に手を当て、お姫様モードで話してしまった。

ちなみに店内ではウィッグを着けているが、地毛はサイドを編んでいる。格好もロリロリのドレスと違い、ジーパンにシャツに、ダウンジャケットだ。

男は一瞬、そんなあたしの格好に目を見張るが、すぐにそんなの構わないというテンションで、あの箱を差し出した。

「これ受け取って下さい！　ね!?　ね!?」

「ちょっ、ちょっと！　警察呼びますですわよ！」

テンパって、自分でも何を言っているか分からなかった。

「つけてよお！　お願いだよお！」

こんな状況なのに、子供のようなテンションで迫る男に、笑いだしそうになった。

ロマンス通りにはまだ人はたくさんいたが、はたから見たらプレゼントを渡そうとする男と、戸惑う女の姿だ。笑っている人もいる。

「足立さん！」

「あ！」偶然、同じ店で執事役をやっているおっさんが通りがかった。

おっさんに気づくと、男はすぐに逃げ出した。あの箱を、バッとあたしに手渡して。

「大丈夫？　何かされた？　警察行く？」

「あー、大丈夫っす。顔分かったと思うんで、店出禁にして下さい」

「うん、もちろんだよ」

それから駅まで、おっさんは一緒に歩いてくれた。あたしが友達と合流するのを見届けると、彼は駅のなかに消えた。

「何それー？　携帯買ったの？」

友達は真っ先に、あたしが手に持つ箱を指差した。あの男が渡してきた箱だ。

「いや、客から渡されてさ」あれからずっと持ったままだった。

箱を手にした彼女は、印字されている英字を読み上げた。

「へー、ＳＣＭ？　何これ。どこのブランド？」

「なんか奴隷ができるとかなんとか。ＳＭか何かの道具じゃん？　いらないんだよねー」

「あそー、じゃあ、あたしが貰っちゃおー」

そういや、この子の彼氏はネクタイで彼女を縛るくらいのＳだった。この子も喜び勇んで受けてるドＭだけど。

「やめなよ、変な奴だったし精子とかついてるかもよ」

「きも！　けど新品みたいだよ」

友達は、箱のなかの金具を指でつまんで、興味津々に見ていた。


彼女と2人でスーパーに寄り、お菓子やお酒を買ってあたしの家で宅飲みした。

高校を卒業して以来、2人で落ち着いて飲むのは久しぶりだった。友達の彼氏の愚痴などで、会話は盛り上がった。

「シヲの部屋、なんかカラフルだよねー」

友人の言う通り、あたしの部屋には赤や黄色や緑のグッズ、ジャマイカの国旗に、レゲエアーティストのポスターが貼られていた。

「あー、ラスタカラーが好きなんだよね」

「らすたからー？」

あたしは、テレビの枠に貼った赤と黄色と緑のグラデーションのテープを指差す。

「ジャマイカの思想を表した色だよ」

友人も釣られて、赤と黄色と緑のテープを見た。

「赤は血で、黄色は太陽、緑は自然を表しているんだ」

赤と黄色と緑が一般的に言われているラスタカラー。だけど。

「本当は、そこに黒も加わるの」

「へー、黒はどういう意味？」

「黒はね……」そこで友人の携帯が鳴った。

「あ、ごめん彼氏だ」

酒が入っている彼女は、甘えた口調でかましだした。今から会いたいだの、ニャンニャンと。あたしじゃ不服か。そういや、あたしは数日前に彼氏と別れたんだ。原因は彼氏の浮気。しばらく男はいらねえな。

途中、彼女の代わりに彼氏と話したりして、ようやく電話は終わった。

「ごめーん、えっと何の話してたっけ？」

あたしは再び、赤と黄色と緑の模様に顔を向けた。「ラスタカラー」

「そうそう、らすたらすた！　ジャマイカの国旗とは違うの？」

おおい、黒はもういいのかよ。「うん、ジャマイカの国旗はアレ」

あたしは壁に貼られた、緑と黒に黄色の×が描かれた、大きな国旗を指差した。

「ふーん。もう住んじゃいなよ」

「ジャマイカ？　住めるもんなら住みたいよ」

明け方近くになると、話すこともなくなってきた。横になって寝ようとする友人。まだテンションが冷めない酔ったあたしは、あのドM男からの贈り物を思い出した。

箱を開け、説明書のページをめくる。

「すれいぶこんとろーるめそっどー？」友人も横から説明書を覗き込んできた。

「えすしーえむだってー！」

あたしはＳＣＭを取り出し、袋を破った。

「つけるの？　精子ついてるよ？」

あたしはニヤニヤと笑いながら紙皿の上に器具を置き、スピリタスというかなり強い酒をかけた。

「消毒ー！」

「あははは！　超消毒！」

そして、説明書の図解通りに歯の裏につけて、友達に顔を向けた。スピリタスをかけたＳＣＭは一瞬、スーッとしたが、すぐに口のなかを燃えるように刺激した。

あたしは腰に手を当てて、女王様っぽい姿勢になり、仕事中の口調でこう言った。

「いかが？　あたくしの奴隷になりたくなったかしら？」

「シヲリ姫！　シヲリ姫！　なったなった！」

友人は子供のようにキャッキャッと騒ぐ。

「じゃあ、今から毛を剃りなさい！」

「はーい！」友達はその場でジーパンとパンツを下ろし、自分のアンダーヘアーをブチブチと抜き始めた。

「ウィー！」そして陰毛をあたしに投げやがった。

「モンキーかお前は！　汚いから！　あははは！　投げるな！　やめろっつうの！」

朝の４時、酔いに酔ったあたしたちは腹が痛くなるまで笑った。

目が覚めると、目の前には大量のちぢれ毛が散らかっていた。

まだ脳が起きていない状態。重たいまぶたをこすりながら毛を見つめる。

マン毛？　静かに混乱していたが、徐々に昨夜までのことを思い出した。そうだ、酔った友達が抜き散らかしたんだった。当の本人はちゃっかり、あたしのベッドで眠っていた。

うわあ。口んなかマジ臭え。飲みすぎたせいだろう、口のなかはネチャネチャしている。

冷蔵庫から、冷えた水を取り出した。口のなかを意識していると、舌の先が何かに触れた。

あ、何かつけてたんだった。

同時に、冷えた水があたしの口を心地よく冷やし、潤す。酔い覚めの冷水、大好き。

部屋に戻ると、開いたままの説明書を見つけた。ＳＣＭだっけ？　あたしつけたまま寝たんだ。

すぐに外そうとしたが、外し方がいけないのか、なかなか外れない。下手に外そうとすると、アルミホイルを噛んだような不快感が歯に響いた。

「どうしたのー？」間延びした声。友達が起きたんだ。

「あ、おはよ」

「おはよー。あ、帰らなきゃー」

そういえば、昼には帰ると言っていたな。

友達は布団のなかでムニャムニャしながら、「駅分かんないから送ってー」と言った。

「とりあえず歯だけ磨かせて」

「あ、あたしもー」

歯を磨くときに、例の器具が少し邪魔だったが、時間がなかったので先に友達を送っていくことにした。仲良く2人で歯を磨き、支度をしてあたしと彼女は家を出た。

「またねー」「うん、じゃあね」

最寄り駅の江古田でバイバイして、改札から友達の後ろ姿を眺める。

サングラスなんかしちゃって、〝昼帰りのキャバ嬢〟って感じだけど、あの子はあたしの家で陰毛を抜いたんですよ、皆さん。

駅にいる人に言い触らしたくなったが、我慢。クスクス笑いながら駅前のコンビニに入った。軽く立ち読みでもして帰ろうと思い、選んだ雑誌を開くと。

『キュイーン』歯に振動する何かを感じた。

振動は一瞬で終わった。気のせいかと思って、雑誌の続きを読もうとした。そしたら、また『キュイーン』。何これ？　間違いなくSCMっていう、あの器具からだ。

あたしは気持ち悪くなって、雑誌を置いて、家に帰ろうとした。

コンビニを出た瞬間、また鳴った。

そして、こちらをじっと見つめる、1人の女性に気づいた。

何、この子。なんであたしを見てんの？

歳はあたしと同じくらいで、20代前半？　メイクが濃くて分かりにくい。直毛を丁寧に盛っている。パイナップルみたいなヘアスタイルで、メイクと合わせて小悪魔なキャバ嬢って感じ。

でも、なんか違和感がある。

ここは都内とはいえ外れだ。こんな真っ昼間のしょぼいロケーションにキャバキャバした格好は不釣合い。というかコスプレにすら見える。デートや買い物っていうより、これから出勤って感じの格好。あたしなんてジャージだ。

けど、今はそれどころじゃない。女の子から目をそらし、家に向かって歩きだした。

すると、「あの……」と、背後から声が聞こえた。

多分、今のはあたしに対してだよね？

振り向くと、女の子は真っ直ぐにあたしを見ていた。

「あ、あたし？」

「はい、あの、ＳＣＭつけてますよね？」

「はい？」思わず訊き返してしまった。

女の子は、怯えたリスみたいだった。ＳＣＭって、あ、口のなかのやつか。

「なんで分かったんすか？」

女の子は黙った。見れば見るほど可愛いな、この子。

パッと見は性格のきつそうな小悪魔って感じだけど、仕草はすごい女の子女の子してる。

手足は細くてスラッとしてるし、顔もちっちゃい。肌もやたらきれいだ。声は意外に低いけど、小鳥みたいなさえずり。見た目のわりに、自信がなさそう。そのギャップがまたいい。

今まで付き合ってきた男たちに、「おしっこを立ってするんじゃねえか」とまで言わせた、ガサツなあたしとは、まったく逆のタイプの女の子だった。

この子を見てると、あたしは女の子でもイケる、とさえ思った。

「……あの、説明書は読みませんでしたか？」

「説明書？」

「ＳＣＭの、これです」

彼女は白いヴィトンから本のようなものを取り出し、あたしに渡してきた。見覚えがある。

「ああ、入ってたわ」ペラペラめくって、すぐに返した。

「よ、読まないんですか？」

「え？　読んで何すんの？　ていうか、なんであたしがつけてるの分かったんすか？」

「……あの私、中野っていいます」

え？　名字なの？

「あ、足立です」とりあえずあたしも、名字で名乗った。

「立ち話もあれなんで、紅茶でもどうですか？　お金出します」

中野さんはそう言って、駅前の喫茶店を指差した。

紅茶？　コーヒーじゃなくて？　ていうか大丈夫かな、この子。高い印鑑や教材を買えとか、宗教に入れとか言われたらどうしよう。そういう感じには見えないけど。

「いいっすよ」まあいいや。今日休みだし。

中野さんに言われるまま、あたしたちは喫茶店に入った。コーヒーが飲みたかったけど、空気を読んで紅茶を頼む。テーブル席に座り、紅茶を一口飲むと中野さんは話し始めた。

「あの、足立さんがつけているそれは、ＳＣＭっていいます。実は私もつけてます」

「え？　そうなの？」

「はい。ＳＣＭはつけた人同士で勝負をして、負けた人を奴隷にする機械なんです」

「へえ……口が臭くなるだけじゃなかったんだ。よかったよかった、大爆笑」

こりゃ、初っ端から付き合ってらんね。中野さんの言葉に、あたしは心底呆れていた。

「待って下さい！　信じられないのは分かりますけど、聞いて下さい」

あたしが席を立ち上がると、中野さんは困った顔で言った。

たしかに彼女は真面目に話してる。そもそも、あたしが訊いた質問に、答えようとしてくれてるだけだ。話を折ったのは悪かった。けど可愛らしい中野さんを困らせるのは、少し楽しいと思った。中野さんと言うより、むしろ中野ちゃんだな。

座り直して、話を聞く姿勢になると、中野ちゃんはＳＣＭの説明書をテーブルの上に置いた。

「どうしてＳＣＭをつけたんですか？」

「いや酔って、ノリで」

「ああ……なるほど」って、何を納得したんだ？　納得できたのか？

「中野ちゃんはどうして？」

会ってまだ10分くらいしか経っていない相手にちゃん付けだ。一瞬まずかったかなと反省した。案の定、中野ちゃんは口ごもった。

さすがに失礼だったかな。彼女が歳上だったら後味も悪いしなあ。

「私、あの……理想の女王様を探してて」

「ふぁ？」あたしの目が点になっても、中野ちゃんは続けた。

「私、自分じゃ何も考えられなくて、誰かに指示されたり命令されるのが大好きなんです」

メーデーメーデー！　意味不明！

パニックに陥るあたしを尻目に、彼女は紅茶をゴクンと一口、飲んだ。

「知ってます？　人って自分よりＳな人に出会って、初めてＭになるんです」

「あ、ああ……人にはもとからＳの要素も、Ｍの要素もある、とは聞いたことあるけど」

この場から１秒でも早く去りたい反面、一応話を合わせようとする人のいいあたしもいた。

「逆に自分よりＭな人の前では、人はＳになるんです」

「へえ……」少しずつ、中野ちゃんの話に耳を傾けてしまっている。

「私も普段からMってわけじゃないんです、むしろ大抵の人に対してSだと思うんです」

まあ、たしかに第一印象はSっぽかった。

「けど心のどこかで、自分よりSな人を求めていることに気づいたんです」

「それで女王様を求めて、このSCMをつけたんすか?」

あたしの問いに、中野ちゃんは小さく頷いた。

「……私、おかしいですよね」その笑顔はちょっと不細工だった。

「いやあ、世の中もっとすげえ変態がいるからねえ」

素直な感想だった。安堵したのか、中野ちゃんはテーブルの上の説明書に手を伸ばした。

「さっき、SCMがキーンって何回も鳴りませんでした?」

「うん、鳴った」

「あれが多分、互いの接近を知らせるアラームなんです」

「多分?」

「私も初めてなんで……」

ふと疑問が浮かんだ。ポケットからタバコを取り出しながら、訊いてみる。

「中野ちゃんは、これをどこで手に入れたの?」

「ネットで買いました」

あー、ネットねえ。あたしインターネットとか、あんまやらないんだよなあ。ていうかあたしも入手経緯を訊かれたらなんて答えよう。仕事も特殊だし。

「足立さんはどこで手に入れたんですか?」訊かれちゃったよ。

「仕事の客から貰って」うん。当たり障りないな。

「そうなんですか……」

中野ちゃんは、あたしの答えを聞いて何か考えているようだ。あたし、変なこと言ったかな。

意味深な沈黙のあと、中野ちゃんが口を開いた。

「あの、勝負しません？」

「へい？」

あたしは一瞬、夜風が吹く月の明かりの下で刀を持って対峙する、サムライの格好をした中野ちゃんと自分を想像した。

当の中野ちゃんは説明書をめくり、開いたページをあたしに見せてきた。

「ここ、読んでみて下さい」

そこには、ＳＣＭの勝負についての説明が書かれていた。

【勝負を申し込まれたほうが、勝負の内容を決められる】

あたしがそれを読んだのを確認すると、中野ちゃんは「さらにここです」と言って指で差した。

【勝負の提案と決定権について
勝負の内容は、勝負を申し込まれたほうにしか決めることはできません。

勝負を申し込んだほうも、勝負の内容を『提案』するのは可能です。勝負の内容を互いが納得できるまで、相談しても問題ありません。

一度勝負を始めた場合、勝敗がつくまでＳＣＭは勝負中モードに切り替わっています。

『勝負中モード』は、勝負を受けるまでの『待機モード』から、次の機能が失われます。
◇接近アラーム

「つまり、勝負を申し込んだほうは『提案』はできて、申し込まれたほうには『決定権』があるという意味です。次のページにモードの説明もあります」

中野ちゃんの説明を挟みながら、とりあえず読み進めていった。

【待機モード・勝負の申し込み、受け付け可の状態
◇ＳＣＭ接近のアラーム機能が存在する
勝負モード・勝負を開始し、勝敗が決まるまでの状態
◇ＳＣＭ接近のアラーム機能が存在しない（接近する第三者ＳＣＭのアラームも含む）
◇新たな勝敗の申し込み、受け付けができない
※勝負モード中も24時間以上外した場合、ペナルティが存在しますので、ご注意ください】

「ふーん、なんか面倒臭いね」

「ですよね……」ていうか、なんで奴隷になるとかならないとか、勝負で決めるんだろう？　なりたい奴にやらせればいいじゃん。

まあ、普通に考えたら誰かの奴隷になんて……なりたい子が目の前にいるんだった。

「とりあえず、中野ちゃんはこのルールを踏まえた上で、あたしと奴隷になるかならないかの勝負をしたいわけだ」

「はい！」そんなに目をキラキラさせて頷かれてもなあ。

「いやあ、もっと自分を大切にしなよ」

もちろん本当に奴隷ができるなんて、信じてないけど。

「足立さんがいいんです！」

「は？　負けたいの？」

「自分を負かせた人だからこそ、その人の奴隷になりたいんです」

「ああ」少し納得してしまった。そりゃ自分より情けない奴の言うことなんて、聞けないし、納得できない。たしかに、自分よりも確実に優れた者だからこそ、認めることができる。

あたしはふと、そもそもＳＣＭに勝負が必要な理由も、そこに答えがあるのかと思った。

互いに、どちらが優れているかを比べるのか。

「ていうか、なんであたしがいいの？」

あたしは残り少ない紅茶を一口飲み、数本目のタバコに火を点けた。

「だって足立さん、すごくきれいだし賢そうで、おもしろいし。何より堂々とした雰囲気っていうか、前向きなオーラがあるっていうか……」

中野ちゃんは恥ずかしそうに切れ長な目をそらした。その仕草が妙に可愛かった。恥ずかしそうに恥ずかしいこと言うけど、なんか告白されてるみたいで、こっちまで恥ずかしいわ。

「いやいやいや」と謙遜しつつ、こんなに可愛い子、あたしが男だったら、喫茶店のなかだろうが構わず抱きつくんだろうなあ、と思った。そんなことを考えている時点で、おっさんみたいな
あたしは、誰にも抱きつかれないんだよなあ。

でも、あたしも結構モテるんだよ？　変態とか女の子に。

「……けど仮にさあ、本当に奴隷になるとしても、あたしは奴隷になりたくないし、負けたくないんだけど」

「負けないで下さい」無茶だ。

「もし、私が勝ってしまったら、足立さんへの奴隷の縛りは解放します」

「解放?」

「奴隷と主人の関係を解除するんです、それで終わります」

少し怖くなった。奴隷になるという話は非現実的で、テレビのなかの話のようだ。けれど「解放する」なんて言葉を聞くと、なぜかリアルに感じた。

「まあ、とりあえず今は中野ちゃんから勝負を申し込まれてるから、勝負を決めるのはあたしなわけだ」

「はい」根が親切だからか暇だからか、それとも中野ちゃんに対する興味なのか。あたしのなかには、すでに勝負を断る選択肢はなかった。

とはいえ、考えてみても、なかなか思いつかない。急に勝負って言われてもなあ。

「んー、あたしに有利な勝負でも、中野ちゃんは納得しないんでしょ?」

「はい! できるだけ公平で納得のいく勝負がしたいです!」

中野ちゃんの瞳は宝石みたいにキラキラしていた。

正々堂々のスポーツマンシップ精神か。この子、見た目によらず体育会系だわ。なんでこんな可愛くていい子が、奴隷になりたいとか言いだすのかねえ。やっぱ、今まで付き合ってきた男が原因かな。それにしても、公平で納得のいく勝負かあ。

喫茶店の窓の外は明るい。まだ昼前だ。

「ねえねえ君たち、今日は仕事休み?」

あたしが勝負内容を考えていると、2人組の男に話しかけられた。ビックリしたけど、あたしは男たちをシカトして中野ちゃんの顔を見ていた。彼女は驚いた様子で、男たちのほうを見ている。

どうしたの中野ちゃん。あんたほどのルックスなら男にナンパされるなんて、パンを食べた回数と一緒くらいでしょ？　男と女がいる限り、ナンパするバカな男は絶えないのよ？　それとも中野ちゃんはご飯派だったの？

あたしは中野ちゃんに対して、可愛い妹を持つ、姉のような心境になっていた。

「ズババババーン！」

うお、びっくりした。ナンパ男の1人が突然、声を張り上げて叫んだ。

「あ、驚かせてごめん、おはよう！」

そいつは仕切り直して、夜の仕事特有の挨拶をするが、あたしはキャバ嬢じゃない。姫様カフェ勤務の、一応ウェイトレスだ。中野ちゃんは明らかにキャバ嬢っぽいけど。

「車あるからさ！　遊び行こうよ！　カラオケ！　カラオケ！」

2人の男はテンションこそ高いけど、知能は低そう。普段ならフルシカトを決め込むけど、あたしはピーンときた。その閃きを伝えるため、呆然としている中野ちゃんに耳打ちをした。

「……ねえ、今日1日でこいつらに、どっちがたくさん金を使わせるか、ってどう？」

中野ちゃんは口を半開きにしてあたしを見る。でも次の瞬間には、好奇心いっぱいの笑顔になっていた。

「それ……おもしろいですね」

勝負は、ナンパしてきた男たちにいくら使わせるか。

「じゃあ」

「はい、今から」

その瞬間、口のなかのＳＣＭが『カチッ』と鳴った。へえ。これが勝負開始の合図なのかな。

あたしと中野ちゃんに、チャラ男の１人が声をかける。

「女の子ってー、ナンパされたらー、お互いの顔見合わせてコソコソ話するよねー」

当たり前だ。見ず知らずの野郎に声をかけられたら、誰だって戸惑うだろ。

「どこ連れてってくれるんすか？」

「カラオケどう？　こいつマァジ歌うまいから！」

ライオン頭のサングラスが、茶髪の男を指差した。茶髪は「よせよ」とか言ってる。バカじゃねえの、こいつら。

「カラオケよりさあ、あたしたち、買い物行きたいんだよね」

あたしがチラっと見ると、中野ちゃんは薄らと笑みを浮かべてウンウンと頷く。犬みたいで可愛いわあ。勝負始めちゃったけど、勝てる気がしないよ。

「マジ？　マジ？　どこ行く？　マルキュー？　マルキュー？」

「スーパー」

「え、えええ？」

さすがに引いたかな。けど、服とかアクセサリーみたいな高価な物より、スーパーで買えるくらいの物のほうが、買ってもらえる気がするんだよね。

「あ……新しくね？」

「新しいわ！　行こ行こ！」

おお。こいつらノリいいな。

　こうして、あたしと中野ちゃんはナンパ男たちに連れられて、喫茶店を出ることにした。

　出入り口の手前にあるショーケースの前で、中野ちゃんは立ち止まった。

「あ、ドーナツ食べたい」

「え？」ショーケースのなかには、ドーナツやクッキーなどのお菓子が飾られている。中野ちゃんは指差して、ライオン頭の男を見た。

「私、ドーナツ食べるの夢だったんです。けどこんな夢、叶うわけないよね？」

「えっと、買ってあげようか？」ライオン頭の男は戸惑いながら言う。

「いいのー!?　ありがとう！」中野ちゃんは満面の笑みを見せた。

　その様子を見守る茶髪とあたし。茶髪は笑ってるけど、あたしは内心、感心していた。

　もう、勝負は始まってるんだ。小悪魔だ。やっぱり中野ちゃんは、小悪魔だったんだ。

　ドーナツは１４８円。

　中野ちゃんはドーナツを頬張りながら、あたしに囁く。

「１円単位は四捨五入しまひょ」

　うわ、ドーナツ臭え。中野ちゃん、ドーナツをモフモフしながら話しかけないでよ。むしろ今食べる必要あるの？

　あたしは携帯を取り出し、メモ帳を開くと、【中野】と【足立】と入力した。中野ちゃんも同じ作業をして、お互いの携帯を見せ合った。

　現在の金額は、中野１５０円に対し足立０円。中野ちゃんがまず一歩リードだ。

　連れて行かれた車は、黒いファミリーカーだった。ド忘れしちゃったけど、オデなんとかってやつ。４人では広く感じる、大きめの車だ。

「この車、君の？」運転席の茶髪に聞いた。

「うん。俺の」

車のなかはキレイで、カーテンやドリンクホルダーにも、それなりにお金がかかっているようだ。

「それ、ツイストパーマですか？」中野ちゃんが、助手席に座るライオン頭の男にそう訊いた。

「そう、よく分かったな！」

「じゃあオデと獅子舞ね」

あだ名が決まった。運転席の茶髪は〝オデ〟。助手席に座るライオン頭の男は〝獅子舞〟だ。

２人の男は顔を見合わせた。

「ぶほ、新しくね？　お前オデだってよ！」

「獅子舞だってよ。ライオン好きだし、よかったじゃん」

２人は喜んでいた。単に、本名覚えんの面倒臭いだけなんだけど。

「君たちの自己紹介、まだなんだけど」獅子舞が、後部座席のあたしたちに訊いてきた。

「足立でーす」

「中野でーす」

「２人合わせて？」

は？「なかだち？」中野ちゃんが語尾を上げて言った。

「ははは！　朝勃ちみてー！」

「つうか、名字とか新しくね？」

男どもは笑っている。中野ちゃんがクイクイとあたしの服を引っ張った。

「あの、ルールはどうします？」

ルールかあ。おごらせる金額勝負だから、そんなに深いこと考えてないんだけどなあ。

「あー、とにかくお互いの発言で、この2人にお金を使わせたほうが勝ち」

あたしと中野ちゃん、獅子舞とオデ、どんな組み合わせでも金を使わせればいい。あたしの提案に、中野ちゃんは頷いた。

「着いたよー」そうこうしているうちに車が停まった。

そこは家電や服も売っている、大型のスーパーだった。

「何欲しいのー？」車から降りると、オデが中野ちゃんに話しかけた。

「足立さんは何見んの？」獅子舞は案の定、あたし担当だ。

「んー、犬見たい」

このスーパーはペットコーナーもある。さすがに、さっき会ったばかりの男に高価なペットを買わせるのは無理だろうけど、お菓子程度では中野ちゃんには勝てない。

それに、あたしは無類の犬好きなんだ。ペットショップがあれば、まず見に行く。

中野ちゃんとオデは食品コーナーを見て回るそうなので、別行動にした。

ペットコーナーには、独特の動物臭とキャンキャン騒ぐ子犬たちがいた。

「ああ、やっべー。可愛いわ」

獅子舞がショーケースに手を添えながら言った。

たしかに、ショーケース越しのワンコたちは可愛かった。

自分の尻尾を追いかけるお馬鹿なチワワに、寝転がるシーズー。こちらをただ見つめる賢そうなシュナウザーに、まん丸お目めのボストンテリア。

「可愛すぎて悶えるわ。うん、こっちも可愛い」

獅子舞はあたしと犬を交互に見ながら、ひたすら可愛いを連発していた。

あたしは彼の後ろで腕を組み、黙って子犬たちを見ていた。

「あれ？　足立ちゃん、犬は嫌いなの？」

「好きっていうかさあ」

あたしは、その辺の女の子ちゃんみたいに、子犬を見て「きゃわいい！　きゃわいい！」と騒ぐなんて、すでに通り越している。それほど犬が好き！

「欲しくて死にそうだから、買ってくんない？」

「え？」動揺する獅子舞に、あたしはそばかすと垂れた耳が特徴の中型犬、キャバリアキングチャールズスパニエルを指差した。

「ほら、11万8000円のあの子でいいから」

「いやあ……」

「分割でいいから」素のテンションで返す獅子舞に、あたしは真顔だった。

「分割って、命を分割で買ったらダメだよ！」

おお。たしかにその通りだ。

「あーもー！　欲しい！　欲しい！　欲しい！」

「お、俺さ、実家で豆柴犬飼ってるから！　今度会わせるよ！」

子供のように騒ぐあたしに、獅子舞はそう言った。豆柴か。あの子も可愛いんだよねー。

けど今は豆柴っていう気分じゃない。

「違うの！　11万８０００円のキャバリアがいいの！」

「こ、今度ね！　今度！」

結局、犬は買ってもらえなかった。誰がどう見てもあたしのわがままだが、獅子舞のほうが申し訳なさそうだ。けど今は中野ちゃんとの勝負の最中。獅子舞がいい奴でも、あたしは非情に徹して、こいつにおごらせなければいけない。

ペットコーナーを出ると、中野ちゃんとオデに鉢合わせた。

中野ちゃん、やりやがったな。彼女は、お菓子を詰めた買い物袋を持っていた。

「な、なんかいろいろ買わされた……」オデが、とほほな顔でそう言った。

彼女はあたしに近づくと、レシートを見せてきた。お菓子やキッチンペーパーに、お酢まで買わせて、合計のところには２４８３円と書かれていた。

「本当に全部買ってあげたの？」という獅子舞の質問に、オデは「本当だよ！」と嘆いた。

現在の金額は、中野２６３０円。足立０円。このままじゃあたしは負ける。まずいな。

危機感を抱くあたしの視界に、ゲームコーナーの看板が映った。お、ゲームコーナーか。

「あれ欲しい」あたしが指差したのは、ＵＦＯキャッチャーの商品、外車のラジコンだった。

「たしかに、あれ欲しいなあ」

ＵＦＯキャッチャーは１回２００円。獅子舞も興味を持ったようで、トライすることにした。

その様子を見ていた中野ちゃんは、別のゲームを指差して相方を見た。

「私、このお菓子のやつがいい」

「いや、それやるくらいなら普通にお菓子買ったほうがいいよ」

断られてやんの。中野ちゃんは不機嫌そうに、ＵＦＯキャッチャーをする獅子舞を見守った。

けど、そう簡単にラジコンは落ちない。

「あっれー？」

「500円で3回だよ。こっちのほうがお得だよ」

獅子舞は渋々サイフを取り出すと、UFOキャッチャーに500円玉を投入した。

そして、獅子舞はことごとく失敗してくれた。結局、1700円使っても取れなかった。

「うわあ！　取れなかった。マジごめん」

「いいよ。ありがとね」

獅子舞はしょんぼりしていたけど、ラジコンになんてこれぽっちも興味ない。

中野ちゃんが見守るなか、あたしは携帯に獅子舞が使った金額を足した。

中野2630円、足立1700円。

外はまだ明るい。勝つ可能性は、十分にある。


「どうする？　他に見たい物とかないの？」

「つうかさ、飲み行かない？」

オデの言葉を継いで、獅子舞があたしと中野ちゃんにそう言った。

「たしかに、もうスーパーですることないし、いいよ、じゃあ飲み行こっか」

「っしゃ！　決まりだ！」

みんなでスーパーを出て歩いている間、中野ちゃんに「これでよかった？」と確認すると「大丈夫です」と言ってくれた。

連れて行かれたのは雰囲気のいい、洋風のダイニングバーだった。通された席は座敷。

あたしと中野ちゃんと獅子舞が先に店へ入り、自宅に車を置いてきたオデも、すぐに合流した。オデの家も獅子舞の家も、あたしの家からそんなに遠くなかった。

「好きな物、頼みなよ」

獅子舞はそう言って、あたしにメニューを渡す。隣に座る中野ちゃんはメニューを凝視していた。勝負はまだ続いている。さっき車のなかで、「居酒屋で飲んだ飲み物の金額も勝負金額に加算される」と、取り決めた。

シャンパンとかワインの瓶物を頼みたいところだけど、単品の金額じゃないと互いの加算金額にならない。グラスの酒を頼み、飲んでいくしかない。

「足立さん何飲む？」

あたしはメニューのなかの、大生ビールを指差して獅子舞を見た。

「大生」７００円。これが一番高い。

「私も大生」中野ちゃんもあたしに続いて、大生を頼んだ。

「やっぱ、とりあえず生だよね」とか言いながら、店員に生を４つ頼んだ。

お通しのやみつきキャベツをつまんでいると、すぐに生４つが届いた。

「かんぱーい！」

かけ声とともに互いのジョッキを鳴らし、あたしはビールを一気に飲んだ。

炭酸が喉を刺激するが、我慢だ。

横目で確認すると、中野ちゃんも喉を波打たせて、ビールを一気飲みしていた。

「ぶは！」「はあ！」

ゴトンと卓を鳴らしてジョッキを置く。あたしと中野ちゃんは同時に飲み干した。

「ふ、2人とも飛ばすね……」オデが若干引いた。

普通の女の子なら、初対面の男の前で、大生一気なんてやらないだろう。けど、今は中野ちゃんとの、おごらせ勝負中だ。飲めば飲むほど、勝利に近づく。

「もう1杯ちょうだい！」

「私も、ぶぇっぷ！」

中野ちゃんが、イカツイゲップを放った。口を押さえ、恥ずかしそうに伏し目がちになる中野ちゃん。男たちは一瞬の沈黙のあと、大笑いした。

「ははは！　中野ちゃん最高！」

「俺、女の子があんなイカツイゲップするの初めて聞いた！」

空気を和ませる男たちにつられ、中野ちゃんも笑いだす。

少し、中野ちゃんがうらやましくなった。中野ちゃんみたいな可愛らしいルックスなら、オッサンみたいなゲップをしたって正当化される。可愛い子は何しても可愛いんだ。あたしみたいな女がゲップなんてした日には、「ボイパ？」とか言われる。ボイスパーカッションね。

別にそれはそれでいいけど、あたしは19年間の人生で、男から女の子らしい扱いを受けたことなんてなかった。女の子はみんな、生まれたときからお姫様。あんなの嘘だ。

男らしい人だな、と思って付き合っても、束縛は激しく、あたしを信用しないで家の前で待ち伏せされたりした。挙げ句、テメーが浮気したくせに、別れ際で泣き顔を見せ、別れたあともポストに泣き言を綴った手紙を入れられたこともあった。

「足立さん、ビール来たよー」

初対面の年上の男の子に、さん付けで呼ばれるなんて本当は嫌だ。あたしが求めているのは、爽快で男らしい男のなかの男。Ｓっぽい姉御って言われるあたしだって、男らしい王子様に、お姫様みたいな扱いをされたい。あたしだって、誰かに甘えたいんだ。

誰にも言えない、そんな欲求が、あたしに姫様カフェなんてところで仕事をさせたんだろう。

「足立さん酔ってんの？」

「え？」獅子舞の声で、あたしは我に返った。

「あ、いや。ビール１杯じゃ酔わないよ」

「それ３杯目だよ」

「え？」あたしの前には、たしかに空いたジョッキが２つ並んでいた。

黙々と飲んでいるあたしに、男たちが気を使ってさらに注文してくれたようだ。

どうやら酒が入って、センチメンタル全開だったみたい。

あたしはメニューを見ながら、ビールを飲み干し、カシスオレンジを飲んでいた。

中野ちゃんも２杯目のビールを飲み干し、中野ちゃんとあたしの飲んだ分を携帯にメモった。

中野ちゃんはビール×２と、カシスオレンジ×１。あたしはビール×３。

あたしは残ったビールを飲み干し、店員を呼んだ。

「梅酒ロックと半グレープください」

運ばれてきた梅酒と、半分にカットされたグレープフルーツを、他の３人は不思議そうに見ていた。もう金額云々よりも、飲みたいものを飲みたいんだ。

「どうすんの？　それ」

「決まってんじゃん」

あたしは獅子舞にそう答えながら、グレープフルーツを銀色の絞り器に押し付ける。絞り出された果汁が下の溝に溜まっていく。その生グレープフルーツジュースを梅酒に注ぎ込み、箸の先で混ぜた。

「うまそ、遊び慣れてんなー」

「違ぇーし。昔の男に教えてもらったんだ」

「足立さんって、今まで何人くらい付き合ってたの？」

オデがあたしと獅子舞の会話に口を挟んだ。中学生みたいな質問だな。

「4人くらいじゃん？」

「へえ。意外に少ないんだ」意外ってなんだよ。

「中野ちゃんは？」

「私、2人くらい」あ、意外に少ない。

「おおお！ってことは処女!?」獅子舞が興奮気味に食いついた。

「んなわけないでしょ。てか中野ちゃんっていくつなの？」

「……23歳」

「うそ！　年上だったの!?」誰よりも先に、あたしが立ち上がった。

「ええ!?　2人って友達じゃなかったの!?」続いて獅子舞が叫んで立ち上がった。

「えっと！　どうしよう！」オデもなんとなく叫んで立ち上がった。

中野ちゃんは立ち尽くす3人を見て笑っていた。

彼女の年齢には驚かされたが、はたから見たらあたしも23歳に見えるそうだ。ちなみに中野ちゃんとあたしは、最近友達のツテで知り合った、と嘘をついた。

「次どうするー？」

21時過ぎ。居酒屋にはすでに3時間以上いた。

「俺ん家で飲む？」

「あ、行ってみたい」オデの発言に、中野ちゃんが3杯目のカシオレを飲み干しながらそう言った。ナンパされたその日に男の家へ行くなんて嫌だが、彼女の発言で、断る空気ではなくなってしまった。

「じゃあ行こ行こ！」

オデと獅子舞は早速上着を着て、席から立ち上がった。そのとき、ちょうどあたしたちの横を店員が通りがかった。

「あのすみません、これ包んで持って帰りたいんですけど」

あたしはそう言って、卓の上に残った唐揚げや卵焼きを指差した。

店員はすぐにプラの容器を持って来てくれた。

「へえ、足立さんしっかりしてんなあ」

「すぐ終わるから先に会計しててていいよ」

今は勝負の最中。宅飲みするなら、つまみは買わせればいい。けど、頼んだ料理を残すなんてもったいない真似、あたしはしたくない。男たちは会計しに行ったが、中野ちゃんはあたしと卓に残って、残り物を包むのを手伝ってくれた。

居酒屋で料理を包んでもらう度に、幼いころに父が持って帰って来てくれた〝おみや〟を思い出す。父が持って帰る居酒屋の卵焼きや唐揚げは、とてもおいしかった。

残り物を包み終わり、あたしと中野ちゃんはレジに向かった。

男どもはすでに会計を済ませ、イスに座って、あたしたちを待っていてくれた。

「ありがとうございます」おごってくれて。

あたしが頭を下げると、中野ちゃんも続けて頭を下げた。

オデから居酒屋のレシートを受け取ると「あ、おごりだから返さなくていいよ」と言われた。

払う気は毛頭ない。中野ちゃんとの勝負のために、おごらせた飲み代を計算するのだ。

でも酔っているせいか、うまく計算できない。ちょいちょい携帯のボタンを押し間違えた。

あたしが必死で計算していると、中野ちゃんはフラフラしながらあたしに寄りかかってきた。

「結果でまひたー?」この子、酒くさ！　つうかお前が計算しろ！

計算した結果は、中野５８４０円、足立５２７０円。

４回も計算し直して、中野ちゃんにも確認させたので間違いない。酒の強さには自信あったけど、中野ちゃんも酒強いわ。

とはいえ、梅酒に半グレを足した飲み方がよかったのか、大分追い上げた。

「とりあえずコンビニで酒買うべー」

駅前にもコンビニはあるが、オデの家の近くにもコンビニがあるそうだ。

明かりの多い駅前から数分歩くと、もう暗い住宅街だった。

「あ、犬」

中野ちゃんの声に、夜道の先を見る。１匹の犬が、トボトボとこちらに向かって歩いていた。

飼い主のいない大型の野良犬に、一瞬、緊張した。けど、その犬は落ち着いた様子で近づいてくる。

「へえ、野良犬のわりにはおとなしいね」

あたしは居酒屋の残りの唐揚げを手の平に載せた。普通の犬ならガッツくが、その犬は静かに寄って来ると、鼻を鳴らし、尻尾を振りながら唐揚げを食べ始めた。

近くで見ると、かなり大きい。多分、紀州犬？　雑種っぽいけど日本の犬って感じ。

「……こいつ野良じゃないな。ほら」

獅子舞は犬を抱き上げて、向きを変えるとあたしたちに首輪を見せた。

体を触られても、犬はおとなしく唐揚げを食べていた。

「あ、本当だ」毛に隠れて見えにくかったが、犬は細い首輪をはめていた。

首輪には、アルファベットで名前が彫ってある。

中野ちゃんが目を細めて、アルファベットを読み上げた。

「ずしお……うまる？」

「ズシオウマル？　長いな」

オデがそう言って、首輪に触ろうとすると、「ガルルル」

犬は顔を上げると、オデのほうを見て唸った。

「おわ、こわ！　悪かったよ！」

オデは飛び退いた。獅子舞は怖がる様子もなく、牙をむき出した犬の顔を見ていた。

「あれ？　なんかこいつ、口んなかに金具みたいなものが……」

口のなかを覗こうとすると、唐揚げを食べ終えた犬は、ヒョイっとあたしから離れた。

「目的は食べ物かよー、やっぱ犬だなー」

オデの言うとおり、犬は唐揚げを食べ終わったら、あたしから離れた。けど、あたしはその行動に、違和感を抱いていた。普通の犬なら、さらに食べ物を求めるはずだ。けどズシオウマルは、あたしたちにこびる様子もなく、また夜道を歩きだした。

夜道を歩く後ろ姿が、やけに寂しそうだった。人間並みの気高さや賢さすら感じた。まるで……。

「飼い主を探してるのかな？」

獅子舞がそうつぶやいて、手をパンパンと叩く。そう、あたしも彼と同じことを考えていた。ズシオウマル。あの子の飼い主は、見つかるのかな。

しばらく歩くと、コンビニに着いた。あたしと中野ちゃんは、お酒とお菓子を選んだが、もちろん全部、男たちのおごり！　罪悪感はあったけど、レシートを見ながら勝負金額に加算した。

【中野】５８４０円＋１２７０円＝７１１０円。

【足立】５２７０円＋１３１０円＝６５８０円。

２人で１万４０００円くらい使わせたのかあ。男って大変だなあ、って思った。

コンビニから歩いて数分で、オデのアパートに着いた。

７畳くらいのワンルームで、４人ではかなり狭いけど、家具が少ないお陰でなんとかくつろげる。部屋の中心に酒とお菓子を広げ、居酒屋でのトークの続きをした。

オデは、わざわざ台所から紙コップと紙皿を出してくれた。

「本当、何から何まですみません」

あたしがヨロヨロと頭を下げると、オデは笑いながら「つうか王様ゲームしようよ」と言いだした。おお、会話の流れを吹き飛ばすほどしたいのか。

あたしは王様ゲームと聞いて、ピーンと閃いた。そんなのより〝お金をくれたら金額に応じて服を脱いだげる〟ってのもおもしろいな。

あたし、結構酔ってんな。このままじゃ、まずい、泥酔する。とは思ってたけど、あたしは紙コップのお酒をまた一口飲んだ。さあ、さっき思いついた案をみんなに伝えよう。

「おうさまげーむよらさあ」あれ？　うまく喋れない。

「足立ちゃん、大丈夫？」獅子舞の声が聞こえるけど、視界はクリアなようで狭い。

「だい……じょばん」

気持ち悪いけど、気持ちいいような。なんか体が軽くて、浮遊感がある。今なら飛べる。それに、なんかちょっとドキドキしてアソコが濡れてる気がする。やべ、やっぱ飲みすぎたかな？

「あんたたちさあ、コップの内側になんか塗った？」

中野ちゃんの声が聞こえる。なんか急激に眠くなった。

「どうなんだよ！」中野ちゃんぽいけど、声がめっちゃ低い。男みたいな怒鳴り声が聞こえた。けど、まぶたが重くてこれ以上開かない。自分の口から、よだれが垂れてくるのが分かった。

「お前ら！　薬入れたろ！」断片的な意識のなか、中野ちゃんの大声が聞こえた。

叫び声とか、壁だか家具を叩く音も聞こえた。

「シンノスケが、女が必要って言うから！」「こんなの望んでねえ！　悪かった！　俺は知らなかったんだ！」「うるせえバカ黙れ！」

男同士の怒鳴り合う声が聞こえる。

ヨレてても、そこが修羅場チックになってるのは分かった。

辛うじて視界は半分開いている。その半分の視界は、レンズがぼやけた監視カメラになったような客観的な感覚だ。けど、体は重くて動かない。金縛りの手前みたいに動かないし、動かしたくない。

中野ちゃんがあたしの体を支えて、オデの家のドアから出て行ったのは朧気ながら覚えてる。しばらく歩いて、やがて小さな公園のベンチに、あたしは座らされた。

そして、口のなかに指を入れられた。中野ちゃん、何すんだよ。

「おぇぇ」意識が朦朧とするなかでも、あたしは服につかないように、気をつけて吐いた。

うわあ、出るわ出るわ。鼻からも出るよ。

「全部、出してください！」

中野ちゃんは、あたしの背中をさすりながら、腹も押し上げた。あ、これ超きも……。

「おぶっ」また吐いた。ああ、超恥ずかしい。汚点だよ汚点。

「中野ぢゃん、あだし、あたじ……」あたしのなかに、申し訳ない気持ちが広がった。

「これで口ゆすいでください」

中野ちゃんはそう言うと、透明の瓶を渡してきた。

水かと思って思いきり口に含んだら、鼻を突き上げる刺激にむせる。

酸っぱ！　口のなかでグチュグチュさせて、すぐに吐き出した。

「これ、お酢!?」一発で目が覚めた。

「うん。本当はアンモニアとか嗅がせたかったんですけど、お酢しかなかったから」

そういえばスーパーでお酢買ってたな。口のなかでムアッとした酸っぱさを感じていると、中野ちゃんは、やっと水を渡してくれた。水で口をゆすぎながら、渡してくれたハンカチで口元を拭く。急に寒さを感じるようになったけど、だいぶ落ち着いた。

「あたし、何されたの？」

「あいつら紙コップの内側に変な薬入れてて、あたしたちをヤろうとしたんですよ」

「マジかよ。変な薬って？」

「足立さんの症状からして多分、睡眠薬と幻覚作用があるラブドラッグだと思います」

ああ、前に流行ったな。別名レイプドラッグって言われてた。最近でも、医療用の薬を調合して作ってる奴もいるらしいけど。

「あー！　危なかったー！　中野ちゃんがあたしを連れ出してくれたの？」

「うん。足立さんの様子がおかしかったから、あいつら問い質したら、獅子舞とオデが揉めだして、その隙に」

どうやら、あたしたちがオデと呼んでいた茶髪の独断で薬を入れたらしい。けど関係ない。獅子舞も同罪だ。人間不信になりそ。中野ちゃんは、そんな悪人どもから、ヨレたあたしを助け出してくれたわけだ。こんなに可愛いのに、なんて頼もしい子。

携帯の時計を見たら、すでに23時50分。もうじき今日が終わる。

「はは、ごめん。勝負どころじゃなくなっちゃったね」

あたしがそう言うと、中野ちゃんはニッコリと笑って顔を横に振った。

よく見たら、服のいたるところがヨレてるし、眉毛も消えかかってる。髪の毛までズレてるし。

あいつら、マジ覚えておけよ。車のマフラーにお酢を流しこんでやる。

……ん？　髪の毛がズレてる？　中野ちゃん、髪の毛ズレてない？

なんか、不自然に頭が曲がってるというか……いや、髪の毛がズレてるとしか言いようがない。

「中野ちゃん、ウィッグだったの？」

まだ酔いが残ってるあたしは、ふざけ半分で中野ちゃんの髪の毛を握った。

グイっと引っ張ると、抵抗する間もなくズルリと髪の毛が取れた。

「あっ……」短髪の中野ちゃんが現れた。

「え？　あれ？　中野ちゃん？」

病気とかじゃなくて、男の髪型って感じの短髪。

「あんた！　男だったの!?」

「ご、ごめんなさい！」

中野ちゃんは、今まで通りの震える小鳥みたいな表情で、口元を手で隠していた。髪型が男らしくて思わず笑いそうになった。マジかよ。認めちゃったよ。中野ちゃん男だったよ。

あたしのなかに、いろいろな感情が広がった。

あたしは中野ちゃんが女と疑わず、おごらせ勝負なんて提案して。男の中野ちゃんに、女としてうらやましいって思ってた。ビックリというか、ショックというか。これって女としてどうなの？　たしか最後の勝負金額も、あたしは中野ちゃんに負けてたし。あたし、男に女の魅力で負けてたんだ。そう強く思った瞬間。

『カチカチッ』口のなかのＳＣＭが鳴った。中野ちゃんも口のなかで、何か感じたらしい。

さっき、薬を飲まされたときの興奮とは少し違う、忙しい緊張感が、胸の奥で回転していた。

これが奴隷になる合図？　そしてすぐに。

『キュイーン』

え？　あれ？　え？

これ、たしか他のＳＣＭが接近したときに鳴るアラームじゃ……。

０００７　中野タイジュ

女が一番可愛く見えるのは、15メートル先を歩いているときだ。

その女が手に入って、一緒にベッドに入って寝て起きると、遠くから見てるだけでよかった、と後悔する。適度な距離から、「あの女いいなあ」って眺めるくらいがちょうどいい。

人は手に入ることが確定した時点で、満足しちまうんだ。手に入ると面倒臭くなる。

俺が働く家電売り場の15メートル先で、携帯電話を売っていたキャンペーンガールがいた。

その脚線美に惹かれて声をかけて、３ヵ月もメールと電話を繰り返し、やがて遊びに行くようになった。けど何回目かのデートで俺ん家に来て、その子と初めてベッドへ入った瞬間、俺のなかで昂ぶっていた、その子への気持ちがサーっと冷めていくのを感じた。

結局、指１本触れずに俺は寝たんだ。

起きたら真っ先にキレられたよ、「ゲイなの？」って。もちろん俺はゲイじゃない。

必死で弁解したけど、とうとう理解されなかった。そして本音も言えなかった。

人は手に入ることが確定した時点で、満足しちまうんだ。

いいんだ。もともと、デートの場所も食事の内容も「まかせる」と言い続けた彼女には、うんざりだった。俺は俺を振り回すくらい、我が強い子が好きなんだ。

その子とはそれきり、会わなくなった。

やっぱり15メートル先で「可愛いなあ」と眺めるくらいがちょうどいい。

足立シヲリと初めて出会ったのは、ちょうどそんなことを考えている時期だった。

友達とノリと遊びで行った姫様カフェ。俺はそこで運命的な出会いをした。

足立シヲリ。その女は俺にとって完璧だった。

童顔で顔は小さく、時折見せる母性的な表情がたまらなく気に入った。店のなかではフリフリのドレスだったが、店の外で偶然見た私服も完璧だ。自分の体型に合ったジーンズを穿いたその姿は、その辺の女では真似できないバランスの良さだった。

実際の身長はそんなに高くないのに、遠くから見るとすごく背が高く見えるんだ。立っているだけで股間と太ももの隙間から、向こう側が見える感じ。はたから見たら、少しO脚のキレイな姉ちゃん、で済まされるかもしれない。

だが俺にとっては、23年間追い求めた尻と足のバランスがそこにあった。

俺にとって女の魅力は、体のバランスだ。彼女は生まれながら天性のバランスを持っていた。

彼女との出会いによって、俺の〝15メートルのルール〟が見事にぶち壊されたんだ。

同時に、月型の金具が俺の脳裏に浮かんだ。


上司の命令で、ネット上で売買されている家電の相場調査をすることがよくあった。それに飽きると、オークションサイトを見た。そこで見つけたのが、SCMだった。

SCMはつけた者同士にしか作用しない。ネットにあったSCMの説明には、小さくそう記載されていた。よほどのバカでない限り、一度に2つ買うだろう。

俺も安かったので2つ買っておいた。遊び半分で手に入れたSCMが、今ではネットで高値で取り引きされ、本当に奴隷ができるという信憑性の高い噂が飛びかっている。

俺も、とあるブログを読んで、その機能に信憑性を感じたんだ。

春のジャマイカ。ブログの投稿者はそんな名前だった。あのブログは衝撃的だった。

そのブログを読んでいるうちに、ＳＣＭの効果を試さずにはいられなくなった。

同じころに起こった、15メートルのルールをぶち壊す足立シヲリとの出会い。

俺は彼女に、ＳＣＭをつけてもらう方法を考えた。

まずは彼女のことをもっと知りたかった。そこで、オタクの格好で彼女の働く姫様カフェに行くことにしたんだ。地味な格好をしたのは、後に俺だと悟らせないためだ。

けど、そこで誤算が起きた。

性格まで、俺好みだったんだ。いろいろ下らない質問をしてみたが、営業トークのセレブ口調からにじみ出る、大胆でおもしろいドＳな性格が、興味を恋心に変え、さらに先の感情を抱かせた。

俺は本気で思った。この女、シヲリ姫の奴隷になりたいって。

この女こそ俺が追い求めた女王だ、と俺の遺伝子が叫んだんだ。

準備はすでに万全。その勢いのまま、計画を実行することにした。

お店で彼女にＳＣＭを渡そうとしたが、もちろん断られた。次に、店の外で待ち伏せし、いきすぎた変質者を装った。邪魔は入ったが、まず渡すことには成功した。

そして、ネットで見つけたＳＣＭ所有者の位置を特定するサイトを利用し、彼女がＳＣＭをつけたことを確認した。もしかしたら捨てられる可能性もある賭けだったが、説明書さえ見てくれればいい。あの説明書さえ読んでくれれば、ＳＣＭに興味を持つ可能性は高い。ＳＣＭの説明書には、そんな不思議な魅力があるんだ。

その日の晩、彼女がＳＣＭをつけたという反応が出た。

俺は女装をした。

別に、そういう趣味があるわけじゃない。男の姿で近づくよりも信用されやすいと判断したんだ。もともと、俺は女顔で体型も声も女性に近いし、高校ん時の文化祭で女装したら、意外に好評だった。自信があった。

女装したのは正解だった。オタクな格好で彼女にＳＣＭを渡し、女の格好で勝負をしかけることに成功したんだ。２人の男にナンパされ、それを利用して勝負をすることになったのは予想外だったが、男にチヤホヤされるのは悪い気分じゃなかった。

名字でしか呼び合えない空気だったが、心のなかでは彼女を「シヲリさん」と呼んでいた。

俺から見れば４つも年下。けれど彼女にはそれだけの存在感があった。

性別と、偶然を偽ったこと以外はすべて本当だ。シヲリさんに主人になってほしい。それは心からの真実だ。

けど、ＳＣＭの勝負に関しては、俺が勝って主人にならなければいけなかった。俺が奴隷になったって、男とバレて変態扱いされたり、不必要とされて解放されたら意味がない。

ＳＣＭの力で彼女を奴隷にし、俺の命令で彼女は俺の主人になるんだ。

そう、奴隷にしてから『主人になれ』と命令する。これが俺の計画だった。

経過はどうあれ、結果的に彼女の側にいられればいい。

これは恋愛じゃない。自らの力で、自分が信じる神を作る。ある意味、自分で宗教を作ることに似た行為だ。彼女を奴隷にし、繋ぎ止めてこそ、俺は確実に彼女の側にいられるんだ。

人のなかにはＳの要素もＭの要素もあるとシヲリさんは言ったが、俺はある意味、究極のドＭかもしれない。「命令しろ」と命令する。それが俺の目的なんだ。

初めは勝負に勝てるか、男だとバレるか不安だったが、女でいることが板につき始めると、勝てるかもしれないと思った。

意外にチョロいな。ナンパしてきた男たちには、男の俺が喜ぶことをするだけでいいんだ。

キレポイントも分かる。こんな簡単なことはない。けど、奴らの家に行ったのは失敗だった。

薬を飲まされたシヲリさんは昏睡した。俺自身も少し飲んでしまったんだ。

あいつら、かなり強い薬を使いやがった。あいつらと言ったけど、どうやら薬を入れたのは片割れの独断だったらしい。爆発頭のほうが〝何かの店〟をやるとかで、より多くの女の子が必要だった。それを手伝おうとして、相方が俺たちに薬を盛ったんだと。

いい迷惑だけど、２人の思惑が違うお陰で助かった。俺が怒鳴り散らして、部屋の家具を蹴飛ばしているうちに、あいつらも内輪揉めを始めた。その隙にシヲリさんと逃げ出すことができた。

やっぱ俺は男でいるほうがいいな。好きな女を守れたし。

近くの公園で、シヲリさんが意識を取り戻したときは本当に安心したし、女装したことを後悔したよ。けど、そこからさらに誤算が起きた。

男であることがシヲリさんにバレてしまった。

勝負は帳消しに見えたけど、何を思ったのか彼女は負けを認めてくれたんだ。

『カチ、カチカチッ』俺の口のなかのＳＣＭが鳴り、ついにシヲリさんが俺の奴隷になった。

「あたし、奴隷になったみたい」

シヲリさんがそう言ったとき、嬉しいような残念なような、複雑な気持ちだった。宝物が全部手に入っちまったんだ。俺のなかの熱が少し冷めた気がした。

「あたしをどうすんの？」

「まず俺のこと、許して下さい」

予想していた奴隷の雰囲気とは違うけど、シヲリさんの質問に、俺は初めて素の声で答えた。

彼女は気分も悪いはずだし、混乱もしてるはずなのに、爽やかな笑顔を見せてくれた。

「それはいいよ。ビックリしたけど、おもしろかったし」

奴隷になっても気位を保つシヲリさんに、俺は心底惚れた。

そのとき思ったんだ。奴隷にするとかしないとか、もう辞めて告白しようって。

何もかも告白して、可能なら15メートル以内で見守るんだ。

彼女を奴隷にして希望をすべて叶えても、俺はきっとシヲリさんに飽きてしまう。

ここにきて初めて、１人の普通の男としてシヲリさんに接し、できるものなら愛し愛される関係になりたいと思ったんだ。解放するのがせめてもの誠意だ。

「約束通り、解放します」

俺はウィッグを着け直し、女の格好に戻ってから解放の仕方を確認しようとした。たしか解放を宣言する際には、必要な手順があったはずだ。

『キュイーン』説明書のページをめくろうとしたとき、アラームが鳴った。

シヲリさんも、驚いた顔でこちらを見ていた。

「これってあのアラームじゃ……」

「はい」俺は返事をしながら、夜の公園を見回した。

「他のＳＣＭ所有者が近くにいるの？」

恐らくそうだ。俺は周囲を警戒しながら、黙って頷いた。

『キュイーン』２回目のアラームが早い！

「なんか怖いんだけど」シヲリさんがそう言った瞬間。

『キュイーン』３回目のアラームが鳴り、公園の出入口に１人の男が現れた。

男は片手に携帯を持っていた。暗いなかでディスプレイが光っている。間違いない、こちらの居場所を探していたんだ。男は公園へ入ると、真っ直ぐに俺らのところまで歩いて来た。

その男は肌が黒くて、フードをかぶっていた。フードの隙間から坊主頭が見える。体もやたら大きい。黒人みたいだ。緊張感や恐怖心はあったが、それよりも英語で話しかけられたらどうしようか、と思った。

「おい、主人はどっちだ？」日本語かよ。

「何のことですか？　今飲みすぎて、吐いていてただけなんです」

俺は女の声色のまま答えた。

そいつの雰囲気は何かヤバい感じがする。絶対にやり過ごしたほうがいい。

「ふーん……そっか！」すると奴は突然、俺に掴みかかってきた。

「おぅわ！　んにすんだよ！」

「逃げよ！」シヲリさんの声で、俺たちは駆けだした。

けど、まだ酔いと薬でフラフラしていた彼女は、あっさりと奴に捕まっちまったんだ。

「お前が主人ぽいな」

黒フードはシヲリさんの首に片方の腕を回し、羽交い絞めにした。

「離せよ！」シヲリさんは足や腕をバタバタさせて抵抗した。

そしたら、奴は空いた腕で、シヲリさんの顔を……。

「いっづ！」ゴヅ！　って石を殴るみたいな音が、夜の公園に響いた。

あの野郎。殴りやがった。

「女だぞ!?」俺は振り向くと、大男にそう叫んだ。

けど黒フードは俺の叫び声など気にも留めず、女のシヲリさんの顔をグーで殴り続けた。

「つざけんな！」ぶっ殺す！

奴に向かって走りだし、勢いよく飛び蹴りをした。

けど見事に足を掴まれ、俺はそのまま地面に叩きつけられちまった。

痛みを越えたクワァンとした衝撃が頭に広がり、肩まで届いた。一瞬、意識が遠のいた。

くそ、超痛ぇ。はずみでウィッグも取れちまった。

「お前、オカマか？」

「ふっ、ふぅ」奴が流暢な日本語で話しかけてきたが、俺は呼吸するのが精一杯だった。

「つごふ」そして、奴は、顔を上げようとした俺の首を思い切り踏んだ。

黒フードはシヲリさんの口を無理矢理広げ、ＳＣＭを確認していた。

「お前に勝負を申し込む、受けなければ本当に殺す」

「ぶっ」バフッって、布団を叩いたような音。またシヲリさんを殴りやがった。今度は腹だ。

シヲリさんはすでに抵抗するのをやめ、血の泡を吹いていた。体がダランとしている。

「わかっ……たから。もう殴んないで」

「俺の言葉を繰り返せ。勝負は殴り合いだ。ほら」

無茶だ。メチャクチャな勝負だ。シヲリさんは勝ち気だけど普通の女の子だし、こいつ絶対に格闘技か何かをやっている。

「勝負はなぐりあ……い」

奴はまたシヲリさんの顔を殴った。

「カチって鳴った。始まったぞ」

あの野郎、ＳＣＭの勝負を無理矢理始めやがった。

黒フードがシヲリさんの頬を殴ると、硬い骨を包む、肉の破裂音が聞こえた。

このままじゃ、シヲリさんが殺されちまうって本気で思った。

「ひゃめろおお！」叫んでも、首を踏まれているせいで情けない声しか出ない。

奴は一瞬だけ俺のほうを見たが、またシヲリさんに顔を向けた。

「負け、認めちゃいなよ？」ふざけやがってぇ！

シヲリさんの左頬は赤く腫れ上がり、口と鼻からはドクドクと泡立った血が出ていた。

「あっ、た、あた……」

俺は拳を握って目を伏せた。言ってくれ。言っていいよ、もう。今はそれしかない。

「……あたしのま……けれす」吐息のようにかすれた声だった。

『カチャン』その直後、俺の口のなかのＳＣＭから、今まで聞いたことのない音が聞こえた。

黒人とシヲリさんの勝負は、たった数秒で、あまりにも一方的に終わった。

「今から俺の奴隷、な」そう言うと、黒フードは抱えていたシヲリさんの血まみれの口にキスをした。

そして彼女をその場に降ろすと、ジジジッと、ジッパーの音が聞こえた。かと思うと。

ビチャビチャって、水の音が聞こえた。

一瞬は何をしているか分からなかったけど、俺の顔にも水滴が当たったんだ。妙に生暖かい。

見上げると、奴はチャックからイチモツを出し、呆然と立っているシヲリさんの顔面に小便をかけていた。

汚ねえとかいう嫌悪感以上に、こんな屈辱的なことをされても抵抗しないシヲリさんを見て、本当にコイツの奴隷になっちまったんだと実感した。

こいつ、こんなわけの分からない方法で、シヲリさんが奴隷になったかを試しているんだ。

「ほら、ビッグマグナムなゼンイチ様と呼べよ。ん？」

ゼンイチ。この黒フードは、ゼンイチっていう名前か。俺はその名前を頭に刻み込んだ。

シヲリさんは、ゼンイチが何を言っても返事をしなかった。

様子がおかしいと思った直後、彼女は崩れるようにその場に倒れた。

シヲリさんは、その場から動かなくなった。身体からは力がすべて抜けているみたいだ。口と鼻からは血がさらに吹き出し、あいつの小便と一緒に公園のライトを反射していた。

鼻から出続ける血がブクブク泡立っている。気絶しただけだろうけど、早く病院に連れて行かないと。

「おい、お前も俺の奴隷になったか？」

ゼンイチはシヲリさんの様子に舌打ちをすると、踏みつけている俺へ話しかけてきた。

そうか、こいつはシヲリさんが主人だと思っているんだ。

主人を負かせば、その奴隷もまるごと手に入るっていうルールを意識してるんだ。

「おい、聞こえてんだろ⁉　お前も俺の奴隷になったか？　ああ？」

「はい……」俺はその一瞬で、閃いた。

俺の返事に、ゼンイチはゆっくりと俺の首から足をどけた。今だ！

俺は一気に起き上がり、その場から走りだした。

「くそっ！　オカマが主人か！」

公園と道路を仕切るポールを飛び越えて、地面を鳴らして夢中で走った。

後ろから、奴の足音が聞こえる。俺は住宅街をひたすら駆け抜けた。

今はあいつに勝てない！　どうしようもない！　シヲリさんを置いてきたけど、俺は逃げるんじゃない！　助けを呼ぶんだ！　そう自分に言い聞かせていたけど、本当は違った。

シヲリさんを助ける以上に、怖かったんだ！　あいつが、あのゼンイチとかいう黒フードが怖かったんだ！　ちくしょう、ちくしょう！　ちくしょう！　あの野郎！　あの野郎！　頭脳戦ばかりだと思ってた！　脅して勝負させるなんて！　あんなやり方しやがって！　シヲリさん！　シヲリさん！　俺はＳＣＭを舐めていた！

途中でパンプスを脱ぎ、両手に持った。ＳＣＭも外した。俺は必死で逃げた。

夢中で走っていると、住宅地を抜け、いつの間にか駅前に出た。

駅前には交番もある。周辺には居酒屋も多いから、夜中だけどまだ人がいた。

「はあ、はあ。ああ」かなりの距離を走ったせいで、心臓は激しく高鳴り、腹が針に刺されたように痛い。けど人がいるだけでいくらか安心できた。

交番にも何人か警察官がいる。ここなら安全だ。俺は交番の目の前にあるベンチへ座った。

隣に座るサラリーマンが驚いた様子で俺を見た。そりゃそうか。

体中が土で汚れてるうえに、裸足の女が隣に座ってきたんだ。

警察官も、俺の様子に不審感を抱いているのか、チラチラと見てくる。が、職務質問してくる様子はない。何か言われたら、会社の飲み会で、女装してハシャイでいた、と言えばいい。

頭はクリアだ。けど酒を飲んだあとに走ったせいで、気を抜くと、それこそ気絶しそうになる。反面、隣のおっさんにも聞こえるんじゃねえかってほどの心臓の鼓動と興奮で、今寝ろと言われても絶対に眠れる気がしない。

携帯を取り出し、ブックマークに登録していたSCMのGPSを開いた。画面の地図を拡大していく。周辺の地図が出ると、ボタンを連打してズームを急いだ。

周辺には、赤の○と黄色の○が1つずつあった。

場所はあの公園辺り。赤は主人で、黄色は奴隷だ。間違いない。シヲリさんとゼンイチだ。

ゼンイチは俺を追うのをやめて、公園に戻ったんだ。

俺は今、SCMを外している。GPSには俺の居場所を示す○が載っていなかった。

勢いでSCMを外しただけだったが、それがよかったんだ。

画面を一段階縮小すると、さらに広範囲が映し出された。

シヲリさんとゼンイチのほかに、画面にはさらに2つの○が映し出された。

1つはここから比較的近い、緑の○。緑は奴隷にも主人にもなっていないフリーSCMだ。

もう1つは赤の○。ゼンイチとは違う、主人SCMの反応だ。

ここから東に4キロくらいだろうか。そんなに遠くない。

携帯を見ながら冷静に考えた。すぐにでもゼンイチからシヲリさんを助けたい。

警察に行くべきだろうか。交番には警察官が3人いた。

けどSCMをどう説明する？　俺自身が被害者として名乗り出る手もあるが、ゼンイチが捕まっても奴隷の縛りが解放されるわけじゃない。殴られていたとはいえ、シヲリさんはすでにゼンイチの奴隷だ。口裏を合わせられたら、警察も手が出せない。ＳＣＭのことは、普通の人には理解できない。

……さっきＧＰＳを見たとき、小さな閃きが浮かんでいた。

それは〝他のＳＣＭ所有者に助けを求める〟という考えだった。

あんなクレイジーな野郎に、俺１人で真っ向から挑むなんて無茶だ。

俺は携帯の画面に映る、緑◯のＳＣＭを眺めた。

画面を更新すると少し移動している。奴隷にも主人にもなっていないフリーのＳＣＭ所有者か。なんだか頼りない。次に赤◯のＳＣＭ所有者の位置を見ると、場所は変わっていなかった。

周辺に黄色◯の奴隷反応はないが、恐らくＳＣＭ勝負の場数を踏んだ奴に違いない。

こいつなら俺が思いつかないような、妙案を持っているかも知れない。赤に頼むか。

男か、女か。でも、そいつがゼンイチみたいなクレイジーな男だったら……。

男なんてみんな、女の奴隷を性的な対象でしか見ない。主人が女だとしても、ろくでもない奴かもしれない。仮にゼンイチを倒しても、シヲリさんは主人が替わるだけで、奴隷のまま。

俺がシヲリさんの主人になることができれば、すぐにでも解放するが、俺１人じゃゼンイチに勝てる気がしない。でも、ゼンイチみたいな奴を倒すには、奴隷を所有してるくらい危険な奴じゃないと、駄目な気がする。

「あー」どうしよう！　どうしたらいい！

どうすれば確実に、あいつからシヲリさんを解放できる!?

携帯の時計を見たら、俺が駅前に着いてからすでに5分が経っていた。

脳裏に、血だらけのシヲリさんにキスをする、ゼンイチの姿が浮かんだ。

あの野郎、奴隷にした途端にシヲリさんにキスをしやがった。そして顔面に……。思い出したくもねえ。早くしないと！　早くしないと奴はさらに酷いことをする。この赤○に助けを求めたとして、確実にゼンイチを倒してもらわなきゃいけない！そして主人が替わったあとに、シヲリさんの安全を確保できる交渉や交換条件が必要だ！状況は一刻を争う。けど、未来は曇った夜空みたいに真っ暗だ。どうしよう！　どうしたらいい!?　シヲリさんを助けられるなら！

シヲリさんが助かるなら、俺は……俺はどうなってもいい。

そう思った瞬間、思考の夜空に星が輝いた。心のなかの迷いや不安が一気に軽くなった。

「お姉ちゃん、何か困っとるんか？」

「え？」突然、隣に座っていたサラリーマンが話しかけてきた。

30代後半くらいの、情けなく肥えたおっさんだ。

そのおっさんの後ろに、電話ボックスのガラスに映る、俺が見えた。

女友達に買ってきてもらった服は土で汚れ、顔の化粧もとれかけている。

けど、そこにはたしかに女がいた。そうだ。俺は今女装している。このおっさんはそうとも気づかず、俺に声をかけたんだ。俺はすぐに、バッグから化粧道具を取り出し、化粧を直した。

「およ？　どうしたのお姉ちゃん？」

友達の意見や雑誌やネットを参考にしたメイクは、男受けを意識した。〝オシャレは我慢〟のコンセプトで、寒いけど薄着にした。

今朝、家の洗面台の鏡に映った、完璧にメイクした自分の姿を思い出せ。男にナンパされ、男に金を使わせた自信を思い出せ。今の俺は、その辺の女より可愛いんだ。俺には、俺自身の価値がある。

化粧を直し終わり、立ち上がった。服や体についた土を可能な限り、手で払って落とした。黒を基調にした服でよかった。顔に少し傷があったが、ウィッグでうまく隠せた。

「おっさん、ありがとよ！」

「へげ!?　お、男!?」

おっさんの驚く顔を尻目に、俺はロータリーで待機するタクシーに乗り込んだ。

「どちらまで？」という運転手に、携帯の地図を見ながら、ここから2つ先の駅まで向かうように頼んだ。俺は今から赤のSCM所有者に会いに行く。そして交渉するんだ。

ゼンイチを倒し、シヲリさんを解放してくれ、と。

その代わり……俺がそいつの奴隷になる。


タクシーは10分ほどで、目的地に着いた。GPSに映る赤○が点滅する位置は山手線の大塚駅だった。

タクシーから降りると、俺はバッグに入っていたSCMを歯の裏に装着した。

携帯の画面に、フリーSCMを表す緑の○が映し出された。これが俺だ。

そうか、一度主人になって奴隷を失ったらフリー扱いされるのか。

駅周辺には、ロータリーを中心にコンビニや居酒屋が入ったビルがある。駅前を歩く人間はいないが、コンビニのなかには立ち読みをしている人間が見えた。

携帯の地図を見る。俺の緑○と目的の赤○は重なっていた。

このGPSはかなり性能が悪い。最大まで拡大しても、対象のおおよその位置しか分からない。

辺りをしらみ潰しに歩き回り、30メートル以内に近づいてSCM同士を反応させなければいけない。

俺はまずコンビニに近づいたが、反応がなかった。

駅から見える道路の先には、マンションやドラッグストアが並んでいる。

赤〇SCMがマンションの住民の可能性もあるが、そうなったら探すのは困難だ。もう深夜だから、寝ている可能性もある。けど、早くしないとこの瞬間も、ゼンイチがシヲリさんに何をしているか分からない。

俺は駅前に建つビルの前に立ち、賭けに出た。

どうか、このビルに赤〇がいますように。一度強く目をつむり、祈る。そしてビルのなかに向かって歩きだした。エレベーターの前に立ち、上階へ向かうボタンを押す。

エレベーターに乗り込むと、2階から8階まですべてのボタンを押した。

密室の圧迫感のせいか、自分の心臓の音がさらに高鳴った。

チーンという、のんきな到着音とともに、扉が開いた。2階は和風の小料理屋だった。

SCMの反応がない。閉のボタンを連打し、上に向かった。瞬間。

『キュイーン』アラームだ！

やった！　間違いない！　このビルのどこかに赤〇のSCM所有者がいる！

3階に着く直前に、2回目のアラームも鳴った。3階だ。3階に赤〇がいる。

エレベーター内に貼られた各階の店舗の紹介を見ると、3階はキャバクラだった。

エレベーターから出た瞬間に、チリンチリンという鈴の音が鳴り、目の前の黒いドアが開いた。

「つしゃいま……」

ドアを開けた黒服は途中で言葉を切り、俺のつま先から頭の先までを見た。

「えっと……面接の子？」

「違います。客です。お金払うんで入れて下さい」

きっと俺の声には、一歩も譲らない迫力があったはずだ。

ここからが本番だ。興奮や緊張のなかで、俺の頭は冷静だった。

ボーイは「あ、じゃあ、えっと……少々お待ち下さい」と言って、ドアを開けたまま後ろを振り返った。女1人の客は珍しいんだろう、対応に困っている。

『キュイーン』3回目のアラームが鳴った。

同時に、黒服と店長らしき男の間から、1人のキャバ嬢が現れた。

「あー！　ムギコー！　来てくれたのー？」

見知らぬ女は、俺をムギコと呼んだ。俺はムギコじゃない。大体ムギコってなんだ。

「ああ、ジュリアさんの友達ですか？」黒服が女にそう訊いた。

「そうそう、この子ビールが吐くほど好きだからムギコっていうのー！　ウケるでしょ？」

ボーイは「ハハハ」と笑っているが、俺は吐くほどビールなんて好きじゃねえしウケもしねえ。

「ジュリア指名でいいよね？」

自分をジュリアと呼ぶ女は、俺をじっと見つめてそう言った。無言の重圧を感じさせるアイコンタクトだった。

「はい、指名で……」俺は女に合わせた。

間違いない。この女が赤◯のＳＣＭ所有者だ。

案内されたテーブルに着くと、ジュリアという女は酒ではなく、わざわざ温かいお茶を黒服に頼み、湯のみにそれを注いでくれた。平日だからか、店内に客は１人もいなかった。

「キャバクラなのに、ホットの緑茶出すなんて珍しいでしょ？」

「あ、ええ」ナンパ男たちと酒を飲んだのは、たった1時間前。酔いが残るなか、めまぐるしくいろいろなことが起きていたので、俺の喉は痛いほどに乾いていた。おまけに手先は冷たく、震えるほど緊張している。温かい緑茶は魅力的だった。

俺は緑茶を一口飲むと、上目遣いでジュリアを見た。歳はシヲリさんと同じ、20歳前後だろう。真っ白な肌に大きな黒い瞳が印象的だ。俺は女の外見にうるさいが、ジュリアは格別に可愛かった。奴隷を所有する赤〇の正体は、意外すぎるほど可愛い女の子だったんだ。

惜しいことに、髪の付け根がプリンなうえに、ソファーにも彼女が羽織るストールにも穴が空いていた。なんで、こんなに可愛い子が、こんなグレードの低い店で働いているんだ？

「ここは店のなかだから、下手なことをしたら、あなたのほうが不利だからね」

ＳＣＭの存在を意識した言葉だった。第一印象はおっとりした感じだったが、背筋を伸ばして語る彼女には、圧倒するような迫力があった。

俺は構わずに本題を切り出した。

「あの、奴隷がいるんですよね？」俺の質問に、ジュリアは何も答えなかった。

肯定も否定もしないことで、彼女がＳＣＭ所有者で、奴隷がいるのだと確信した。

「助けて欲しいんです」

「どういうこと？」

自分が男であることをうまく伏せて、簡潔にこれまでの経緯を説明した。自分が女装していることは除いて。

ジュリアは終始、黙って聞いていた。勢いで話してしまったが、直後に、この女に頼ってよかったのかどうか不安になる。

この女がどうやって、あのゼンイチに勝てる？ しかし話してしまった以上、どんなに細くて頼りない糸でも、すがるしかない。ここまで来た自分の選択と判断を、信じるしかなかった。

「今すぐに、どんな方法でも、その男を奴隷にして、その子を助けて解放してくれれば……」

俺はツバを飲み込み、ジュリアに決意を切り出した。

「あたしは、あなたの奴隷になります」

ジュリアは、小さな唇をキュッと結んだ。

卓上にあるグラスをじっと見つめて、何かを考えている。

数秒後、「ちょっと待ってて」と言って席を立つと、店長らしき人間と話し始めた。

しばらくしてテーブルに戻った彼女は、「早退したから、今から着替える。外で待ってて」と言って店の奥に消えた。俺の依頼を承諾したんだ。それにしても、本当にこれでよかったのだろうか。

ハッキリ言って、ジュリアがゼンイチに勝つヴィジョンはまったく浮かばない。可愛いだけのあんなか細い女が、どうやってゼンイチに勝てんだ？

ゼンイチの強さは伝えたはずだ。ジュリアの快諾には、何か得体の知れない自信を感じた。もしかしたら、とんでもなく頭がよかったり、すごい秘策があるのかもしれない。

俺はそんなことを考えながら、先に店を出てジュリアを待っていた。

それにしても遅い。何やってんだあの女。この間にも、シヲリさんはゼンイチに何をされているか分からないんだぞ。

15分くらい経っただろうか。アラーム音とともに、ジュリアが出てきた。

こっちは急いでる上に、クソ寒いなかで待たされてイライラしてるっていうのに、ジュリアは携帯片手に、電話をしながら俺に近づいて来た。会話の内容は分からないけど、敬語を使っているから、目上の人と話しているのだろう。俺の前に立つと、通話が終わったのか耳から携帯を離した。

何だよこの女、デートだったら携帯叩き割ってぶん投げる勢いだぞ。

「その子は救えるから」電話を切った彼女は、まずそう言った。

「どうやって？」

「今から助っ人が来るから、その人がゼンイチという男をどうにかしてくれる」

ジュリアは携帯をイジりながらそう答えた。助っ人？

「あなたの奴隷ですか？」ジュリアは俺を見た。

『キュイーン』同時にＳＣＭが鳴ったんだ。

「来た……」違った。ジュリアは俺ではなく、俺の後ろ、駅のロータリーを見たんだ。

振り返ると、ロータリーをゆっくりと1台の車が走っていた。黒塗りの高級車だ。

続けて2回、3回とアラームが鳴る。その車は俺たちの目の前に停まった。

「乗ろう」

「え？」ジュリアはツカツカとヒールを鳴らして車に向かい、後部座席のドアを開けた。

明らかに一般人の匂いがしない高級車に、俺は乗ることを躊躇った。

フロントガラスの向こうに、スーツを着た男の姿が見えた。

彼が助っ人？　ジュリアがさっき電話した相手がこいつだとしても、来るのが恐ろしく早い。

ジュリアの奴隷なのだろうか？　さっきの電話の相手はこいつ？　なら、なぜ敬語？

そういう主従関係もあるのか。でも、何かオカシイ。

高級車の雰囲気にも圧倒され、俺は新たな不安を抱いた。

「どうしたの？」ジュリアは車に乗り込む直前、もう一度俺のほうを振り返った。

「本当に助けてくれるんですか？」

「そのためなら、あなたは何でもするんでしょ？」

頭に、シヲリさんの顔が浮かんだ。

元気よく笑う彼女の顔と、公園の電灯で光る血とよだれで汚れた彼女の顔。

彼女を救えるなら何でもできる。けど俺1人では、ゼンイチに勝てない。

ビビッてる場合じゃねえ。今しかないんだ、俺には。俺は車に向かって歩き始めた。

「場所は？」

後部座席に乗り込むと、運転席の男がそう言った。低く、重い声だ。俺はゼンイチと出会った公園を説明した。

「赤〇と黄色い〇がある。多分、間違いない」

ジュリアは携帯を見ながら、運転席の男にそう言った。

「君の名前は？」車が発進すると、運転席の男が俺に訊いた。

「中野です」今は女装している。とりあえず名字を名乗った。

「俺は中央だ」男の言葉を一瞬はかりかねたが、どうやら彼は〝中央〟という名字らしい。

「ちゅうおう……さん」

「ああ」中央と名乗った男は30歳前後で、体が大きい。眼鏡とスーツがよく似合っている。

声が低く迫力はあるが、どこか紳士的で、ヤクザのような雰囲気ではない。

仕事がバリバリできる働き盛りの実業家、というのが分かりやすい印象だった。

「中野さん、話は概ね聞いたが。俺たちは君を信用したわけではない」

中央と名乗った眼鏡の男は、ハンドルを握りながら、バックミラーに映る俺をチラリと見た。

「……あたしは嘘をついていません」性別は偽ってる。けど俺の話は本当だ。

「でも、もしかしたらそのゼンイチっていう奴とグルかも」

「そんなわけない！」

すぐに信用されないことは覚悟していた。けど、ジュリアの発言には頭にキタ。

「ジュリア、今のは言いすぎだ」

「ごめんなさい。けど、言葉だけじゃ信用できないでしょ？」

女は謝ったあとに、「けど」や「でも」を付けるのが好きだ。

俺が眉間にシワを寄せて黙っていると、中央が口を開いた。

「だがジュリアの意見も一理ある。それを証明するために、君にリスクを背負ってもらいたい」

「リスク？」

「今からジュリアと勝負をするの」

隣に座るジュリアが、俺にそう言った。続いて中央が言った。

「俺がそのゼンイチを倒したら、君はジュリアの奴隷になる。という賭けだ」

中央は胸ポケットからタバコを取り出したが、何を思ったのか再び胸ポケットにしまった。

禁煙中か？

「俺がゼンイチを倒したら、ゼンイチと君の大切な女は俺たちの仲間になる。万が一、俺が負けたら君の勝ち。ジュリアが君の奴隷になる」

中央がゼンイチに勝つか負けるかを〝賭ける勝負〟ということか。

「あたしはジュリアさんを奴隷にすることなんて、望んでません」

「それはあくまで勝敗の定義だ。今回は重要じゃない」

赤信号で車を停めた中央は、首を曲げ、後部座席の俺に顔を向けた。

「それに俺は強いよー？　まず負けない」

銀縁の眼鏡をかけた横顔がチラリとしか見えなかったが、その表情と言葉にはかなりの自信を感じた。

「勝負をしてもらうのは、中野さんが嘘をついていないか確認するのと、覚悟をはかるため。中野さんはその女の子を救えれば、ジュリアたちの奴隷になるって言ったよね？」

「はい……」

「救えれば中野さんの負け、救えなければジュリアの負け。ＳＣＭ勝負中のペナルティについては知ってる？」

「よくは知りません」

「詳しくは省くけど、奴隷になってからと、勝負中はＳＣＭを24時間以上外すことができないの」

奴隷になってからと、勝負中？「外して24時間過ぎたらどうなるんですか？」

「そこでペナルティが起きる。その際は脳に障害を受け最悪……植物状態になる」

思わず笑いそうになったが、ジュリアの真剣な表情と中央の背中は、笑うなんて許されない雰囲気を醸し出していた。まさか、そこまでのペナルティがあったなんて……。

「そして、ＳＣＭの勝負は一度始まったら降りられない」

ジュリアの言う通り、引き分けや勝負を取り止める方法については、説明書に書かれていなかった。

「……じゃあ引き分けや勝負の結果がつかない場合は、どうなるんですか？」

「何も知らないの？」

「はい」悪気はないのだろうが、ジュリアの馬鹿にしたような言い方にはイラっとした。

「ＳＣＭの勝負には、引き分けも勝負の帳消しもないの」

「えっと」答えになっていない。どういうことだ？　それじゃあ引き分けでも勝負は続くのか？

俺は口を開こうとしたが、ジュリアはそれを遮った。

「これ以上は教えられない。今覚えておいて欲しいのは、勝負は始まったら降りられない。ＳＣＭを長時間外すこともできない、という２つ」

俺は心のなかで、ジュリアの言葉を反芻した。そして気づいた。ああ、そうか。

ジュリアたちは勝負をすることで、俺の逃げ道を閉ざす気なのか。

「分かりました」俺の返事に、中央がため息を吐いた。

「どうする？　今ならまだ降りられるぞ。俺たちも、それなりにリスク背負って君を助けようとしてるんだ」

中央はゼンイチにＳＣＭの勝負を挑む。

もし負けたら、中央はゼンイチの奴隷になる。さらにジュリアは俺の奴隷になる。

ん？　中央はジュリアの奴隷じゃないのか？　ジュリアはたしかに赤〇の主人ＳＣＭだった。

主人と奴隷が同時に別の人間と勝負をした場合、どうなるんだ？　ああ。頭が混乱してきた。

いや、ＳＣＭの設定を理解するより、シヲリさんを助けるほうが優先だ。

今、シヲリさんを救えるのは俺しかいないんだ。

「条件を少し変えて欲しいです」

ジュリアは携帯を開いたまま、俺を見た。

「足立シヲリ……彼女の解放を確認した時点を、あたしの負けにして欲しいんです」

ジュリアは中央の後頭部に視線を向けた。中央は何も言わない。

すると、中央の携帯が鳴った。どうやらメールらしく、中央は携帯を開いて画面を一瞬だけ見た。こんなときに、何をやっているんだ。

携帯を見て、中央はすぐに「いいだろう」と答えた。何だこの違和感。

ジュリアは中央の言葉を待った。中央はメールの内容を見て答えた。じゃあメールの内容は？

ジュリアは携帯を開いていたが、メールを打っていた素振りはない。中央にメールを送ったのは、一体誰だ？　まるで2人は誰かの指示を待ち、それに従ってるような……。

「勝負は、中央アタルがゼンイチに勝ったらジュリアの勝ち、そして足立シヲリが解放されたら中野さんの負け、という賭け」

2人の振る舞いから感じた違和感が形になる前に、ジュリアは続けた。

「じゃあジュリアと勝負……」

「します」その瞬間、ＳＣＭが『カチッ』と鳴った。

長い赤信号が終わり、青になった。車が進み始める。これでもう、俺は逃げられない。

すべてはシヲリさんを救うため。多少の違和感には目をつむるしかない。

俺とジュリアの勝負が始まると、中央は口からＳＣＭを外した。

「あの……」どういうことだ？

「ああ、外しておかないと気づかれるからさ」

そうか。ゼンイチもGPSの存在を知っていることは、ジュリアに話してある。

勝負を開始した今、俺とジュリアの反応はないが、中央が外さないとゼンイチに俺たちの存在が気づかれる。直後、例の公園周辺にたどり着いた。しかし、そこには誰もいなかった。

「例の公園は、ここじゃないのか？」

「この道、1キロメートル先に反応がある」

ジュリアが携帯の画面を見ながらそう言った。俺がゼンイチのところから逃げて、すでに1時間。移動していないほうがおかしい。ゼンイチとシヲリさんはSCMをつけたままのようだ。

ジュリアの指示に従い、車は住宅街の道を低速で進んでいった。

「あ！」突然、ジュリアが声を上げた。

「どうした？」

「もう1つ、反応が増えた……緑」

緑？　フリーSCMだ。

「どうなってる？　1人か？」

「1人。けど目標の2人と、すでに重なってる」

「なんで今まで気づかなかった⁉」

中央が大声を上げると、ジュリアも大声で反論した。

「画面をズームしてたし、移り変わりの関係で画面のちょっとだけ外にいたの！」

要するにジュリアのうっかりミスだ。俺は怒りよりも、心底呆れていた。

「くそ！」中央は狭い道にもかかわらず、車のスピードを上げた。

その緑のＳＣＭが何者か気になる。ゼンイチに近づく目的は勝負だろうか？

ジュリアが再び「あっ」と声をあげた。嫌な予感がした。

「今度は消えた。赤と緑が」

「は？　まさか、勝負が始まったんじゃ……」

確信した。そうだ。それしか考えられない。

赤のゼンイチと、謎の緑の人物が勝負を始めたんだ。

「シヲリさんの反応は!?」

「反応はある。もう、すぐそこのはずなんだけど」

やがて、車のライトの先に人影が見えた。大きな男の後ろ姿と、電柱の陰から伸びた足。

見覚えのある、黒のパーカーにジーンズの後ろ姿。

鼓動は高鳴り、泣きそうなくらいの緊張と怒りで顔が火照る。俺はつぶやいた。

「間違いなく……あいつがゼンイチです」

電柱の陰にいるのは、恐らくシヲリさんだ。別れたのはたった1時間前なのに、あれから数日経っている気がする。

シヲリさんは塀に寄りかかって座っていた。ここまで移動したのなら、歩けるのだろう。

「つら！」ゼンイチが叫ぶ声が聞こえた。拳を構えている。俺たちが乗る車のライトに感づいてるはずだ。ライトが届かない暗闇にいる何者かと戦っていた。

一瞬、対戦者の姿をライトが映した。

「ガア！　ガウ！」人じゃない。

「……いぬだ」

ジュリアがつぶやいた。ゼンイチが戦っていたのは犬だった。

再び、対戦者がライトに照らし出された。間違いない、犬だ。それ以外何者でもない。

俺はゼンイチが戦っている、その犬に見覚えがあった。

「……ズシオウマル」

「あのワンちゃん、知ってるの？」

「いや、あたしも首輪を見ただけです。この辺にいた迷子犬です」

じっと窓の外の光景を見ていた中央が言った。

「あのズシオウマルとかいう犬……ＳＣＭをつけてるのか⁉」

中央の言う通り、ＧＰＳに出現した緑反応は、ズシオウマルしか考えられない。

けど犬が自分でＳＣＭをつけるわけない。誰か、人間がつけたんだ。周りには飼い主らしき人間はいない。犬にＳＣＭをつけるなんて、誰が何のためにやるんだ。

「ギャンッ！」前方ではゼンイチが、犬を蹴り上げていた。

犬は車の近くまで飛ばされたが、すぐに立ち上がり、ゼンイチに立ち向かっていった。

それは瞬きすらも許されない光景だった。ゼンイチもまた蹴りを入れようとしたり、拳で犬を払おうとするが、うまく当たらず、ズシオウマルに手の平や足を噛みつかれていた。

「あの犬、めちゃくちゃ強いな」

ゼンイチと犬は、ほぼ互角だった。

普通に考えたら、ゼンイチのように好戦的で体の大きな人間のほうが、犬よりも有利に思える。

しかし、２人の戦いを見れば、犬の先祖は狼で、狼は自分の体より大きな動物を狩っていたことが、よく理解できる。

ゼンイチの攻撃はほとんど当たらず、逆にズシオウマルの牙は、ゼンイチの顔や首にダメージを与えていた。

一度勝負が始まったら、他のSCMは干渉できない。

ジュリアも中央もそれに気づいて、対応に悩んでいる。

「ちくしょう……」俺は小声でつぶやいた。

こちらも、一度勝負を始めたら降りられない。

それでも俺は、この戦いを止めるべきだと思った。

「止めましょうよ！」後部座席から、運転席の中央に向かって大声で叫んだ。

「あ、ああ」直後に、また中央の携帯が鳴った。今度は電話のようだ。

中央はディスプレイに出た名前を見ると、すぐに電話を取った。

「ああ、犬だ……。いや、善戦している」

中央は電話の相手に、今の状況を伝えていた。一体誰に電話しているんだ？

電話はすぐに切れ、中央は俺に顔を向けた。

「悪いが、勝負がつくまで様子を見る」

「は？　今、誰と電話してたんですか？」

どういうことだよ？　俺の質問に、中央は沈黙を守った。

「あんたたちは主従関係じゃないんですか？」

ジュリアも何も言わなかった。何だこいつら。なんで俺の質問に答えない。

中央は電話やメールで誰かに指示をされているようだ。

ジュリアは２人の主従関係について、答えようとしない。

「まさか、あんたたち、他に主人がいるんじゃ……」

俺が行き着いた答えに、ジュリアも中央も何も言わなかった。沈黙こそ答えだ。

「何なんだよ!?　あんたたちは！」

俺の大声が、車内に空しく響いた。

くそ。ズシオウマルの出現で状況が変わったとはいえ、こいつらの様子はおかしすぎる。

ジュリアも中央も肝心な話になると、人形みたいに喋らなくなるんだ。

まるで、主人からの命令を待っている奴隷みたいだ。そうなると、ジュリアの反応が主人の赤だったことが引っ掛かる。

外ではゼンイチとズシオウマルの戦いが続いていた。

ゼンイチの動きは、目に見えて鈍くなっていた。無理もない、当たらないパンチや蹴りを繰り返しているからだ。ボクシングでは、空振りが最も選手を疲労させると聞いたことがある。

ＧＰＳから反応が消えたのは5分ほど前。ゼンイチとズシオウマルが勝負を始めてから5分以上が経過してるんだ。かなり疲れている様子のゼンイチに対し、ズシオウマルは相変わらずの素早い動きで、ヒットアンドアウェイを繰り返していた。致命傷こそないが、明らかにズシオウマルが優勢だ。

けど、今の俺にとって一番重要なのは、シヲリさんの解放だ。

電信柱の陰から、シヲリさんの足や手が少しだけ見えている。

今のうちに助け出す手もある。が、直後に思い出した。

今、俺はジュリアと勝負中だ。このままじゃ勝負の受け付けも、申し込みもできない。

この場で新たな勝負ができるのは、中央とシヲリさんだけだ。

「本当に勝負は降りられないんですか？」

フロントガラスの向こうを見つめている、ジュリアの横顔に訊いた。

「ええ……」ジュリアは俺を見もしないで返事をした。

「今ならシヲリさんを車に乗せて逃げられる。中央さんがシヲリさんに勝負を申し込めば……」

言い終わる前に、中央が俺を見た。

「それは可能だが、あの男に『他の者と勝負をするな』と、命令されていたら面倒だぞ」

その言葉で、俺のなかの何かが吹っ切れた。もう考えるのは、うんざりだ。

シヲリさんは目の前にいるんだ！

距離は15メートルほど。不意に、俺のなかにある〝15メートルのルール〟が浮かぶ。

15メートル先から見ているのが一番可愛い？　何考えてたんだ、俺は。

俺は車から降りると、シヲリさんのところまで走った。

シヲリさんの存在が、俺のなかのルールをぶっ壊したんだ。

「てっ、てんめえ！」すぐにゼンイチが俺に気づいた。

一瞬ビクッとして金縛りになった。こいつ、やっぱ怖え。

近くで見るゼンイチは、デカくて、向こう側が見えない。

「ガア！」直後、ゼンイチの首にズシオウマルが噛みついた。その勢いで、ゼンイチが倒れた。

「ぐ、ぞ！」ゼンイチはズシオウマルの体を引き離そうとするが、なかなか離れない。

その隙に、俺はシヲリさんを抱え上げた。

「シヲリさん！」俺は初めて、彼女の下の名前を呼んだ。

「……中野ちゃん？」

「はい！」久しぶりに聞くシヲリさんの声に、泣きそうになった。

顔は血とよだれまみれで、体に力が入っていない。だけど、意識はちゃんとある。

車まで急いで戻ると、後部座席にシヲリさんを座らせ、自分も横に乗った。

ゼンイチは、向かってくるズシオウマルへの応戦でいっぱいだ。

首の周りは血だらけだ。ざまあみろ。

こちらに向かって何か叫んでいるが、声は聞こえない。仮にシヲリさんに命令をしようとしていても、シヲリさんにはゼンイチの姿を見せないし、その声は届かない。

「あ、あだちゃしゃん」

今頃になって震えだした。噛みまくる俺を見て、シヲリさんは微笑んだ。ジュリアはバッグからウエットティッシュを取り出して、シヲリさんの顔についた血を拭いてくれた。

「この人たちは？」疲れきった顔で車内を見回したシヲリさんが、俺に尋ねた。

「助っ人です」この場では言えないけど、信用できない連中だ。

「そう、ありがとうございます」

「君、あの男に『他の者と勝負をするな』と言われたか？」

「いえ、まだ何も」中央の質問に、シヲリさんは中央に目だけを向けてそう答えた。

「そうか」よかった。中央は、ひと息吐くとシヲリさんと俺を見た。

「すぐに勝負を始めたい」

窓の外では、相変わらずゼンイチとズシオウマルが戦っている。ゼンイチがこちらに近づこうとすると、ズシオウマルがそれを食い止めてくれている。

「あの犬、多分あたしを助けようとしてくれてんだ」

たしかにズシオウマルの行動は、シヲリさんを助けることに繋がっていた。

「唐揚げの、お礼ですかね」俺の言葉に、シヲリさんは微笑む。

くー。シヲリさんの笑顔、ずっと見ていてえ。俺はそんなハシャいだ気持ちを押し殺した。

「今、状況が変わって、私は直接、足立さんを解放できないんです」

「どゆこと？」

俺は簡潔に状況を説明した。シヲリさんを解放するには、シヲリさん自身が他のＳＣＭ所有者と勝負をしなければいけないこと。俺はジュリアと勝負中のため、シヲリさんと勝負ができないこと。この場でシヲリさんと勝負ができるのは、運転席に座る中央だけということ。

「中野ちゃんが勝負中って、どうしてなの？」シヲリさんは、俺とジュリアを交互に見た。

俺は自分が奴隷になるのと引き換えに、シヲリさんの解放を中央とジュリアに要求している。それをシヲリさんは知る必要ない。俺はシヲリさんの疑問には答えなかった。

「とにかく中央さんと勝負して、負けて下さい」

「えっと、できたら勝ちたいんだけど。ダメ？」

シヲリさんは中央に向かってそう言った。そりゃそうだ。シヲリさんらしい。

無骨そうで常に冷静な中央ですら、シヲリさんの言葉に笑いだした。

「ハハ、おもしろいが、俺が負けたら、俺はあいつの奴隷になる。それじゃ君は救えない」

そう言いながら、中央はアゴの裏にＳＣＭを装着した。

直後、車内にヅガン！　という音が響き、衝撃で揺れた。ゼンイチが車を殴りつけてきた。

「あんの野郎！」

中央は外のゼンイチを睨みつけながら、早口でシヲリさんに言った。

「どうする!?　あいつの奴隷のままがいいか!?　それとも俺と勝負して解放されるか!?」

中央とジュリアは信用できない。けど、シヲリさんをこのままゼンイチの奴隷にしておくわけにはいかない。俺は、俺の全存在を懸けて、シヲリさんの身を守る。

「足立さん、勝負を申し込んで下さい」

俺の真剣な気持ちが届いたのか、シヲリさんは「分かった」と答えた。きっと疑問や混乱、さらには憤りも感じているだろう。

シヲリさんの答えに、ジュリアも俺も中央も、安堵のため息を吐き出した。

「勝負は何でもいいんだが、じゃあ、しりとりで勝負だ。負け方は分かるな？」

たしかに何でもいいけど、なんでしりとりなんだ。

シヲリさんが「はい」と答えると、彼女の口からＳＣＭの『カチッ』という音が聞こえた。シヲリさんと中央の勝負が始まったんだ。

「ジュリア、タオルを頼む」

中央の指示に従い、ジュリアはタオルをシヲリさんの膝元に置いた。

俺とジュリアの間に座っているシヲリさんは、膝元に置かれたタオルを不思議そうに見ていた。

中央はかまわずに、しりとりを始めた。

「まずは俺からだ。しりとり」

「りす」反射的にシヲリさんも返した。

「するめ」外ではゼンイチが何か叫んでるが、車に近づく度にズシオウマルが首に噛みつき、阻止してくれた。対照的に、車内ではのん気にしりとりだ。

シヲリさんは外のゼンイチをチラチラ見ていた。気になって仕方ないのは、ＳＣＭの影響で、奴隷として主人の存在を気にするからだろうか。第三者から見れば、笑いそうになる状況だが、全員の表情が真剣だった。

「めだか」「からす」

「す、すいみん」開始十数秒で、シヲリさんが負けた。

直後、彼女の口のなかから『カチッ、カチカチ』と音が鳴った。そして、苦しそうに目を細め、頬を膨らませたかと思うと「う、ぼ」という異音とともに、膝元のタオルへ嘔吐した。

「シヲリさん！」

ジュリアは、シヲリさんの背中をさすりながら言った。

「大丈夫。短期間で何度も主人が替わると、頭痛や吐き気がひどくなるの。一時的なことだから」

そうか。だからタオルを用意したのか。シヲリさんは今日何回も吐いているからか、胃液しか出なかった。

タオルを口から離したシヲリさんに、ジュリアがペットボトルの水を渡す。一口水を飲むと、シヲリさんはグッタリと、背もたれへ倒れ込んだ。

ついに、シヲリさんをゼンイチの奴隷から解き放ち、中央の奴隷に切り替えることができた。あとは約束通り、中央がシヲリさんを解放してくれれば、彼女は自由になる。

そして俺はジュリアとの賭けに負け、ジュリアたちの奴隷になる。それでいい。

俺は「はあ、ふう」と必死で呼吸するシヲリさんを見ていた。

タイミングを見計らったかのように、また中央の携帯が鳴った。メールのようだ。

「あの、早くシヲリさんの解放を」

俺はイライラしていた。この期に及んで、まだ携帯を気にするのか。

中央は眼鏡の位置を直すと、静かにこう言った。

「悪いが、それはできない」

「は？」俺には中央の言葉が理解できなかった。

「何言ってんだ、あんた！　シヲリさんを解放しないなら、ジュリアが俺の奴隷になるんだぞ!?」

興奮しすぎた俺は、自分のことを「俺」と呼んでしまった。

俺はシヲリさんの手を強く握っていた。叶うなら、抱き締めて守ってあげたい。

「それもさせないし、できないだろ？」

「ジュリアの負けはあり得ないもん」

ジュリアの言葉で理解した。考えてみれば、俺とジュリアの賭けは『中央アタルがゼンイチに勝ったらジュリアの勝ち、足立シヲリが解放されたら俺の負け』というものだ。

中央がシヲリさんを解放したら俺の負け。

『解放しなかったら、ジュリアの負け』は存在しない。くそ、行き着いた答えを認めたくもないけど……。

ジュリアの負けは、ありえないんだ！

「くそ！　くそくそくそ！」

解放を拒否されても、俺にはどうすることもできない。おかしな言い回しに気づけばよかった。

そんな余裕、さっきまでの俺にはなかった！

勢いだけで、俺はこんなデタラメな勝負を受けちまったんだ！

「悪いな。個人的には心から解放してやりたいんだ」

中央の言葉が右から左へ通り抜ける。俺の心臓はドクンドクンと高鳴っていた。

「なら、ジュリアの勝ちもありえないだろ！　俺とジュリアの勝負はいつまでも終わらない！」

俺が今、ＳＣＭの勝負ルールに縛られているように、ジュリアにも24時間以内に決着をつけなければ、ペナルティが起きるはずだ！

「引き分けはないと言ったけど、勝負を終わらせる方法はあるの」

「え？」直後、バチィンと鳴り響く衝撃とともに、視界がブラックアウトした。


目が覚めたそこは、見知らぬ部屋だった。

狭い室内にはガラス製のテーブルやテレビ、すぐ隣にはバスルームに続く扉がある。

俺はベッドの上に寝かされていた。中央はソファーに座っている。ジュリアはベッドの上だ。

ここはラブホテルだ。

バスルームからは水の音が聞こえた。誰かがシャワーを浴びている。

車のなかで、中央が運転席から体を乗り出して、俺を思いっ切りぶん殴ったんだ。

中央とジュリアは、気絶した俺をこのラブホテルまで運んだのだろう。

俺の手足はビニールテープで縛られ、すぐ隣にはジュリアがいた。

「気がついた？」

「まさか、オカマだとは思わなかった」

中央はソファーで腕を組み、目を合わせないでそう言った。ジャケットを脱いで、ネクタイも外していた。鏡張りの壁に、ウィッグが外された自分の姿が映っている。

すでに男だとバレているんだ。

「違う。オカマじゃない」アゴが痛え。口のなかが切れてるのか、血の味がする。

「痛むか？」中央は、自分のアゴを触った。

「超痛ぇよ」俺が真顔でそう返すと、中央はわずかに笑う。

俺は怒り、混乱していた。しかし、まるでひと仕事終えたあとのような、和んだ空気が部屋に漂っていた。

「殴って悪かった。まあ俺の意思じゃないことは分かってくれ」

「……シヲリさんは？」中央はバスルームをアゴで差した。

「シャワーを浴びている」

俺はバスルームではなく、横に座るジュリアを見た。ジュリアはスッピンだった。

彼女は上着を脱ぎ、裸足でベッドに座っていた。まさか、シヲリさんはすでに中央やジュリアに変なことをされたんじゃ……。

「場所は場所だが、変な想像はするなよ？　俺は指1本、あの子に触れていない」

俺の考えを察したのだろうか、中央はそう言った。

「信用できるわけねえじゃん。女だと思っていた俺を殴っただろ」

「勝手に疑ってろ」

「おい、ゼンイチとズシオウマルはどうなったんだよ？」

「男の姿になった途端、ずいぶん口が悪くなるんだな」

「うるせえ、答えろよ」

「ズシオウマルが勝った」

驚いた。決着がついたこと自体が意外だ。ジュリアが口を挟んだ。

「ゼンイチとかいう、あの男がギブアップして、ズシオウマルが勝ったの」

「そうなのか……」あいつがギブしたなんて。

「憎い男が犬の奴隷になったんだ。まあ、お前にとってはいいざまだろ」

たしかに、ゼンイチが犬の奴隷になったのは笑える。けど、この状況は笑えない。

「ズシオウマルとゼンイチも、奴隷にしたのか？」

「そのつもりだったが、どちらにも逃げられた」

「それが一番ざまあみろだ。っで、俺をどうする気だよ」

「勝負に負けて、仲間になってもらう」

中央の言葉は、予想していた通りだった。俺は手首と足首を縛られ、イモムシみたいにベッドに寝かされている。縛られた箇所が鬱血していた。

「仲間？　奴隷だろ。けど、あんたたちがシヲリさんを解放しないと、俺の負けはありえない」

俺の負けの定義は、『シヲリさんが解放される』ということだ。

「あなたが気絶する直前にも言ったけど、勝負を終わらせる方法はあるの」

たしかにジュリアはそう言っていた。どういうことだ？

「悪いな」中央はいつの間にか眼鏡を外していた。

眼鏡をかけていたときは30代に見えたが、外した顔は20代だ。

中央はネクタイを拳に巻きながら、俺に近づいてきたんだ。

「やめっ、っだ！」バチンッ！

そして、俺の顔を、また殴った。今度は気絶させないためか、頬を思いっきり。

バチで叩かれる楽器のドラとかドラムって、こんな気持ちだろうか。

頬から顔全体に、グワアンと響くような痛みが広がった。

「っにすんだよ！」

俺はそう叫び、中央に向かって縛られた腕と足を振り回して暴れた。

中央は片手で俺の腕を押さえつけ、ジュリアが俺の足を掴んだ。

「勝負の定義から多少それても、一方が絶大な敗北感を抱けば決着がつくの！」

「ざけんな！　んなこと言ったら、勝負する意味がなくなるだろ！」

「説明書の初めに書いてあっただろ」

中央が俺に馬乗りになった。説明書だと？

「人は責任を感じた分だけ、責任をまっとうしようとする。ってやつだよ。ＳＣＭは責任感や、罪悪感を助長させるのが本来の効力だ。審判もいない、観客もいない、天才でもない者同士が勝負する。凡人同士の戦いは、グダる可能性が十分ある」

中央にジュリアが続いた。

「そのために、勝負を無理矢理にでも終わらせる、救済処置が必要でしょ？」

若干だが、俺の足を押さえるジュリアの力が緩んだ。

「勝負がグダった際の救済処置、それが敗北感だ」

「んなもん引き分けや、繰り越しにして勝負をやり直せばいいだろ！」

「ジュリアが作ったわけじゃないもん」

「まあ、今の俺たちには引き分けがないほうが好都合だ」

たしかに敗北感で勝負が決まるなら、力ずくで対戦相手を負かすほうが楽だ。それは理解できる。

「けど！　そんなに単純なのか！　ＳＣＭは！」

「とんでもない技術や設定で作られているようで、単純な矛盾が多い」

中央は俺の腹の上でそう答えた。たしかにそうだ。

説明書を読むと、ルールがあるようで肝心なところがあやふやなんだ。

中央が、SCM開発自体に深く関わっているように思えた。

「……あんたが作ったのか？」

「違う。制作者はまだ謎だが、分かったこともある」

中央とジュリアも、SCMを調べている途中、ということだろう。

「SCMを作った者は、2人以上だ」

「それがどうしたっていうんだよ!?」

「その2人は、天才と凡人だ」

俺は中央を睨んだ。中央は相変わらずの無表情で続けた。

「天才が開発した技術を、凡人が設定して、俺たちに提供している。それがSCMだ」

なんだか混乱してきた。いや、混乱というより、知れば知るほど新しい疑問が生まれるんだ。

「じゃあ、なんでSCMは俺たちの手元にある？　なんでネット上で売買されたんだ」

中央は黙り込んだ。真剣な顔つきに、俺はさらに緊張した。しかし、中央の答えは「知るか」というものだった。ちくしょう。何か無性にくやしい。

「今、俺たちにとって重要なことは、君がジュリアに敗北感を抱いてもらう、ということだ」

俺の腹の上に座った中央がそう言うと、ジュリアが俺に訊いてきた。

「この状況、負けたって思わない？」

俺は余裕ぶった強がりで「全然！」と言ってやった。

「そうか。残念だ。舌引っ込めとけよ？」

中央は勢いよく腕を振り上げた。くる！

「だっ！」ゴヅッという衝撃とともに、今度はオデコあたりに痛みが広がった。

「いってー」そう言ったのは中央だ。中央は右手をパタパタと動かしていた。

「ふざけんな！　こっちのほうが痛えんだよ！　どけよ！」

こいつらはゼンイチみたいに、力ずくで俺を負かせようとしてるんだ！

俺は体を動かそうとした。我ながら、地上に打ち上げられた海老みたいだと思う。

中央が体勢を崩してずり落ちた。

ざまあみろ。そう思ったとき。

「中野ちゃん！　起きたの!?」

バスルームから出てきたシヲリさんが、こちらを見ていた。体にはバスタオルが巻かれている。

「足立シヲリ！　彼を押さえろ！」

中央の命令に、シヲリさんは俺に近づいて、ジュリアと一緒に足を押さえた。

中央やジュリアになら、気にせず抵抗ができる。

けど、シヲリさんに手荒な真似なんて、できるわけがない。

シャワーを浴びたばかりの、ホカホカしたシヲリさんの肌が俺の目の前にあるんだ。

こんなときでも、俺は風呂上がりのシヲリさんが近くにいることに、喜びすら感じていた。

俺は目を大きく見開いて、初めて女の裸を見た子供みたいな瞳で、シヲリさんを見ていたんだと思う。「シヲリさん、頬の腫れ大丈夫かなあ」って考えちゃったんだ。そんな俺に、シヲリさんは濡れた髪を垂らしてつぶやいた。

「ごめん……ごめんなさい」

悲しくて申し訳なさそうなシヲリさんの表情を見て、俺は抵抗するのを完全にやめた。

違うよシヲリさん、悪いのは全部俺だ。俺がシヲリさんをＳＣＭに巻き込んだんだ。

同時に、シヲリさんは今、中央の奴隷なんだと、実感した。

心臓を直接、殴られたような気持ちだった。

シヲリさんを失った重い敗北感と後悔が、俺の心を際限なく沈ませていくのを感じた。

「シヲリちゃんは、ジュリアたちのものだよ」

人が感傷に浸ってるときに、ジュリアが口出ししてきた。んなこと、分かってるよバカ。

ちくしょう。なんでシヲリさんの悲しい顔を見ると、俺まで悲しくなるんだよ。

俺、やっぱシヲリさんのこと大好きなんだ。

俺の腕は中央によって、頭上で１つにまとめられている。情けないくらいのバンザイ。

いや、降伏のポーズにしか見えないな。俺の足の上にはジュリアが座っていた。

さっきまで中央が馬乗りになっていたけど、今はシフリさんが、俺の腹に乗って足を押さえている。何だよこの状況。マジ情けねえ。体から力が抜けて、なんかもう。

何もしたくなくなった。

『カチッ、カチカチ』口のなかのＳＣＭが鳴るのと同時に、ジュリアが中央にこう言った。

「鳴った」多分、ジュリアのＳＣＭも鳴ったんだろう。

「もう抵抗するのはやめて」

もうやめてるだろ、と思いながら、俺はジュリアを黙って見つめた。

「返事は？」

俺が「はい」と応えると、ジュリアは俺の足から離れた。

次に中央も俺の腕を離し、シヲリさんにも俺から離れるように指示をした。

「どうなるかと思ったが、よっぽど足立シヲリのことが好きなんだな」

中央はそう言って、シヲリさんを見た。シヲリさんはベッドの上に、力なく座っている。

顔に垂れた髪で目は見えないけど、口は歪んでいた。

シヲリさんを見つめていると、ソファーに座った中央が話し始めた。

「お前が仲間になって、やっと話せることがある」

「……まだ何かあるのかよ？」

「俺たちには、別に主人がいる」

つまり俺とシヲリさんの主人は、中央やジュリアじゃなくて、そいつということか。

「けど、ジュリアの反応は赤だったじゃないか」

中央はガラスのテーブルに置かれたペットボトルの水を、一口飲んだ。

「ＳＣＭは24時間外せる。だが再びつけた際には、外した時間に応じた時間、つけていなければいけない」

中央の言葉は、一瞬では理解しにくかった。

「まあ、例えば20時間外したら、インターバルで６時間以上はつけていなければいけない、ってことだ」

「ああ」なんとなく分かった。つけて外しての繰り返しが、短時間ではできない、ということか。

次に、中央はジュリアを見た。

「ジュリアのＳＣＭを、俺たちの主人のＳＣＭと交換していた」

「は？」ジュリアは黙ったまま俺を見ている。

シヲリさんは俺たちの会話をほとんど理解していないようだが、真剣な表情で中央の言葉に耳を傾けていた。

「一度機能したSCMは、本人にしか作用しない。奴隷や主人のSCMは、本人だけの専用SCMになる」

そりゃそうだろう。他人のSCMが使えたら、混乱の極みだ。

「ただし、他人のSCMをつけても、アラームとGPSの反応のみ作用する」

「そうか。ジュリアが赤○の反応だったのは、あんたたちの主人のSCMをつけていたからか」

「そうだ」

「けど、そのあとに、ジュリアは俺と勝負したじゃないか」

俺がジュリアに向かってそう言うと、ジュリアは携帯をイジりながら答えた。

「それは単に、あなたと会ってからSCMを取り替えただけ」

俺が、キャバクラの前でジュリアを待っていたときか。携帯を見て確認すればよかった。

「主人に挑む者を、極力ジュリアが相手にするための処置だ」

「それに、俺が見事に引っ掛かったわけ、か」

「そういうことだ」

ジュリアが口を挟んだ。

「ジュリアたちの主人は、リュウオウ様って言うの」

「りゅうおう？」シヲリさんも初めて聞くようで、不思議そうにその名前をつぶやいた。

「竜王？　なんだよそれ」

「龍の桜と書いて〝龍桜〟さま」

「車内でのジュリアたちの会話も、ずっと監視していた」

会話を監視？　「どうやって」

ジュリアは手に持っていた携帯をかざし、俺にディスプレイを見せてきた。

ディスプレイには通話時間が表示されている。すでに30分以上だった。

そうか。ジュリアの携帯はずっと通話中だったんだ。だからジュリアは常に携帯を開いていた。

そのリュウオウって奴は、車のなかでの会話をジュリアの携帯で聞いて、中央の携帯に指示を出していたんだ。

「あ、だからズシオウマルの出現も分からなかったのか！」

「……あれは本当に間違えただけ」

何だよそれ……。

ジュリアたちの姑息な手段が、今になって判明した。

そして、俺はジュリアの肩の異変に気づいた。彼女の肩には、刺青が彫られている。

さっきまではなかった。普段は化粧で隠しているんだろう。さっき俺が暴れたときに、コンシーラーがとれて、あらわになったんだ。

それは〝龍〟の一文字の周りに、桜の花びらが散った刺青だった。

リュウオウ。龍の桜……。俺が何か言うより先に、中央の携帯が鳴った。またメールだ。

「ジュリア、中野くんに電話を替わってやれ」

「へ？」ジュリアが不思議そうに中央を見た。

「春のジャマイカ様が、中野くんと話したいとさ」

中央がそう言うと、ジュリアは俺の耳に携帯を近づけてきた。

春のジャマイカ……あのブログの著者だ。春のジャマイカとリュウオウ、２人は同一人物。

行き着いた答えに戦慄していると、電話の向こうから声が聞こえた。

「もしもし、中野？」

「あ、ああ」初めて話すのに呼び捨てかよ。まあ、下の名前は教えてないから仕方ないか。

「君の主人のリュウオウだ」

かん高い声。リュウオウは女なのか。

リュウオウって名前から、男だとばかり思っていた。

電話の向こうのリュウオウは俺に訊いた。

「ねえ、貯金はいくらある？」

「は？」なんだ、こいつ。何で貯金の額を訊く。

シカトしようとするなか、ジュリアの視線に気まずさを感じた。

「……60万円くらい」と答えると、リュウオウは「あと、１８６０万円か」とつぶやいた。

俺とシヲリさんは、こんなわけの分からない奴の奴隷になったのか。

俺は同じベッドに座る、シヲリさんを見た。距離はたったの15センチだ。

ああ、15メートルよりも、もっと遠くで、シヲリさんを見守っていればよかった。

俺のせいで、ごめんなさい、シヲリさん。

0008 文京 ゼンイチ

『キュイーン』

「は？」ＳＣＭからアラームが鳴った。今日はなんてイベントが多い日だ。

だが悪くねえ。俺はこういう刺激的なものを求めてたんだよ。俺とシヲリは立ち止まって、周りを見渡した。人の姿は見えなかった。シヲリも薄目を開け、辺りを見ていた。

「お前も感じたよな？」こいつもＳＣＭをつけてる。アラームを感じたはずだ。

「はい」シヲリが静かにそう答えると、また『キュイーン』と、鳴った。

２回目か。かなり近えぞ。恐らく、こちらの位置を分かっている。

あのオカマが、また戻ってきた可能性が高いな。やはり俺はラッキープラチナボーイだ。オカマをぶっ飛ばして、奴隷にしてやる。

手を離すと、シヲリは道の端の、電柱の横にしゃがみこんだ。

俺は指をポキポキと鳴らし、首を左右に曲げて戦いの準備をした。

さあ来いよオカマ野郎。ぶっ飛ばしてやるから、人生よこせ。

真っ直ぐな道のどこにも、人影はない。つうことは、民家の塀に隠れて近づいているのか。

塀の向こうで、木がガサガサと揺れた。ビンゴ！　塀だ！

『キュイーン』３度目のアラームの直後に、塀から飛び出して来たのは。

「ガア！」犬だった。

「へ!?　へい!?」

犬はいきなり俺の首を目掛けて、牙を剥き出して飛びかかってきた。俺は裏拳で犬を払った。

だが手応えが薄い。犬は数メートル先の地面に着地し、また向かってきた。

「な、何だコイツ！」

向かってくる犬を蹴ろうとしたが、直前で身を引きやがった。

何だよこれ！　何なんだ、こいつ！　周りには飼い主らしき人間はいねえ。

「やんのかコラ！」

「オン！　アオン！」

『カチッ』犬が吠えた瞬間、俺のＳＣＭが鳴った。

「はあ!?」まさかこの犬がＳＣＭをつけてんのか!?　しかも今のは勝負開始の合図だよな!?

今ので成立なのかよ！　どうなってんだよ！　嘘だろ!?

混乱するなか、俺はこれまでの出来事を思い出した。

そうだ、すべては３日前、あのジジイと出会って始まったんだ。


そのころは不幸続きだった。

ある朝、起きたら一緒に暮らしていた女が出て行ったんだ。

殴るたびに前歯なくなってたもんな。出て行ったのは、最後の１本がなくなったときだった。

ワイルドすぎる俺に耐えられないってよ。家電とダッチワイフぐらいにしか思ってない女だったが、家賃は女持ちだから、結局俺は家を出て行くしかなかった。

むしゃくしゃした俺は、ホテヘル嬢呼んで楽しんでた。

「うっお、やべえ！　イク！」

俺の腹の上で、女は機関車の車輪みたいな腰の動きを繰り返していた。

「やっべ！　イイぜちくしょう！」

ガッタンゴットンと女が腰振りゃ、ベッドも一緒にきしみやがる。

「イク！　イクぞ！」女の腰遣いに、俺の〝駅への到着〟は目の前だった。けどよ。

「あはは、はあ、だーめ。まだイカせない」

女は猫なで声で言うと、俺の鼻をつまみ、腰の動きを止めやがった。

「あ、ぎゃっ！」俺は女の顔をぶん殴った。ゴリッという感触が拳から伝わる。

「テメー、何様だゴラッ！」

「ご、ごめんなさいごめんなさい、ごめんなさい！」

女は鼻から血を垂らしながら、壊れたミュージックプレーヤーみたいに同じ言葉を繰り返し、俺を絶頂まで導いた。

やることやってラブホを出たら、待ち伏せされてたんだ、駐車場で。

「どうしてくれんの？　女の子の顔を殴るなんて最低よ？」

数人のチンピラに囲まれた。そいつらの後ろには、さっき俺がぶん殴ったホテヘル嬢がつっ立っていた。

こいつらは、いわゆるケツモチってやつか。

「日本語分かりますかー？　キャンユースピークジャパニーズ？」

そんなかの1人が、ふざけた調子で話しかけてきた。

「俺は日本人だボケ！　地黒ですみませんねぇ!?」

「日本語分かんなら状況も分かんだろ!?　どうしてくれんだ!?　ああ？」

俺とチンピラの声が駐車場に響く。「んな大声出さなくても聞こえてんだよ！」

「なに偉そうにしてんだよ！　お前はね、まじめに働くうちのアヤカちゃんを傷ものにしたんだよ⁉　しかも本番強要したうえに、サービス料金踏み倒して、ホテル代まで払わせるってどういうこと⁉」

「満足いくサービスでドスケベな女の子を配達、ってサイトに書いてただろ！　こっちは全然満足してねーんだよ！」

アヤカちゃんねえ。いい腰遣いだったわ。そう思いながら、チンピラの数をかぞえた。女を除いて、相手は４人か。どいつもこいつも、俺より若いクソガキだ。そいつらは女の治療費と、怖い思いをさせたことに対する慰謝料で３００万円よこせ、と抜かしてきやがった。

「……あんたらも、自分がイキそうになってんのに、ダメって言われたら女のこと殺したくなっちゃうでしょ？」

「なんねーよ。俺たち紳士だもん。ほら、どうせお金ないでしょ？　ＡＴＭ行くぞ、日サロ野郎」

「ああ？　誰が日サロ野郎だって？」

「オメーだよ、日サロ野郎！」

「俺様の名前は文京ゼンイチだ！」

俺はそう叫び、チンピラの１人に詰め寄った。

「うっ！　うわ！　ばっ！」

そいつの頭を掴んで、コンクリートの壁に思いっきり叩きつける。ゴン！　っていい音が鳴るんだ、これが。そのまま顔面を筆にして、壁の上で引きずってやった。まず１人！

「テメー！」他の連中が駆け寄ってきた。だが、同時に駆け寄ったのがいけなかった。自分以外の誰かが行くと思ったんだろうね。誰も俺に近づかねえで、一歩手前で躊躇してんの。1人対多数のとき、こんなことはよく起こる。

「わ、あ！」その隙にもう1人とっ捕まえて、アゴに1発、横っ腹に3発、拳をめり込ませた。そのまま首の裏を殴りまくって、さらに、そいつの手の甲を拳で何回も殴った。

「どっわい！　どうした⁉　ふーああ⁉」

俺様のワイルドっぷりに、連中にはさっきまでの勢いはもうなかった。

「お前ら、あれか？　犬？　自分じゃ何もできねえの？」

残った連中は「クソ！」とか「ふざけんじゃねー！」とか言いながらも、向かってくる様子はなかった。女はいつの間にか消えていた。情けないねー。

「情けないねー。もういいよ」俺の心の声と同じ言葉を、誰かが言った。

その場にいる誰よりも、遥かに年上だろう。しゃがれた声だった。

「ね、練馬さん……」連中が萎縮してる。

そいつは駐車場に停まっている高級車から、今までの様子を全部見ていたんだ。

「君、文京ゼンイチくんだっけ？　すごいねー、真っ黒なサイみたい。強い強い」

バタンと車のドアを閉めてこちらに近づいてきたのは、ひょうひょうとしたジジイだった。60歳くらいか。よくわかんねえけど、ちっちぇえ。ただ、髪の毛は黒光りして、顔に刻まれた深いシワは悪魔みたいだった。コウモリみたいに不気味なジジイ、ってのが第一印象だ。

「んだよジジイ、誰だよテメー」

「ああ、ごめんごめん。僕はこういうものでね」

手渡された名刺には、『練馬』と書かれていた。下の漢字は難しくて読めねえ。

「君みたいな〝悪〟って感じの若者、待っていたんだ」

そのおっさんは、デリヘルやらキャバクラを多数経営する、大型系列の会長だという。

そして今、後継者を探していて、その後継者の条件が、俺にぴったり当てはまるんだと。

アメージングだったぜ。ちなみにこの練馬会長は、体調が悪いらしく、余生をジャマイカで過ごしたいらしい。ジャマイカも悪くないが、会長になれば遊んでいても金は入るし、キャバ嬢も食い放題。その話を聞いて俺は思った。

プラチナラッキー。やっぱ、俺は選ばれた人間なんだ。

最近のアンラッキーは、この日のための伏線だったんだ。

俺は想像した。パリっとしたスーツを着て、ゴールドとプラチナのアクセサリーをジャラジャラ身に着け、カザールのサングラスをかけた俺。そのうち、自分のサクセスを書いた本出して、ガッポリ売れてよぉ。芸能界からもお呼びがかかるかもな。そんときは曲も作ってアーティストデビューだ。もちヒップホップ。

車はハイクラスなリムジンで、車内はフルモニター。ガンガンに重低音を流して、シャンパンを開ける！　ポンッ！　俺の半径10メートルは常にクラブ！　アッパーソングのビデオクリップみてえな人生！　家では金の力で、ピュアな少女を何人も飼って育てるんだ！　毎日がパーティーだ！　たっまんねぇだろ!?

「どうかな？　僕の下で、会長の後継者になってみない？」

「おおよ！　いいぜ！　やってやるよ！」

「いいねいいね。それでね、帝王学を学んでもらうための教育費として、50万円必要なんだよね」

「50万円？　金を取るのか？」

俺が「何の金だ」と訊いても、「教育費」やら「デポジット」やら、よく分からないことしか言わなかった。デポジットって何だ？

だが50万円を払えば、俺の未来はプラチナ色。それに比べれば50枚の万券なんて、折り紙だ。

「いいぜ、速行稼いでやるよ」

「じゃあ、これをあげよう」

練馬のジジイは、手に持った箱を俺に渡した。何だコレ。ナイキのバッシュか？

「きっと役に立つから、説明書をよく読んで使うといい。それじゃあ文京くん、グッドラック」

ジジイはそう言うと、俺に背を向けて車のほうに歩いて行った。


その日の晩、俺は漫画喫茶に泊まることにした。

練馬のジジイから貰った箱のなかには、入れ歯みたいな器具と説明書が入っていた。何だこれ。

文章なんてあんま読んだことはなかったが、読んでいくうちに、さすがの俺様もビビッたぜ。

この入れ歯みたいなのを口につけると、奴隷が作れるんだと！

難しいことは分かんねえし苦手だが、すげえ！　マジすげえ！　何だよ、最近の俺！

マジツいてる！　キャバクラの会長に、奴隷が作れる機械！

ハンパねえよ！　自分の強運でイッちまいそうだ！

説明書には、他にもいろいろと書かれていた。

ＳＣＭをつけた奴同士で勝負する。勝負は受けたほうが決める。奴隷を使って、さらに奴隷を増やせる。ＳＣＭをつけた者同士が30メートル以内に近づくと、アラームが鳴る。

くそ。覚えることが多くてイライラする。思わずこの説明書を食い千切っちまいそうだ。

説明書の余白に、http://www から始まるＵＲＬが走り書きされていた。

俺は早速そのＵＲＬを携帯に打ち込んで、サイトを開いてみた。【ＳＣＭ所有者のサイト】とかいう画面が出てきた。シリアルナンバーがどうこうと書いてあって一瞬、意味が分からなかったが、冴えている俺様は箱に書かれていた数字を入れるのだと気づいた。

十数桁の英数字を入力すると、地図が現れた。よく見たら東京周辺だ。

地図には赤、黄、緑の〇印。赤が主人で黄が奴隷、緑がフリーＳＣＭか。

数えている途中で反応が消えたり現れたりしたが、だいたい10個くらい。

なるほど。これで、ＳＣＭをつけている奴が探せるわけだ。

超おもしれえ。勝負は何でもいいんだろ？　ケンカでいいじゃねえか。

ゾクゾクして、その日はなかなか眠れなかった。

漫画喫茶の小部屋のソファーで横になりながら、夢中でＳＣＭのＧＰＳを見ていた。

俺がいる場所からかなり近いところに、黄色の〇反応がある。黄色はたしか奴隷だ。

その反応が気になって仕方なかった。奴隷になった奴だ。男か？　女か？　中学生か？

どんな奴でも、俺の奴隷にできるんだ。今は、どんな扱いを受けてんだ？

よだれが出るほど興奮して、まったく眠れそうになかった。

結局、夜中にもかかわらず漫画喫茶を出た。荷物はコインロッカーに預けた。

ＧＰＳの〇は、どいつも頻繁に点いたり消えたり、移動したりしている。

だが、例の黄色反応だけは未だに消えていない。今いる場所から2キロぐらいか。

外はクソ寒いが、その黄色反応を目指して歩いて行くことにした。

歩きながら俺は想像した。その奴隷は若い女で、すでに肉奴隷とかになっていたらたまんねえな。むしろ中学生くらいの娘だったら、どうしてやろうか。

30分ほどで、黄色反応が出ている辺りに着いた。だが、画面がテキトーすぎる。〇の範囲が広くて、詳しい場所が分からない。

「っちぃ」クソ寒いなかここまで来て、何の収穫もなしだ。

辺りは一戸建てやらアパートだらけで、何百人も住んでんだろ。

こんなかから、SCMつけた奴探すなんて無理だろ。んだよ、マジ。この黄色〇を、俺の奴隷にしてやろうと思ってたのによ。俺はポケットんなかのSCMをギュッと握った。

待てよ？　たしかSCMをつければ、アラームが鳴って、相手の居所が分かんじゃん。

やっべ、今日の俺、マジ冴えてんじゃね？

俺は早速ビニールを破き、SCMを口んなかにハメてみた。ちょっと痛ぇ。

ベロでSCMを押したりしてみるが、何も起きなかった。

不意に冷えた風が吹いてきた。「……んだよ」

来た道を戻ろうとした、そのときだ。『キュイーン』

「ふぉ！」びっくりして、誰もいねえのに、思わず声を出しちまった。

何だ、今の音。つうか振動。これがアラームか？　俺は辺りを見回した。

狭い道路を挟んで一戸建てやアパートが並んでいる。道路は真っ直ぐに延びているが、辺りには誰もいない。俺は反応を探るように、ゆっくりと来た道を戻ったが、それ以降、アラームは鳴らなかった。方向が違ったのか？

その辺をぐるぐる歩き回ろうか？　でも今さっき、おまわりとすれ違った。

次、すれ違ったら確実に職質だな。こういうことだけは長年の勘で分かる。

それに、気分的にも今日はもう疲れた。寒いし。ひとまず、駅前の漫喫に戻ることにした。

暖かい漫喫のフラットシートで横になりながら、口んなかのＳＣＭをベロで舐める。

ＧＰＳに従って他の反応に近づき、ＳＣＭをつけたら、アラームが鳴った。

やっぱり他にもＳＣＭをつけてる奴がいるんだ。携帯のＧＰＳを見てみたら、俺がいる場所に緑反応があった。緑はフリーだよな。そうか。そうだな。これは俺の反応だ。

起きたらもう1回、ＳＣＭの反応を探してみよう。俺は再び、ＶＩＰな自分を想像しながら、その日は眠っちまった。


起きたらもう昼前だった。俺は早速、昨日ロッカーに預けた荷物を取りに行った。

漫喫を出る直前、すでにＧＰＳを確認しておいた。あの奴隷の〇は近くにはなかった。

だが、それとは別の、赤〇の反応を見つけた。赤〇っていやあ、主人の反応だ。

主人ってことは、すでに奴隷を所有してんだろ。こいつを叩けば、少なくとも2人以上の奴隷が手に入るわけだ。今日はとことん、反応を追いかけてやる。

俺は早速、タクシーで赤〇の反応がある辺りまで向かった。1メーターギリギリで着いたそこは、昨日、黄色反応があった隣町だった。

タクシーから降りて、改めてＧＰＳを見てみる。赤〇の反応がなくなっていた。

「んだよくそっ！」なんでだ!?　さっきまで反応はあったのに！　なんでないんだよ！

画面をスクロールしても、反応は見当たらなかった。

思わず、携帯のボタンをガキみてえに連打しちまった。だが、それでも反応は消えたまま。ちくしょう、どういうことだ？　ゴーストみてぇに反応が消えるなんてよ！

俺はベロでＳＣＭを歯茎にねじ込み、周りを見渡しながら歩いてみた。

時々車は通るが、見える範囲に人はいない。どこにあの赤○がいるかなんて、見当もつかねえ。

せっかく今日は気合いを入れて、ゼンイチ様の奴隷を探そうと思ったのによぉ。

なんだよ、このガッカリ感。

そう思いながら歩いていると、向こう側から車が走ってきた。

その車には、不動産屋の社名が大きく書かれていた。

不意に、運転手の女と目が合う。スーツなんか着ちゃって、いい匂いしそうじゃないのさ。

女も一瞬こちらを見たが、すぐに目をそらして前方を見た。車は俺の横をすぐに通り過ぎた。

たった2秒ぐらいの出来事。なんつうか目元が特徴的で、ドロドロした目力があったな。あんな強情そうな女が、奴隷になってもおもしろそうだ。だが、今日の収穫はゼロだった。その日は仕方なく、駅のほうに戻ることにした。

もう、いくらＧＰＳを見ても、一向にＳＣＭの反応はなかった。

他にやることもねえし、金は３０００円もねえ。こりゃ、一発賭けに出るしかねえな。

俺は駅前のパチンコ屋の前で、そう決心した。

そこで俺の運のよさが、また発揮されたんだ。何の気なしに入って、適当な台に座っただけなのに、いきなり大当たり！　なんと５００円突っ込んだだけで10連チャンだ。

パチ屋に入ったのは午前中だったが、俺は夕方まで打ち続けた。

連チャンは一向に終わる気配がねぇ。この調子なら20万円以上稼ぐのも夢じゃねえぞ。

何も食わずに半日、座りっぱなしは、さすがの俺様も疲れたが、今日はとことん打って稼げるだけ稼いでやろう。

「勝ってるね」

突然、隣の男に声をかけられた。ついさっき座ったばかりの、小汚い男だ。

「おうよ！」

「いいなあ、うらやましいなあ」

「ははっ、だろ？」

男の台はからっきしで、玉もあとわずか。へっへー、ご機嫌とったたって、玉もツキもやんねえぞ？

「その調子で、俺と勝負してみないか？」

「あぁ？」勝負だと？　何言ってんだこいつ。

「勝負だよ、コレの」そう言いながら、奴は口をわずかに開け、頬を指差した。

「……てめぇ、ＳＣＭつけてんのか」その仕草で理解したぜ。

「ああ、今は外しているけど」

俺はすぐに携帯を取り出し、ＧＰＳの画面を開いた。

画面には緑◯しか映っていない。つまり、俺の反応しかないということだ。

そうか！　ＳＣＭを外したら反応がなくなるのか！　アラームも鳴らないわけだ！

「あんたが勝負を仕掛けてきたってことは、俺が勝負の内容を決めていいんだよな？」

ルールを忘れていない、自分のクールな発言にシビれるぜ。

「ああ。だがせっかく、こうやってパチンコ屋にいるんだ。それにちなんだ勝負はどうだ？」

「はぁ？　パチンコ屋にちなんだ勝負？」

「これから20分打ち続けて、最終的に持っている玉の数を競う、という勝負だ」

何だこいつ。言っている意味がサッパリ分かんねえ。

「ほら、君は今日とてもツいている」

男の視線の先には、俺が今まで出したドル箱が並んでいた。ザッと6箱はある。

「今まで勝った分は入れないが、今から20分間、２０００円を元手にして、より玉を残したほうが勝ちだ。君の台は確変中だし、明らかに君のほうが有利だろ？」

たしかに俺の台は確変中。比べて、男の台はさっきから一向に出ていねえカス台だ。

「あくまで今のは勝負の提案。決めるのは君だ」

男は最後にそう言って、俺のほうをジッと見た。

勝負の内容は今から20分間、２０００円を使って、より玉を残したほうが勝ち。なんでもって、男の台はカス。俺は確変中で有利。なんとなく理解した。なるほど。

「いやだね」

「な、なんでだ？　明らかに君が有利だろ？」

「勝負の内容は俺が決めていいんだろ？　なのに、なんであんたに決められなきゃいけねえんだよ。それ以外に理由はねえ」

自分が決めていいことを、他人に決められるなんてまっぴらだ。

「そうか、じゃあ勝負の件はなしだ。忘れてくれ」

そう言って、男は立ち去ろうとした。今まで大して気にも留めていなかったが、奴の足元にはリュックが置いてあった。持った姿勢で、リュックがやたら重いのが分かる。鉄アレイでも入ってんのか？

「待とうよ、おっさん」

俺は立ち上がり、男の首に腕を回した。男は俺の腕を払い退けて、出口のほうまで歩いた。

「交渉は終わった。君に用はない」

イラッとキタよ。店の横出口の外は、路地裏で人通りが少ない。

追ってきた俺に気づくと、男は振り返った。

「しつこいな！　今日はも、ぶっ」バッチィンっと、ほぅらイイ音鳴らしたぜぇ!?

振り返った瞬間、俺はそいつの顔をブン殴ってやったんだ。

「ぁぶっ、何すんだ！」

俺は何も言わずに、男のエリを引っ張り、さらにパチ屋の裏側まで連れて行った。

「ぐっあ、離せ！」男は抵抗するが、その度にヒジで頭に天誅してやった。

首を離した瞬間、反撃しようとしてきたが、先手必勝だ。つうか気合いが違え。

「このっ！」奴もそこそこガタイはいいが、格闘技やケンカをしてきたようには見えない。

明らかにパンピー。ボクシングみてえな構えでパンチしてくるが、ぶっちゃけ『痛い攻撃』と『ダメージを与える攻撃』は違ぇんだよ。

バチンって、奴のパンチが俺の頬に当たった。

たしかに痛え。口んなかも切れた。けど、痛いだけで俺はまだ動ける。

俺は奴の腹の真ん中に、思いっきりつま先を蹴り入れた。

「げっぇ」急所がどうとか知らないが、今のは胃の周辺。

ほら、動きが止まった。テンション下がる痛みで吐きそうだろ？　これがダメージだ。

膝をついた男の横顔に、また思いっきり蹴りを入れてやった。

男は土下座の姿勢で崩れ落ちた。手で腹を抱えながら、地面に頬を付けた。

「はあ、はっ。なっ、何なんだ、お前は……」

「テメーこそ、なに偉そうに逃げようとしてんだよ」

俺のキレポイントはソコだ。勝負の提案をするだけして、却下したら一方的に逃げようとしやがった。「気に入らねえんだよ、てめえみてえな奴」

「ふっ、う。こんなことして、俺の仲間が放っておかないからな」

仲間？　負けた奴は腹いせに仲間とか、組とか、よく出してくる。

そういえばコイツのＳＣＭは何色なんだ？　俺は倒れている男の上にしゃがみ込んだ。

「あんたの名前は？」

「……クメガワ」

「ふうん」俺は、男のズボンのケツポケットに入っているサイフを抜き取った。

「おい！　あ、あだっ！」

男が起き上がろうとした瞬間、俺は奴の頭に掌底打《しょうていう》ちを見舞った。

ゴンっていう音がして、奴はコンクリートの地面に、思い切り顔面を打ちつけた。

その隙に、俺は奴のサイフから免許証を取り出した。

「何がクメガワだよ。嘘ついたら警察に捕まったときに大変だよ、目黒マサカズさんよ」

目黒とかいう男は、くやしそうに拳を握っていた。俺は目黒の髪の毛を掴み、頭を持ち上げた。

「今はＳＣＭつけてないいんだろ？　つけろ」

小汚い男ってのが気に食わないが、このままゼンイチ様の奴隷第1号にしてやる。

「今、持っていない……はっが、はにふるんだ」

目黒が持ってないと言った瞬間、俺は奴の口に手を突っ込み、下の八重歯を親指と人差し指で掴んだ。そして手前に折ってやった。メキョってな。

「ふぐぅ！」俺も指にわずかな痛みを感じるが、歯を折られた本人は激痛だろ。

歯茎にブラ下がっている八重歯。

「痛えべ？　ＳＣＭをつけないなら、つけられない口にしちゃうぞ？」

目黒はすぐに俺から身を離し、その場から逃げようと、走りだした。

だが体勢を立て直す奴より、俺のほうが速い。

俺は奴の背中に、体重を乗せたジャンプキックをお見舞いしてやった。

「あが！」ボフ！　って背中が鳴った直後、勢いよく地面に倒れる目黒。

「はっ！　いい歳なんだからさ！　観念しようよ！」

俺は倒れた目黒を仰向けにし、馬乗りの状態で、奴のポケットをまさぐった。

右ポケットに何かあった。取り出してみると案の定、それはハンカチに包まれたＳＣＭだった。

リーチっしょ。自分以外のＳＣＭは初めて見たが、何も変わらないんだな。

なんとなく鼻に近づけてみた。「くっさ！」

臭えな、こいつのＳＣＭ。俺のも、こんな臭いになんのか？　「ほら、つけろ」

奴はただ黙って、何もしようとしない。

「いづっ！」俺は目黒の顔面にワンパンした。

肌を叩くバチンって音の直後、コンクリに頭を打ちつける低音が聞こえてきた。

俺のパンチより、後頭部がコンクリートに当たるほうが痛いだろ。

「つけるまで殴っちゃうよ？　ハイッ！」

何も言わずに目を強くつむる目黒を、俺はもう1回殴った。

「うぐぅ！」

「言っとくけど、黙ってても俺は殴り続けるよ」

俺の言葉に、目黒は鼻水と鼻血と涙でグチャグチャの、きったねえツラを見せた。

「はっ、ああ！　つける！　つけるから……！」

「よしよーし、いい子いい子」俺は目黒の頭を撫でてやった。こいつ、犬に似てんな。

ＳＣＭを受け取った目黒は、震える手でそれを口に入れた。

まるで入れ歯をつけるジジイみたいにな。

『キュイーン』目黒がＳＣＭをつけた瞬間、俺のＳＣＭが鳴った。

今までよりも振動が強い。おもしれえ。これどうなってんだ？

「じゃあ勝負しようぜ!?　勝負は殴り合いだ！　ほら！　言え！」

なんかテンション上がってきたぜ！　俺は目黒の胸ぐらを掴み、揺さぶった。

「い、いやだぁ」女みてぇなこと言ってんじゃねぇ。

「言えゴラ！　殴るぞ！」

言わねぇと殴る。言っても殴る。

「し、勝負は……なぐりあ、い」

『カチッ』という音が鳴った。

「なんだ？　今のはなんだ？」

目黒の胸ぐらを掴んで大きく揺すると、奴の唇から声が漏れた。

「い、今のが勝負開始の合図だ……」

目黒はされるがままに、ガクガクと揺れている。なんかおもちゃみてえ。

「へえ、じゃあほら！　かかってこい！」

そのまま頭突きをしてやった。「ぐっ」

「どうした！　ほら！　どっわい！　どっわい！」

「すみ……」

「あ？」目黒は顔をクシャクシャにして、泣いていた。

「ズ、ビバゼン」

『カチッ、カチカチ』目黒が涙目で謝った瞬間、俺のＳＣＭからまた新しい音が出た。

つうか目黒ちゃん、よだれ垂らしてマジ気持ちわりぃ。

「うぅ」男のくせに酔った女みてえに泣きやがって。

「これが、奴隷になった合図か？」

「うぁ、そうです」お？　敬語になった。

「へえ、意外にあっさりだな」

俺は立ち上がって、目黒から離れてみた。また逃げるかと思ったが、目黒はただ口を大きく開けて、ハアハアと息をしていた。いまいち、奴隷を持った実感がねえな。

「じゃあ銀行の暗証番号を言いながら、全裸になってちょーらい？」

俺は試しに、そう命令してみた。すると、目黒は上半身だけムクリと起き上がり、「０８２……」とつぶやきながら、上着を脱ぎ始めた。うお、マジかよ。本当に言うこと聞いたよ。

「し、下もですか？」下っつうのはズボンのことだろ。俺にそういう趣味はないが、「おう、脱げ」

目黒はゆっくりと立ち上がり、カチャカチャとベルトを外し始めた。

「はあ、は」呼吸が荒くて、気持ち悪いな。

こいつ、白い息を吐きながら、本当に全部脱ぎやがった。

「はは！　すげえ！　すげえ！」

男の体見て、こんなに嬉しいのは初めてだ！　ＳＣＭってすげえ！

「じゃあお前、そのまま裸で、ここで待ってろ」

「え？」俺は裸の目黒を置いて、ひとまずパチンコ屋に戻った。目黒の免許証は持ったままだった。

俺は店が終わる間際まで打ち続けた。席を立ったころには、食欲のない空腹感と、タバコでザラザラと麻痺した舌で、気持ち悪くなっていた。

座りっぱなしで疲れたが、勝ち盛りを店員に運ばせ、交換したレシートを渡されたときの喜びはたまんねえ。金は、16万円とちょっと。

外の風は冷たいが、俺の懐はホクホクしていた。

そういやすっかり忘れてた。今日の戦利品は金だけじゃねえんだ。俺は、さっき目黒を立たせた場所まで戻ってみた。すでに23時。あれから5時間以上経っていた。

さすがに帰ってんじゃねえかと思った。けどさあ、あいつまだ全裸のままで待ってやんの！

ビルとビルの隙間で、素っ裸でガタガタ震えて体育座りしててさあ！　なんか縮んでんの！

このクソ寒いなか、5時間以上全裸だぜ？　マジウケた。

「どわい！　お前何やってんの!?　風邪引いちゃうよ!?　ていうか変態じゃね!?」

目黒は恨めしそうに俺を見ている。真っ赤な目と、紫色の唇でガタガタと震えてやんの。

「……へへっ、悪かったよ。着ていいぞ。パチンコ大勝ちでさあ、暖かいもんでも食い行こうぜ」

服を着た目黒と俺は、駅前の居酒屋に入った。席につき、キムチ鍋を肴にビールを飲みながら、俺は目黒を箸で差した。

「で、お前は何色だったの？」

「……黄色、奴隷でした」

目黒はお碗に注いだ鍋の汁をすすると、顔を下に向けたまま答えた。

「ふーん。前の主人はどんな奴？」

「女」目黒はただ一言、そう言った。

「へえ？　俺に勝負挑もうとしたのも、その女の命令か？」

「そうです」

「名前は？」

目黒の表情は強張った。そして、ゆっくりとお碗を机に置いた。

「杉並……ルシエ」

ルシエ？　今時って感じの名前だな。ババアじゃなさそうだ。

その後、２人の関係についていろいろ聞いた。

この目黒っておっさんが、そのルシエって女をレイプしたって話もウケたが、その後のルシエの復讐話もウケた。まんまとルシエの作戦に引っ掛かり、ＳＣＭで奴隷になった目黒。野郎のモンしゃぶらされたり、犬扱いされたり。散々でしたね。

目黒が俺に近づいたのは、最近この辺りで、ずっと緑○反応があったからだそうだ。その反応が俺。たしかにここんとこ、俺はＳＣＭをつけっぱなしで行動していた。

何でも、ＳＣＭは24時間は外していいらしい。さらにフリーＳＣＭなら、まだ持ち主の専用の物になっていないから、外す際のペナルティもない。

つまり、フリーＳＣＭなら、常につけている必要はないんだと。

難しすぎて目黒に新しく注文した日本酒ぶっかけそうになったが、普通は家に帰るときとか、寝るときはＳＣＭを外すんだそうだ。俺はバカみてえにＳＣＭをずっとつけていたわけだ。

なんか損した気分だ。くそ。

「うわっ！」ムカついて、目黒に日本酒をぶっかけちまった。

目黒は服にかかった日本酒をおしぼりで拭きながら、話を続けた。

杉並ルシエは、この辺をウロウロしていた俺を、たまたま発見したらしい。

心当たりがある。あれだ、不動産屋の車に乗った、あの女だ。

ルシエは、発見した緑○の俺を「奴隷にする」と言いだした。そして目黒を俺に差し向けた。

勝負はパチンコの玉数を競うものだが、こいつらはあらかじめ用意していた玉で、イカサマをしようとしたらしい。目黒が重そうなリュックを持っていたが、中身はパチンコの玉だった。

つうか、あとから玉足していいんだったら、俺も勝ってたドル箱の玉足すし。

「何、そのカスなイカサマ。意味分かんね。お前らバカじゃねえの？」

目黒は黙ってテーブルの上を見ていた。まあ結果的には俺が勝ったんだし、ざまあねえか。

あらかじめ用意したっていう玉も、明日換金させて、全部いただくしな。

「そのルシエって女ん家、こっから近いの？」

「……はい」俺は日本酒をグイッと一口飲んで、勢いよく立ち上がった。テーブルにおちょこを置くと、カンッ！　と景気のいい音が鳴った。

「じゃあ行きますか！」

「あの、手荒な真似は……」目黒も慌てて上着を着て立ち上がる。

「はい、ここの会計！　頼むわ！」俺はそう言って、伝票を目黒の胸に投げた。

「え？　あっ」奴隷におごるとでも思ったか、ボケ。

会計を済ませ、俺たちはクソ寒い外に出た。目黒は車で来たらしい。

「あの……今日はお酒を飲んでしまったし、運転は……」

パーキングに停めてある車まで案内させ、後部座席に座ると、目黒がビビりだした。

「お前の、元ご主人様のところまで頼むわ！」

「……はい」強い口調で命令すると、目黒はキーを回し、車を発進させた。

前の主人を裏切るのは気まずいんだろうが、知ったこっちゃねえ。

「つうか散々酷い扱い受けたんだろ。仕返しできるチャンスを俺が与えるんだ。感謝しろよ」

「は、はい。あの……近づく前に、ＳＣＭを外したほうがいいかと」

「は？　なんで？」

「30メートルに近づくとアラームが……」

あ、なるほど。目黒は杉並ルシエの奴隷じゃなくなったから、アラームが鳴る、っつうか俺のＳＣＭでも近づいたら鳴るよな。だが待てよ？

「おい、外したらお前との奴隷&主人関係が解除とかになんねーだろーな？」

「いえ、外しても24時間は大丈夫です」

「ふーん」どうやら嘘じゃないらしい。俺がＳＣＭを外すと、目黒も外した。

直後、目黒の携帯が鳴った。ディスプレイを見て、目黒は「杉並ルシエです」、と言った。

「出るな」俺がそう言うと、目黒はバイブったままの携帯をポケットにしまった。

話して変にボロが出るより、いいだろ。しばらく携帯のバイブ音が響いたが、車内はまた車が道路を滑走する音だけになった。沈黙も退屈だな。

「つうかさあ、奴隷ってどんな気分？　やっぱ、今すぐにでもご主人様の靴舐めたいとか、そんな感じ？」

「いいえ、仕事に似てます」

「は？　仕事って、どういう意味だ？」

「仕事で上司に命令を受ける感覚を、もっと強くした感じです」

「ふーん、つうことはさあ、俺みたいなアウトローだったら、奴隷になっても反抗できんじゃね？」

「いいえ、そういった反抗も許さないのがＳＣＭの怖さです」

んだよこいつ。なんか生意気だな。

俺が何か言おうとした瞬間、車は小綺麗なマンションの前で停まった。

「着きました。あの、本当に行くんですか？」

よっしゃと、気合を入れて俺が車から出ようとすると、目黒はそんなことを言った。

「あ？　今さら何言ってんの？」

「すみません……」なんかこいつの「すみません」を聞くとイライラすんな。

「おら、前歩け」

小さなマンションだが、インターホンでエントランスの鍵を開けてもらうタイプだ。

セキュリティ付きのマンションか。リアルに女が住んでるって実感に、興奮してきた。

目黒がプッシュホンを押すと、インターホンから不機嫌そうな女の声が聞こえてきた。

「目黒？　つうかあんた、なんで電話出ないの？」

「あの、奴隷にした男と取っ組み合って、携帯を壊してしまって……」

嘘つくのはいいけど、ハタから聞いてても白々しいな。

「は？　でっ、奴隷は？」

「彼です」そう言って、目黒は俺を指差した。どうやらカメラでこちらが見えるらしい。

まあ、俺を奴隷にしたと言って、部屋に入れてもらうのが無難か。

俺は大人しく、インターホンに付いたカメラのほうを見た。数秒の間のあと。

「ふーん……とりあえず今日は帰って」

「え？」帰れだと？

「あの、でも……」目黒が何か言おうとしたが、インターホンはガチャリと切れた。

目黒が気まずそうに俺を見る。とりあえず、俺たちはエントランスから外へ出た。

なんで奴隷の目黒を信用しない。新しい奴隷が手に入ったなら、会うだろ普通。

「んだよ！　俺がお前に勝ったってバレたのか？」

「恐らく」

「なんでだよ！」

「携帯のＧＰＳで、私たちがＳＣＭをつけていないことに気づいて、怪しんだのかと」

そうか。俺より長くＳＣＭを使ってただけあって、冴えてんな。

「あーそー」俺はマンションの裏側に歩いた。

そして上階まで並ぶ、マンションのベランダを見上げた。7階建て、ってところか。

「杉並ルシエの部屋、どれ？」

「2階の一番左です」

なるほど。部屋の明かりが点いている。

「うっし！　登るか！」

「え？　忍び込むんですか!?」

「なにお前。正面のガラス叩き破って突入すんの？　ワイルドだねー」

「いやそれは……」

「じゃあ、さっさと登れ」

俺と目黒は、1階のベランダの柵から2階に登った。鉄製の柵や排水のパイプを握るとかなり冷てえ上に、当たり前だが、登るためにはできてないから、かなり登りにくい。体重で柵がきしむ。だが、登れないことはない。

2階にある杉並ルシエの部屋のベランダまで、2分もかからなかった。俺のあとに目黒が続き、ベランダにしゃがんだ。目黒は汚れた自分の手を見ていた。

俺はそっとガラスの窓に手をかける。鍵は開いていた。よっしゃ。

しゃがんだまま、ゆっくりと窓を開けた。

静かに開いた窓の隙間から、女ん家独特の、甘くて暖かい生活臭がした。そしてカーテンの隙間から、化粧品が並んだ鏡台が見えた。これから、これが全部俺のもんになると思うと、興奮して勃起しそうだ。

やっと体の半分ぐらいまで窓が開いたとき、気づいた。窓の内側の死角になっているところに、女がフライパンを振り上げたまま立っていることに。しまった！

「ぐお！」頭に激痛が走り、俺は後ろに仰け反った。

メッチャ痛え！

「クソ！　待ち伏せされた！」

女はすぐに窓の鍵を閉めようとした。俺は目黒を呼んだ。

女が窓を閉めるのを、目黒は力ずくで阻止した。

「目黒！　あんたやっぱり！」

それでも女は必死で窓を閉めようとする。が、目黒が隙間を作ってくれた。

そこに少し回復した俺様の登場だ。

「あー。痛いよ、おチビちゃん」

目黒の後ろから手を差し込み、窓を思いっきり開ける。女はすぐに部屋の奥に逃げようとしたが、間髪入れずに腕を掴んで、ついでにそのままベッドに押し倒した。

「ああ！　離せ！　離せえ！」女は異常に興奮しているみたいで、動物みたいな声を出した。

そういや前に、目黒にもレイプされてんだよな。トラウマってやつか。

「目黒さん、窓を閉めておやり」目黒は窓を閉めた。

「ほら、手伝え」

杉並ルシエの足をアゴで差して、目黒を見た。俺は両手、目黒は両足を押さえた。

「杉並ルシエだべ？」

女は、相変わらずギャーギャー暴れている。

目黒を見ると、奴は静かにうなずいた。この半狂乱の女が、杉並ルシエで間違いなさそうだ。

「さっきはよくも、フライパンで叩いてくれたな」

「目黒ぉ！　目黒ぉ！」杉並ルシエは俺をシカトして、足を掴んでいる目黒の名前を呼び続けた。

目黒は黙って下を向いている。ルシエは子供みたいに鼻を赤くして、ひたすら泣いてやがる。

「目黒ぉお！　あたしを助けろぉ！」

あらら、あんまり暴れるもんだから、ベッドからズリ落ちちゃったよ。

仕方ねえから、床の上でルシエを羽交い締めにした。

口に枕を押し込む。うまい具合に目だけ見えるようにした。ルシエは枕の下で、フガフガと何か騒いでやがる。

「残念だが、マーくんは俺の奴隷だっぺ」

杉並ルシエは目を見開き、目黒マサカズを睨んだ。目黒は足を押さえながら、うつむいてやがる。

「もう騒ぐなよ。静かにすれば悪いようにはしない。つうか諦めろ」

杉並ルシエは、死体みたいに脱力して静かになった。目黒は黙って足を押さえていた。

「そうそう。そっちもまだ力抜くなよ」さあて、どうしよっかねえ。

俺が勝負を申し込んでも、決める権限は杉並ルシエにある。

面倒臭えルールだが、この状況なら関係ねえ。どんな勝負でも、脅せば受けさせることができる。それは目黒を奴隷にしたときに分かった。つまり勝負は何でもいい。

こうやって、勝負する相手をハナッからかっさらっちまえば、すべて解決だ。

「勝負は、そうだな……」俺は押さえていた枕の下にある、杉並ルシエの胸を見た。

上はトレーナー1枚で、下も短パン。俺は片手で杉並ルシエの両手首を掴み、オデコで枕を押さえた。杉並ルシエは相変わらず、フウフウと枕越しに息をしている。俺は空いた右手で、杉並ルシエの胸をムニュっと掴んだ。

「ノーブラちゃん、泣いたら負けって、どうだ？」

トレーナー越しに、水風船みたいに柔らかい感触が伝わってきた。

Dカップくらいだな。デカイ胸、あんま好きじゃねえんだよな。むしろキモい。

「んんー！」胸を触られた杉並ルシエは、顔を上げて暴れだした。

「騒ぐなって言ったっしょ」杉並ルシエのオデコをグーで殴った。

「んん！　んん！」フローリングに後頭部をぶつけたが、まだ騒ぐ。

「黙れっつうの」学習能力ないのか？

俺は杉並ルシエの髪の毛を掴み、少し頭を上げさせ、枕越しに鼻辺りを何度も殴った。

床に頭を打つ音がゴンゴンと響いた。数発殴って、やっと静かになった。

俺は、目黒に縛るものを用意させた。

ロープなんて都合のいい物はなかったが、目黒はパンストを見つけてきた。

それを杉並ルシエの足首と手首に巻き、口にもパンストをグルグル巻いて噛ませる。もちろん抵抗して暴れたが、女1人に対して男2人の力だ。なんとかなった。

まだ勝負すら始まってねえのにこれだ。ったく、SCMって面倒くせえな。

「じゃあ勝負の提案の続きだ。泣いたら負けな、ほら言え」

口に巻いたパンストを引っ張り、話せる状態にする。

「ああ！　あっ」ルシエが叫んだ瞬間、パンストを離した。口の辺りにパチンと当たる。

「言えよ、勝負は泣いたら負けって」もう一度、パンストを引っ張った。
「うあ、あっ」それでもルシエは叫ぼうとした。また離した。
なんか、チンパンジーに育てられた人間の子供を教育してるみてえ。
「だから、勝負は泣いたら負けっつってんだろ」
耳元で、ドスを利かせた低い声で囁いた。
「ふっ、ふが」部屋のなかには、ルシエの吐息だけが静かに響いていた。
目黒は相変わらず、ルシエの足を押さえている。
何も言わなくなったルシエをひっぱたこうと、腕を上げると。
「……勝負は」おっ。
「勝負はぁ、泣ひたらまけ」
ルシエはついに言った。つうか勝負を申し込んだ。
『カチッ』口のなかのSCMが鳴った。これこれ。
これが勝負開始の合図だよな。ルシエの閉じた口からも、わずかに機械音が聞こえた。
「へへ」俺は杉並ルシエに馬乗りになったまま、ベルトをカチャチャと緩めた。
俺のビッグマグナム大先生で、ヒイヒイ鳴かせてやるよ。あ、泣かせるか。
髪からはシャンプーの匂いがした。なんかたまんねえ。
「いただきまーす」俺がそう言った瞬間。
『カチッ、カチカチ』SCMがまた鳴った。
「は？」何だ？　何が起きた？
顔を上げると、ルシエの目の下がテカテカと光って濡れているのが見えた。

ルシエはすでに泣いていた。

ていうことは俺の勝ちだ。今のカチカチは、ルシエが奴隷になった合図だった。

んだよ、またあっさりだな。欲望の熱が冷めちまったじゃねえか。

「ちっ、つまんねえ」

「ひっひぐ、ふっ」ルシエはそのまま、顔を歪ませて泣いた。

目黒は下を向き、ルシエの顔を見ないようにしている。なんだよ目黒、お前も無理矢理ルシエをヤッたんだろ。なんでそんな悲しそうにしやがる。

ルシエが泣いていることよりも、男の目黒がビビっていることに俺は萎えていた。

「泣くな」

「ふっふっ、ぐ」

俺の命令に、ルシエは泣くのをやめようとしていた。それは目に見えて分かった。

「ふっふっ、はっ、フッ」だが、ルシエの様子がおかしい。

「おいどうした?」

「ハッ、フッ、ヒッヒッ」ルシエは苦しそうに、浅い呼吸を繰り返していた。

何だこいつ。まるで呼吸できていないっつうか、呼吸が止まらないっつうか。出産すんの？

「何だよこいつ！　おい目黒！」

目黒はまだ、ルシエの足を押さえていた。

「か、過呼吸です」

「は？」かこきゅう？　何だそれ。

「ヒッ、ハッハッ、ハゥ」ルシエは相変わらず、苦しそうに喉をさらしていた。

「足押さえなくていいから、何とかしろ！」

目黒は隣にあったゴミ箱をひっくり返し、ゴミ箱に備えつけていたビニール袋を取り出した。急いで両手を縛っていたパンストを解くと、ビニール袋をルシエの口元に当てた。何だ？　くさい思いさせて、目を覚まさせるのか？

ルシエはありがたそうに袋を両手で掴み、袋のなかで呼吸を始めた。

ルシエの呼吸に合わせ、ビニール袋が膨らんで、縮む。目黒はルシエの背中をさすっていた。意味は分からないが、２分くらいそれを続けていると、ルシエの呼吸が落ち着いてきた。

「はあ、はあ、ああ」

ルシエはビニール袋を口元から離し、目をつむったまま胸で呼吸をしている。

「もう平気なのか？」何だよ、かこきゅうって。病気か？

「はい、多分もう大丈夫です」目黒はルシエの背中をさすりながら答えた。

それにしても何だよ、マジで。せっかく１日で２人も奴隷ができたのによ。１人はおっさんで、１人は病気持ちのデリケートガールだ。

こいつら使って、早速金儲けでもしてやろうかと思ったのに。今日はもう、なんか疲れた。

俺はその場に寝転がった。

「あー、俺様はちょっと寝るから。この部屋から出ないで、おとなしくしてくれたまえ。妙な真似したら、ぶっ飛ばしちゃうからな」

２人は静かに「はい」と応えた。なんだかねー、ＳＣＭって。

疲れもあってか、いまいちつまんねえな。やっぱ反抗的な奴を奴隷にする『瞬間』がたまんねえな。手に入っちまったら、いまいちテンションが上がんねえ。

そんなことを考えているうちに、そのまま眠っちまった。

目が覚めたら、昼の1時だった。

一瞬、知らねえ部屋なもんでビックリしたが、よく考えたらここは杉並ルシエの部屋だ。

ルシエは奴隷の分際で、ベッド使ってスヤスヤ眠っている。

そして、俺の枕元で体を小さくして寝ているおっさん。こいつも俺の奴隷、目黒マサカズだ。

俺は立ち上がり、寝ている杉並ルシエを軽く蹴った。

「おい、腹減った。食い物は？」

「ん、あ！　なっ、何!?」ルシエはバッと起き上がった。見事に寝ぼけてんな。

「飯だよ、飯！」

「えっと、はい！」

ルシエは立ち上がると、寝ている目黒をまたぎ、ヨタヨタと台所のほうに歩いて行った。

言われて初めて行動するってのが気に入らないが、ＳＣＭの効力はたしかだな。

タバコを1本吸って、部屋のなかを見回していると、ルシエは玉子焼きとウィンナーとパンを持ってきた。変な物作ったら、ぶん投げて忠誠心でも試そうかと思ったが、俺の今の気分にピッタリの朝食だった。もう昼だけどな。

パンに玉子焼きとウィンナーを乗せて一口食べる。味も問題ねえな。

「おい目黒、いつまで寝てんだ」

座ったまま目黒を蹴ると、目黒がむくりと起きだした。料理は3人分、目黒の分もあった。

「え、あっ、すみません」

「いいから、これ食え。俺が優しすぎるからって、惚れるなよ？」

「あ、はい」目黒はその場に座り、惚れるかよ、というテンションで目の前に置かれたパンを食べ始めた。

「あ、いっ！」俺はなんとなく、目黒を蹴った。

ルシエは居心地が悪そうに、台所に立っていた。

「お前も食え」俺にそう言われ、ルシエもベッドのある部屋に座り、パンを手に取った。

飯を食い、タバコに火を点ける。

「あー、わけあって俺は金がいるのよ」パンを食べるルシエと目黒の手が止まった。

俺の会長プラチナ計画に必要なのは、残り30万円と少し。

「ルシエ、お前貯金いくらある？」

「……40万円くらいです」

俺はニヤリと笑って心で叫んだ。ロンだ！

早速、ルシエに貯金を下ろしに行かせた。40万円を下ろさせ、手持ちと合わせて56万円。

これで会長プラチナ計画に必要な50万円が揃った！　残りは俺のポケットマネーだ。

「俺は今から大切な用事があるから、お前らは適当に今までの生活を送ってろ」

唖然とする2人を残し、俺は名刺に書かれた練馬会長の事務所へ向かった。


事務所は、ルシエん家から電車で15分くらいの、マンションの一室だった。

ストライプのスーツを着た男に奥の部屋へ通されると、すぐに会長が来た。

会長は前とは違うラフな格好で、ピンクのポロシャツを着ていた。髪の毛は相変わらずのオールバックで、金縁のメガネをかけている。

「やあやあ、えっと……」

なんだこいつ？　大切な後任者である、俺様の名前も覚えてねえのか？

「文京っすけど」

「ああ！　そうそう！　文京くん！　文京くん！」

なんか腑に落ちないが、俺はポケットから札束の入った封筒を取り出し、机に叩き付けた。

「約束の50万すよ！　これで俺は会長の後任すよね！」

俺が出した封筒を、会長は目を丸くして見ていた。

「あ、じゃあ、ちょっと失礼」

会長は机の上に置かれた封筒を受け取り、その場でお札を数え始めた。

「……ああ、たしかに50万円だね」

「当たり前っしょ。で、俺は会長になれるんすよね？」

封筒にはキッチリ50万円入っている。俺は身を乗り出した。

「うんうん、その件についてなんだけどね、実は他にも候補者が現れたんだ」

「はぁ？」眉間にシワを寄せる俺に、会長は大げさに両手を振った。

「いやいやいや、僕の後継者は、君しかいないのは本当なんだよ？　ただ、もう1人の彼も、すんごい魅力的な男でね？　捨て難いのよ」

「んなもん、俺の部下にでもすりゃあいいだろ。50万用意したら後任になれるって、言ったべ？」

「うんうん、言った言った。だからね、1つ提案なんだけど」

会長は人差し指をピンと立てた。

「ここはひとつ、デリヘルやってみない？」

「ああ？　話が違うんじゃないんすか？」

「いやいや、大事なことよ？　もう1人の彼と君にね、勝負してもらうのよ。デリヘルやって、より多く売り上げを上げたほうが勝ち。僕の後任になれる、ってね」

「デリヘル？　売り上げ勝負だと？」俺の脳裏に、“ＳＣＭ”という3文字が浮かんだ。

そうだ、そもそもＳＣＭも、このジジイから貰ったんだ。

「おい、ＳＣＭといい、あんた何がしたいんだ？」

「あ、使ってる？　ＳＣＭ」

「おうよ、今ガンガン奴隷を増やしてるぜ」

「うんうん、いいねいいね。あれは君みたいな子にこそ、使いこなせるからね」

「どういうことだ？　あんたもＳＣＭをつけてんのか？」

ジジイは歯をイーッとさせた。

「いやいや、ほうら、つけてないでしょ？　僕はもう歳だしさ、勝負なんて、できないのよ。ＳＣＭの機能ってすごいでしょ？　債権者から取り立てた代物なんだけど、僕じゃ持て余しちゃうから、君みたいに元気な若者に託してこそ、本来の価値を発揮できると思ってね」

ジジイの言ってることは、ほとんど理解できなかった。

そもそも、このジジイがアレを作ったんじゃないのか？

「他の連中にも、あんたが渡したのか？　ＳＣＭ」

「違う違う。ネットで買えるのよ、本来は」

「ふーん……よく分かんねえけど、今さら返せって言ったって、返さねえぜ？」

「もちろんだよ。アレは君に差し上げたんだから、自由に使って」

それを聞いて安心したぜ。まあ、返せと言われたって、返さねえけどな。

「勝負すんのは、もう1人の会長候補とだよな？　そいつも所有者か？」

「いんや彼は持ってないよ。ぜーんぶ、僕が悪いの。だから、僕がケツ持ってあげて、1つの事業を君たちに任せるって話なのよ。いきなり店長だよ店長。ほら、まんざら嘘じゃなくなってきたでしょ？」

「ふうん」店長スタートか。まあ悪い気はしねえな。

「このお金は40万円だけ保証金として貰うから。はい、10万円はお店の立ち上げに使いなよ」

会長は俺が渡した封筒から40万円を抜き取り、残りの10万円を渡してきた。

「女は？」

「女の子は自分で調達して」

「は？　マジで言ってんのか？」

「もう勝負は始まっているんだよ？　もう1人の彼なんて、自分でスカウトして女の子を調達してるんだから」

「なんだと？　そいつは、もう動いてんのか？」

「うん、実は、さっきまでここにいたんだよね」

そのもう1人の会長候補が？　のん気にジジイと喋ってる場合じゃねえ。

突然チャイムが鳴った。俺もジジイも、玄関のほうを見た。

俺をここまで通したスーツの男が入ってきた。

「練馬さん、あの……」

「今、来客中なんだけど。誰？」会長の顔が一瞬険しくなった。

お、このひょうたんジジイ、こんな顔もすんのか。

スーツの男の後ろから、別の男が顔を出した。

「あ、すんませーん！　タバコ忘れちゃったみたいで！」

金髪のツイストパーマをかけた、ライオンみたいな男だった。

何だこいつ。何か気に入らねえ。何つうの？　野生の勘？

一瞬、部屋のなかが沈黙に包まれたが、すぐに、ジジイが立ち上がった。

「あー、タバコなら、たしか……」

ジジイが部下を見ると、部下が慌てた様子でポケットからタバコを取り出した。

「ぶほ、すみません！」

部下からタバコを受け取り、その男は頭を下げた。見た目よりも腰が低いな。

その様子を見ながら、ジジイは気まずそうに頭の後ろをかいていた。

「んー、まあいい機会だから紹介するけど。彼がその、ね？」

「あ、もう1人の会長候補が、この人すか？」

獅子舞野郎が割り込んできた。

「あぁ？」俺は立ち上がり、獅子舞を睨む。

この獅子舞野郎が、もう1人の会長候補だってのは、俺にも分かった。

つうか俺のほうが先に分かったし。

「気安く見てんじゃねえよ、舐めてんのかコラ」

俺がタンカを切ると、獅子舞は怯える様子もなく、ヘラヘラと笑いやがった。

「ぶほ。すげえ。獣みてえ。ごめんよ、気を悪くさせたんなら謝るよ」

そいつは素直に頭を下げたが、馴れ馴れしいタメ語な時点で俺は気に入らなかった。

向き合う俺らの間に、会長が慌てて入る。

「まーまー、2人はいい意味でライバルなんだから。シンノスケくんも、タバコ取りに戻っただけでしょ？　悪いけど今は見ての通りだから、何かあったら連絡して？」

シンノスケ？　この獅子舞野郎はシンノスケっつうのか。顔覚えたからな。

ジジイが電話のポーズを見せると、シンノスケは素直に一歩引いて、背中を見せた。

「うぃっす、じゃあまた」俺はシンノスケが部屋から出るまで、奴の背中を睨んでやった。

「いやあ、文京くんは血気盛んだねえ。僕の若いころを思い出すよ」

会長は何事もなかったかのように、そんなことを言っていたが、俺はシンノスケって奴の顔を思い浮かべてイライラしていた。あいつマジ気に入らねえ。調子こいてるっつうか、あいつがいなきゃ俺はすんなりプラチナ会長なのによぉ。大体なんだよ、あのトサカみてえな髪型。男ならボウズだろ。

「文京くん？　おーい、文京くん？」

「ああ？」

「え？」しまった。思わずジジイを睨んじまった。

「大丈夫？　まあ、彼、あんなんだけど、なかなかおもしろい男でね」

「あいつ潰せば俺が会長すね」

「あ、うん。潰すっていうか、売り上げでね」

俺は立ち上がって、テーブルから一歩離れた。

「見てて下さいよ。あいつ潰して、あんたの後任になりますから」

「う、うん。頼もしいね。でね、話はまだ……」

会長はまだ何か言おうとしたが、俺は1秒でも早くこの部屋を出たかった。

「要するに、女使って金稼いで、それ見せたら勝ちなんでしょ？」

時間がもったいねぇ。シンノスケはもう動いてんだろ。

「うん、まあ大体そんな感じだね。期限は来月末でね」

来月末？　今月はあと10日もねえ。

「じゃあ早速、行ってきますわ」

「あ、まあ分かんないことあったら電話して。いつでも相談に乗るからね」

ジジイは玄関まで俺を見送りながら、そう言った。

俺はジジイに挨拶もしないで部屋を出た。時間がもったいねえ。

駅までの道を歩きながら、俺は考えた。

まず、ルシエをデリヘル嬢にしてやる。あいつは俺の奴隷だ、何でも言うことを聞く。

車は目黒が持ってんな。目黒を送迎車の運転手にすりゃあいい。

しかも、２人とも給料を払わなくていいんだ。ここにきて、ＳＣＭがマジで役に立ったな。

けど、ルシエ１人で売り上げを立てるなんて無理だ。他に女がいる。もっと女が必要だ。女がたくさんいりゃあ、金が稼げる。ＳＣＭで女の奴隷ができりゃあ、デリヘルをやらせても給料を払わないで済む。女。奴隷。デリヘル。ＳＣＭ。

俺はその４つのキーワードを頭んなかでグルグルさせながら、道行く人を見た。

もう夕方だ。道を歩く連中には、学校帰りの学生が目立っていた。

不意に、前から歩いてくる1人の女子高生が目に留まった。

「ビューティフォ……」思わず口ずさんじまった。

ボブくらいの髪型に、未発達の細い手足。顔なんて超ちっちゃくて、黒目が際立つ白い肌。

たまんねえ。制服を着ているし、雰囲気的に年は16くらいか？

あー、たまんねえ。なんだあのイチゴプリンみたいな子は。

これこれ。この汚れてない感じ。その女子高生は完璧に、俺のドストライクだった。

この日本に法律がなかったら、担いで持って帰っている。

すれ違う瞬間、思わず鼻の穴がでかくなるほど匂いを嗅いじまった。

シャンプーの甘い匂いと、太陽に照らされた洗濯物みたいな匂いがした。

どうする？　本気でさらっちまおうか。いや、とりあえずナンパだ。うっしゃ。

俺は振り返った。イチゴちゃんは立ち止まっていた。目の前には1人の男が立っている。

は？　あ？　シンノスケ？

「アニョハセヨー！　チャラオだよー！　ナンパだよー！」

「わ！　びっくりしたし！」

イチゴちゃんは戸惑っていた。声が思っていたよりも低い。

あの野郎、イチゴちゃんをナンパしてやがる。すぐに会長の言葉を思い出した。

〈もう1人の彼なんて、自分で女の子をスカウトしてるよ？〉

クソライオンが！　あんな純情可憐な乙女に、客のモンしゃぶらせる気だ！　殺してやる！

視界が真っ白になった。白目向いて頭の血管から血が吹き出すほど、俺は逆上していた。

「今から5秒で笑わせたら、メアド教えて？」

シンノスケはイチゴちゃんにガンガン話しかけていた。

「へ？　え？」今から5秒で殺してやる。

シンノスケの言葉にツッコミを入れながら、俺は鼻で息をした。

頭にはキテいるが、この状況はチャンスだ。ここで、あのクソライオンをぶっ飛ばして、イチゴちゃんを助ければ、いいきっかけになる。へへ、シンノスケありがとよ。

お前をぶっ飛ばす口実と、イチゴちゃんのメアドの両方ゲットだ。

「あーし、急いでっから」

イチゴちゃんはシンノスケの横を走り去った。

シンノスケは、走り去るイチゴちゃんを目で追ったが、直後に目の前の俺に気づいた。

「あれ？　あ、えっと……さっきの」

「テメー！　何さらしとんじゃマキシマムボケが！　飛べ！」

「ぶっほ！」シンノスケが何か言う前に、俺はシンノスケの頬をぶん殴った。

「イッテー！　何すんの！」

時空の彼方までぶっ飛ばす勢いでぶん殴ったが、シンノスケは、わずかにのけ反っただけだった。身長は俺よりも少し低いが、体型はがっしりしている。体重がそこそこあるんだな。

「うるせえチンカス！　テメーは俺を怒らせたんだよ！」

イチゴちゃんをデリヘルにぶち込もうとした挙げ句、俺からチャンスまで奪いやがった。

「何のことだにょ！　って、ぶぅほ！」

奴が話している途中で、横っ腹に蹴りを入れた。こいつ、さりげなく噛みやがった。

「ちょっ！　タイム！　タイム！」

奴は苦しそうに腹を抱えた。〝ダイム〟という言葉に、俺の拳が止まった。

「気ぃ悪くさせたんなら謝るから、訳を聞かせてよ」

「あ？　訳なんてねえよ！　気に入らねえんだよ！」

俺からイチゴちゃんを奪った！　「だからおとなしく死ね！」

「はあ？　訳もなく人殴るのあんた！」

シンノスケは体勢を戻し、一歩前に出た。お？　なんか勢いづいてきたな。

「あー殴るね！　気に入らねえ奴は全部ぶっ飛ばしてきた！」

シンノスケの額に頭突きをガツンとかまし、眉間にシワを寄せてキメ顔をさらす。

だが、シンノスケは怯む様子もなく、反抗的な目で俺を睨んでいた。

「頭きた」

「あ？」と俺が言った瞬間。胸ぐらを掴まれ、すんげえ力で引き寄せられた。

とっさにまずいと思った俺は、わざとその場に転び、そのまま奴から離れた。

からぶった奴の肘。シンノスケは、肘で俺の鼻を潰そうとしていたんだ。

「テメー！」しかもなんだ、さっきの馬鹿力。

見上げた瞬間、シンノスケは足の裏で俺の腹を踏み付けようとした。

「んの野郎！」かろうじて後ろに避けたが、膝を踏まれた。

俺はすぐに立ち上がり、一歩後ろに下がった。鼻に肘当て食らわそうとするわ、腹に全体を重を乗せようとするわ。こいつ、さっきから必殺の急所ばかり狙ってやがる。

「あんたから、ふっかけてきたんだろ！」

シンノスケはそう言うと、小さくジャンプし、走って俺に向かってきた。

「おおよ！」いかにもパンチしますって姿勢で、拳を掲げてやがる。
俺は足へ力を込めた。この野郎、ハエみてえに叩き潰してやる。
腕より足のほうが長いんだよ。俺が足を出した瞬間。
「は？」シンノスケはそのまま、俺の右側を走り去った。
「逃げるが勝ち！　ばいねー！」
「んの野郎！」俺は考えるより先に、奴を追った。
だが、シンノスケは思いのほか足が速く、視界の先で道沿いの塀を越えやがった。
「ああ、はあ、はあ」俺は途中で止まって膝に手をつき、呼吸に専念する。
ちくしょう。すげえ苦しい。横っ腹が痛えし、心臓が破裂しそうだ。
あの野郎、次会ったら覚えとけよ。

俺は駅に向かい、電車に乗ってルシエの家を目指した。
とりあえずシャワーを浴びてえ。そういや、3日くらい風呂入ってねえな。
そんなことを考えながら、マンションのエントランスでインターホンを押した。
「はい」インターホンの向こうから女の声がした。ルシエだ。
「俺様だ、開けろ」
「あ、はい」同時に、自動ドアが開いた。
「風呂、使うぞ」俺は玄関に入るなり、出迎えたルシエにそう言った。
ルシエは静かに「はい」と応えた。
洗面所で服を脱ぎ、さっきシンノスケに踏まれた膝を見た。

「ちっ」案の定、青く腫れ、擦りむけて血が固まっていた。

あんの野郎。次会ったら、スクラップみたいにボコボコにしてやる。

ルシエのアパートの風呂は狭いが、キレイに掃除されている。

どれがシャンプーなのかボディソープなのか分からない。俺は適当なボトルを手に取り、キャップを押して、トロッとした液体を手の平に出した。頭にそれを塗りたくる。ザラザラしてる。伸びてきたな、こりゃもうロン毛だ。そろそろ剃るか。

頭についた泡で、ワキと股関を洗った。同時にそのまま小便した。なんで風呂に入ったら小便したくなるんだ。頭とワキと股関の泡を洗い流し、首にシャワーを当てた。

あー。なんだかねえ。疲れてしょうがねえ。これからどうすっかな。

まず、ルシエと目黒はデリヘル嬢と送迎だろ。これは確定。問題は他に女が必要なんだよなー。けどデリヘルって給料いくら出すんだ？　時給１０００円くらいか？

数字のことを考えると、頭が沸騰しちまう。

やっぱＳＣＭで、女の奴隷作るのが手っ取り早い。タダで働かせられるしな。

うし。やっぱそれっきゃねえ。

俺は風呂から上がり、携帯に保護っといた、ＳＣＭの居場所が分かるサイトを開いた。

今、俺がいる場所には赤い〇がある。よく見たら赤〇に重なった黄色の〇もあるな。

俺は携帯をイジるルシエを見た。この赤と黄色が、俺とルシエだろう。

地図画面の拡大を押すと、近場にもう１つ黄色が出てきた。

一瞬、テンションが上がったが、考えてみればそこは目黒の家周辺だ。

俺はすぐに目黒に電話した。

「はい」携帯越しに、冴えない男の声がした。

「あー目黒？　2～3日中にデリヘルのチラシ作りたまえ」

「え？」

「見たことあんだろ、このスケベ。電信柱とかに貼ってあるやつみたいなさぁ」

チラシを作って、ビラ配りをして、デリヘルで稼ぐ。ざっとだが目黒に流れを説明した。

もちろん、デリヘル嬢はルシエだ。

「えっと、あの」目黒が電話の向こうで何か言いたそうだが、俺は続けた。

「ルシエの写真貼って作れ」

さらに、値段やら時間やら細かい話もした。隣に座っているルシエは、目を見開いて俺を見ていた。不安と驚きって感じのツラだが、関係ねえ。お前は俺の奴隷だ。俺の要求に目黒はただ「はい」を繰り返し、電話を切った。

「ま、そんな感じだ。ルシエ、お前には今日からデリヘルをやってもらうから」

「あの、デリヘルって……」ルシエは静かにそう訊いてきた。

「知らねえの？　客ん家やホテルまで行って、客のモンしゃぶしゃぶして、金貰って帰るんだよ」

ルシエの顔は青ざめた。

「お前たちには俺のために働いてもらう。分かったか？」

「は……い」ルシエは、その場にうつ伏せになった。そして声を押し殺して泣きだした。

「おいおい、また変な発作起こすなよ？　別に一生やれとかじゃねえんだから。性犯罪も減るぜ。日本がちょっぴり平和になると思えば頑張れるだろ？」

「ひっ、ふぐ」フォローしたつもりだが、ルシエは相変わらず正座の姿勢で、オデコを床に付けて泣いていた。神に祈ってるみてえに。

そんなに嫌かねえ？　俺だったら女ん家に行ってクンニするぐらい、どうってことないけどな。

「そんなに嫌ならさあ、他の女捕まえて来いよ」

「他の……女？」ルシエが顔を上げた。

「ああ、友達とかでもいいし、特にＳＣＭつけてる女だよ。お前１人じゃ稼げねえからな」

だが、ルシエは他のＳＣＭ所有者を知らないと言っていたな。望みは薄いだろう。

ルシエは真っ赤に腫れた目をこちらに向け、口を開いた。

「そういえば……今朝、新しい反応が２つ現れて、消えました」

新しい反応が２つ？　消えた？

「どういうことだ？」

ルシエは携帯を開いた。

「今朝、この辺りに２つの緑反応が現れて、消えたんです」

緑ってことは、奴隷にも主人にもなっていない、フリーＳＣＭか。

ルシエが指差した場所は、ここからそう遠くない江古田の辺りだった。

「なんで早く言わねえんだよ」

「す、すみません」

俺は無性に焦っていた。さらに２人、奴隷が手に入るかも知れないんだ。

「つうか、何で反応が消えた？」

「外したか、勝負を始めたのかもしれません」

「は？」俺の疑問に、ルシエはＳＣＭの説明書を取り出した。

「ＳＣＭは、外したら普通に接近したときのアラームが鳴らなくなり、ＧＰＳにも反応が出なくなります。さらに、勝負中もアラームが鳴らなくなり、ＧＰＳの反応も出ないんです」

説明書には待機モードやら勝負モードやら書いてあった。ルシエの言う通りなんだろう。

俺は立ち上がり、上着を着た。

「俺は今から、その緑どもを探す。お前はデリヘルで男が喜ぶ方法でも考えてろ」

何か言いたそうなルシエに背を向け、俺は外に出た。

奴隷が一気に2人も手に入るかもしんねえ。ウダウダしていたら、逃げられちまう。


それから、俺は足立シヲリを奴隷にし、クソ犬と出会ったんだ。

したら、あのオカマ野郎が仲間を連れて、車で引き返してきやがった。車から高みの見物を決め込むオーディエンスどもの前で、俺は犬と終わりの見えねえ勝負をしていた。

他の犬と何かが違え。シヲリはズシオウマル、とか言っていたな。

犬が走って俺に向かってくる姿が、妙にスローに見えた。

「ああ、もう……」俺は思わずつぶやいちまった。

わけの分からない疑問と、体を動かし続けた疲れのなか、いつまでもテンションＭＡＸで向かって来る、クソでけえ犬。もう、うんざりだ。

「勘弁してくれ……」

『カチッ、カチカチ』ＳＣＭから音が鳴った。

ＳＣＭが鳴った瞬間、ズシオウマルに対する敵意が一気に冷めていった。いや冷めるどころか、今まで以上の緊張感を抱き、一言で言うと、この犬が恐ろしくなっていた。

「ガア！」とズシオウマルが吠えた瞬間、「ひぃっ！」と俺の体が凍りついた。ビビってクソ漏らすとこだった。犬はただ唸り、俺を見ている。俺は思わず犬から目をそらしていた。何だよこれ。この犬に逆らえない。反抗できない。

薄々気づいてはいたが、その答えを認めるわけにはいかなかった。

「あらら、犬に負けたわけだ」

〝恐怖の答え〟をあっさり口にした男が現れた。

声がするほうに目をやると、道の先にスーツを着た男が1人、立っていた。さっき、車んなかにいた奴だ。

「えっと、ゼンニチくん？　残念だねえ。犬の奴隷になっちゃったわけだ」

「はあ？　ああ？　何だよ、はあ、テメーは」

男のメガネに、街灯の明かりが反射した。犬は俺たちの様子を窺うように、その場で静かに立っていた。もう、俺に向かってくる様子はなかった。

「俺？　俺の名前なんて今はどうでもいい。犬の奴隷は嫌だろ、ゼンニチくん」

「ああ？　俺はゼンイチだ」

「ああ、すまん。まさか犬と勝負が成立したなんてビックリしたよ。どういう経緯で勝負になった？」

「やんのかコラ、って言って、犬が吠えたらＳＣＭが鳴ったんだよ」

このメガネなら、何か役に立つことを言うんじゃねえかって思った。

「ほう。ＳＣＭはやっぱり、審判がいるのかもな」

「しんぱん、だと？」

「そう審判。ジャッジだよ。勝負開始や、決着を判断するジャッジメントがいるって話だ」

「んなもん、どこにいんだよ」

俺は思わず、その場を見渡した。犬にメガネの男。メガネの後ろに、知らない女とオカマとシヲリが乗った車。目黒んときも、ルシエんときも、シヲリんときも、ズシオウマルのときも。

俺たち以外に、誰もいなかった。

「俺たちの会話を聞いているかも知れないだろ？　コレで」

メガネは自分の口のなかを指差した。ＳＣＭだ。やっぱりこいつもつけてんだ。

こいつが言いたいのは、ＳＣＭを通して、誰かが俺たちの会話を聞き、勝負を開始させたり、決着を判断したりしているってことだろ。

「お前、何だよ。ＳＣＭ作った奴か？」

練馬のジジイの知り合いか？　メガネの男は下を向き、少し笑った。

「いや、今のは単なる俺個人の想像だ」

メガネはポケットからライターを取り出した。

だが、火をつけるわけでもなく、シュッシュッと石を鳴らすだけだった。

「あやふやな定義で始まる勝負や、いい加減なルールでも終わる決着の判断は、機械には無理だ」

だから人間が判断しているんじゃないか。そこまで言わなくても、俺にも分かった。

「さあ本題だ。犬の奴隷は嫌だろ？　だから俺たちの派閥に来い」

俺たちの派閥？「何、言ってんだ、テメーはよ」

「そのまんまだよ。君も犬くんも、仲間になってもらいたい」

メガネはそう言いながら、少しずつズシオウマルに近づいていた。

ズシオウマルは唸りこそしなかったが、明らかにメガネの動きを警戒している。

俺が「嫌だね」と言うと、男はライターを胸ポケットにしまい、手の甲でメガネを上げた。

「じゃあ、力ずくだ！」

男はそのまま犬に向かって走りだした。そこでようやく理解できた。

犬は今、俺の主人！　認めたくねえが、それが今の状況だ！

こいつ、犬を奴隷にして、俺も奴隷にする気だ！

犬は逃げ出した。俺も一気に走った。

俺が今、犬の奴隷だという現実は受け止めてやる！

だが、この場から逃げれば、犬の奴隷は帳消しになる！

要は、ズシオウマルから離れればいいんだ。

そう思った瞬間、「アオン！」

俺は立ち止まった。

「オン！」止まれだと？

「アオン！　オン！」ズシオウマルがそう鳴いた瞬間、俺はメガネに体当たりをした。

「ぬ、お！」

「オン！」俺はズシオウマルがいるほうに走っていた。

何をやってるんだ？　つうか嘘だろ？　なんとなくだが、犬が言っていることが分かるんだ。

『止まれ、助けろ、ついて来い』犬がそう言っている気がしたんだ。

どうなってんだ？　ＳＣＭは、犬とも会話できるのか？　わけが分かんねぇ。

んでもって後ろから、あのメガネが追いかけて来る。

普段なら絶対に負けねえが、ズシオウマルとの戦いで、今の俺は疲労している。正直、逃げるだけで精一杯だ。目黒の野郎は何やってんだ？

俺は夢中で走りながら、前を走るズシオウマルのケツを見た。俺がこいつの奴隷になったってことは、ルシエも目黒も、こいつの奴隷になったってことだよな。ふざけんなよ、俺の会長計画はどうなる？　絶対納得いかねえからな。

「アオン！」

「ひっ！」ズシオウマルが鳴いた瞬間、俺はビビって転んだ。

見上げると、白い大きな犬が立っていた。もう、あのメガネは追って来ていなかった。俺はもう一度、ズシオウマルを見上げた。

すると、犬は突然身体を横にし、後ろ足を片方上げた。その体勢は、まさか、よせ！

「うわ、っぷ！　っざけんな！」

生暖かい水が俺の顔に当たった。ズシオウマルが俺の顔面めがけて、小便をぶっかけやがったんだ。チョロチョロと生暖かい小便が、俺の口にまで入ってきやがった。

この犬、いつか殺してやる。覚えとけよ。クソッ！

０００９ 中央 アタル

池袋、21時に女と、犬探し、か。

駅周辺は、仕事が終わり駅に向かう男たちや、今から仕事であろう、派手な女たちで溢れていた。空は狭いが、辺りはビルの光ですみずみまで照らされていて、車の窓ガラスは街の景色を反射させている。ロマンス通りの先に、足立シヲリが働く姫様カフェがある。

俺はその店まで、彼女を迎えに行くところだった。

ハザードを点滅させて、店の前の道路に車を停め、店が入っているビルを見上げた。

大きな看板に、萌えキャラ風のお姫様のイラストがデカデカと描かれている。

姫様カフェか。最近人気があるらしく、俺もテレビで特集していたのを見たことがある。

足立シヲリが時間通りに店から出てきた。俺の車にすぐ気づいたようだ。ガードレールをひょいと、またぐ。おお。ヒールの効果もあるだろうが、足長いな。

そして開いている助手席の窓から、顔を覗かせた。

足立シヲリ、19歳のA型。目鼻立ちは幼いが、メイクは濃いめで大人っぽく見える。濃いピンク色のダウンジャケットを着ていて、髪はサイドを編み込み、首の横からボリュームのある髪の毛が片方の胸元を隠していた。

「開いてるから」

足立シヲリは車に乗り込んだ。

車に乗った瞬間、シトラス系の、透き通った匂いがした。

「あ、お疲れ様です」彼女はまずそう言った。声のトーンは低く素っ気ない。

俺も「ああ」と、相づちだけ打って車を発進させた。

やっぱり、この女は俺のことが気に入らないようだ。

ＳＣＭの効果で、俺と彼女は同じ主人の奴隷ではあるが、奴隷の感情までは操れない。

俺たちの主人であるリュウオウの命令でも、足立シヲリは俺やリュウオウに好意を抱いたりはしない。奴隷同士に上も下もない。

リュウオウの命令で、俺たちは行動をともにしなければいけないだけだ。

だが、俺たちには同じ目的がある。それはゼンイチという男の行方を追うことだ。


足立シヲリと中野タイジュをリュウオウの奴隷にしたのは、先月のことだ。

その際、さらに２人のＳＣＭ所有者と接触した。いや、厳密には１人と１匹だな。

１人はゼンイチ。あとで調べたら、文京という名字だと分かった。

そして、もう１匹というのはズシオウマルという、犬だ。

ＳＣＭをつけた犬には驚いたが、俺たちの主人、リュウオウがこの犬に興味を持った。

本当は、そこでゼンイチをこちらに引き入れるよう命令されていたが、逃げられちまった。

その責任をリュウオウに負わされ、俺はゼンイチを奴隷にしなければならない。

翌日から、俺はゼンイチとズシオウマルの追跡を始めた。

追跡と言っても、名前とＧＰＳの反応を頼りに、住所や身辺を調べる探偵まがいの作業だ。

本業も私生活もあるのに、ＳＣＭとリュウオウには、とことん振り回されてんだ。

まあ、全部こなしてる自分を尊敬するよ。

そしてようやく、ゼンイチの居場所が分かった。

数日前から、ＧＰＳのゼンイチの反応が不安定になった。どうやら文京ゼンイチは、一時的にＳＣＭを外すという、反応から逃れる術を覚えたようだ。

ズシオウマルらしき反応のみ、常にある。そして、ゼンイチのそばには、ズシオウマルがいる。ズシオウマルの反応を追いかければ、文京ゼンイチは見つかるはずだ。俺はそれをジュリアに報告した。ジュリアがリュウオウへの窓口だ。

そうしたら、リュウオウから協力者を派遣された。ズシオウマルになつかれているらしい女、足立シヲリだ。彼女と協力して、ゼンイチとズシオウマルを探し出さなければいけない。

足立シヲリを同行させても、役に立つかは疑問だ。なんたって、19歳の小娘だ。

リュウオウの、こういうわけの分からない突発的な発想は勘弁してほしいが、言うことを聞くしかない。俺と足立シヲリはジュリア経由で携帯の番号を交換し、連絡を取り待ち合わせをした。

そして今現在、俺たちはゼンイチの家に向かっている。そこに、ズシオウマルの反応もある。

「ＧＰＳの使い方は分かるな？」

「はい」足立シヲリはバッグから携帯を取り出した。

「ゼンイチの家の周辺を出しておいてくれ」

ゼンイチの住所は事前に教えてある。俺と会う前からＧＰＳを操作していたらしく、足立シヲリはすぐに「出しました」と言ってきた。

「どうだ？」

「主人の赤反応はありますけど、黄色の奴隷反応はありません」

つまり、犬はいるがゼンイチの反応はない、ということだ。

「分かった。引き続き見ていてくれ」

「あの……赤反応っていうか、ズシオウマルしかいなくても、ゼンイチの家に行くんですよね？」

「ああ。犬をリュウオウのところに連れて行くのも、目的の１つだ」

「犬をどうやって奴隷にするんすか？」

「知らん」

俺が受けたのは〝ズシオウマルを連れて来い〟という命令であって、その場で奴隷にしろ、という指示はされていない。

もちろん、可能なら奴隷にしてから連れて行くがな。

ゼンイチは奴隷にしてから連れて行く。勝負の仕方などは基本的にまかされている。結果的にＳＣＭをつけた犬と、奴隷にした状態のゼンイチを、リュウオウに突き出せばいい。

足立シヲリにも、そう説明した。

「じゃあ仮に、ズシオウマルを奴隷にできたら、リュウオウはどうするんすか？」

ズシオウマルをどうするか。まあ、疑問に思う気持ちは分かるが。「知らん」

足立シヲリは黙った。

俺の態度が悪いのは百も承知だが、俺にもリュウオウが何を考えてるか、分からないんだ。

足立シヲリは、窓の外を流れるネオンをボーッと眺めていた。車内は暗く、車の走行音だけが響く。恋人でもなんでもない女との、重い空気のなかのドライブ。

クールに見られている（はずの）俺だが、こういう空気は嫌いなんだよな。

「……あの犬が心配か？」

足立シヲリに話しかけてみた。彼女は窓の外から目をそらさずに答えた。

「一応、恩人っつうか恩犬なんで」

なぜかツボに入って、笑いそうになった。グッとこらえる。

「グッ、ぬ」おんけん。

足立シヲリは不思議そうに、一瞬こちらを見たが、くしゃみか何かだと思っただろう。

あっぶねえ！　こんなわけの分からないタイミングで笑うわけにはいかない！

俺は奴隷になっても、年下の女子供に舐められるわけにはいかんのだ。

この沈黙もいけない。葬式のような緊張感のせいで、笑いの沸点が低くなるんだ。

今、この空気で「ずばぼよーん」などと、思いつきの言葉を叫んだ日には……。

「グっふ」しまった。自分の思いつきで笑いそうになってしまった。

今度は、ハッキリと不思議そうにこちらを見る足立シヲリがいた。

気を紛らわそうとラジオをつける。レゲエミュージックが流れ始めた。

足立シヲリは窓の外を見ながら、体を前後に小さく動かし、リズムに乗っていた。

「レゲエ、好きなのか？」

「あ、はい。クラブとかもたまに行くんすけど、中央さんも好きなんですか？」

彼女の顔には、笑みがこぼれていた。

「いいや。特に」俺はレゲエなんて興味はない。

足立シヲリは「そう、すか」とポツリと言うと、また窓の外を見た。

また会話が止まっちまった。俺のバカ！

「あの……中央さんって、どうしてリュウオウの奴隷になったんですか？」

突然の質問だったが、今度こそ会話を広げなくては！

「……ジュリアに負けた」

「え？　あの女の子に？」

「ああ、話すと長くなるが……」

「聞きたいっす」足立シヲリは身体ごと、こちらに向けた。

「10年前の夏に、幼馴染みの女が死んだんだ」

「え？　どういうことっすか？」

「彼女は親同士の付き合いで知り合った、ただの幼馴染みだった」


付き合っていたわけでもないし、好きだったわけでもない。

別にロマンチックな話でも、何でもないんだ。

当時、俺は大学を中退し、俗に言うニートだった。中退はしたが、やりたいことはあったんだ。

俺は、漫画家になりたかった。

重い気持ちで、意味も未来も見出せなかった大学生活。

大学を辞めたときは、晴れ晴れとした気持ちで、無限の旅に出るような気分だったよ。

初めは前向きな気持ちで、毎日絵を描いて、人に会う度に自由な自分を主張していった。

だが、やがて毎日をダラダラと過ごすようになった。

日雇いの派遣をやったりもしたが、やがてまったく働かなくなった。

実家に住んでいたので、両親に甘えきっていた。ちょっとした寄生虫だ。

バイトくらいしようとは思っていたが、やるべきことがあっても、〝明日やろう。明日何かが変わる〟と自分に言い聞かせながら、結局何も行動しないで、ただパソコンや携帯をいじるだけの毎日が続いた。俺はこんなもんじゃない。本当の俺は、こんなんじゃない。

俺はやればできる。俺は今、タイミングを計っているんだ。

暗い部屋で、鏡越しに映るヘタレたブタにそう言い聞かせながら、不安な気持ちを誤魔化した。中途半端に器用だったり、才能があったのもいけなかった。中途半端な才能が、根拠のない希望や自信を生んだんだ。俺は夢を追いかけていたんじゃない、夢に逃げていた。

挙げ句、親や世間のせいにして、働かない自分を正当化していった。

今、22歳の俺に会えるなら、ブン殴って言ってやりたいよ。

「やればできる」じゃねえ「やらなきゃできねえんだよ」ってな。

そして22歳の夏。幼馴染みの女が死んだんだ。

「誰も見ていないところで頑張ったって、誰も誉めてくれないよ」

彼女の言葉だ。彼女は腐った俺をずっと叱ってくれていた存在だった。面倒臭くて口うるさい、母親みたいな存在だった。おふくろの体が不自由だったために、男しかいない俺の家へ、彼女は親切で飯を作りに来てくれていた。だが当時の俺は、わざわざ部屋まで来て俺を叱る彼女を心底ウザいと思っていた。変わった奴だが、綺麗な女だった。

だが、そんな彼女は22歳の若さで死んだ。しばらく見ないと思っていたら入院していたんだ。知らなかった。死因は膵臓ガンだった。

最終的には肺や胃にも転移していたそうだ。抗がん剤による治療を薦められたが、彼女はそれを拒否したらしい。最後は安らかな顔で逝ったと、彼女の親から聞いた。

葬儀は親族だけの密葬で、俺は彼女の死に顔にも会えず終いだった。

「そこで、働きだしたんすか？」

途中で、足立シヲリが口を挟んだ。

「いいや。それからの俺はさらに腐った」

幼馴染みの女が死んでも、何も変わらなかったんだ。

腐って腐って、腐り果てて、４年も経った。

ようやく26歳のときに、俺は動いたんだ。人が変わるきっかけは様々だろうが、理由がないこともあるんだ。変わらない奴は、親が死んだって、自分が殺されそうになったって変わらない。

俺を変えたのは幼馴染みの死でも、決意でもない。時間だった。

やっとまともに動きだした俺は、まずアルバイトをした。その後、営業職を経て、パソコンのスキルと、友人の料理の腕を生かし、餃子のネット販売を始めたんだ。

「仕事は得意なもので勝負するのがいい」昔、上司に言われた言葉だ。

生ぬるくて気持ちのいい泥のなかで腐っていた俺だったから、思わぬところで苦労はした。しかし、一度動き始めた俺は、止まる恐ろしさも知っていた。

目標を掲げ、ガムシャラに働いた。仕事は軌道に乗り始めた。

そして31歳のある日。友人と飲みに行ったキャバクラで、ジュリアと出会った。

初めにジュリアを見たときは驚いたよ。死んだ幼馴染みの女に、かなり似ていたんだ。

さすがにドラマやマンガでよくあるような、瓜二つとか双子みたいとか、そこまでじゃない。あくまで顔のパーツや、シルエットが似ていた、というレベルだ。

実際に話してみると、性格は正反対だったよ。好みも、まったく違った。

それから、俺はその店に通い、ジュリアを指名するようになった。

まあ、単純に女としても好きだったんだが、どこか死んだ彼女に対する後ろめたい気持ちをジュリアで消化……いや、昇華しようとしていたんだろう。

若くして死んだ幼馴染みが、華やかなキャバ嬢になって蘇った。

彼女が楽しみきれなかった人生を、ジュリアが代わりに楽しんでくれてるという喜びがあった。

彼氏がいることを後に知らされたが、そんなことはどうでもいい。

彼氏がホストっていうのが、無性に気に入らなかったけどな。

ジュリアとはあくまでキャバ嬢と客として、月に2回くらい、店で会う関係が続いた。

だが、ある日突然、彼女は店を辞めた。そのころには、彼氏から突然別れを切り出された、という相談も受けていたし、それなりに信頼関係はあったはずだ。

しばらくして【違う店で働き始めました】と、彼女から連絡があったんだ。

外国の少女みたいに、愛されるために生まれたようなルックス、お金をかけた髪やネイル、そして甘い匂いのしそうな細い脚。それがジュリアだった。

だが2ヵ月ぶりに会った彼女は痩せていて、雰囲気も変わっていた。

メイクはしっかりしていたが、エクステはバサバサで、肩にかけたストールもほつれていた。

みすぼらしくなったという表現が的確かな。借金でもしたのかと思った。

そして、久しぶりに会った彼女は俺にＳＣＭの話をしたんだ。

そのときは「負けたら電流が走る」とか、「歯の裏につける体感ゲームだ」と言われた。

迂闊だった。ＳＣＭをつけた俺とジュリアは、キャバクラの店内で勝負を始めた。

「どんな勝負をしたんすか？」

「悪いが、それは教えられない」

足立シヲリにはそう答えたが、実はバカバカしすぎて、教えたくなかった。

勝負の内容は、『ジュリアのパンツの色を当てるゲーム』だった。

あいつが「ゲームをしよう」と言ってきたので、俺がスケベ心全開で提案したゲームだ。

いや、まあ酔ってたのもあるんだ。答え合わせの際に、その場でジュリアのパンツが見れるという、負けても得する自分の名案に興奮して、シビれたよ。

だが、ジュリアが何も穿いていない、ノーパンだったことには、もっとシビれた。

黒と答えた俺は負けた。けど、いいもんは見れた。

そのあたりはうまく伏せて、俺は話を続けた。

誰でも、まさかあんな小さな機械で本当に人を奴隷にできるなんて、予想できないだろう。

SCMは奴隷が作れる機械、とジュリアから聞いたときは、宗教や薬物の類かと思った。まさか自分が他人の奴隷になったなんて、信じられなかった。だが、仮の主人である、ジュリアの命令に逆らえないことが、SCMの力を証明していた。

そしてなんと、ジュリアにも主人がいたんだ。

その名がリュウオウ。彼女はすでに、リュウオウの奴隷だった。

やがて、俺はリュウオウと直々に会い、正式にリュウオウの奴隷となった。

初めて会ったとき、奴は俺に「貯金はいくらある?」と訊いた。

「800万円と少しだ」と答えると奴は溜め息を吐き、こう言った。

「あと、2100万円か……」

あとから聞いた話だが、リュウオウは、俺の経済力を狙って奴隷にしたがったという。

「話は以上だ」

変なストレスが溜まっていたのか、珍しく他人に自分の話をしてしまった。

足立シヲリは、まずこう言った。

「なんか、安心しました」

「なぜだ？」

「中央さんも、普通の人なのかなって。あっ、そういえば」

足立シヲリは、突然何かを思いついたようだ。

「もし仮に、ズシオウマルをリュウオウのところに連れて行って、奴隷にするじゃないですか？」

「ああ」

「そしたら、自動的にゼンイチもリュウオウの奴隷になるんすよね？」

「そうだ」ゼンイチは今、ズシオウマルの奴隷だ。

つまり、ズシオウマルがリュウオウの奴隷になったら、ゼンイチもリュウオウの奴隷になる。

「けど、主人と奴隷が遠くに離れた状態でも、奴隷になるんすか？」

足立シヲリの疑問は、ズシオウマルが誰かの奴隷になった場合、ゼンイチは〝離れていても〟新しい主人の奴隷になるかどうか、というものだろう。

「ならない。新しい主人ＳＣＭに会うまでは、今まで通りだ」

「じゃあ、その間に外しちゃえば……」

「いや、新しい主人に会うまで、前の主人の縛りが継続している」

主人が切り替わっても奴隷、もといＳＣＭは新しい主人に会うまで前の主人を主人と認識する。

「そういった、主人の切り替わりなどの認識の範囲は、30メートルのアラームと一緒だ。だが、あまりそんな細かいことまで気にしなくていいと思うぞ」

「なんでですか？」

「キリがない」

ＳＣＭは、あらゆる状況を想定して考えても、キリがないんだ。答えのない疑問は、いくらでも出てくる。ＳＣＭは天才が開発して、凡人が設定した代物なのはたしかだ。

機能にこそ隙はないが、説明書には矛盾やあやふやな点が多い。想定したり把握するのは大切だが、俺は実際にその状況に置かれてから、問題を突破するタイプだ。

「一番言いたいのは、懸念したって未来は分からん」

考えることは無駄ではないし、下らない妄想も必要だが、夢も希望もない『もしも話』に興味はない。俺は主人に言われた指示を、淡々と実行していくだけなんだ。

「ゼンイチの資料は読んだか？」

「あ、はい。メールは読みました」

彼女には事前に、調べておいたゼンイチの資料をメールで送ってある。

「あいつ小卒なんすね！」

ゼンイチのことを調べる過程で、あいつを知る人間に聞き込みを行った。それで現在の住みかも分かった。警察沙汰が多かったらしく、みんな慣れた様子で話してくれた。

俺も初めて聞いたときはビックリしたが、ゼンイチは途中から断固として中学に行かなくなり、最終学歴は小学校卒らしい。そんな奴が、実際にいるのだから驚きだ。

さらにビックリしたのが、ゼンイチは見た目はもろ黒人だが、母親も父親も純粋な日本人だそうだ。

「1年ほど前までは、仲間と愚連隊を組んで好き勝手にやっていたようだ。傷害、窃盗、ホームレスに対する集団暴行。逮捕歴もある。まあフダツキってやつだな。周りの連中が落ち着き始めて、最近はだいぶ大人しくなったようだが」

「どーだか」足立シヲリの不機嫌な顔を、再びネオンの光が照らした。

化粧で目立ってはいないが、彼女の頬にはわずかな腫れがあった。

そういえば、足立シヲリはゼンイチに暴行を受けていたな。彼女の心情も察するものがある。


車のフロントガラスから広がる風景で、ゼンイチの家の近くに来たことが分かった。

「そろそろ着くが、反応は？」

足立シヲリは、流れる景色から携帯の画面に視線を移した。

「相変わらず赤だけです」ズシオウマルだけか。

「一応ＳＣＭは外して、手元に持っておけ」

「あ、はい」足立シヲリは顔をそむけ、手で口を隠してＳＣＭを外した。

ああ。ＳＣＭを口から出すとこなんて見られたくないよな。女の子も大変だな。

「あれ？　そういえば中央さんはＳＣＭ外してたんですか？」

ハンカチにＳＣＭをくるみ、バッグに入れた足立シヲリが、不思議そうにこちらを見た。

「ああ、君と会う前に外してある」俺はスーツの左ポケットをポンポンと叩いた。

窓の外には民家が目立つ。しばらくすると、ゼンイチの住むアパートが見えてきた。

車を減速させながら、俺はアパートを見上げた。

「あのアパートの2階の角部屋だ。ここからでも窓が見えるだろう」

足立シヲリも助手席側の窓から顔を少し出し、道路沿いのアパートを見上げた。

「明かりは点いてないっすね」

時間はまだ夜の10時前。成人男性が寝るのには早い。事前の調べで、ゼンイチは最近デリヘルの仕事をしていると聞いた。家にいないだけか。

そのままアパートを通り過ぎ、近くにあったコインパーキングに車を停めて、再びゼンイチのアパートの前に立った。パーキングからゼンイチの家まで徒歩で3、4分ほどだ。

2階の角部屋の明かりは相変わらず点いていない。

足立シヲリは、そのままアパートの敷地に入ろうとした。俺は立ち止まり、彼女を腕で制した。

俺はポケットからＳＣＭを取り出し、口のなかに装着した。

『キュ……』一瞬のアラーム反応。すぐにＳＣＭを外した。

「恐らく、部屋に犬はいる」

低い声で足立シヲリに言うと、足立シヲリは黙って頷いた。

まあ、難しいことはない。ＳＣＭを一瞬だけつけて、30メートル以内にＳＣＭ所有者がいるか、確認しただけだ。相手にもこちらの存在はバレるが、ＧＰＳ上で距離が50メートル未満になった場合は、これ以外に居場所を特定する方法は知らない。

ＧＰＳの反応は主人の赤。高確率で部屋に犬がいる。

錆びついた階段を登ると、カッカッカッと軽快な鉄の音が響いた。

そしていよいよ、文京ゼンイチの部屋のドアの前に着いた。

コンコンとドアを叩いてみたが、反応はない。直後、ピンポーンというチャイムが鳴った。

「うぉ……！」足立シヲリが、いきなりインターホンを鳴らしたんだ。

「すみませーん！　集金でーす」彼女は大きな声で叫んだ。

なかなか肝が据わってるな。ていうか、こんな時間に集金なんて来るはずないだろ。

返事はなかった。足立シヲリは、耳をドアへ当てた。

大きく見開き、ドアとは反対方向に黒目を向けていた足立シヲリの目が、やけに印象的だった。

長いまつ毛がくっきりと浮かんでいる。唇は少し薄いが、柔らかそうで、みずみずしい。

「なんか、ガサガサって、何かがいる気配はします」

彼女は、俺の目を見て小声で言った。同時に、そっとドアノブを握り、ゆっくりと回した。派手ではないが、夜でもキラキラ光る付け爪が目立つ。指、キレイだな。

しかし、ドアは開かない。鍵がかかっているのだろう。

「どうします？」ドアから耳を離し、足立シヲリは俺を見た。

俺は持ってきたカバンから、ガムテープを取り出した。

窓ガラスにガムテープを張れば、音をあまり出さずに割れる、と昔マンガで読んだことがある。

あれ、1回やってみたかったんだよな。

ガムテープを張ろうと、ドアの横にある窓の前に立った。そして気づいたんだ。

窓の手前に、鉄の柵があることに。

なんてこった。窓を割っても、鉄柵があったらなかに入れないじゃないか。

固まっている俺に、足立シヲリが気まずそうに話しかけてきた。

「あの、ちょっと待っててください」

彼女はアパートの階段を降りて行く。どうしたんだ？

そして、カンカンカンと音を立てながら、またすぐに戻ってきた。

「ありましたー」

なんと、足立シヲリの手には、アパートの鍵らしきものがあった。

「おお、どこにあった？」

「ポストにありました」

ポスト？　たしかに実家でも、玄関の周りに鍵を隠しておいたりもしていたが。

「でも変なんすよね」

「変？　何がだ？」

「表札の名字が〝目黒〟って書いてるんすよ。この部屋」

「めぐろ？　おかしいな。部屋に間違いはないはずだ」

「じゃあ前の家の住人ですかね」そう祈る。

それにしてもこの女、意外に使えるな。足立シヲリは、鍵をそっとドアノブに差し込む。かなりゆっくり回したが、カチャリ、と気持ちのいい開放音とともに、鍵が開いた。

彼女がそっとドアを開け、隙間の前に俺が立った。何も打ち合わせていないが、自然に俺が足立シヲリの前にいた。少しずつ隙間は広がり、人が1人、入れるくらいまでドアは開いた。

足立シヲリと目が合った。〝俺が先に入る〟そんな意思を込めて、顎をドアの奥のほうにしゃくり、頷いた。足立シヲリも俺の合図に頷く。よし。

ドアの内側に、一歩、足を踏み出した。

そのときだ。ゴヅ！　足立シヲリの額が、俺の鼻にぶつかった。

「あたた」足立シヲリも同時に部屋へ入ろうとしたんだ。

「何考えてんだ……！」意味が分からん！

小声だが強い口調でそう言うと、足立シヲリも少し怒った様子で返してきた。

「先に行け、ってことじゃないんすか……!?」

この場面で、どうしてそうなるんだ。普通手前にいる、男の俺からだろ。

「違う。俺が先に入る。空気を読め」

足立シヲリは下唇を突き出し、眉の間にシワを寄せて不満そうな顔になった。

なんだよその顔、かわいいな。この女は男勝りというか、勇敢すぎるというか。

まったく、おとなしくしてりゃあ、いい女なのにな。

気を取り直して、俺はドアの隙間から部屋を覗き込んだ。玄関の先は暗いが、異常はなかった。

さらにドアを大きく開け、足立シヲリと一緒になかへ入った。

玄関は狭く、独特の生活臭がした。そして、犬や猫独特の動物臭も。

開いたままのドアから入ってくるわずかな光で、足立シヲリが壁に手を当てて何かを探っているのが見えた。俺は足立シヲリの手を掴んだ。「え？」

「電気は点けるな」

「でも……」

「外から見て、一瞬でバレる」

俺はカバンから懐中電灯を2つ取り出し、1つを足立シヲリに渡した。

「窓のほうには当てるなよ」足立シヲリは頷いた。

直後。クシャ、クシャと紙クズを踏むような音が聞こえた。

俺より先に、足立シヲリが部屋の奥へ、懐中電灯の光を向けた。

「ハッ、ハッ」

独特の小刻みな呼吸音とともに、ソイツがゆっくりとこちらに近づいてきた。

「……いた」

薄汚れたグレイに近い毛並み。頭は俺の腰くらいの高さだが、立ち上がれば肩まで届くだろう。

間違いない、ズシオウマルだ。

俺たちから数歩のところに、ズシオウマルは立ち止まった。暗闇のなかで、光に照らされた瞳をこちらに向けている。

唸っているわけではない。威嚇している様子もない。無垢な瞳だった。

だが、何を考えているのか分からない。闇のなかの犬には、異様な不気味さがあった。

アパートの間取りは１ＤＫ。玄関から、５メートルくらいの真っ直ぐな廊下があり、ズシオウマルの後ろに６畳前後の部屋が広がっている。玄関の幅は1・5メートルもない。成人の俺が両手を広げて、余裕で手の平が両壁につく。そのまま力まかせによじ登れるくらいだ。

仮にズシオウマルが飛びかかってきても、サルでも軌道は読める。俺は右手で懐中電灯を構え、左手でカバンの持ち手を強く握った。飛びかかってきたら、この懐中電灯でハタキ落としてやる。

一方で、今日はスーツを着てくるんじゃなかったと、少し後悔していた。

突然、俺の斜め後ろに立っている足立シヲリがしゃがみ込み、両腕を広げた。

「チッ、チッ。ほら、ズシオウマル覚えてる？　唐揚げあげた、あたしだよ」

鳥じゃねえんだから。あいつにそんなものは通用しない。犬といえど獣。侵入してきた俺たちに牙を剥くに決まっている。今、ズシオウマルと俺の間には、一触即発の緊張感がある。

種族は違えど、オス同士にしか分からない感覚だ。先に動いたほうが負ける。そんな空気だ。

しかし、ズシオウマルは尻尾を振りながら、あっさり足立シヲリのほうに近づいてきた。

「ハッハッ」な、何だと？

「わあ、覚えててくれたんだ」

ズシオウマルはクンクンと足立シヲリの手の平の臭いを嗅ぎ、彼女は奴の頭を撫でた。

なんだよこの犬。プライドとかないのか？

しかし、俺が一歩、横に動くと、ピクンと反応して俺を見る。

俺がじっとしていると、また足立シヲリのほうを向いて頭を下げた。

気持ちよさそうに頭を撫でられ、足立シヲリの膝などにクンクンと鼻を当てる。

無邪気な犬を装ってはいるが、俺に対する警戒は解いてない。

ゼンイチとの戦いのときも思ったが、この犬、人間並みの何かを持ってるな。

だが、ズシオウマルが足立シヲリを気に入っているのはたしかなようだ。

リュウオウの勘が功を奏した。この調子なら、このままズシオウマルを連れて行けそうだ。

犬は足立シヲリにまかせ、俺は土足のまま奥へ進み、部屋の物色を始めた。

勝手に入った人ん家って、妙に興奮するな。そんなに物は多くないが、床には開いたままのマンガや、飲みかけのペットボトル、シャツやジーンズが放置されていた。ベッドは起きて、そのままって感じか。

壁にはダウンジャケットなど、冬物の上着がかかっている。服は大きめのサイズばかりだ。俗に言うB系の服装を大人っぽくした感じか。

いや、待てよ？　違うサイズの服もある。おっさんぽい、ダサめのポロシャツや、ジャンパー、それに、緑色の作業着も。明らかに趣味が違う。

ここには2人以上の男が共存している？　どういうことだ？

さっきの目黒という表札といい、ここはゼンイチの家じゃないのか？

俺はガラスのテーブルに光を向けた。支払い関係の書類や頭痛薬、コップと一緒に、大量のチラシの束があった。ハガキと同じサイズで、厚さからして２００枚以上はあるだろう。パッと見で、デリヘルなどのピンクチラシの類いだと分かった。ゼンイチがやっているデリヘルの仕事に関係した、ポスティング用のＤＭだろうか。

ＤＭには、１人の女の子の写真が載っていた。モザイクなどで顔を隠してはない。この子、なかなか可愛いな。目がいい。

名前は……ルシエ？　へえ。デリヘルの広告で顔をさらすなんて、ずいぶん思い切ったな。

ふと横を見ると、足立シヲリも俺の肩から顔を覗かせて広告を見ていた。そして広告から俺に視線を移し、目が合った。

無表情だが、スケベな男を初めて見る少女みたいな目だ。すぐに部屋を物色しだした。なんだよこの気まずさは。

彼女の軽蔑したような視線にへコみつつも、俺はさりげなくチラシを１枚、ポケットに入れた。そして、代わりにカバンから１枚の手紙を取り出し、机の上に置いた。

「そろそろ行くか」

玄関のほうに歩きだすと、足立シヲリもついて来た。

「あ、はい。おいでズシオウマル」

ズシオウマルは玄関にいる俺たちを見ると、一度部屋を振り返った。

そして、ゆっくりと立ち上がり、素直について来た。よしよし。いい子だ。

俺は用意しておいた手綱を足立シヲリに渡した。

「中央さん、用意いいっすよね」

「まあな」犬を捕まえるのに、手綱ぐらい必要なのは想定できる。

足立シヲリが手綱を引っかけようと首輪に手を延ばすと、ズシオウマルは素直に従った。

手綱は足立シヲリに持たせた。彼女と犬が部屋から出るのを確認すると、ドアに鍵をかけ、ポストに戻した。ＯＫだ。目的の1つは果たせた。

あとは、リュウオウのところにズシオウマルを連れて行く。今日の成果は十分だった。

俺と足立シヲリはズシオウマルを連れて、来た道を戻って行った。

パーキングに停めた車に乗れば、ひと安心だ。

「あの、さっき、ゼンイチの家に置いていった紙って……」

手綱を握っている足立シヲリが俺を見た。

「ああ、俺の携帯の番号を置いていった」

「それって、どういうことなんですか？」

「こっちから探そうにも手間取りそうだからな。次はあっちから来てもらう」

家に帰ったら部屋が荒らされた様子もなく、ただ知らない番号が書かれた手紙があるなんて気持ち悪いだろ。かといって警察に被害届を出すようなタマでもない。

「なんか、そういうの怖くならないっすか？」

「怖いよ。だが本当に怖いのは、普段は怖いと思う行動をさせる、このＳＣＭだ」

つくづくそう思う。感情は操れない代わりに、主人の命令のためなら恐怖心を持ったまま、犯罪行為をさせるんだ。俺が32年間で築き上げてきた、すべてのアイデンティティをぶっ壊す。それがＳＣＭだ。

「どうやったら……」

「その話はするな、今後もな」

足立シヲリは口をつぐんだ。俺が止めなくても、恐らくその先は言えないだろう。

俺だってその先を何度も考えた。どうやったら、俺たちは解放されるのか？　ってな。

だが、解放してくれと堂々と訴えたり、そのために、行動するまでには至らない。

いい加減だったり、あやふやな要素も多いが、ＳＣＭは主人にとって徹底的に都合よくできている。たとえ、奴隷自身が主人に歯向かうような行動をとろうとしても、不快感や恐怖心で抑え込まれてしまう。やがて、解放や反逆を考えることも、なくなっていくんだ。

「……すみません。なんか今日一緒にいて、中央さんって、思ったよりもいい人で、なのに悪いことばかりさせられてて、なんか、悲しくなってきて」

「いいかお姫様、１つ教えてやる」

「え？　は、はい」

「大切なのは、疑うか、もっと疑うかだ」

「疑うか、信じるかじゃないんですか？」

「信じて、いいことなんて何もないぞ。ＳＣＭで出会う人間が、いい奴でも悪人でも関係ない、どうでもいい。ＳＣＭで出会う人間に、善悪なんてないんだよ。だから俺のことも信じるな」

やっと今の生活にも、諦めがついてきたのに。「はい……」と声を沈ませる足立シヲリの存在が、俺のなかの罪悪感を刺激する。昔、失った、あいつに似てるんだ。

本当はやりたくないよ、俺だって、こんなこと。可能なら解放されて、平凡に暮らしたい。

俺、釣りが好きなんだよ。

足立シヲリと俺の間には、どうしようもない切なさと、重い空気が流れていた。

気分を変える話題も見つからん。ズシオウマルだけが、トコトコと平然とついてくる。こいつは主人ＳＣＭだったな。この野郎、のん気な顔しやがって。

俺はこの犬に、嫉妬のような感覚を抱いていた。

俺も足立シヲリも、首輪をつけられ手綱を引かれる、この犬以下なんだ。

疑うか、もっと疑うか……。

一番言いたいのはさあ、頼むから、俺を信じないでくれよ。俺を頼らないでくれよ。なんでみんな、俺に質問する。俺だって、誰かに頼りたいんだよ。怖いんだよ。

ちくしょう……会いたいよ、マリア。


パーキングの手前でズシオウマルが突然、立ち止まり、耳をピンと立てて、今来た道を振り返った。今まで素直に従っていたのが嘘のように、足立シヲリが手綱を引っ張っても、動こうとしなかった。

「ズシオウマル、どうしたの？」

すぐにポケットから携帯電話を取り出し、ＳＣＭのＧＰＳを開いた。

ゼンイチが近づいているのか？　だとしたら、このタイミングは厄介だ。

画面の中心にはズシオウマルの赤。俺と足立シヲリはＳＣＭをつけていないから、ＧＰＳに反応は出ない。そして、ズシオウマルの赤◯と重なるほど近くに、もう１つの反応がある。

その色は……。

「ちぃ！　まずい！」彼女が持つ手綱を奪い、引っ張った。

「何がまずいんすか!?」

ゼンイチなら奴隷の黄色のはずだ！　なのに！

「近くに他の所有者がいる！　赤だ！」

「え!?　え!?　マジっすか!?」

この場にいるのはまずい。そんな予感がした。

「あっ！」足立シヲリの声で、俺は夜道の先を見た。

真っ直ぐな道路の先に、こちらへ向かって歩いて来る人影が2つ見えたんだ。

「グルル」ズシオウマルは俺に牙を向け、首を激しく動かし、手綱を振り切ろうとする。

なんだよ、この馬力は。手綱を二重にして、手に巻きつけようと、手首を曲げた瞬間。

「ああ！」足立シヲリが叫んだ。ズシオウマルは勢いよく走りだした。

「くそ！」手綱を巻く拍子に、離しちまった。しかも手首をひねった。

タッタッタッタッと、闇夜に、獣が駆ける音が響く。

俺と足立シヲリは、すぐにズシオウマルを追いかけた。

ちくしょう！　これだから犬は！

ズシオウマルが駆けて行く先に、２人の男女が見えた。

「ズシ!?」

ズシオウマルを知っている人間なのか？

ズシオウマルは女にじゃれつきながら、千切れんじゃねえかってぐらい尻尾を振っていた。

「ズシ！　あんた今まで何してたの!?　なんでここにいんの!?」

「ハア、ハア……」俺たちもすぐに追いついた。

100メートルも走っていないが、いきなりの全力はキツすぎる。

男も女も、初めて見る顔だった。2人とも、足立シヲリと同じ20代前半くらいか。

ズシオウマルが必死で尻尾を振っていた、その女は、かなり綺麗だった。

鋭い魅力というか、輝きがある。髪の毛は肩までいかないぐらいのショートボブで、色は品のいいブラウン。印象的な長いまつ毛と、彫りの深い目元。月夜の下で、その瞳は氷の結晶のように輝いていた。

「あー、えっと」

男のほうは短髪。健康的で爽やかな外見だ。

彼は、開いたままの携帯電話を持っていた。俺とそいつはチラッと、互いが持つ携帯を見た。

さっきの主人の赤反応は、こいつらのどちらかだ。やはりSCMの所有者か。

「その犬の飼い主か?」

女のほうに訊いたつもりだったが、男が拳法のような構えをして答えた。

「ええ! そうです!」

なんだこいつ。バカか? と思っていると、女のほうが言った。

「私がこの子の飼い主です。ビックリしたぁ。何年も行方不明だったんですよ」

数年ぶりの、感動の再会だというのか? 嘘だろ?

「悪いが、その犬、譲ってくれないか?」

「え? どうしてですか?」だよな。

「その犬はうちの大事な人に、とんでもなく迷惑をかけてな。連れて行かなきゃならん」

男と女は顔を見合わせた。まあ嘘だが、このぐらい言わないとズシオウマルを引き渡してくれる気がしない。

「ウゥワン！」ズシオウマルが一声、俺に向かって吠えた。

「ズシは嘘だって」

女がそう言った。おいおいマジかよ。

「え？　分かるの？」

「だって飼い主だもん」

足立シヲリの疑問に、無垢な瞳で女は答えた。だからこそ、その言葉には説得力があった。

最悪だ。この女は本当にズシオウマルの飼い主だ。俺と青年は無表情のまま目を見合わせていた。

「何があったんですか？　僕らでよければ、相談に乗ります」

生意気なことを言いやがる。

「どうして、この子が必要なんですか？」

クソ、答えられるわけないだろ。

塁には誰もいないはずなのに、いきなり盗塁された気分だ。

心のなかに焦りと憤りが渦巻く。どうすれば状況を打開できるだろうか？

ズシオウマルは尻尾を振り、彼女の足元の匂いを嗅いでいる。

今はまさに忠犬だが、怒らせたときのズシオウマルの恐ろしさは、十分すぎるくらいに知っている。無理矢理ズシオウマルを連れて行くのは、リスクが高すぎる。

頼みの綱の足立シヲリも、本物の飼い主の前では無力だ。

「おじさん、春のジャマイカって人、知ってる？」

しかも、このガキ〝あの名前〟を出しやがった。

俺はもう一度、青年と女に顔を向けた。

「お前ら、大田ユウガと荒川エイアか？」

2人とも、何も言わない。それが答えだ。間違いない。新宿セイヤから聞いた特徴も一致している。こいつらは俺たちとは別の派閥のSCM所有者、大田ユウガと荒川エイアだ。

たしか、豊島アヤカとかいう女も仲間のはずだが、一緒じゃないのか？　こいつらもズシオウマルを探していたのか？　考えても分からない。

こういう想定外のことが起きた場合は、俺が方針を決めていいことになっている。

以前、中野タイジュと足立シヲリを奴隷にする際、マメにリュウオウと連絡を取って不審がられてしまった。その反省を踏まえ、今回の状況判断はリュウオウから俺に、すべて一任されている。唯一の縛りは、俺と足立シヲリが勝負できる相手は、ゼンイチとズシオウマルということのみ。それが今、最も厄介なんだが。

下手にこの2人には手が出せない。なら、俺の答えは1つしかない。

「帰るぞ」

「え？　けど……」

無言で足立シヲリを見ると、彼女は「わっかりました」と言った。

大田ユウガは真っ直ぐな瞳で、俺の目を見ている。あれは奴隷になった者の目じゃない。

主人の赤反応は、この青年、大田ユウガだ。

俺と足立シヲリはそのまま歩きだした。

「おじさん、奴隷から解放されたくありませんか？」

つい、足を止めてしまった。足立シヲリもだ。

どうやって気づいた？　いや、かまをかけている可能性もある。「どうして分かった？」と訊けば、それをたしかなものにしてしまう。

「主人の情報が漏れないよう、何も言えないんでしょ？　おじさん」

背中を向けたまま、俺は言った。

「おじさんじゃない。中央さんだ」

「人を説得するときは、絶対に嘘をつくな」

格言の引用か。その言葉が嘘だろ。

「僕の言葉、忘れないで下さい。僕なら、最終的にあなたたちを解放します」

やれるもんならやってくれ。そんなヨタ話、聞くだけ無駄だ。俺は胸ポケットに入っているタバコの箱を取り出した。

……ちくしょう。もう、タバコは1本もなかった。


パーキングに着くと、足立シヲリは気まずそうに顔を向けてきた。

「こんなあっさり諦めて、いいんですか？」

「他にいい方法があるなら、教えてくれ」

俺はそう言うと、車の鍵を開けた。

「中央さん、あの人が言ってたのって……」

大田ユウガが言っていた、解放の話だろう。

「言ったろ。疑うか、もっと疑うかだ」

「……分かりました。あの、中央さん、大丈夫すか？」

車に乗り込むと、足立シヲリが心配そうな顔で俺を見た。

「何が？　どうした？」

「さっきから、ずっとライターをシュッシュしてるから」

そういえば、タバコがないと分かってからも、ライターを握っていたんだ。

ずっとシュッシュしていただと？　気づかなかったな。

「あ、ああ。ただの癖なんだ。気にするな」

「これからどうするんすか？」

「とりあえず、ありのままをリュウオウに報告する。あとはリュウオウに決めてもらうだけだ」

足立シヲリは唇をギュッと閉じると、上目遣いで言った。

「あの、罰とか……」

罰か。リュウオウは短気だ。今夜中に何かしら収穫がなければ、罰もありえるだろう。

「まあ、心配するな。どうせ絶妙な嫌がらせみたいなものだ」

「絶妙な嫌がらせ？」

足立シヲリは明らかに元気がなくなった。得体の知れないＳＣＭの奴隷になったうえに、イカレタ主人から初めて受けた命令が失敗、だもんな。想像を絶する不安を感じているんだろう。

俺はまずジュリアに連絡し、これまでの経緯を話した。

ジュリアの隣には、常にリュウオウがいる。足立シヲリは携帯をイジッていたが、時々不安そうにこちらを見る。途中でリュウオウと電話を代わったりもしたが、会話は10分ほどで終わった。

電話を切ったあと、自然と舌打ちが出た。

「あの、何を言われたんですか？」

「まずズシオウマルと、あの2人は保留だ。引き続き、ゼンイチを追い詰める」

「あ、はい」その辺りは電話の様子で、足立シヲリも察していたようだ。

彼女が気になるのは、罰のことだろう。

「そして俺は、また禁煙だ」

下らないことに聞こえるだろうが、ヘビースモーカーの俺が禁煙するのはかなり辛い。再び喫煙を許されるには、新しく誰かを奴隷にして来なければいけない。

「え？　あたしは……」足立シヲリの罰も、あいつが思いつきそうなものだった。

「君はこれだ」

俺はそう言って、携帯電話のカメラ機能を起動させた。

「ゴリラの顔をして、写メを撮って送れだとさ」

「はい？　マジで言ってんすか？」

足立シヲリのウホ顔を撮り、リュウオウに送った直後、俺の携帯電話が震えた。

知らない番号からだった。電話に出た瞬間、それこそゴリラみたいな声が聞こえた。

「テメー！　ゴラア！　誰だテメー！」

案の定、ゼンイチだ。

大した大声だ。音が割れて、かなり聞き取りにくい。

「お前を追う者だ」

「ああ？　テメー今どこだコラ」

「近くにいるよ」

「ざっけんな殺すぞ！」

ハンズフリーフォンに切り替えて、車を発進させた。

次に、携帯でＧＰＳを開くよう、ジェスチャーで足立シヲリに指示をした。

「まあ落ち着け。察してるとは思うが、俺はＳＣＭ所有者だ。家にご主人様がいないだろう？　だがお前は奴隷のままだ」

「テメー……あんときのメガネ野郎か」

「お、記憶はできるのか、すごいじゃないか。どうだ？　犬より俺たちの仲間にならないか？」

「ざけんじゃねえ、殺すぞ」

ズシオウマルは大田ユウガたちに横取りされたが、そこには触れない。

「まぁそう言うなゼンイチ。勝負しないか？」

足立シヲリは目を見開き、俺に携帯の画面を見せてきた。

ゼンイチの家の周辺を映した画面には、黄色の〇が表示されていた。

よし。ゼンイチは今、ＳＣＭをつけている。

「はあ？　テメー、さてはワイルドな俺様に惚れたファンだな？」

ここ最近、ゼンイチの反応は不安定だったが、いつもこの時間帯だけ反応があった。

ＳＣＭは24時間は外せるが、外したあとは時間に応じてつけていなければならない。

ゼンイチは、この時間帯につけている可能性が高かった。

「勝負の提案だ。お前ケンカ強いんだろ？　見つけてぶっ飛ばしたら勝ちってどうだ？」

「ハッ！　何だそりゃ」

「バカでも分かるだろ？　勝負の提案は〝追いかけっこ〟だよ。ＳＣＭの説明書を見ろ。２５０

ページだ」

「ああ？　命令してんじゃねえぞクソが」電話の向こうから紙をめくる音が聞こえた。

「んなもん読まなくても知ってんだよ。勝負モードの話だろ。だから何だ。ああ？」

いや、お前今、読んだろ。

「そこに書いてあるだろ。ＳＣＭの勝負は24時間以内に決着をつけなければいけない」

24時間を越えた場合は、両方にペナルティが起きる。

「24時間以内に、俺がお前を捕まえて、ぶっ飛ばせなければ俺の負けでいい。お前は今から必死こいて逃げろ。24時間、逃げ切るだけでお前の勝ちだ」

時計を見た。今は０時前。

「……別に見つかっても、俺がテメーをぶっ倒せば、俺の勝ちなんだよな？」

「ああそうだ」来い。

俺はそう言いながら、ポケットからＳＣＭを取り出した。

「やるのか？　やらないのか？　ビビってんのか？」

来い。来い。来い！

「ビビってねえよ！　殺ってやるよ！　殺ってやるから勝負しに来いコラ！」

来たっ！　その瞬間、俺はＳＣＭを口に取りつけた。

「よし！　勝負しよう！」

『――ユーイーン、カチッ』

「な!?　テメー！　今どこだよ！」

あいつは、俺が近くにいないと思って勝負を受けた。

「勝負開始だ」

「お、オメー頭悪いんじゃねーか？　電話越しで勝負できるわけねえだろ！」

できるんだなこれが。30メートル以内なら。

「窓から道路見てみろ」

俺がそう言った直後、アパートの窓のカーテンが開いた。

俺はゼンイチのアパートの目の前に、車を停めていた。

「テメー！　この野郎！」もう電話がなくても声が聞こえる。

「あ、ちなみにSCMは絶対、外すなよ？　外したらお前がマズイの、分かるだろ？」

電話は切られた。ゼンイチは今まで、24時間ギリギリSCMを外していた。

インターバルで次は6時間以上、外せないはずだ。

SCMは外す時間が長くなればなるほど、嘔吐感や不快感、酷いときは強迫観念に襲われる。

アパートの階段がガタガタと鳴り、ゼンイチがダッシュでこちらに向かって来るのが分かった。

「中央さん……あの」

足立シヲリは不安そうに、フロントガラスの向こうと俺を交互に見ていた。

「このままゼンイチを捕まえる」

あんなアルティメットバカに、24時間も使ってらんねえ。

俺は車をバックさせ、アパートの出入口付近に停めた。

すぐに、出入り口に大柄な人影が見えた。

今だ。人影が見えた瞬間、俺はアクセルを思いっきり踏んだ。

ブオオオと、今までに感じたことのないほどのエンジン音が轟く。車は真っ直ぐに発進した。

「え？　ちょ！　中央さん！　でゅぅわ！」

ゼンイチ、悪いな。俺は今イッライラしてんだ！

フロントバンパーに大きな物が当たるヅガン！　という音に続き、ダン、ガッ！　と三段階の音が聞こえた。酷なもん見せてすまんな。

リュウオウから、「ゼンイチには手段を選ぶな」と言われているんだ。

ボンネットに人の体が乗り上げた。見事に「転げ乗った」な。

強気な足立シヲリでさえ、フロントガラス越しの光景に、放心状態となっていた。

彼女は助手席に座ったまま、ゆっくりと俺のほうに顔を向けた。

「あんた何やってんの！」

彼女の言い方には少しビックリしたが、たしかに俺はゼンイチを車で轢いた。

だがこのくらいの距離と速度なら死にはしないだろう。

しかも、あいつみたいに頑丈なマウンテンウホホなら、せいぜい骨折程度で済むはずだ。

このまま奴をＳＣＭで奴隷にすれば、警察に駆け込まれることもない。ドン引きの足立シヲリを車内に残し、俺は車から降りた。

このままダメージを負ったゼンイチを言いくるめれば、追いかけっこ勝負は俺の勝ち。

無駄な労力は使わないに越したことはない。思いつきのカチ込みだが、うまくいったな。

ボンネットの上のゼンイチを確認しようとしたとき、出入り口のほうで物音が聞こえた。

……ゼンイチ？

嘘だろ？　轢いたはずのゼンイチの姿が、目に飛び込んできた。

とっさに、ボンネットの上を見た。

俺が車で轢いたそいつは……ゼンイチじゃなかった。

心臓がバクバクと高鳴り、何もしていないのに息切れがする。

「ハアハッ」自分の呼吸が、嫌みなくらい聞こえた。まずい。俺は無関係の人を轢いた。

やっちまった。

『カチャン』口のなかのSCMが鳴ったとき、俺の目元は熱くなっていた。

脳をグルンとひっくり返されたような感覚だった。頭痛と目眩を感じ、その場に崩れ落ちそうになった。必死に膝へ意識を集中させ、こらえる。今にも泣き叫びそうだ。

人間、ショックなときは呼吸も忘れるんだ。タンすら出ないほど喉が渇く。落ち着け。落ち着け。

「フゥフッ」呼吸を整えて、泣きたい衝動を抑える。

間違えて無関係の人間を轢いた。

この罪悪感は、SCMが敗北感を認識するのに十分なものだ。

俺は勝負開始3分で、負けた。まさに事故だ。

足立シヲリも車から出てきて、ボンネットに乗った男を見る。

「この人……誰ですか？」

「……知るか」そんなの、どうでもいい。

歳は俺と同じくらいか。

「車に運ぶ」

「え？」このままにしておくのはまずい。

深夜なので周りに人の気配はないが、人を跳ねた音は辺りに聞こえたはずだ。

とにかく、この場から離れなければいけない。

「後部座席のドアを開けてくれ」

足立シヲリにそう言いながら、男を抱きかかえた。

顔はすり傷で済んでいるが、頭も打っているはずだ。くそ、左足は折れてるみたいだ。

あとは分からん。見た目はでかいが、意外と軽いな。

足立シヲリに後部座席のドアを開けさせ、俺は男を車内に入れた。意識はない。荒い呼吸だけ聞こえる。俺はカバンからガムテープを取り出し、男の両腕に巻いた。

「そこまでしなくても」

「うるさい」意識を取り戻して、暴れられても困る。

早くこの件を処理しなければならん。ただでさえ、俺はゼンイチに勝負で負けちまったんだ。

これ以上、トラブルを起こす可能性のあるものは、すべてガムテープで巻きつけてやる。

男は「はあはあ」と荒い息をして、顔を歪ませていた。

男の足を押し込めるようにしまい、後部座席のドアを閉めた。

運転席へ戻ると、足立シヲリが乗り込んだのを確認して、すぐに車を発進させた。

道路に、血痕や車の破片などはない。

狭い住宅街の道を走らせながら、フロントミラーで後ろの男を見た。

このアパートの住人か？　どうする。どう処理する。俺は関係ない人を轢いた上に、勝負に負けた。轢いた。負けた。頭のなかでは、ひたすらその2つの言葉が駆け巡っていた。

取り返しのつかないことが、同時に2つ起きた。

しばらく走ったところにコンビニを見つけたので、その駐車場に車を停めた。

「あの、コーヒー買ってきます」

ギアをパーキングに切り替えると、足立シヲリが静かにそう言った。

「ああ……」俺はハンドルにオデコをつけて目をつむった。

なぜか分からないが、急激に眠くなってきた。

後ろの男を病院に運ばなければ、SCMの勝負どころの話ではなくなる。

だが早くゼンイチを追わなければ。いや、実際に会ったら、俺はあいつの奴隷になる。

俺が負けの判定を受けたとき、あいつはギリギリ30メートルの外まで逃げていた。

だから、まだ俺はリュウオウの奴隷のままではある。しかし、24時間後にペナルティが起きる。

「ハッハア」俺の呼吸と、男の呼吸が重なる。

どうしたら。どうしたらいい。今にも叫びだしそうだ。

クソ！　俺はハンドルに自分の頭をぶつけた。

クソ！　クソ！　可能なら30分前に戻りてえ！　ちくしょう！

俺はなんで車で轢いて、ゼンイチを追い詰めようとした！　女がいたから調子こいたか！

「中央さん！　やめてください！」

足立シヲリが両手で俺の肩を押さえた。彼女が止めるのも聞かずに、俺は何度も頭をハンドルにぶつけた。

クソ！　クソ！　クソ！　面倒くせえ！　マジ面倒くせえ！　俺はどうしたらいいんだ！

世界滅べ、今すぐ！

俺はやっとハンドルに頭をぶつけるのをやめた。

足立シヲリは助手席に座り、携帯をイジッている。

しばらくの間、車内は男の荒い息だけになった。

俺はハンドルにオデコをつけたまま、ハンドルに刻まれた車メーカーのエンブレムをボーッと見ていた。よだれが垂れそうになるほど、何もする気が起きない。

ドアの開く音が聞こえた。

足立シヲリが車の外に出たらしい。次に、後部座席のドアを開ける音が聞こえた。

「中央さん、この人ＳＣＭをつけてます」

「あは？」一瞬意味が分からなかったが、俺はゆっくりと後ろを見た。

足立シヲリは男の口を指でこじ開けて、こっちを見ている。

「つけてますＳＣＭ。この人」

俺は後部座席に身を乗り出した。そして、男の上の歯の裏を触る。

「ＧＰＳを見たら、黄色反応があったから、もしかしてと思って」

「つけてる……」俺が轢いた男は、ＳＣＭをつけていた。

思わず目を見開き、「ふは」と、安堵のため息を吐いた。

助かる。こいつ、どういういきさつかは分からないが、ＳＣＭをつけている。

俺は足立シヲリが持っている携帯の画面を確認した。

たしかに、今いる辺りに黄色反応がある。それは、微妙に濃い黄色だった。

注意して見れば、同色が重なってるのが分かる。俺の反応が復活していた。

俺も初めて知ったのだが、どうやら決着がついた時点で、ＧＰＳの反応は再開するようだ。

勝負モードと待機モードの間、保留モードといった所か。

保留モードでは、ＳＣＭをつけた人が近くにいても、アラームは鳴らなかった。

つまり、勝負の申し込み受けつけができない。だが、ＧＰＳには反応するのか。

ということは、俺と同様に保留モードであるはずのゼンイチの反応も探せる。

そうか、俺とゼンイチが電話していたとき、こいつとゼンイチは同じ部屋にいたんだ。

２人の黄色反応は近すぎて、ＧＰＳでは重なって見えた。

注意すれば、同色が重なっていても分かるのに。くそ、ウッカリしていた。

以前ジュリアも似たようなミスをしていたが、このＧＰＳのいい加減さがよく分かった。

それにしてもこの男は誰の奴隷だ？　ゼンイチはズシオウマルの奴隷だ。

気になるところだが、今はそれより優先させることがある。

俺は男のポケットからサイフを取り出し、免許証を見た。男の名前は目黒マサカズ。

携帯で、免許証の写メを撮る。

悪いが、俺には時間的にも精神的にも余裕はない。

目黒マサカズには、このまま俺たちの派閥の奴隷になってもらう。

俺はジュリアに電話をし、許可を求めた。この男との勝負の許可だ。

そして今の状況を簡潔に報告し、指示はメールで受けることにした。

今は男を奴隷にするのが最優先だ。必要な条件はクリアした。

「おい、起きろ」

目黒は目をつむったまま、「いてえ、いてえ」と言いだした。

まだ混乱しているようだが、意識は戻った。

「納得できないだろうが、命が惜しかったら今すぐ勝負を受けろ」

足立シヲリはすでにＳＣＭを取り出し、取りつけようとしていた。

勘がいい。俺とゼンイチの勝負は決着したが、保留モードだ。今、この場でこの男と勝負ができるのは、足立シヲリだけだ。

「この子に勝負を申し込め」

「きゅうきゅうしゃ」すまん。もう少し待ってくれ。

俺は目黒の耳元で、精一杯ドスを利かせた声で言った。

「いいからやれ。このままだと死ぬぞ」

俺も必死なんだ。それを理解したのか、目黒はわずかに目を開けて、足立シヲリに言った。

「おれとしょうぶをしてくれ」

「それでいい。ほら、何でもいい。簡単な勝負をしろ」

この男の心はすでに折れている。

以前、足立シヲリを奴隷にしたときと同様に、敗北感も容易に引き出せるはずだ。

あのとき奴隷になった彼女が、また同じような状況で別の人間を奴隷にしようとしている。

皮肉だな。足立シヲリは少し考えたあと、口を開いた。

「じゃあ、しりとりで」

なんでしりとりなんだ？　まあ、何でもいいんだが。

「勝負はしりとりだ。分かってるな？　絶対に負けろ」

目黒はさっきよりも落ち着いた様子で、「わかった」と答えた。

その瞬間、足立シヲリと目黒の口から『カチッ』という音が聞こえた。

「えっと、じゃあ、しりとり」

「り、りんご」

重傷のケガ人に、のん気にしりとりをさせるのは酷だが、今は従ってもらう他はない。

「ご、ゴリラ」

「ら、ら、ラーメン」

目黒は、あっさり負けてくれた。2人の口から乾いた音が聞こえた。

毎回、こうやって簡単に勝てたらいいが、そういう状況を作るのも難しい。

「うぶ」目黒が突然えずきだした。

俺は慌ててカバンからタオルを取り出し、目黒の口に当てた。

一瞬はケガが原因かと思ったが、これはSCMで奴隷になった副作用だろう。

こいつ、主人が頻繁に替わっているな。

足立シヲリが、目黒の仮の主人となった。勢いでなんとか成功したな。

俺は足立シヲリに、目黒に対する命令の内容を伝えた。

俺と足立シヲリはこれからゼンイチを追うが、目黒はこのコンビニに残る。そして自分で救急車を呼ぶ。俺たちの話はするな。もし他の奴に勝負を申し込まれても、絶対に受けるな。俺たちが迎えに行くまで、養生して待っていろ。

足立シヲリは、そのままを目黒に命令した。目黒は静かに「分かった」とだけ言った。

携帯の番号を控え、俺はわずかだが目黒に金を渡した。

「気分が悪いのは続くか？　腹は痛むか？」

「全身痛いが、左足が特に痛い」

どうやら、折れたのは左足だけのようだ。命に別状はなさそうだ。

足立シヲリの命令を聞いてくれている限り、俺の罪は問われない。何とかなった。

「お前は誰の奴隷だった？」

「お、俺は文京ゼンイチの奴隷だった」

今は足立シヲリが目黒の仮の主人だが、俺の質問に目黒は素直に答えた。

「文京ゼンイチだと？　じゃあズシオウマルの奴隷か」

「ずしおうまる？　何のことだ？」

足立シヲリと俺は顔を見合わせた。

どういうことだ？　ゼンイチはズシオウマルの奴隷のはずだ。ということは必然的に、目黒もズシオウマルの奴隷となる。奴隷の奴隷なんて、ありえない。

「あ、中央さんと今日、会ったときに話したアレ、新しい主人は30メートル！」

新しい主人は30メートル？　ああ。

新たな主人が30メートル以内にいない場合、前の主人の縛りは継続する。

つまり、ゼンイチがズシオウマルの奴隷になったとき、近くに目黒はいなかった。

そうだ。ズシオウマルは犬だ。そこですべてのバランスが崩れたんだ。

ゼンイチはズシオウマルの奴隷でありながら、目黒をズシオウマルに近づけさせないで、奴隷として扱い続けたんだ。主人が犬であることをいいことに。

謎は解けた。考えれば他にも細かな疑問はあるが、さすがにそろそろ目黒に手当てを受けさせないとな。俺は目黒を抱えて電話ボックスまで連れて行き、座らせた。

「あとは分かってるな」

「あ、ああ」

真の主人はリュウオウという人物であることは伝え、当面の指示も出した。

この場でやれることはやったな。

俺が車に戻ろうとすると、目黒が「待ってくれ」と言った。

振り返ると、目黒は俺を見上げて、こう言った。

「たのむ。杉並ルシエという女を助けてくれ」

すぎなみるしえ？　どこかで聞いた気がするな。

「誰だ、そいつ」

「俺の前の主人だが、今はゼンイチの奴隷だ」

「お前と杉並ルシエ以外に、ゼンイチにはまだ奴隷がいるのか？」

目黒は首を横に振った。

杉並ルシエという女も、どうやら真の主人である、ズシオウマルには対面していないらしい。

「車で轢いたりはしない。できる限りのことはする」

俺がそう言うと、目黒は少しだけ唇を緩めた。

杉並ルシエか。目黒にとって大切な女なのかもな。

俺たちは目黒と別れ、車を発進させた。

チラッと横目で足立シヲリを見る。足立シヲリは、黙って携帯をイジっていた。

なんだか、「話しかけるな」オーラが出ている気がした。

勝負のためとはいえ、平気で人を跳ねた挙げ句、保身のために目黒を奴隷にした。

俺に対して、かなり引いているんだろう。コンビニを出て数分も経っていないが、すごく長い時間に感じた。いやあ、まいったな。どうしたもんか、このヘヴィな空気。

「あ、足立シヲリ」

ちょうど赤信号で車が停まったとき、俺は足立シヲリに話しかけてみた。

携帯に向けていた彼女の顔が、俺のほうを向いた。この重い空気を打破するべく、ちょっとおもしろいことでも言ってみよう。俺も彼女に顔を向け、目を見た。そして。

「ずばびよーん」

一瞬の間のあと、足立シヲリは「はい?」と訊き返した。

途端に死にたくなるほど恥ずかしくなった。

いや、場を和ませようとしたんだ。だが、どうする。余計おかしな空気になっちまった。

「中央さん、まえ」

「あ、ああ……」

すでに信号は青だった。だが俺の心は赤信号だ。

「いや、まあ、なんというか」

足立シヲリがまた携帯に目を戻した。この機会をきっかけに、まともな話をしなければ。

「SCMの勝負や、リュウオウのためとはいえ、見知らぬ人を轢いたことは……」

「分かってます」

俺の話を、彼女は途中で遮った。やっぱり怒ってるな。

「この車って今、どこに向かってるんですか?」

その質問で、大切なことを思い出した。そうだ。話しておくべきことがあった。

「俺はゼンイチとの勝負に、すでに負けている」

「え?」彼女は驚いた様子で、携帯から顔を上げた。

「あの目黒とかいう男を轢いた罪悪感が引き金で、俺は敗北感を抱いちまった」

「もしかして、今の中央さんの状況って、あの目黒って人と同じパターンですか？」

「そう、さっきの目黒とゼンイチの話と一緒だ」

新たな主人が30メートル以内にいない場合、前の主人の縛りは継続する。

足立シヲリも、そのルールのことを考えていたようだ。

「保留モードってとこだな。保留モードである俺の主人の縛りは、まだリュウオウだ」

「ゼンイチは逃げたんすか？」

「ああ。多分、30メートルを超えた場所にいたので、ＳＣＭは鳴っていないはずだ。だから俺に勝ったことに気づかないまま、逃げ続けている」

大方、平気で人を轢いた俺にビビったんだろ。

「その場合、どうなるんですか？」

「ゼンイチと俺が24時間以内に出会わなければ、両方にペナルティが起きる」

俺はひとつ、溜め息を吐いた。

「そして、ゼンイチと出会ったら、俺はあいつの奴隷になる」

今のままでも俺はリュウオウの奴隷だ。どちらに転んでも地獄だな。

さっきまでに比べれば、大分落ち着いたが、改めて考えるとテンションが下がる。

「はは、まあ、そんな感じだ」

俺は胸ポケットからタバコを取り出そうとした。そういえば、タバコはもうなかったな。

コンビニを通り過ぎる。リュウオウの命令でタバコは買いに行けない。

俺は今、ゼンイチとの勝負での負けと、リュウオウの奴隷縛りの両方を背負い込んでいるんだ。

ちくしょう。何だよこの状況。クソ面倒くせえな。

「あの……あたしがゼンイチを見つけ出して、新たに勝負を申し込んで勝てば、結果オールライトですよね？」

結果オールライト？　足立シヲリが言ってることは分かる。が無理がある。

「問題が2つある」

俺は声を少し大きくした。

「1つ目は、まず俺がゼンイチの奴隷になって、あいつの保留モードを解除しなければいけない」

保留モード中は、GPSの反応はあるが、新たな勝負の受け付けと申し込みができない。ゼンイチに勝負をさせるためには、俺は一度ゼンイチの奴隷にならなければいけない。

「その際、俺は君を助けられなくなる」

命令さえ受けなければ、足立シヲリに危害を加えることはない。だが、主人のゼンイチに対しても直接危害を加えるのはもちろん、間接的に危害を加えることもできない。要するに、足立シヲリは1人でゼンイチと勝負をしなければいけない。

その旨を足立シヲリに説明したところで、2つ目の問題が起きる。

「2つ目は、どうやって君が暴力バカのゼンイチに勝つか？　だ」

足立シヲリは、ファイティングポーズを取った。

「気合いで勝ちます」

「は？　ハハハ」俺は力なく笑った。

「初めて会ったときも思ったが。君は、おもしろい子だな」

俺が和んだ表情を見せると、足立シヲリもわずかに微笑んで見せた。

そのとき、俺の携帯にメールが届いた。車はちょうど踏み切りに差し掛かり、カンカンカンと鳴る鐘の音とともに遮断機が降りていた。電車が来るまで少しかかりそうだ。

俺はメールを読むと、足立シヲリに顔を向けた。

「役に立つかは分からないが、少しはなんとかなるかもな」

「どうしたんすか？」

「さっき、目黒と君を勝負させる許可を得るため、リュウオウへ連絡した」

その際に、俺が保留モードになったことも説明しておいた。

「リュウオウから派遣された助っ人が、こちらに向かっている」

「あ」足立シヲリも、誰が来るか分かったらしい。助っ人は、あの女装野郎。

「中野タイジュだ」

貨物列車が目の前を通り過ぎた。

「中野ちゃんが……」

列車の音ではっきりは聞こえないが、足立シヲリの唇はそう言っていた。

中野タイジュは現在、だいぶ離れた場所にいる。さっきのメールはジュリアからで、彼がこちらに向かっている、というものだったが、まだ時間がかかるそうだ。

遮断機が上がり、車を発進させた。

「俺と君は、これからゼンイチを探し、発見したら奴を尾行しつつ、中野タイジュを待つ」

足立シヲリは真剣な顔で頷いた。すでに深夜1時を回っていた。ゼンイチは、あと5時間はSCMをつけていなければならない。奴がSCMを外し、GPSで認識できなくなったら終わりだ。

これからやることは、いたってシンプルだ。

俺たちはあと5時間以内にゼンイチを見つけ、足立シヲリか中野タイジュのいずれかが、新たな勝負を仕掛ける。そして勝つ。

「GPSは?」

「ゼンイチの反応はあります。とりあえず、この道を真っ直ぐです」

「お、早いな」

「いや、さっきからずっと把握してたんですよ」

この女はずっと、ゼンイチの反応を追っていてくれたのか。

「ただ、動きが速いんです。多分、車か何かに乗りました」

通り過ぎていく街灯で瞬間的に照らされる足立シヲリの横顔は、モデルのように美しかった。

「問題ない。この時間帯で5時間、ノンストップで動き回るのも難しいだろう」

俺の車は、ガソリンを満タンに入れてある。

「これから5時間、奴を追う」

足立シヲリは俺のほうを見て「はい」と答えた。俺は車のスピードを上げた。

足立シヲリのナビに従って車を走らせる。やがて、周囲にネオンが多くなった。車通りも多い。

ゼンイチは、ひと気がない場所を避け、繁華街に向かっているな。

「あ!」彼女は突然、声を上げた。

「なんだ、どうした」

「ゼンイチが、もう1個の黄色反応と合流しました」

足立シヲリが見せてきたGPSでは、たしかに2つの黄色○が重なりつつあった。

「杉並ルシエという女の可能性が高いな」

「杉並ルシエ？　ルシエ、ルシエ……」

足立シヲリがルシエの名前を何度もつぶやく。

「中央さん、ゼンイチの部屋にあったデリヘルのチラシに、ルシエって子いませんでした？」

俺はポケットから、ゼンイチの部屋で手に入れたデリヘルのチラシを取り出した。チラシに掲載された写真の女の下には、間違いなく〝ルシエ〟と書かれていた。

本名かどうかは知らんが、こんな名前、そうそうかぶらないだろう。

「間違いない、この女が杉並ルシエだ」

ゼンイチは、奴隷にした女を使って、デリヘルの真似事をしていた。

足立シヲリは俺からチラシを受け取り、写真の女を見つめていた。

一歩間違えていたら、足立シヲリがデリヘル嬢をやらされていた。

他の主人の奴隷の末路を知っても、気分のいいもんじゃない。彼女も今、そんなことを考えながら、杉並ルシエの写真を見ているのかもな。

「つうか、中央さんって、デリヘルとか呼ぶんですか？」

「え？　は？」何を考えているんだ、この女。

１時間弱、車を飛ばして追い続ける。ゼンイチとの距離は大分縮まった。

景色は住宅街から、ビルや店舗が並ぶ繁華街に変わっていた。

「この辺って……」

「ああ、六本木だ」

この辺りは外資系の会社が多く、セレブの遊び場も多い。外国人も多いな。深夜にもかかわらず開いている店が多く、タクシーとパトカーが目立つ。あまりスピードが出せなくなった。

「ゼンイチの移動速度が遅くなりました」

どうやらゼンイチは車を降りたようだ。

辺りを注意して見回すが、ゼンイチらしき人間はいない。

「もう、かなり近いです」

車で探索するのは限界だな。

都合よくパーキングを見つけたので、車を停めた。ＳＣＭも外した。つけたままゼンイチの30メートル以内に近づくと、保留モードが解除されてしまう。

カバンを持って、俺と足立シヲリは歩道を歩き始めた。

日本人もいるが、とにかく外国人が多い。

「英語は喋れるか？」

足立シヲリは、親指と人差し指で小さな隙間を作る。

「少しなら」

少しか、心細いな。ちなみに俺は外国語は一切喋れない。

「反応は？」

「かなり近いはずなんですけど、もうほとんど分かりません」

辺りには、コンビニに大型ディスカウントショップに、ゲームセンター。

「ゼンイチの反応、さっきから動かないんです」

「どこかの建物に入ったな」

腕時計を見ると、すでに2時。あと4時間でゼンイチはSCMを外せる。杉並ルシエらしき反応はすでにない。SCMを外したのだろう。参ったな。

腕時計から顔を上げ、ふと向かい側の歩道を見ると。

……おいおい嘘だろ。「ゼンイチだ」

雑居ビルに入って行くゼンイチの姿が見えた。

あいつが着ていた緑色の服は、よく覚えている。

「え？　あそこクラブですよ」

足立シヲリと俺は早歩きで近くの横断歩道に向かいながら、ビルの出入り口に消えるゼンイチの姿を目で追った。

「クラブ？　女が接客する、あのクラブか？」

「いや、あの、踊るクラブです。ヒップホップとか、レゲエの曲が流れるような」

ディスコじゃないのか？

ビルの1階から2階にかけて、黄金の階段が延び、その先に赤い重厚な扉が見えた。

階段の前にはたくさんの外国人や若者が並んでおり、黒いシャツを着たスタッフが入場整理をしていた。どうやら、並ばなければ入れないらしい。

仕方なく、俺が列の後ろに並ぼうとすると、足立シヲリがつかつかと前に進んだ。

そして大柄なセキュリティの男と、親しげに話し始めた。

1分もしないで戻ってくると、笑顔で言った。

「入れます」

「よく来るのか？　ここ」

「あのスタッフが、たまたま知り合いで」

つくづく思うが、今日は足立シヲリを連れて来て正解だった。

ドア付近から重低音を感じていたが、扉のなかに入ると凄まじい音に面食らった。英語の歌詞はほとんど聞き取れないが、爆音でＨＩＰＨＯＰが流れていた。

タバコの臭いと、甘い酒の臭いが複雑に入り混じっている。

それに熱い。俺のクラブに対するイメージはダークでイカれたものだったが、実際は、なんというか情熱的でオシャレな雰囲気だ。音こそガチャガチャしてうるさいが、暗い室内でアクアパイプが幻想的に泡立ち、多くの人間がそれぞれのやり方で音楽を楽しんでいた。

俺はジャケットを脱いで、荷物と一緒に手に持っておくことにした。

足立シヲリも、上着を脱いだ。ダウンの下は、肩と胸元を露出させたタンクトップ１枚だった。10歳以上離れた小娘だが、セクシーだと感じてしまった。

「……のお！」爆音のなか、足立シヲリが話しかけてくるが全然聞こえない。

「何だ！」

「あのお！」

何だよ、面倒臭いな。俺が頭を寄せると、彼女は俺を引っ張り移動し始めた。何だ何だ。

フロアを通り抜け、階段を登ると、落ち着いた曲が流れるフロアに出た。

ジャマイカという単語を繰り返す、レゲエミュージックが流れている。カウンターもあり、クラブと言うより、バーだ。なるほど、ここなら落ち着いて会話ができる。

「あたし、ＶＩＰルームとか見てみます」

ＶＩＰ？　足立シヲリが指差すほうを見ると、吹き抜けのフロアの上に、フロア全体を見渡せるスペースがあった。柵に肘をつき、こちら側のフロアを見ながら談笑する男女が見える。女は日本人だが、男はスーツを着た外国人だ。

「俺は、あそこに入れるのか？」

「一応、そういうふうには言ってみますけど」

足立シヲリはバーカウンターにいるバーテンのほうに近寄った。

彼女の話を聞いたバーテンが、耳につけたトランシーバーに指を当てると、ＶＩＰフロアの階段から１人の男が降りてきた。

男は酔っているのか、フラフラと足立シヲリの前まで来ると、いきなり抱きついた。足立シヲリは彼を押し返し、何か言っている。

男がチラリと俺のほうを見た。そして、階段の上に立つスタッフに合図をした。
２、３分で足立シヲリが戻って来た。手にはビンのカクテルを２本持っている。彼女は１本を俺に渡した。
「行けます」

どうやら、ＶＩＰのフロアに入れる許可を得たようだ。

「すごいな。こんなに簡単なものなのか？」

ＶＩＰというくらいだから、入るのには相当なコネクションやステイタスが必要だというイメージがあった。足立シヲリはビンをあおった。

「いや、まあ、このクラブのスタッフと仲いいし……今の、元カレなんすよ」

ああ、さっき足立シヲリにハグした奴か。この酒とＶＩＰフロアはプレゼントというわけだな。

足立シヲリの前を歩きながら、ＶＩＰフロアに続く階段を登った。

登った先には、〝SECURITY〟と書かれた黒いシャツを着た、プロレスラーみたいな日本人の男が立っていた。足立シヲリが何やら話すと、道を開けてくれた。

ゼンイチがここに逃げ込んだ理由が理解できた。

追っ手が来ても、セキュリティによって阻止できる。そのままやり過ごせば、奴の勝ちだ。

だが、こちらには足立シヲリがいた。この子の人脈が今回、恐ろしく役に立った。

足立シヲリを派遣したリュウオウは、ここまで予想していたのだろうか？

廊下からVIPルームを覗いてみる。テーブルを囲うようにソファーが置かれており、その奥に豪華そうな真紅のカーテンがかかっている。

そんな空間がいくつか並ぶ。まるで、横穴式の洞穴のようだ。

ソファーに座っても、カーテンを開ければ、そのまま下のフロアが見渡せるようになっている。

俺は部屋を1つずつ覗いていった。客はほとんど外国人だ。日本人はハデな女ばかりだった。

だんだんと胸の鼓動が高鳴る。3つ目の部屋はカーテンが降りていた。

ゆっくりとカーテンをめくると、猛烈にキスをする男女が見えた。

もちろんゼンイチではない。再び、歩き始めた。

VIPフロアの数は7つ。4つ目の部屋を覗くころには、気分も大分落ち着いていた。

5つ目の部屋は、銃を構えた刑事のように、壁に背中をつけて慎重に覗き込んだ。感覚が研ぎ澄まされていたのか、勘がよかったのか、偶然なのか。

覗いた5つ目のカーテンの先に、いた。ゼンイチがいた。

思わず身を引いた。ゼンイチ以外にも数人の人間がいる。俺はもう一度、ゆっくりとカーテンとの隙間を覗いた。

ソファーの真ん中に座るゼンイチ。

その隣に座る女。写真の顔と一致する。恐らく、あの女が杉並ルシエだ。

２人の左右には、いかにも戦闘力の高そうな日本人の男が２人いる。

どちらも大柄で、半袖のシャツから伸びた太い腕に、刺青が見えた。

１人はインディアンの刺青、もう１人はブルドッグの刺青だった。

その場から離れると、足立シヲリが確保してくれた自分たちのＶＩＰルームに入った。飲み物とカバンをテーブルに置き、足立シヲリにカーテンを閉めさせる。

時間はすでに３時30分。足立シヲリも、俺の様子からゼンイチがいることを察したようだ。

「いました？」

「ああ、だが厄介だ」

俺は、ゼンイチがいた部屋の様子を説明した。

さすがの俺も、あんなゴリラどもを３匹一度に相手になんてできない。

「中野タイジュは？」

「さっきメールしといたんすけど、連絡がきません」

何やってんだ、あの〝男の娘《こ》〟は。ウダウダしていられないっていうのに。

俺はカバンのなかの、ある物を握り締めた。絶対に使いたくなかったが、仕方ない。

「このまま２人で乗り込むぞ」

俺はカーテンの向こうを睨んで、足立シヲリにそう言った。

「え？　中野ちゃんは？」

「正直、来ても来なくても一緒だ」

「けどじゃあ、どうやってゼンイチを奴隷にするんすか？」

「必殺の手段はある。どうにかする」

一瞬の沈黙のあと、彼女は「無茶しないで下さいね」と言った。

「ああ。今からゼンイチを脅して、車まで連れ込む」

かなり安直な案だが、もう他に思いつかない。俺は渇いた喉に酒を流し込んだ。

「もう1人の、ルシエって女の人は？」

「放っておけ。ルシエはゼンイチの奴隷だ。ゼンイチさえ奴隷にできれば自動的に手に入る」

俺はカバンのなかの物をスーツのポケットに入れ、準備を整えた。

「よし、行くぞ」

勢いよく立ち上がると、足立シヲリもそれに続いた。

ゼンイチがいる部屋の入り口で、俺は持っていたカバンを彼女に差し出した。

「君はここにいろ。俺とゼンイチが出て来たら、先導してくれ」

彼女はカバンを受け取り、強く頷く。俺はゼンイチの部屋のカーテンに手を添えた。

1階のフロアでは、みんな酒に酔い、音楽に乗って踊っている。

遊んでるお前らの頭上で、今、俺は死ぬか生きるかの覚悟なんだ。

腹がえぐられるように緊張しているのに、どうしても周りに意識がいってしまう。

……よし。俺は大きく深呼吸をすると、静かにカーテンをめくり、そっと部屋に入った。

ゼンイチ、ルシエを挟み、手下のゴリラが2人。

「見つけたぞハゲゴリラ」

真っ先にゼンイチが立ち上がった。

「テメー！　このクソメガネ！」

「あ、こいつがゼンイチさんの言っていたファンでストーカー？」

ゼンイチはテーブルを蹴り、２人の男も立ち上がった。ルシエは座ったまま、俺とゼンイチを交互に見ている。壁は防音でカーテンも厚手、音量は低いが音楽もかかっていた。怒鳴り声くらいなら、外には聞こえない。

「動くな」俺はそう言って、スーツの下から、ゼンイチたちへ〝ある物〟を突きつけた。

ドラマや映画で、よくあるようなワンシーン。スーツの下には大抵、拳銃がある。

「なにこいつ！　脅してんだけど！」

勃起したみたいに盛り上がった俺のスーツを見て、ゼンイチたちは鼻で笑った。

「はは！　バカじゃねえの⁉　つうか指じゃね？」

周りの手下ゴリラも、俺を指差しバカにする。ウホホ、ウホホ。

「ゼンイチ、悪いことは言わないから、お前１人だけ俺についてこい」

「うん、じゃあそうするね、って言うとでも思ったか、ストーカー野郎！　ざけんな！」

ゼンイチが怒鳴った瞬間、隣にいた２人が俺に飛びかかって来た。

俺は空いてる右手でブルドッグの刺青を、ぶん殴った。ブルドッグは、その場でこけてくれた。すかさず後頭部を踏みつけ、ブルドッグは額で床にキスをした。

俺は後頭部に片足を置いたまま、脚に体重を込めた。鈍い音がする。ブルドッグもすぐに立ち上がろうとするが、こっちも必死だ。意地でも起き上がらせない。

「テメー！」

俺はスーツから銃を取り出し、ゼンイチに突きつけた。

「動くなっ！　つってんだろ！」

我を忘れて怒鳴り声を上げた自分に、頭が血に登っているのを感じた。いや、血が頭にか。

「……何だそれ」

ゼンイチたちは、俺が手に持つ銃を見て呆気にとられていた。

まあ、無理もない。黒い拳銃の先には、コーヒーの空き缶が取り付けてあったんだ。

「はっ！　なんでコーヒーでビビんなきゃいけねーんだよ！」

インディアンの刺青が、笑いながら言った。

「何それ？　レーザーガン？」

たしかに、銃口に固定された空き缶は未来の光線銃みたいだ。

笑っていたゼンイチが、鋭い目をして言った。

「テメー、マジ舐めてんな」

「なんとでも言え。俺は大マジだ。頼むから撃たせるな」

俺が持っている拳銃はモデルガンか何かだと、この場にいる全員が思っているんだろう。ルシエも、呆れた表情こそ見せているが、恐れている様子はまったくなかった。

「このＢＢ弾野郎が！」

インディアンがテーブルに上がり、俺に飛びかかってきた。

仕方ない。俺は心のなかで舌打ちをすると、トリガーに添えた指に力を込めた。

一瞬引っ掛かったようにカチッと止まるが、さらに思い切り力を込めた。

バスン！　という音と、ほぼ同時にインディアンが「ぐぉ！」と呻いた。

銃弾は、手下ゴリラの腿付近に当たった。インディアンはガダンガシャンと音を立てて、テーブルの上にぶっ倒れた。割れたビンの音は、さすがに外へ聞こえたか。

「ぐぞお！　ぐぞ！　本物だ！　あれ本物だよ！」

足を押さえた指の間から、ダクダクと血が流れていた。

やっちまった感はあるが、イライラさせられた分、正直スッキリした。

そう、この銃は本物っちゃ本物だ。

空き缶を銃口に被せ、固定するとわずかだが消音効果がある。ただし1発限り。

2発目以降は空き缶に穴が空き、消音効果はまったく望めない。

できることなら1発も撃ちたくなかった。奴らを傷付けたくないとか、そんなキレイごとじゃない。この銃を使うこと自体、おっかなかった。

この銃は手作りだ。ネット上に載っていた作り方通りに、作ってみた。

ピストル自体は弾丸のシャトルでしかない。弾丸は、ネットで手に入れた本物だ。

分かったことは、買ったほうが早いんじゃねえかってほど、手間がかかるということだ。

試し撃ちしたら、１発目で銃自体がバラバラにぶっ壊れちまった。そのときは怪我をしないで済んだが、下手したら暴発して、俺の手が吹き飛んじまう。

今回は銃も壊れずうまく撃てたが、人に当てる気はなかった。照準がデタラメだ。

こんなバッタもん、２発も３発も撃ちたくない。

さすがのゼンイチも、炭酸と混ざって泡立った血溜まりを見て静かになった。

俺の足元にいるブルドッグは、倒れたまま頭に両手を乗っけて、素直に降伏してくれていた。

ルシエはソファーの上で、体育座りをしながら耳を塞いで目をつむっていた。

「ルシエ、あいつからチャカを奪え」

「え？」ゼンイチは俺を睨みつけたまま、ルシエに命令した。

「あいつは女は撃たねえ」

たしかに女を撃つ気はないが、何の根拠もない。

「い、あ」ルシエは口を開け、俺とゼンイチを交互に見た。

「抵抗したら、女だろうが俺は撃つよ」

俺は精一杯冷たい目をして、ルシエを見た。

ルシエ、頼むから怯えろ。自分の生死に関わるほどに、俺と銃に恐怖しろ。

ＳＣＭをもってしても、生死に関わる命令は受けない。

俺はルシエが第二段階の奴隷ではないことを願った。今ならまだ、奴隷自身の発想で、自分が死ぬかもしれないような命令は拒否できるはずだ。

ゼンイチは獣みたいな表情をルシエに向けて、怒鳴った。

「行けよ、ホラア！」

「いあああ！」

ルシエは耳を塞ぎ、その場から動かなかった。

俺はホッとしていた。杉並ルシエを救ってくれという、目黒マサカズの願いも果たせそうだ。

奴がルシエに顔を向けている隙に、俺はゼンイチの横腹に銃口を突きつけた。

「いい加減にしろハゲ」

奴の耳に唇を近づける。「ひとつ、気に入らないから言っておく」

ゼンイチはくやしそうに俺を睨んだ。

床に転がったミネラルウォーターが目に映った。

た。


「俺はストーカーじゃない。チェイサー（追跡者）だ」

呪いと気合いで俺を殺そうとするような、おっかねえ顔しやがる。

とはいえ王手飛車角取り、香車は戦意喪失って感じだな。

俺はゼンイチのシャツの襟を引っ張ると、伏せたまま両手を頭に乗せた手下ゴリラどもに言った。

「店内に見張りがいる。店が終わるまで、そうしていろ。外に出たら撃たれるぞ」

「わ、わかった」

素直に俺のハッタリに従う手下どもと、脅えたルシエを残し、俺とゼンイチは通路に出た。

「あ」足立シヲリが俺とゼンイチを見た。

「成功だ。行くぞ」

足立シヲリは何も言わずに、後ろをついてくる。ゼンイチが足立シヲリを見て「テメー」と言った。足立シヲリは近寄ってきて、腕を挙げて構えたかと思うと、バチン！

「おぶっ」

勢いよくゼンイチの鼻を肘で殴り、さらに腹にもパンチした。

「テンメ！　ゴラ！」

「あたしにしたこと！　絶対後悔させっからな！」

「ああ!?」

いきり立ち、シヲリに掴みかかろうとするゼンイチの首を、空いている右腕で絞める。

「まあまあ、あとにしろ」

俺はゼンイチではなく、足立シヲリに言った。

足立シヲリの怒りも分かるが、ゼンイチを押さえ込む身にもなって欲しい。

「テメーらあ、絶対殺してやるからな」

ゼンイチは下を向いて、ゲロを吐くような低い声で言った。

ＶＩＰフロアの階段を降りると、セキュリティのシャツを着たゴツいのが近づいてきた。まずい、大きな音を出しすぎたか。近くでまじまじと見られたら銃がバレる。

だからって、銃をしまうわけにもいかない。

足立シヲリが前に出て、セキュリティに話しかけた。

「この人、悪酔いしてお酒こぼしたりしたんで、外の風当てに行くから」

ゼンイチが店員に顔を向けて何か言おうとするが、俺は横腹に銃口を突き立てた。

「何も言うなよ？　今撃ったらヘソが増えて、ヘソゴマの臭いが嗅げなくなっちゃうぞ」

ゼンイチは「ヘソのゴマの臭いを嗅ぐ趣味なんてねえ」、と言わんばかりに睨んできたが、抵抗する様子はなかった。店員は訝りながらも、俺たちに背中を向けた。

この場はなんとか切り抜けたか。

バーフロアも抜けて、足早に階段を降りて行った。

階段を降り切ったところで、立ち止まった。次は問題のダンスフロアだった。

ダンスフロアを抜けないと、出口にたどり着くことができない。

ダンスフロアはさっきよりも人が多くなってるうえに、爆音の音楽が流れて、ワーキャー大盛り上がりだ。初めてクラブに来た俺ですら、この時間が絶頂なのだと分かった。

この、神輿担いだお祭り状態の15メートルを、俺は獣を制しながら進まなきゃならん。

人間の頭でできた海。まさに地獄の15メートル。うんざりする。勘弁してくれよ、本当。

俺は肩を組んで、奴の首をチョークしながら人混みを進み始めた。

ハタから見たらリアルホモ並みに仲よく見えるだろうが、実際はお互い隙があったら目ん玉を潰し合うような仲だ。ゼンイチも地味に力んで抵抗してくる。

足立シヲリは先導しながら、道を作ってくれていた。

フロアの真ん中辺りで、若い男が足立シヲリの手を掴んだ。

「おい！　どこ行くんだよ、シヲ！」あの元カレだった。

どうやら、足立シヲリはその男と遊ぶ約束をしたらしい。俺をＶＩＰに通すのと、引き換えに。

かなり酔っているのか、男は足立シヲリの両手を掴んだ。

「悪かったから、離してよ！」

足立シヲリは抵抗しているが、相手の男はガタイもよく、とてもかなわない。

彼女はこちらに顔だけを向けて、顎を出口のほうにしゃくった。

あたしはいいから、ゼンイチを連れて先に行け、ってか。

あいつに似てる。死んだマリアに。そう思うと急激に守りたくなる。

だが脳裏には、リュウオウの「ゼンイチを奴隷にしろ」という命令がデカデカと存在していた。

ただでさえズシオウマルを取り逃がし、リュウオウはご立腹。ミスも続いている。

今度こそゼンイチを連れて行かなけりゃ、リュウオウは何をするか分からん。

最優先事項は、ゼンイチを車に連れ込んで拘束することだ。

元カレが、足立シヲリの腰に手を回して抱きついた。熱気と爆音と人混みのなか、足立シヲリと男は、パッと見じゃカップルだ。

痛くなるほどに、ゼンイチの肩に回した腕へ力を込める。汗が止まらない。

ゼンイチはニヤニヤと笑っていた。

「どーすんだよ、クソメガネ。あの女、このままだと輪姦コースのＡＶデビューじゃねーの？　タイトル考えてやろうか？　題して〝六本木ワイルドファック！〟」

奴は中指を俺に突き立てた。ゼンイチ、お前はいちいち勘に障る奴だな。

「黙れハゲゴリラ」俺は側頭部で頭突きを食らわせた。

「だっ！　クソ」

俺とゼンイチは出口に少しずつ近づいていた。

今は、絡まれている足立シヲリを放って、フロアの人混みのなかを前進するしかないんだ。

俺は歯茎から血が出るほど歯を食いしばり、歯の裏を舌で強く押していた。

何が奴隷だ！　何がＳＣＭだ！　クソ！

ＳＣＭは外しているのに！　リュウオウが頭のなかにいるんだ！　彼女を助けられるのに！

助けたいのに！　助けられない！　何なんだよこの状況は！

汗が目に入り、痛みを感じた。目をつむった瞬間。

「ズババババーン！」

突然、雷鳴のような奇声が聞こえた。

「うお！」

振り向くと、１人の若者の後ろ姿と、足立シヲリの元カレが、ぶっ倒れる姿が映った。

若者が元カレをぶん殴り、足立シヲリを助けたんだろう。

一瞬、中野タイジュかと思ったが、雰囲気も体格も全然違う。

顔こそ見えないが、その若者は体が大きく、髪が逆立ち、タンクトップから見えた肌は黒かった。俺はもちろん、ゼンイチですら呆気に取られていた。

「シンノスケ……あの野郎」

シンノスケ？　ゼンイチは若者を見て、たしかにそう言った。あの若者のことか？

「知り合いか？」

ゼンイチは顔を背けた。

「お前には、教えてやんねえ」

クソハゲが。あとで吐かせてやるからな。

シンノスケと呼ばれた若者は、足立シヲリに何か言ったみたいだが、騒ぎを察知したセキュリティが近づいてきた。セキュリティは、すぐにシンノスケの腕を掴んだ。

彼は、かなりの大声で怒鳴りだした。

「女の子に乱暴してたんだよこいつ！　止めて何が悪いんだよ！　っざけんな！　離せ！」

周りの人間は、シンノスケを中心に、ドーナツ状に散っていた。

「痛タタタ！　ごめんなさい！　調子こきました！」

さっきまでの勢いからうって変わり、情けないセリフが聞こえた。折れるの早いな。

お陰で足立シヲリはどさくさに紛れ、俺たちのところに来ることができた。

「大丈夫か⁉　今のあいつも元カレか何かか？」

「あっ！　はい！　知り合いっていうか、獅子舞っていうか……」

「まあいい、出るぞ！」

シンノスケとかいう若者はセキュリティに2人がかりで取り押さえられていた。まあ問題を起こしたとはいえ、一部始終を見ていた証人もいるはずだ。警察沙汰まではならないと思うが。

とにかく、シンノスケとかいうライオン頭のお陰で、ゼンイチを取り押さえたまま、無事にクラブを出ることができた。

パーキングに着くと、足立シヲリに駐車料金を支払わせた。

俺が「乗れ」と言っても、ゼンイチは車に乗らなかった。下を向き、不機嫌そうなツラで車を睨んでいる。俺は後部座席のドアを開けた。

「いいから乗れ！」

さっきよりも強い口調で言うと、ゼンイチは悔しそうに身を屈めた。

俺は一瞬気を抜いて、ゼンイチに向けていた銃を下ろした。

その瞬間。「くお！」

ゼンイチは屈むフリをして、俺の腕を蹴り上げやがった。

ガチャンと音を立て、銃が地面に落ちた。

「つの野郎！」急いで拾い上げようとしたが、半歩遅く、ゼンイチが拾った。

俺も足立シヲリも凍りつく。

まずい。冷や汗をかくという言葉があるが、汗腺が閉じた気分だ。

「改造銃か。粗末なもんだな。形勢逆転ってやつだべ？」

ゼンイチはニヤニヤしながら一歩下がり銃を見定めると、俺に向けた。

パーキングは大通り沿いにあるが、そこは街の中心から少し離れていて、人通りが少ない。おまけに、俺の車が停まっているのはパーキングの奥のほう。この時間に人が来る望みは薄い。

普通なら「やめろ」とか「落ち着け」とか言う場面だが、相手が悪い。ゼンイチみたいに感情的な奴は、何が気に障るか分からん。

　足立シヲリも、何もできないでいた。

「おい、たしか足立シヲリだったな。さっきはぶん殴ってくれて、ありがとうございました」

ゼンイチは俺に銃口を向けたまま、足立シヲリのほうを見た。

彼女は助手席側のドアの前に立ち、ゼンイチを睨んでいた。

「靴をベロベロとしゃぶって、謝ってくれよ」

ゼンイチは片足を突き出す。

「舌出して、よだれ垂らして、上目遣いで〝ゼンイチ様のお靴、おいしいでしゅ〟ってよ」

足立シヲリは強情で男勝りな女だ。こんな場面で謝るタイプじゃない。

ゼンイチはニヤニヤしたまま、突然「ど！」と言って銃を足立シヲリに向けた。

「ち、ら、に」次に俺に向け、また足立シヲリに向けた。「しよう、か、な」

「ゼンイチ様の言、う、と」銃口を向けられたのは。

「お……り！」俺だった。

ゼンイチが、引き金に添えた指に力を込めると、カチッと鳴った。

そう、あそこで１回引っかかるっていうか、あの野郎、街中だぞ！

「ごめんなさ……！」

足立シヲリが口を開いた瞬間、ゼンイチは躊躇もせずに引き金をひ……。

轟音が鳴り響いた。俺は強く目をつむった。

あれ？　体のどこにも痛みを感じない。耳鳴りとともに、ゆっくりと目を開けた。

「へ？　はっ？」ゼンイチが不思議そうに自分の右手を見ている。

一瞬、奴の右手が赤黒く濡れているように見えた。

しかしよく見ると、奴の右手はズタズタに吹き飛び、人差し指と中指がなくなっていた。

「おあ！　あづっ！　いでえ、ぐぞ！」

暴発したんだ。ボタボタと血を流し、左手で右手首を押さえている。

奴の足元には、銃のグリップ部分や細かな破片、めくれた空き缶の欠片が落ちている。そしてゼンイチの指らしき物が転がっていた。クラブで1発目を撃ったとき、銃自体が壊れている様子はなかった。壊れたとしたら、さっき落としたときだ。打ちどころが悪かったのか。

「ぐぞ！　ぐぞう！　ぐぅお！」

俺はすぐにゼンイチに駆け寄り、奴のアゴをぶん殴った。

「大きな破片だけでいい！　カバンに入れろ！」

足立シヲリはすでにしゃがみ、破片をつまんでいた。ゼンイチの指も、ハンカチにくるんでいる。

まだ19歳なのに、つくづく仕事ができる子だ。

ゼンイチはその場に倒れ、うめいている。俺はネクタイを外し、ゼンイチの右手首に思いっきり巻きつけた。応急だが止血はできたな。

一生ぎこちない自慰をすることになるかもしれないが、まあ死にはしないだろ。

「自業自得だな」

俺はそう言って、後部座席に置いておいたバスタオルを広げ、ゼンイチを担ぎ込んだ。

頼むから血で車内を汚すなよ。

「運転できるよな？」

立ち上がった足立シヲリは「はい」と答えた。

俺は後部座席に乗り込み、運転席に座った彼女に車のキーを渡した。

足立シヲリは落ち着いた様子でパーキングから車を出し、車道に出た。運転は問題なさそうだ。

「ああ、はあ。ぐぞ！　ぐぞ！」

俺は苦しそうに悶えているゼンイチの足を一発殴り、助手席のカバンからビニールテープを取り出した。あとはお約束だ。まずゼンイチの両足首をグルグル巻きにした。

「あんな街中でぶっ放しやがって。このヘソゴマ野郎が」

「だから何だよ、そのヘソゴマってよお！　テメー！　病院だ！　病院に連れてけ！」

「黙れバカ」

「イデ、だっふっ！」

うるさいから口もグルグル巻きにしてやった。坊主って便利だな。

その直後、車がコンビニの前で停まった。

「どうした？」

「あの……氷買って来ます」

足立シヲリは店内に向かった。ああ、さっきゼンイチの指も拾ってやってたな。

「おい、ゼンイチ」

ゼンイチはフゴフゴしながら、俺を見た。

「あの子は、まだ19の女の子なのに、お前の指を拾って、氷で冷やしてくれるんだと」

ゼンイチは、鼻で息をしている。

「今後、何があっても変に恨んだりするなよ。もし、あの子に何かしたら……」

俺が話し終わる前に、車内に冷気が入ってきた。

「あの、中央さん、これお願いします」

足立シヲリが申し訳なさそうに、ハンカチに包んだゼンイチの指と、氷が入った袋を差し出す。

俺は黙ってそれを受け取った。

ゼンイチはまだ文句の言い足りない目をしていたが、さっきよりは静かになった。

「えっと、あの、どこ行けばいいですか？」

「ここでいい。少し奥のほうに停めてくれ」

ゼンイチの指を氷袋のなかに入れながら、そう答えた。彼女は駐車場の奥へ車を停め直した。

俺は、カバンからビニールテープを取り出し、足立シヲリに渡した。

「これで俺の手足をグルグル巻きに縛れ」

「あの……」

「いいから。カバンにナイフも入ってる。一応、持っておけ」

彼女は俺の指示通りにしてくれた。手足を動かそうとしてみたが、テープはガチガチに巻きつけられていて、自力ではすぐに外せそうにない。準備はできたな。

「ジャケットに俺のＳＣＭが入っている。悪いがつけてくれ」

「えっと、こんな感じですか？」

口のなかに、細くて冷たい女の指が入ってきた。

歯に金具が当たったりもしたが、無事、ＳＣＭは俺の上アゴの裏にハマった。

『カチャン』ＳＣＭをハメた直後、口のなかで聞き慣れない音が聞こえた。

「う、お」同時に、熱いゲロが喉の手前までできたが、無理矢理飲み込んだ。

聞いていたが、ここまでとはな。足立シヲリは2回、主人が替わっている。よく耐えたもんだ。

嘔吐感が少し落ち着くと、俺は後ろにいるゼンイチの存在が気になって仕方なくなった。

頭がクラクラして、目ん玉の奥が落ち着かない。

ドクンドクンと心臓が鳴る。緊張感や焦りで、ハアハアと口で息をする。

「……切り替わった」

「んんん！　んんん！」口を封じられたゼンイチが、俺に向かって何か言っている。

今、ゼンイチが何か具体的に命令してきたら、俺は全力でそれに応えようとするだろう。

俺は自分の腕に巻かれたテープをネジり、引き千切ろうとしていた。

もうリュウオウのことは、どうでもよくなっていた。むしろゼンイチと手を組めば、リュウオウに仕返しができるのでは、という考えが過った。

つくづく不思議なもんだ。ＳＣＭをつけると、自分のなかにもう1人の奴隷の自分ができる。従順な自分だ。ＳＣＭの常軌を逸した力を改めて感じた。

あとは足立シヲリがうまくやってくれるはずだ。彼女はゼンイチがいるほうのドアを開けた。

「口のテープ外すけど、おかしな真似したらあんたの指、ブドウジュースみたいに踏むよ」

足立シヲリはゼンイチの指が入った氷袋を持っていた。

「これからする勝負は……」

足立シヲリが話している途中で、ゼンイチがコンビニのほうを見た。

「何？」何だ？

直後に、俺のＳＣＭが『キュイーン』と振動した。恐らく足立シヲリも、ゼンイチも。

見ると、若い男がタクシーから降りて、こちらに走って来ていた。

そいつが近づく度に、ＳＣＭが『キュイーン』と鳴った。

ああ、あいつか。すっかり忘れていた。

「……中野ちゃん」

中野タイジュだった。ちなみに今日は女装していない。

「足立さん！　大丈夫すか⁉」

中野タイジュは、真っ先に足立シヲリのところに駆け寄った。

「うお！　何すかそれ⁉　血すか⁉」

「中野ちゃん、いろいろあったんだけど……」

「クラブまで行ったけど、見つかんないし反応もどんどん離れるし！　やっと追いついたんすよ！」

今日は黒のジャケットとタイトなジーンズを履いている。髪の毛も短髪だ。豆腐も噛めなそうな細いアゴだが、女受けのよさそうな顔つきだな。どんな魔法を使ったら、あそこまで女の子になりきれるんだか。

「うお！　ゼンイチ血だらけじゃん！　つうか指ねえじゃん！」

中野タイジュはゼンイチのほうを覗き込んで言った。

「あ、中央」

「あ、中央、じゃないだろ。さん、を付けろ」

お互い、言いたいことはあるが、俺はその一言で済ませた。

「中野ちゃん、聞いて。今、中央さんがゼンイチの奴隷で、ゼンイチをやっと捕まえて、これからあたしがゼンイチと勝負するの」

「え？　は？」足立シヲリの説明は簡潔で的を射ているが、中野タイジュは面食らっている。

「とりあえず、今からゼンイチを奴隷にするから！」

「えっと、はい、分かりました！　その勝負、俺がやります！」

全員が中野タイジュを見るが、彼は足立シヲリを見ていた。

「な、何言ってんの中野ちゃん」

「シヲリさんに万が一のことがあったら大変だし、俺がやります」

まあ、当然と言えば当然か。こいつ、本当に足立シヲリを大切にしているんだな。

「まだ勝負、始めてないっすよね？」

足立シヲリは頷いた。何でもいいから、さっさとやってくれ。

一瞬の間のあと、中野タイジュはゼンイチに顔を向ける。

「勝負の内容は〝殴り合い〟だ」

中野タイジュは、ゼンイチの口に巻いたテープを剥がした。

「デメ、ぶっ」

ゼンイチが何か言おうとしたが、中野タイジュが奴の頬を思いっきり殴った。

「お前に選択権はねえんだよ。ほら言えよ、勝負は殴り合い。ギブアップしたほうが負け」

「デメー！　クソガキ！　覚えてお、ぶっ」

また殴った。中野タイジュが言っていることは滅茶苦茶だが、ゼンイチの自業自得だな。

結局、明け方までゼンイチは勝負を受けなかった。

ゼンイチが騒ぐものだから場所も移動した。およそ2時間以上、ゼンイチは奴隷になることを拒み続けた。その間、中野タイジュはゼンイチを殴り続け、ライターで眉毛を燃やした。

さすがにマブタや鼻は、足立シヲリが止めた。

朝8時ごろ、鬼の中野と仏の足立のおかげか、ゼンイチも負け前提の勝負を受理し、直後に負けを認め、中野タイジュの奴隷となった。

そのころにはゼンイチの片眉は焦げ、頬は紫色に腫れて鼻血が固まり、鼻で息ができなくなっていた。

中野タイジュもゼンイチの歯で拳に怪我をし、終いにはヒジで奴を殴って、服に唾液と血をべっとりつけた。恨みがあるとは言え、中野タイジュがゼンイチにそこまでしたのには、恐怖というか面倒臭さを感じたよ。

何はともあれ、俺も晴れてまたリュウオウの奴隷となった。

奴隷の奴隷の、また奴隷。もう疲れたよ。何回も吐いたし頭痛もひどい。

さらにゼンイチに杉並ルシエを呼び出させ、中野タイジュの奴隷にした。

すべてをジュリアに報告し、ゼンイチは病院に送り届けた。

病院では、家で自家製花火を作ったら失敗したとか、適当に嘘をつかせた。

結局、指の再接合は無理だったそうだ。まあ、悪いがどうでもいい。

懸念していた駐車場での銃の暴発も、その後、警察から何も連絡はなかった。

もしかしたらゼンイチのほうに来るかもしれないが、その際もゼンイチ１人に罪を着せることになっている。困ったら花火と言え、と命令させた。

それにしてもショックだったのが、中野タイジュの指摘だった。

事の経緯を中野タイジュに話したら、彼はこう言ったんだ。

「つうか、ゼンイチの奴隷になってすぐに、足立さんが中央と勝負すればよかったのに」

「あ」足立シヲリと俺は同時に声を上げた。たしかにその通りだ。

保留モードの俺が、30メートル離れたギリギリの安全地帯でゼンイチの奴隷になって、足立シヲリと勝負する。そして、俺が彼女に負ければよかった。

勝負の受け付けや申し込みをするな、と命令されない限り、問題はないはずだ。

そうだ、例えばクラブ内でゼンイチを見つけた時点でそうしていれば、楽に今回のことが解決できた。俺も足立シヲリもバカではないが、なぜそれに気づかなかった。

「なんで、気づかなかったんだろ……」

足立シヲリもそう言ったが、すでに後の祭りすら終わっていた。

人間、テンパっていると当たり前の答えを見失う、いい例だな。

その日はもう何も考えずに家に帰り、ただぐっすり眠りたかった。

足立シヲリと中野タイジュを家まで送り、俺も自宅に戻った。


それからしばらくの間は、普通の生活を送ることができた。

だが、数週間したある日、俺の携帯が鳴ったんだ。

ディスプレイに表示された名前は、ジュリアだった。

たしか、最後に連絡したときに新しいＳＣＭの反応を見つけたと、言っていたな。

また何か問題でも起きたんだろう。くそ。

奴隷の奴隷のまた、奴隷。不意に、遠く輝く過去の記憶から、あの笑顔が浮かんだ。

会いたいよ……マリア。

0010 品川ゼロ

僕はすべてを失いました。

父親の顔も母親の顔も知りません。僕を1人で産んだ母親は、僕が生まれてすぐに失踪しました。そんな僕ですが、施設で育って18年間健康に生きてきました。

僕を養い、育ててくれたおじさんやおばさんもいました。サッカー部の仲間もいました。親友と呼べる友達もいました。彼女もできました。

けど、高校3年生のときに、僕はすべてを失いました。

ある日、クラスメイトのサイフがなくなりました。直後に行われた、生徒たちによる持ち物検査で、お金だけ抜き取られた問題のサイフが、僕のカバンから出てきました。先生の介入でその場は収まりましたが、噂は学校中に広まり、部活の後輩も僕に話しかけなくなりました。

その後、彼女と親友が付き合いだしました。それから2人とは、連絡を取らなくなりました。

高校最後のサッカーの試合では、ベンチにも入れてもらえませんでした。

結局、後味の悪いまま高校を卒業しました。

僕を育ててくれた、施設のおじさんとおばさんは、施設にいた15歳と16歳の女の子に売春させた疑いで、警察に捕まってしまいました。売春をしたのは女の子たちの意思だと知っていた僕は、警察にそう言いましたが、警察は女の子たちの証言しか信じませんでした。

同じ時期に重なった、いくつもの不幸な出来事に、僕はたくさんの人をたくさん憎みました。

友達も彼女も、仲間も育ての親も、状況も運命も自分も。

とてもたくさん恨んだので、腹のなかにドス黒い灼熱の渦を抱えるようになりました。けど、僕は気持ちを切り替えました。

切り替えたというか、気づいたというか、諦めたというか。僕にも、よく分かりません。ただ、ある言葉を思い浮かべたときに、スーッと心の重みが消えたんです。

もう誰も恨まないいし、怒ることもありません。僕は恨んだり憎んだりしても、そこからは何も生まれないことを知っています。自分が被害者なら誰も傷つかないから、と自分の優しさに酔っているわけでもありません。死にたいとか、そんな気分でもありません。

人にも運命にも何も求めないいし、誰からも何も奪わないから、僕から何も奪わないで欲しいだけです。僕は、家族も恋人も友達も夢も憎しみも失いました。残ったのは、自分だけです。

大切なものを失う辛さを味わいたくないから、世界のすみっこで、おとなしくひっそりと生きたいんです。世界にとってプラスでもマイナスでもない、ゼロの存在。世界に何も影響しない、影響されたくない。世界にとって、ゼロの価値。それが僕の願いです。

思い浮かべた言葉は……もう疲れた。

僕は甘いお菓子が大好きです。甘い物を食べているときだけ、何も考えずに幸福に浸ることができます。甘いお菓子は、幸せな気持ちにさせてくれるんです。

高校を卒業したあとは、お菓子作りが習える学校に行きたい、と思っていました。けれど、僕は就職を選びました。

その気になれば、製菓学校に行くお金は、奨学金でどうにかなりました。

嫌だったのは、人や何かにお金を借りることでした。何も背負うことなく、自分が稼いだお金でご飯を食べ、誰にも迷惑をかけずに生きたかったんです。

高校卒業後、僕が働き始めた工場は、スーパーやコンビニで並ぶパンを作っています。

初めは立ちっぱなしの作業に、足が痛くなりましたが、それもやがて慣れました。

退屈な作業ですが、仕事中に頭のなかでいろいろな空想ができるようになりました。

人との付き合いはパートのおばちゃんたちと、班長のおじさんくらいです。

みんな優しくしてくれて、休憩時間には毎日お茶とお菓子をくれます。

本当はダメだけど、商品にできない不良品の菓子パンが毎日もらえるんです。

僕は甘い菓子パンも大好きだから、夢のように嬉しかった。

ただ、時々頭が痛くなることがあります。数時間、記憶がなくなったり、変な夢を見ることも。

仕事場の人たちから、たまに知らない話をふられたり、会話が噛み合わない不思議なときもあるけど、僕はこの仕事と、誰とも深く関わらない生活がとても気に入っていました。


そんなある日。夜勤の仕事が終わった、早朝のこと。

いつものように、青春ドラマに出てくるような川原の土手を自転車で走っていました。

ふと、自転車を降りてみました。自転車を押して土手際の道を歩いていると、まぶしい朝日をゆっくり見ることができます。

立ち止まって、ボーッと空を眺めました。薄い水色に、点々とクリームをにじませたような空が、視界いっぱいに広がっています。

疲労と眠気で少し気だるかったけど、夜勤明けの朝日は美しく見えました。

まだ少し寒い、4月下旬の朝。今にも吸い込まれそうな空に太陽が輝いています。

この辺りは工場が点在しており、景色の先には大きくて無機質な建物が並んでいました。

太陽の下ではすべてが影となり、川は太陽の光を反射して無限に輝いています。

ああ。なんてきれいなんだろう。

頬を刺激する冷気からマフラーで顔を守ります。髪の毛の隙間から見える景色は、僕に現実を忘れさせてくれます。ああ、人間が作れないものっていうのは、どうしてこう――。

どうして、晴れ渡る空を見ると、泣きそうになるほど心が満たされるのだろう。

人によっては女々しい、と思うかもしれない。けど、こんな当たり前のことで幸せを感じられる自分は、やっぱり幸せなんだと思います。

今朝は普段なら余らない、おいしい菓子パンが貰えたんです。

家に帰って牛乳を飲みながら、それを食べて寝るのが、その日の楽しみでした。

再び自転車を押していると、土手の上に、寝ている人が見えました。

初めは、おじさんが寝ているだけかと思いました。

けどよく見ると、その人は土やホコリで汚れていました。

普段はジョギングをする人や犬の散歩をする人もいますが、たまたまそのときは、誰もいませんでした。

「あの……」

僕は自転車を置いて、その人に近寄りました。

「……ぅ」ちょっと動いた。生きてる。

「具合悪いんですか？　救急車呼びましょうか？」

僕は手に持った携帯に1、1、0と打ちました。

男性は50歳くらいでした。汚れていましたが、高そうなスーツに乱れた白髪。川原の土手の景色に不釣り合いでした。

「ひぎい、しくしょう。はへはあ、ふぁへはあ」

男性はたしかにそう言いました。まるで入れ歯をなくした、お年寄りみたいなしゃべり方です。

「えっと……」すぐに異臭に気づきました。それは便の臭いでした。

スーツのお尻のあたりが、泥がついたように色濃く染まっていました。

モゾモゾと動いて、立ち上がろうとしていますが、うまく立てないようです。

まだ午前6時。ただごとではない雰囲気と異臭に、僕は携帯に入れた１１０を１１９に変え、電話しました。そして、ありのままを話しました。

「ふぁへたあ、ひふしょう、まへたあ」

何となくですが、断片的に言っていることは理解できました。負けた？　ちくしょう？

「きひい、きみひい」おじさんは初めて僕の顔を見ました。

「あの、コーラなら……」

僕が、カバンからコーラを取り出そうとすると、おじさんは握りしめた手を掲げました。何かを僕に渡そうとしています。

「ほれを」

震える手に握られたそれを受け取ると、チクッとしました。入れ歯みたいな月形の金具です。

それよりも、近くで見るおじさんの顔は、壮絶なものでした。

涙と鼻水とよだれを垂らし、口の周りのヒゲには、嘔吐した汚物がこびりついています。

目の焦点は合っておらず、目元には目ヤニがカサブタのようについていました。口からはダランと舌が出ています。うまくしゃべれないのは、舌が口のなかに入っていなかったからだったんです。

「えふひーえふ、はたひを、はたひををほっへふれ」

はたひ？　かたき？　仇をとれ？

遠くから救急車のサイレンが聞こえます。赤いランプの白い車が近づいてきました。

「ひゅうほう、ひゅうほう！　ひゅうほう！」

「あの、救急車が来ました。もう大丈夫ですから！」

もう、僕が何を言っても、おじさんは同じことを繰り返すばかりです。そして、震える手でサイクリングロードに植えられた木を指差します。それは、ようやく蕾をつけ始めた桜の木でした。

おじさんは、僕に必死で何かを伝えようとしています。

ひゅうほう……ピーポー？　救急車のサイレンのことかな。

やがて救急車が到着し、白衣を着た3人の救急隊員が、手際良くおじさんを運び込みました。

彼らの様子は変でした。おじさんの名字を、何度も呼んでいるんです。

「あの人、有名な方なんですか？」

「有名も何も……あの人は、この近くにある病院の医者なんですよ」

「え？」隊員の1人は、僕にも分かるほど動揺しています。

救急車に同乗するように言われましたが、僕は断りました。

これ以上は関わりたくありませんでした。警察に連れて行かれたりしないか不安になりましたが、ひと通り説明すると、連絡先を聞かれただけで帰してもらえました。

救急車はサイレンを鳴らして走り去りました。久しぶりに知らない人と話したのと、日常にない出来事の連続で、帰りは放心状態でした。

家に帰り着くと、敷きっぱなしの布団に倒れ込み、すぐに寝てしまいました。


起きたのは夕方でした。

シャワーを浴びて、工場で貰った菓子パンを食べて、出勤のために携帯をカバンに入れようとしたとき、カバンのなかにあの金具が見えました。

そうだ、カバンに入れたままだった。けど、時間がない。僕はそのまま仕事に向かいました。

朝方に仕事が終わり、その日も土手沿いのサイクリングロードを通って帰りました。

昨日と同じように、爽やかな太陽が照った気持ちのいい朝でしたが、自転車を降りませんでした。ゆっくり歩いていたら、またあの医者のおじさんが倒れているような気がしたのです。

もう、あんな面倒は嫌です。この瞬間も、警察から電話がかかってきたりしないかと、何も悪くないのに、不安を抱いてしまいます。

自転車をこいでいると、子供が立っているのが見えました。

小学校高学年くらいの少年です。

通学途中？　けど早すぎる。何より、少年はランドセルも背負っていません。

そのまま通り過ぎようとしたとき。

「おはよう」

少年が突然、僕に挨拶をしたのです。ブレーキを鳴らして停まりました。

「あの、おはよう」

近くで見る少年の瞳は黒くて大きく、長いまつ毛と太く整った眉毛が印象的でした。くせ毛で、子犬みたいな雰囲気ですが、将来は男前になりそうです。

「お兄さん、新聞を配達する人？」

「違うよ。今、仕事帰りなんだ」

「配達し終わったのかと思った。何してる人？」

「じゃあ、当ててごらん」

僕は、ほんのイタズラ心で言いました。

少年は自転車のカゴに入っている荷物と、僕自身を交互に見ます。

「んー、じゃあパン屋の工場で働いてる人だ」

「すごい、正解だよ。どうして分かったの？」

「この辺で、夜勤がある仕事はパンの工場とビールの工場だけだし、少し甘い匂いしたから」

「へええ、詳しいね。お父さんやお母さんが、パンの工場で働いているの？」

「ううん、違う。この辺の工場の仕事は、全部知ってるんだ」

少年は、川の向こうに見える大きな建物を見ながらそう言いました。

「あれはタイヤの工場で、あれは芝刈機」

少年が指差す先にある建物は、たしかにタイヤや農業トラクターの製造工場です。

「すごいなあ。よく知ってるね」

テレビで、電車の名前を丸暗記する子供は見たことあるけど、工場のシフトまで暗記してる子供は初めて見ました。

「他にも分かるよ。この町には歯医者が7ヵ所、大学病院が1ヵ所、診療所が6ヵ所ある」

「はは、すごいね。そういうのはどこで知るの？」

少年はポツリと「インターネット」と答えました。

「今日、学校は？」

「あるけど、休む」

「どうして？」

「ママが行きたくなければ、休んでいいって」

ずいぶん自由というか、優しすぎるママだなあ。

「こんなところで何をしているの？」と、訊こうと思いましたが、余計なことに首を突っ込むのは昨日の件でこりました。頭のなかで、少年に何と言って別れようか、考えていると。

「昨日、ここでおじさんに会わなかった？」

「あ、ああ会ったけど」

近所の誰かから聞いたのかな。

「何か、渡されなかった？」

なんで、そこまで知ってるんだ。

「どうして知ってるの？」

「やっぱり、渡されたんだ。もう、食べた？」

食べた？　昨日、おじさんから貰ったのは、金具と樹脂でできた無機質な器具です。間違っても食べ物じゃありません。

「食べる？　あれは食べる物なの？」

「やっぱり、ＳＣＭを貰ったんだ」

えすしーえむ？　意味が分かりませんが、さっきの「食べた？」という質問は、カマをかけていたということです。

「君は……」

「今、持ってないの？」

さっきは大人も顔負けの賢さに驚いたけど、人の話を最後まで聞かないところはまだ子供です。

「持ってるけど、君は、あのおじさんを知ってるの？」

「その人、パパなんだ」

僕は、今までの少年の発言や行動に納得しました。

この少年は、あの医者の子供だったんだ。

同時に医者の様子を思い出して、少年を気の毒に思いました。

僕は、カバンから例の器具と僕が好きな菓子パンを取り出し、少年に渡しました。

「はい、これでしょ？　あとこれもあげる。おいしいよ」

少年は菓子パンには目もくれず、器具をいろんな方向から眺めていました。壊れていないか確認してる様子です。やましいことはないけれど、早めに立ち去ったほうがいいと思いました。

「じゃあ、僕はこれで……」

僕は自転車にまたがって、ペダルに足をかけました。

「待って！」

少年の大声に、ビックリして足を止めました。まずい。やっぱり壊れてたのかな。

振り返ると、少年は僕に器具をかざしながら近づいてきました。

「これはＳＣＭ。これでパパは、頭がおかしくなっちゃったんだ」

「え？」おもちゃの話をしてるのかな？

あのおじさんは、子供のおもちゃを大切そうに僕へ渡したのか？

「ＳＣＭは、つけて勝負をして、負かした相手を奴隷にできる器具なんだ」

子供のおもちゃのわりには、ずいぶんシュールな設定です。もしかして、あの器具は父親が使う医療用の道具で、この少年は自分で勝手に考えた想像の設定を話しているのかな。

「パパはこれを使って、誰かと戦って負けたんだ」

「けど、負けたら奴隷になっちゃうんでしょ？」

「負けたから外したんだ。でも外して24時間経つと、脳に障害が起きてパパみたいになるんだよ」

ふと、あのおじさんが言っていた言葉を思いだしました。負けた、ちくしょう。

あ、えふひーえふって、ＳＣＭってことだったのかな。

「僕はパパを負かした相手を探す、パパの仇を打つ」

「え？　いや、えっと、そういうのは警察にまかせたほうが……」

「お兄ちゃんのところに警察、来てないでしょ？」

そういえば来ていない。でも昨日の話だしなあ。

「パパがおかしくなったことには事件性がなくて、病気で片づけられそうなんだ」

そりゃそうだ。故意に人の頭をおかしくさせる方法なんて、僕には思いつかない。

「けど原因は、このＳＣＭなんだ」

「なんで、そう思うの？」

「だから言ってるじゃん。ＳＣＭは中脳に作用する器具なんだよ、無理矢理外すと障害が起きる」

突然出てきた聞き慣れない言葉に、僕は戸惑います。

「中脳？」

大脳や小脳に対する中脳だということだけ、なんとなく分かりました。

「中脳の役割は分かる？」

「知らない」

少年は土手沿いの芝生に座りました。そして立ったままの僕を見上げます。

僕も自転車をサイクリングロードに停め、少年の隣に座りました。

「中脳は運動系や、聴覚と眼球運動も扱ってるんだ」

少年は川の向こうの工場を眺めながら言いました。

「哺乳類の場合、中脳のフクソクヒガイヤから大脳皮質に投射するドーパミン神経系のことを報酬系って言うんだ」

「ふくそ？　報酬系？」

昨日とは打って変わり、今朝はポカポカとした気持ちのいい陽気です。

晴れた空の下で、まったく訳が分からない話が始まりました。少年の父親は脳に関係した医者だったのかもしれませんが、小学生くらいの子供がこんな話をしているのは異様です。

「腹側被蓋野だよ。中脳の一部で、ドーパミン作動性を司っている」

ふくそくひがいや？　ドーパミン？

「脳内麻薬って分かるでしょ？　有名なものだとエンドルフィンやエンケファイン。それらに関わるのが、ドーパミン」

「いや、えっと……」ほとんど分かりません。頭のなかが沸騰しそうです。

「報酬系は欲求が満たされたときや、満たされたと認識したときに快感を与える神経なんだ」

川の向こうを眺める長いまつ毛と低い鼻、ふっくらした頬っぺ。横顔は子供そのものです。

「例えば、喉が渇いているときに水を飲むと、報酬神経が活性化されて、快感を抱く」

僕も自然と、川のせせらぎを見ました。

「さらに、水を飲むことが予測できる状況、例えば水道や自動販売機を見つけた時点でも、報酬神経は活性化される」

「水を飲みたいときに、水を飲めたら、安心するってこと？」

「ちょっと違うけど、それでいいよ」

僕が頑張って考え出した結論に、少年は不満そうでした。

「さらに、人から愛されたり誉められたりすると、報酬神経は活性化されるんだ」

呆然としている僕の様子を見た少年は、溜め息を１つ吐きました。

「要するに、誉められると気持ちいいってことだよ」

初めから、そう言えばいいじゃないか。

「ここまでは人間や動物が、本来持つ脳の働きなんだ」

少年はそう言うと、例の器具を取り出しました。

「ＳＣＭは、今言った脳の働きを爆発的に助長するんだよ」

「ああ」そうだ。少年はＳＣＭっていう器具の話をしているんだった。

「奴隷になった動物は、主人からの寵愛や誉められることで、報酬神経を活性化するんだ」

「あの、話の腰を折るようで悪いんだけど、ちょうあいって？」

「目上の人に、特に愛されたり気に入られること、って思えばいいよ」

「へえ」脳の話もそうだけど、よくそんな難しい言葉も知ってるなあ。

「誉められて気持ちいいと、作用するのは分かったでしょ？」

「う、うん」

「奴隷になった人間は、主人の言いなりになることが中毒的に気持ちよくなるんだよ」

「えっと……」なんか、子供が話しているとは思えない、いやらしい感じがします。

「次に、ＳＣＭを外したときのペナルティの話だけど」

「ペナルティ？」話についていけない。

「報酬神経が多く関わるのが中脳で、中脳は同時に運動系や眼球運動も、主に扱ってるって言ったでしょ？」

「うっ、うん」言ったっけ？

「だから、無理矢理ＳＣＭを外すと、まず中脳に悪い作用が起きる。具体的には、ドーパミンの中毒症状が出て、強迫性障害や多動性障害が……」

「あの、そろそろ頭がパンクしそうなんだけど」

僕が話に水を差すと、少年は仕方なさそうに、ゆっくりとした口調で言います。

「じゃあ、頭のなかで繰り返して」

「は、はい」うわあ。なんか、すごくプライドが崩れた。

「つまり、ＳＣＭ自体が〝快感を与える１つの神経〟として、脳に寄生すると考えるんだ」

ＳＣＭが１つの神経として、脳に寄生……？

「仮とはいえ、ＳＣＭという神経を無理矢理、脳から引きはがす、と考えてほしい」

脳から神経を無理矢理引きはがす？　なんか痛々しいな。

「まずいの、分かるでしょ？」

「分かる」

「当然、脳に悪い作用が起きる。ていうのは分かった？」

「分かった」おもちゃだと思っていたＳＣＭが、何か恐ろしい寄生生物に思えてきました。

少年の頭のよさに、自分が情けなくなります。

「冬虫夏草って知ってる？」

「あ、うん。冬眠中のセミとかに寄生するキノコだっけ？」

たしか体によくて、高価な食材としてテレビで紹介されたのを見たことがあります。

「そう。栄養を宿主からもらうんだ。ＳＣＭは冬虫夏草によく似ているんだよ。ＳＣＭには最低限の機能と装置しかなく、脳にほとんどの作用をまかせてるんだ」

さっき少年は「ＳＣＭは脳に寄生する仮の神経」とたとえましたが、それに繋がる話かな。

「なにも、ＳＣＭが脳の代わりに、考えたり命令してるわけじゃないんだ。奴隷に快感や不快感を与えるのは脳であり、脳に作用するのは奴隷の主人の言葉や行動なんだ。ＳＣＭは〝機械の麻薬〟なんだよ」

「機械の麻薬……じゃあ、奴隷でいる時間が長ければ長いほど、中毒性が高くなるんじゃ……」

「そうだよ。それがさっきのペナルティに繋がる」

少年は鼻をクイクイと、左右に動かしました。

「パパはすぐに外したから、身体的なペナルティがほとんどだった。けど長い時間ＳＣＭで奴隷になった人が外すと、さらにひどい中毒症状が起きる」

「どんな？」

「今話しても、仕方ないよ」少年は顔をプイッと背けました。

少年の話を聞いているうちに、ＳＣＭという器具に対して興味が出てきました。

「ＳＣＭの話はなんとなく分かったけど、現代の科学や医学でそんなことが可能なの？」

「一般的にも、動物の実験では証明されてるよ」

「えっと、どういう意味？」

「故意に人間に快感を与えることは可能だよ。けど、ＳＣＭには他にもすごい機能や作用があるし、ここまで小型化した上に、歯の裏につけるだけの外部装着で作用させる技術なんて、現代じゃありえない」

「あ、歯の裏につけるんだ。なんで歯の裏なの？」

「脳に一番近いからだよ。外から見えない上に、手軽に装着できる」

「へえ。それと、他の作用って？」

「心理学の分野になるんだけど、相反過程説って知ってる？」

「知らない」そうはんかていせつ？　また変な言葉が出てきたよ。

少年は僕から視線をそらし、鼻をクイクイと動かしました。

さっきから気になってたけど、鼻を動かすのは少年の癖のようです。

「今までの話より簡単だよ、刺激を受けたときに生まれる、２種類の感情の過程の関係説だよ」

簡単じゃないよ。僕がまた困った顔をすると、少年はしばらく遠くに見える工場を眺めてから、再び僕に顔を向けました。

「カニ好き？」

「え？　食べるカニ？」

少年は不機嫌な顔で「他に何かあるの？」と訊いてきました。

いや、思いつかないけど。突然のカニ発言に混乱したんです。

「カニは好きだけど……」

「刺激に対する快感をａ過程、刺激に対する慣れや不満をｂ過程とするんだ」

刺激に対する快感がａ、刺激に対する不満がｂ……。

「じゃあ、それをカニに置き換えて、カニがおいしいのがａ過程で、カニの甲羅をむく面倒な作業をｂ過程だと考えて」

カニがおいしいのがａ、カニの甲羅をむくのがｂ。

「おいしいカニを食べるために、甲羅をむくでしょ？」

「うん」僕の思考に、プリプリしたカニの身とその味が浮かびます。ホカホカのカニの身をポン酢につけて食べたり、マヨネーズつけたり。ああ、カニしゃぶ食べたくなってきた。

「けど、毎日食事がカニだったら、カニがおいしいと思う気持ちより、カニの甲羅をむく作業が面倒だと思うほうが大きくならない？」

「たしかに」あ、ダジャレじゃありません。

カニは好きだけど、固い甲羅からカニの身をほじくり出す作業は面倒だし、手がベタベタして痒くなります。毎日食べたら、味にも飽きるだろうし。

「時間や慣れによって、ａ過程による快感より、ｂ過程の不満のほうが大きくなる。これが相反過程説。つまり、どんな快感も慣れによって、刺激が薄れるという心理過程だよ」

なんとなくは分かったけど、その「つまり」だけを先に言えば済む話だと思います。

「けど、ＳＣＭはこの心理さえ、ふっ飛ばすんだ」

「どうやって？」

「聞いて分かるの？」

　じゃあなんで話したんだろう。恐らく分からないけど、僕は「頑張る」と言いました。

「確定はできないけど、刺激をあらゆるアプローチで宿主に感じさせているか、同じ種類のさらに強い刺激を感じさせている。一番有力なのは、ａ過程がドーパミンの作用など、中毒性の高いものだからだと思うんだけどね」

　聞くんじゃなかった。

「まあいいや。要するに、ＳＣＭは人間が本来持つ脳の機能を無理矢理強めたり、人間の慣れや不満まで変えちゃう器具って、覚えとけばいいよ」

「わ、分かった」少年は初めて満足そうな顔を見せました。

「それに、厳密には人間だけじゃなく、哺乳類相手なら使えるんだ」

「哺乳類？」

「犬やイルカだよ」

「いや、それは知ってるけど。犬やイルカなんかも奴隷にできるの？」

「器具のサイズは変えなければできないけど、理論的には人間と同じだもん」

「へええ、なんかおもしろいなあ」

　勝負とか奴隷なんて話になると、非現実的でアニメや映画の話みたいです。けど脳に作用する器具として、ペットなんかをしつけられると考えたら、なんだかあってもおかしくない器具に思えてきました。

「今さらだけど、ＳＣＭはお父さんが作ったの？」

　少年はＳＣＭを見つめながら、何かを考えているようでした。そして、顔を上げました。

「パパは、ＳＣＭをネットで手に入れて、自分自身で研究してたんだ」

ああ。さっきまでのお話は、お父さんからの受け売りがほとんどだったのか。

「けど、脳への作用や相反過程説の話は、僕が自分で考えたことだから」

少年はそうつけ加えました。負けず嫌いというか、プライドが高いというか。

「あと、これがＳＣＭの説明書」

少年はそう言いながら、お腹とズボンの間から１冊の本を取り出しました。

ＳＣＭの説明書？　用意がいいな。手に持つと、ズッシリした重みを感じます。意外に厚い。

ペラペラめくっていると、奴隷という単語や脳やＳＣＭの絵が目に留まります。

説明書のページの端は、ところどころ折られてドッグイヤーされています。

さらに、ページの間にはメモが挟まれていました。

メモには大きく『先行勝負』や『革命』、『Ｊ・Ｋの実験』『ラスタカラー』と、聞いたことのない単語が書かれていました。あと『春のジャマイカ』という単語も、印象的でした。

「これ、君のお父さんが？」

「うん。パパはＳＣＭを自分で調べ上げて、誰かと勝負しようとしたんだ。けど パパは負けた。僕はパパの仇を討ちたい。だから、パパをあゝいうふうにした奴を、探し出して倒したい」

「気持ちは分かるけど……」

「何それ。僕の気持ちは僕だけのものだよ。気安く分かるとか言うなよ」

うわ、何も言い返せない。

「僕がどんなに言ったって、僕はまだ子供だから、できることが限られてる！　誰も僕の話に耳を貸さない！」

少年は突然、悔しそうに声を荒らげました。

この少年は、まだ小さいのに様々な憤りを抱えているようです。

「けど、お兄ちゃんなら！　お兄ちゃんなら大人だから！」

ん？　なんか話が変わってきたぞ？　少年は強い眼差しで、僕を見つめます。

「僕と一緒に、パパを負かした奴を探してよ！」

「はあ!?」まだＳＣＭの機能なんてすべてを信じちゃいないし、ましてや勝負がどうこうなんて。興味深かったですが、せいぜいテレビゲームの話を熱く語られた気分です。これからそのゲームの世界に行って、一緒に悪の魔王と戦おう、と言われたようなもんでしょ。

「いや、僕には無理だよ。君や君のお父さんほど頭がよくないし」

なるべく柔らかく拒否したつもりでした。ですが、少年は強い口調で訴えます。

「僕がいる！　僕がお兄ちゃんの頭脳になる！　お兄ちゃんは僕の言う通りに動けばいい！」

「でも……」

「でもじゃない！　手伝ってよ！　絶対に負けないから！」　さりげなくすごいこと言うなあ。

何なんだろう、この子は。たしかに頭がいいのは認めるけど、絶対に負けないっていうこの自信は、異常だよ。

「どうして僕がいいの？」

「……お人好しで言うことを聞いてくれそうだから」

うわ、なんかグサっときた。けど否定できない。

たしかに昔から友達や目上の人にまで、お人好しと言われ続けてきました。

現に、昨日もおじさんを助けたり、今も長時間、子供の話に向き合っているんです。

良くも悪くもお人好しです。僕はしばらくの間、何も言えずにいました。

「僕の言う通りに動けばいいだけだから」

「……とりあえず、やらないよ」

「なんで！」

「やらないものはやらないから」

ちょっと冷たいかもしれませんが、そう言うと、自分のなかでもスッキリしました。

うん。普通断る。少年は呆然と、僕を見ています。

「僕はもう行くよ。お母さん心配してるよ。ちゃんと家に帰りなね」

立ち上がり、土手を登って自転車にまたがりました。

「待って！　パパ、最後何か言ってなかった？」

負けたちくしょう。仇をうってくれ。あのおじさんは、そう言ってた。

「うまく聞き取れなかったから、分からなかった」

僕は嘘をつきました。これ以上、少年と関わらないほうがいい。

けど、今の会話でひとつ気になったことがありました。

「僕が協力しなくても、君はそのSCMの勝負をするの？」

「SCMは、つけた者同士だけが戦える」

少年は僕に近づき、父親のSCMを見せました。

「けど、このパパのSCMは一度パパを奴隷にしたSCMだから、他人は使えない」

「どういうこと？」奴隷にしたSCMを他人は使えない？

少年はSCMをポケットにしまい、持っていた説明書をペラペラとめくり始めました。

「一度、主人や奴隷が確定したＳＣＭは、その人専用になって他人は使えなくなるんだ」

「じゃあ仇討ちって、もしかして、ＳＣＭとは関係ないことをするの？」

「違うよ。このＳＣＭを直す」

「え？　直せるの？」

「うん。設定を変えたり、ズルはできないけど、リセットしてフリーのＳＣＭに変えることはできる。ていうか、もう行くんでしょ？　関係ないじゃん」

うーん。やっぱりこの子と話すと、夢中になっちゃって、いけないなあ。

「じゃあ、また」僕はそう言って、自転車をこぎ始めました。またはＳ、ないのに。

視界の先には、ずっと続くサイクリングロードと、道沿いに流れる川が延びています。

なぜだか、背後にいる少年の存在が、重く感じました。

あの子は１人で、何か危険なことをしようとしてるんだ。頼る人とかいるのかな。

母親や警察が、小学生の話なんて信じるわけありません。少年は僕が言うことを聞いてくれそうだ、と言っていましたが、逆を言ったら、少年にとって僕だけが頼りなんだ。

人と関わらないように生きようと思っていても、僕はただの優柔不断な心配性です。

僕は自転車を停め、後ろを振り向きました。

少年はこちらに歩いて来ています。

「どうしたの？」

少年は歩きながら言いました。「帰り、こっちのほうだから」

ああ、単に帰り道が一緒なだけか。なんだか気まずいな。

「ねえ、お父さんを負かした相手、心当たりあるの？」

「手がかりはあるけど、なんで？」

「他に頼れる人は？」

「いるわけないじゃん」

この少年は、やっぱり1人でやろうとしてるんだ。

「やるよ」

「え？」少年は立ち止まりました。

「手伝うよ。お父さんを負かした相手を探すの」

僕がハッキリそう言うと、少年は僕に近づいてきました。

「お兄ちゃん、優柔不断だよね。見てるこっちからしたら、行動が謎だしイライラするよ」

やるって言ってるのに、ひどいな。こっちだっていろいろ悩んだりしてるんだ。

「人間の心は、複雑なんだよ」

「ふぅん」

こうして僕は、少年とともに、少年の父親を負かした相手を探すことになりました。


サイクリングロードを歩きながら、少年は携帯を開いてイジり始めました。

画面には、地図と色つきの○が映っています。

「これで、ＳＣＭをつけてる人が探せる」

この地図にはＳＣＭをつけた者が映し出され、奴隷か主人かフリーかも分かるとのことです。

赤○が主人。黄○が奴隷。緑○はフリー。

「ここだ」少年は、画面に映し出された黄色の○を指差しました。黄色は奴隷。

どうやらその黄色い○が、ここから一番近いＳＣＭ所有者の位置のようです。

「ちょうど、この道の先だ。行こう」

「え？　今から？」

「そうだよ」

一緒に探すとは言ったけど、今日の今日から探し始めるなんて思わなかった。

「えっと、お父さんのＳＣＭをリセットするとかは……」

「さっきやったよ」

たしかに、少年はＳＣＭをイジっていましたが、そんなに簡単にできるとは思いませんでした。

「ええ？　でも、その黄色○がお父さんの仇かは分からないんじゃ……」

「だから、手当たり次第に挑むんだよ」

子犬みたいな顔して、大胆なことを言います。

20分ほど歩くと、サイクリングロードは終わり、府中本町駅に続く道路に出ました。

少年はそこで再び、携帯の画面を確認しました。

画面を見た少年は小さく息を漏らし、ＳＣＭを取り出して僕に差し出しました。

「ＧＰＳじゃ確認できないところまで来た。これ、つけて」

少年からＳＣＭを受け取りましたが、僕には意味が分かりません。

「近くにいるけど、分からないからＳＣＭをつけてアラームの確認して」

「アラームの確認？」

「つけた者同士が30メートル圏内に入ったら、ＳＣＭからアラームが鳴るから」

「そんな機能まであるんだ。ていうか、やっぱり僕がつけるの？」

「うん、僕じゃサイズが合わないんだ」

サイズが合わない？　そういえばこれ、あのおじさんがつけたやつじゃん。

躊躇していると、「いいからつけて」と少年が急かしてきます。

理不尽だとは思いましたが、少年は説明書を取り出し、ＳＣＭの取りつけ方のページを開きます。仕方なく、僕はＳＣＭを口に入れました。歩道のど真ん中で何やってんだろう。

「反応は？」

歯茎に針が食い込むような痛み以外、何も感じません。

僕が「何も」と言うと、少年は携帯片手に、また歩き始めました。

駅に向かう、木が並ぶ道路沿いの歩道を進みます。次第に人とすれ違うようになりました。

近くに競馬場があるためか、おじさんが目立ちます。車道では、車が行き交っていました。

ＳＣＭをつけた人間が、近くにいるとは言っていましたが、本当に……。

『キュイーン』駅前の横断歩道に差し掛かる手前で、口の裏に振動を感じました。

「わっ」驚いて声を出した僕を、少年が見上げました。

「鳴った？」

「多分……」今のがアラームかな。

僕は周囲を見回しました。そこはバスやタクシーが停まっているロータリーで、周囲にはコンビニや居酒屋、パチンコ屋、キャバクラが入った雑居ビルもあります。

横断歩道の信号が青になりました。少年は、僕の後ろをついていきます。

ロータリーの周辺には花壇があって、縁に２人の女性が座っていました。

１人は髪を編み込んで活発そう。もう１人は直毛をパイナップルみたいに編み込んで、キラキラした服に大きなリボンがついています。２人とも雰囲気は全然違うけど、すごく綺麗でした。

パチンコ屋の喫煙所にも、２人の男女がいました。男性はホスト風の男で、背が高い。もう１人は冷たそうな感じの小柄な女性で、寒そうに両腕で自分の胸を抱いていました。２人ともタバコを吸っています。

雑居ビルの前では、女性が携帯をイジっています。その子は特に可愛くて、淡いピンクと濃いブラウンのツートンカラーのロングヘアーでした。足細いなあ。

このなかの誰かが、ＳＣＭをつけている。のかなあ。

僕のＳＣＭは誰のと反応したんだ。まるで、殺人犯を探すような感覚です。けど、面倒臭い。怖い。帰りたい。横から激しく降る雨みたいに、そんな感情が急激に僕を襲っていました。

『キュイーン』横断歩道を渡り切る手前で、またアラームが鳴りました。

「あっ、また鳴った」

「２回目は15メートル」

15メートル以内に人はいません。けど、すぐに気づきました。

ロータリーに、１台の車が停まっていたんです。

そうだ。人ばかり意識していたけど、車には人が乗っているんだ。

黒塗りの高そうな車で、運転席には人がいます。

けど、シートを倒しているせいで、顔が分かりません。

僕が小声で「多分、あれだ」と言うと、少年は「うん」とだけ返しました。

やっぱりドキドキする。怖い。帰りたい。よく分からない。

断片的な不安が、岩の欠片のように浮かび上がってきます。

横断歩道を渡り切ったところで動けずにいると、少年が車に向かって歩きだしました。

「あ」僕は小さく声を出し、少年を止める素振りをします。素振りだけ。

本気で少年を止める意思なんて、今の僕にはないんです。

可能なら、そのまま少年を放って逃げてしまいたい。

車のすぐ横まで来て、少年は僕のほうを振り向きました。何も言わず、僕を見ています。

僕は車に向かって歩き始めました。

たった十数歩でしたが、とてもゆっくり時間が流れるような感覚でした。

数歩目で、また『キュイーン』とＳＣＭが鳴りました。

同時に、車のなかの男がムクリと起き上がりました。僕の体がビクッと震えました。

まるで、見つかったら殺されるダルマさんが転んだみたいです。

はちきれんばかりに心臓が高鳴るなか、車の男は、まず少年を見ました。

男は30歳くらいで、インテリ系のサラリーマンみたいな風貌でした。

帰りたい。むしろ恥ずかしさにも似た感情があります。

僕がじっとしていると、メガネの男は車の窓を開け、大きくあくびをしました。

そして少年と僕に、こう言ったんです。

「やあ、勝負かい？」

軽い。まるでゲームの勝負みたいだ。

「え、あ」僕は何を話したらいいか分かりません。怖いとか帰りたいと思うばかりで、何も考えていませんでした。パニック状態の僕に、メガネの男はまた話しかけました。

「どうした？　君、若いな。いくつだ？」

「じゅ、18です」

「18歳？　学生か？」

僕が「違います」と答えると、男は首をかしげて溜め息を吐きました。

「んー、いいなあ。俺も18歳に戻りたいよ」

メガネの男は、予想外に気さくでした。

彼は運転席から顔を覗かせ、僕の手前にいる少年を見ました。

「この子は？　弟か？」

返事に困っていると、少年は真っ直ぐな視線で男に「うん」と答えました。

あ、弟ってことでいいんだ。

メガネの男は、僕と少年を交互に見てそう言いました。僕と少年が似ている？

「へえ、たしかに似てるもんな」

自分では、そんなことはまったく思わなかったけど、他人から見たら兄弟に見えるのか。

兄弟……ふと懐かしさにも似た感情を抱きました。

「それで、俺と勝負するのか？」

僕が返事を躊躇っていると、メガネの男が続けます。

「それとも、たまたまＳＣＭを手に入れて、覚悟もなしに、ひやかしで使おうとしているのか？」

男が言っていることは、ほとんど当たっていました。僕には覚悟なんてありません。ＳＣＭのことも未だに半信半疑です。

「ＳＣＭは、そんなに甘い機械じゃないぞ」

男の顔が、不意に真剣になります。僕が慌てて弁解しようとすると。

「勝負するよ」

あれ？　今、勝負するって。僕もメガネの男も少年を見ました。

「ＳＣＭの勝負するよ」

何考えてるんだ、この子は。怖くないのか？

「君がＳＣＭをつけてるのかい？」

少年は「ううん」と首を横に振り、僕を指差しました。

「そりゃあ、お兄ちゃんだよな。じゃあ、勝負の内容は俺が決めるけど、いいのか？」

「え？　え？」僕はさらにパニックになりました。

勝負は俺が決める？　どういうこと？

「ＳＣＭの勝負の内容は、勝負を申し込まれたほうにしか決められない。まさか知らないのか？」

男の人の呆れた態度に、恥ずかしくなりました。

「知りませんでした」僕がそう言うと、少年が口を出しました。

「知ってるよ、おじさんが決めていいよ」

僕はイラっとしました。そんな大切な話、もっと早く言ってよ。

「ハハ。しっかりした弟だなあ」

勝負の内容を相手に決められてしまうなんて、圧倒的に不利じゃないか。

「あの 僕は……」

「大丈夫。勝負の提案を断る権利はあるから」

僕が何か言う前に、少年がそう言いました。ああ。したくなければしなくていいのか。

男は車のウィンドウを閉めると、ドアを開け、車から降りました。

「車のなかで話したいところだが、君たちみたいな子供を車に乗せるのは人さらいみたいだからな」

車のキーロックを押すと、鳥の鳴き声みたいな機械音とともにロックがかかりました。

「俺は中央だ」ちゅうおう？　ああ名前か。

僕は身長175センチありますが、中央と名乗ったメガネの男は僕より少し高い。多分180センチくらいかな。僕よりガッチリしています。

「君の名前は？」

「えっと、品川です」

「品川なにくん？」

「漢数字の零と書いて、ゼロです」

中央さんは「ほう」と声を漏らしました。

「ぜろ？　ずいぶんカッコいい名前だな。本名か？」

よく言われます。名づけ親は本当の母らしいんですが、由来は聞いたことありません。

「一応、本名です」

「へえ。俺も下の名前は中央の中と書いてアタルって言うんだ」

中央の中でアタル？

「中央中だ。おもしろいだろ？　とりあえず、ここロータリーだから、そっち行こう」

中央さんが指差したほうには、ベンチがありました。

あれ？　少年には名前を訊かないのか？　そういえば、僕も少年の名前を知りません。

少年は黙って、中央さんについて行きます。中央さんはベンチに座ると、僕と少年にも座るように勧めました。花壇の縁に座る、女性２人の笑顔が見えます。

「クイズなんて、どうだ？」

綺麗な女性２人と、ふと目が合ったかと思うと、中央さんは突然そう言いました。クイズ？

「クイズって、あの……」

「勝負の提案だよ」

不利だ。クイズ番組はテレビで時々見るけど、分からない問題ばかりだし、学校の成績も中の下でした。そんな僕の不安をよそに、中央さんは続けました。

「言ったまんま。クイズの出し合いだ」

中央さんは、ポケットからライターを取り出しました。ライターを見た瞬間、体がビクッとしました。てっきりタバコを吸うのかと思いましたが、中央さんはライターの石をシュッシュッとするだけで、タバコも取り出さずに火も点けません。禁煙しているのかな。

「携帯は持っているだろ？　携帯で、ゲームとかするよな？」

「あ、はい、時々」

中央さんは、今度はズボンのポケットから携帯を取り出して操作を始めました。

「これだ」中央さんは、携帯の画面を見せてきました。

画面には、大きく【クイズゲーム】と書かれていました。

「このアプリのクイズゲームはシンプルだが、問題がおもしろくてな。時々やっているんだ」

中央さんは、また携帯を操作しました。

「このアプリのクイズには、ランダムに問題が出されて、それに答えていくモードがある」

中央さんは楽しそうにそう言うと、もう一度、画面を僕と少年に見せました。画面には、問題の文章と、4択の答えが出ていました。制限時間も表示されています。

「問題はすべて4択。制限時間は45秒」

制限時間があるのは嫌だけど、4択なら、なんとかなるかもしれないと思いました。

「だ、け、ど。今回、4択はなし。問題は口頭で説明し、答えは自分で考える」

「ええ?」4択はなし? そんなの無理だ。

「そして、制限時間は45秒のままだ」

しかも45秒以内?

「これと同じアプリを、ゼロくんにもダウンロードしてもらう。このクイズアプリの問題を出し合って、勝負にしたい、という提案だ」

中央さんは携帯を閉じて僕を見ました。

「仕事も勝負も、得意なものでやるのがいい」

携帯のアプリのクイズで勝負。僕には、かなり不利だ。

すると、今まで黙っていた少年が口を開きました。

「勝負はそれでいいけど、1個条件をつけさせて」

条件? 僕と中央さんは少年のほうを見ます。

「僕も参加する」

なるほど。少年は脳の話とか心理学の話とか、あれだけ知っているんだ。

この子の知識がプラスされるなら、儚い勝率に希望が見えます。

「分かった、それくらいならいいだろう」

僕は安堵の溜め息を吐きました。勝負に負けたら奴隷とか、まったく実感はありませんが、負けないに越したことはありません。

その後すぐに、中央さんはアプリのダウンロードのやり方を教えてくれました。

「自分の携帯で出した問題を、相手に答えさせていけばいい」

アプリの操作の説明をしながら、中央さんは勝負の設定について説明しました。

「勝負はオールジャンルクイズ。互いに5問出題し、正解数が多いほうが勝ちだ」

オールジャンルだと、雑学クイズから文系に料理、ナゾナゾも出るうえに、超絶な難易度の問題も出る。中央さんはそう言いました。

「互いに5問ずつ出し合い、同点の場合は間違えるまで続ける」

中央さんは小さく溜め息を吐き、僕を見ました。

「それじゃあ今から勝負だ、携帯のゲームを始めよう」

「はい」中央さんに言われた通りに、携帯の決定ボタンを押してクイズゲームを始めました。

すると、SCMからスイッチを押したような『カチッ』と鳴る音がしました。

「口のなかでカチッって鳴ったろ？　それが勝負が開始された合図だ」

どうなってるのか分からないけど、よくできてるなあ。

SCMって、すごい機能ばかりなのに中央さんは不思議に思わないのかな。

あ、そういえば、中央さんの反応は黄色○の奴隷SCMだった。

中央さんは、誰かの奴隷ってことだよね？

「順番はあまり関係ないが、俺からいくぞ？」

中央さんが声を張り上げました。そうだ、勝負は始まっているんだ。

「問題だ、成人した人体の骨の数はおよそ206個。では赤ん坊の骨はおよそいくつ以上？」

赤ん坊の骨の数？　いくつ以上？　人間の大人が約206個ってことすら知らないのに。

中央さんは僕の目を見ながら、もう一度「いくつ？」と訊いてきました。

少年を見ると、「300」と答えました。

「すごいな、正解だ。およそ300個以上だ」

中央さんが声を張り上げ、正解の画面を僕たちに見せます。

「やった！　すごいね！」正解してくれた！　やっぱこの子すごい！

次の問題は僕たちが出す番です。どうか、べらぼうに難しい問題が出ますように。

画面に出てきた問題を、僕はそう願いながら読み上げました。

「えっと問題、トランプのダイヤのマークは何を表している？」

僕には答えは分かりません。中央さんは、一瞬ニヤリと笑いました。まずい。

「貨幣。すなわち商業だ」

選択肢にある商業を選択しました。ダイヤのマークは商業。正解です。

「どうだ？　正解だろ？」中央さんは、自信満々の様子で僕の携帯を覗き込んできました。

第1問目、僕たちの正解数は1／1。中央さんは正解数1／1です。

「ハートは聖杯を表し聖職者、スペードは剣で軍事、クラブは……」

少年のうんちくに、中央さんが口を挟みました。

「棍棒、農業を表している、だろ？」

「へぇえ」２人とも、よく知ってるなあ。

続いて、中央さんは開いたままの携帯画面からすぐに問題を読み上げました。

「問題、山手線沿線上で、高田馬場駅から上野駅方面へ3駅進むと、何駅に着くでしょうか?」

僕の脳裏に、円形の沿線図が浮かびました。駅で見たことある。けど分からない、高田馬場の次は目白、いや、池袋だっけ?

「大塚駅」

少年の答えに、中央さんの唇が曲がった。この人、八重歯がある。

「正解だ」

中央さんが見せてきた携帯の画面には〝正解〟の2文字。

「正解だよ。高田馬場の次は目白、池袋、そして大塚だ」

やった。僕は笑顔で少年を見ましたが、彼は相変わらずクールでした。

「ゼロくんの番だ」

「はい」僕は携帯を操作し、次の問題を出しました。

ジャマイカという言葉がまず目に入りました。

「問題、ジャマイカの首都は?」

相変わらず、僕には分からない問題です。

「キングストンだ」

早すぎる。僕が携帯を操作し、キングストンを選択すると、画面には正解の2文字が出ました。

「せ、正解です」

「だろ?」画面も確認しないで、中央さんは得意気にベンチの背もたれにふんぞり返ります。なんなんだこの自信。いや、自信に伴う実力があるんだ。

「次、いくぞ。問題、秋田に隣接する県は4つ。青森、岩手、山形、残り1つを答えよ」

秋田県に隣接する県？　青森、岩手、山形……宮城。

施設のトイレには、日本地図が貼ってありました。一緒に住んでいた他のみんなは気にもしてなかったけど、僕はそれを見るのが好きだったんです。

「宮城県」

僕が答えようとした直前、少年が答えました。

中央さんは携帯のボタンを押し、「正解だ」とつぶやきました。

「やった！」僕、必要ないんじゃないかな？

「なかなかやるな」

中央さんはそう言ってニヤリと笑いました。

これで僕たちの正解数は3／3。中央さんは2／2。

すごい、すごいや！　僕と少年が手を組めば、中央さんに勝てる！

僕が少年を見ると、彼は言いました。

「今、何問目だっけ？」

「え？　あ、次で4問目だよ」

少年は「そっか」と言うだけでした。それぐらい把握しているはずなのに。

少年の妙な質問の直後、中央さんが携帯で僕を差しました。

「ほら、ゼロくんの番だ」

「あ、はい。問題、マカロニを最初に作った国は？」

マカロニを最初に作った国？　イタリアでしょ。

中央さんは「ほお」と、興味深いものを見たような声を出しました。

え？　イタリアでしょ？

「マカロニをイタリアに持ち帰ったのは、マルコ・ポーロだ」

え？　イタリアじゃないの？

「中国だ」

中国？　選択肢のなかにはたしかに中国があります。僕は中国を選択しました。

画面にはすぐ、正解の2文字が出てきました。

「正解です」

マカロニってイタリアじゃないんだ。「ふほ、危なかったあ！」

これで、今のとこ互いに全問正解です。負けたら奴隷になるなんて実感はありませんが、あの朝出会った少年の父親の姿を思い出しました。

〝ひゅうほう、ひゅうほう〟

負けたら、中央さんもああなるのかな。危機感は特にないものの、さっきからあの医者のおじさんが言っていた、ひゅうほう、という言葉が頭から……あっ。

ひゅうほう？　中央。ちゅうおう。ひゅうほう。ちゅうおう。

〝仇を討ってくれ中央、中央〟

あの医者のおじさんは、中央さんに負けたんじゃ……。

そうだ、そう考えたらおじさんの言葉に納得がいく。中央さんがどこに住んでいるかは分からないけど、車のナンバープレートはこの辺りのものだった。

恐らく家は近い。中央さんが少年の父親の仇……。

大発見をした気分で少年を見ますが、本人の目の前で「この人がパパの仇だよ！」なんて言える空気じゃありません。

「あの……」

「ん？」中央さんは携帯を操作していた指を止め、僕を見ました。

「中央さんは最近、ＳＣＭを使って勝負をしました？」

「最近したＳＣＭの勝負？　ああ、この前したなあ」

やっぱり少年のお父さんを負かしたのは中央さんだ。

僕の閃きが、確信に変わりつつあります。

「バカな喧嘩屋がいてな、クラブに行ったり、いろいろあったが、勝った」

喧嘩屋？　クラブ？　まさか少年のお父さんなわけないよな？

違う人の話。僕の思考とは関係なしに、中央さんは続けました。

「ＳＣＭ所有者にはいろんな奴がいるぞ。ＳＣＭをつけた犬もいるんだ」

「い、犬ですか？」

「ああ、だが不思議なことはない。ＳＣＭが働きかける作用は、哺乳類になら適用できる」

少年も似たようなことを言っていた。

チラっと少年を見ると、少年はイライラした様子で、中央さんを睨んでいます。あれ？

「勝負は？」少年は中央さんにそう言いました。

「あ、ああ。話がそれたな。勝負を続けよう」

僕が行き着いた、少年の父親の仇が中央さんという仮定は、どうやら違ったようです。

ＳＣＭのおもしろい話が聞けそうなのに、少年は勝負の続行のほうが優先のようです。好奇心が旺盛そうな少年なら、食いつくと思ったんですが。

「よし、次の問題だ」

中央さんの言葉で、僕も頭のなかを切り替えます。

中央さんは携帯を横目で見ながら、僕と少年に4問目の問題を出しました。

「問題、日本で一番大きな道は？」

「え？」日本で一番大きな道？　全然意味が分からない。

「分かる？」思わず少年に聞きました。

「……分かんない」まずい。

国道？　頭のなかに、甲州街道や青梅街道という言葉が浮かぶけど、絶対違う。まずいぞ。

本格的に分からない。真っ白になりそうな頭を必死に回転しても、答えは出ません。

「あと10秒」中央さんは時計を見ながら言います。

まずい。まずい！　まずい！　答えは！　日本で一番大きな道！

〝分からないのかゼロ？〟

そのとき、脳裏で声が聞こえたんです。女の人の声のような……。

「……どう」

「ん？」

「ほっかいどう」

「正解だ」

「え？」一瞬、中央さんの言葉が理解できませんでした。

「正解だよ。日本で一番大きな道、正解は北海道だ。この問題はナゾナゾに近い」

手のひらの汗が、すごいことになっていました。

僕は素直に喜べませんでした。自分で答えた気がしないんです。

「どうした？　嬉しくないのか？」

「あ、いや……嬉しいです」

「今、何時だっけ？」

再び、少年が妙なタイミングで質問をしてきました。僕は時計を見て「12時10分前だね」と答えると、少年は「そう」とだけ言いました。

「ゼロくんの番だ」僕は反射的に携帯をイジります。

「えっと……」中央さんは携帯を閉じ、眼鏡の奥から鋭い目線を僕に向けていました。

「問題、時計を見たら3時15分でした。時計の長針と短針の間の角度は何度でしょうか？」

偶然にも、少年の質問とリンクしたような問題でした。答えは分かりませんが、なんだか簡単な問題な気がしました。

けれど問題には続きがあったんです。

「ゼロではありません」

視界の外れにいる中央さんの目元あたりが、ピクリと動きました。

僕の頭のなかに思い浮かべた円形の時計では、３時15分だと短針と長針は重なっているのです。

答えはゼロ度でした。

けれど、【答えはゼロではない】と、ハッキリ書かれています。

しかもこの問題、今までとは様子が違います。この問題だけ４択から選ぶのではなく、数字を入力して答える形式になっているのです。

ゼロ度じゃない？　じゃあ逆に３６０度とか、そういう引っかけ問題かな？

残り時間は、すでに20秒を切ろうとしていました。

中央さんは何かを考えているのか、自分の腕時計を見ています。でも、まだ答えを見つけた様子はありません。

ついに、中央さんが不正解になる。そう思ったときです。

「僕、分かるよ。7・5度だ」

「え？」そう言ったのは、少年でした。

少年はすぐに口に手を当て、しまったという仕草を見せました。中央さんへの問題を、少年が答えたのです。中央さんはすかさず答えました。

「ラッキーだ。答えは7・5度。早く入力してくれ！」

「は、はい」僕は言われるがままに【7・5度】と入力しました。

そして画面に出てきたのは……。

「せ、正解です」

中央さんは、大きく「ふぅお」と言いました。少年のせいだ。

「弟くんの口がスベったおかげで助かった。やっぱり子供は頭が柔らかいな」

口がスベった？　少年が答えを漏らしたのは、口がスベっただけなのか？

僕は少年に対して疑心暗鬼になっていました。

こんなの納得がいかない、そう切り出そうとしたときです。

「だが、今のは不正解でいい」

「え？　いいんですか？」

「このままじゃ納得できないだろ？　弟くんに1ポイントだ」

中央さんはルールとは関係のない追加点を、少年にあげました。

中央さんは男らしい人だ。厳しい大人の顔を見せたり、物事をうまく運ぶことにすぐれているし、今みたいに正々堂々とした優しさもある。

「と、いうわけで、いよいよ最後の問題だ」

中央さんは携帯片手に僕を見ていました。

最後の問題……もう、5問目だ。

「俺は、今のところ1問間違え。次の問題でそちらが勝つと、必然的に俺の負けになる」

そうだ。中央さんは正解率が3／4で、僕たちが4／4。

「だが、次の問題を切り抜ければ、俺はまた問題を出すことができる」

僕は黙って頷きました。

「そこでもし間違えたらサドンデス、延長戦だ」

「はい」

中央さんは画面を見ている。この問題で僕の運命が決まる。

奴隷にするとかされるとか、相変わらず信じられないけれど、勝負が終わったときに何かが起きる、という予感だけはある。むしろ、不利なはずの中央さんの落ち着きに、こっちが緊張する。

それにしても、あれ？　中央さんが問題を読み上げようとしません。

口を開けて、携帯を見たままです。

「どうしたの？　早く問題出してよ」

躊躇う中央さんを、少年は急かしました。

「あ、いや……」

「何でもいいから、早く」

「も……問題、ジャマイカの首都は？」

「え？」「あ」僕と少年は、同時に声を上げました。

その問題は、さっき僕が中央さんに出した問題です。

僕と中央さんは違う携帯で、同じクイズアプリをやっています。

こちらが出した問題が、もう一度相手から出ても、何もおかしくないんです。

これってアリなのか？

「キングストン」

少年がそう言うと、中央さんは「ああ。正解だ」と言って、すぐに画面を閉じました。

僕が、勝った。こんなにも、あっさりと。僕は勝ったんだ。

「僕の勝ちですよね？」

僕の言葉に、中央さんは何も言いません。何か様子がおかしい。

代わりに、少年が手を挙げました。

「ここからは、僕と勝負だよ」

「え？　何言ってんの？」

そのとき、異変が起きました。周りにいた人々が、集まってきたんです。

花壇にいた2人の女性も、パチンコ屋にいた男女も。

そしてキャバクラの前にいた、髪の長い、綺麗な女の子も。

それは異様な光景でした。みんなが、僕たちが座っているベンチの周りを囲んでいるんです。

助けを求めるような気持ちで、中央さんを見ました。けれど、中央さんはどこか同情をするような目で、僕を見ています。

「ゼロくん、残念だがSCMにおいて大事なのは、疑うか、もっと疑うかだ」

中央さんは少年を見て、こう続けました。

「この子と俺はグルだ」

え？ 少年は、それはもう嬉しそうに笑っていました。まるで、新しいおもちゃを買ってもらえると、ウキウキしてる子供の笑顔です。笑うんだ、この子。

「ていうか、あの医者のおじさんは父親なんでしょ？ 仇を討ちたかったんでしょ？」

「あの医者は、僕のパパじゃない」

少年は相変わらずニコニコと笑って、そう言いました。父親じゃない？

「え？ え？」まったくもって、意味が分かりません。

「俺はSCMをつけていない」

中央さんはポケットからそれを取り出しました。それはSCM。中央さんの、SCMだ。

「君が戦っていたのは俺じゃない、彼だ」

中央さんの視線の先は、少年でした。少年が顔を上に上げ、アーッと口を広げると、なかに煌めく金具が見えました。まさしく、SCMです。

「そんな、いつつけたの？」

「さっき、横断歩道の辺りで。お兄ちゃんが前を歩いているとき」

そうだ、ちょうどそのときにアラームは鳴った。僕のSCMが反応していたのは、中央さんのSCMじゃなくて、この子のSCMだったんだ。

少年はSCMのサイズが合わないから、自分はつけられないと言った。あれも嘘だったんだ。

「さっき、彼は参加すると言った。その時点で、ゼロくんと彼の勝負が始まってたんだ」

中央さんは、ＳＣＭを外していたから除外された。

「彼はちゃんと問題も出している。ちなみに、今のところの正解数も彼が１位だ」

「あっ」今まで、少年がしてきたおかしな質問。あれが問題だった。

この子はたしかに参加していた、このクイズに。

「当初の予定では、今までやってきたクイズ勝負で君は俺に負け敗北感を抱き、彼に負けるはずだった。だが、状況は紆余曲折し、君は敗北感を抱いていない」

僕が考えをまとめる前に、少年はアゴに親指を添え、見下すような視線で言いました。

「そう、こんな展開、納得いかないよねえ？」

少年は信じられない言葉を言いました。

「だからゼロ、勝負をリセットしよう。特別に僕自らが勝負してあげる。ルールはさっきまでとほぼ一緒。けど、君の心が折れるまで続けるサイコクエスチョン。僕からいくよ」

逃げようとしても、中央さんが僕の腕をしっかり掴み、離そうとしません。

周りにいる人たちは、かごめかごめをするかのように、僕の周りを囲っています。

「問題、すじ雲、はね雲、しらす雲と呼ばれる巻雲は通常、地上から何キロメートルに位置している？」

少年は携帯も持たずに問題を出しました。

「し、知らないよそんなの」

「ブー、正解は約5キロメートルから13キロメートルでした。ほら、問題出して」

「い、意味が分からないよ。やめようよ！」

「その答えは〝やめない〟」

少年の答えに中央さんは目を伏せて「正解だ」と言いました。

「じゃあ問題、13、78、6の関係性は？」

分からない。「離してください！」

「ブー！　正解はあとで計算機で考えて。はい、ゼロの番だ」

「やめて！　なんで！　なんでこんなこと！」

「簡単だよ。答えは、君に敗北感を抱いてもらうため」

中央さんは僕の左腕を掴んだまま、「正解」と言いました。

「じゃあ次の問題、日本国憲法が施行されたのは昭和何年？」

周りにいる人たちは、哀れむように僕を見ます。やめて、そんな顔しないで。

「知らない、分からないよ！」

「ブー！　まじめにやってよゼロ。もう、3問連続不正解だよ」

見覚えがあるんだ、その目。同情と哀れみの視線。

「出さないの？　じゃあ続けるよ」

嫌だ、昔クラスメイトのサイフを盗んだときと同じ目で、僕を見ないで。

「問題、ギロチンの考案者はルイ16世。○か×か、ほら答えてよ」

ごめんなさい、ごめんなさい。僕がやったんだ。認めるから、もう盗まないから。

「問題、ミソハギの花言葉を1つ答えよ」

僕は痛みを感じるまで、爪を噛みました。

「問題、殺戮の二文字、合計画数は？」

痛みだけが、現実に僕を引き留める。割れた爪の間から噴出する紅が、鉄の味が、僕にリアルを。

「じゃあサービス問題、電気椅子を考案したのはソムリエ？　それとも歯科医？　さあどっち？」

中央さんは、僕の口から指を無理矢理離しました。

「うあ！　うあああ！　分からないよそんなの！」

理不尽なプレッシャーが僕に圧し掛かる。不正解の連続。圧迫感が、ストレスが。

「じゃあ最後の問題」

少年は、冷たい瞳で僕に問う。

「僕の名前は？」

「……分かったから、負けでいいから、もう、もう、やめてください」

腹の周りに広がる重い感情。僕が〝もうやだ〟とさらに強く思った瞬間。

「ブッブッブー！」『カチッ、カチカチ』

乾いた機械音が口のなかで鳴りました。心臓がドキドキして、鳥肌が立つくらいの緊張感。

「カチカチって鳴ったろ？　それが勝敗が決まった合図だ」

僕、完璧に負けたんだ。なんか、もうよく分からない。頭がとても痛い。

吐き気もするし、目の奥がグルグルして落ち着かない。お腹が重い。

それに、なんか、誰かに呼ばれている気がする。これもＳＣＭの影響なのかな。

「吐き気はすぐに治まる、深呼吸しろ」

中央さんが、僕の背中をさすってくれます。

「はあ、ふう」僕は言われるまま、深呼吸をしました。

「何も言わずに聞け」

少年の言葉に続けて、中央さんは胸ポケットからタバコとライターを取り出しながら言いました。

「君は頑張ったよ。心から認める。だが君は負けて奴隷になった」

奴隷……実感はないけど。

「俺と君の主人の名はリュウオウという人物だ」

リュウオウ？　一瞬何のことか分かりませんでしたが、人の名前？

中央さんは立ち上がり、周りの人たちを見ました。

「そして、ここにいる全員が、彼の奴隷だ」

綺麗な女の子も、小柄で冷たそうな女性も、髪を編みこんだ女性も、キラキラした女の人も、ホスト風の男の人も、中央さんも、この少年も。みんな、リュウオウの奴隷……嘘でしょ？

髪の長い女の子が、僕にこう言いました。

「ジュリアがね、あの医者と勝負をして、彼は負けたの」

ジュリア？　この女の子の名前？

頭のなかで、不意に、あの医者のおじさんの最後の言葉が浮かびました。

ひゅうほう、ひゅうほう。ああ。あれって。リュウオウって言いたかったんだ。

「しかし、負けた医者は逃げた挙げ句に、ＳＣＭを外してしまった」

そして僕にＳＣＭを渡した。

〝仇を討ってくれ。リュウオウ、リュウオウ〟

「ＳＣＭを24時間以上、外してしまうと、奴隷の呪縛は解ける代わりにペナルティが起きる」

周りにいる人たちは、相変わらず同情を込めた瞳で僕を見ていました。

「俺たちは、逃げたあの医者を探していた」

そうか。だから、少年は早朝のサイクリングロードをウロウロしていたのか。

けど、あの医者のおじさんはＳＣＭを無理矢理外し、病院に搬送された。

僕がたまたまＳＣＭを受け取ったから、僕を奴隷にしようとしたのか？

誰でもよかったのか？　駄目だ。たくさんの疑問があるのに話せない。

さっき少年が言った「何も言わずに聞け」という言葉が、僕のなかで大きな存在として、衝動を抑える。

「言いたいことや、訊きたいことはたくさんあるだろうが、後々ゆっくり教える」

ここにいる7人全員が、リュウオウの奴隷……。

ああ。そうか……僕は、始めから1人で戦っていたんだ。

中央さんに対する失望よりも、少年の嘘に対する怒りよりも……。

ただひたすらに寂しいという感情が、僕の心を削っていきました。

「俺たちは全員、彼の奴隷なんだ」

そう言って、中央さんが周りにいる人たちのうちの1人を見ました。

この人たちの誰かがリュウオウ？

そして、周りにいる全員が、あの少年を見たんです。

中央さんは息を吸い込みました。

「最後のクイズの答えだ」

最後の問題の答え、少年の名前は……。

「正解は、〝リュウオウ〟だ」

すべてが、やけにゆっくり感じました。

「りゅう……おう?」

この少年がリュウオウ。ああ、少年がリュウオウの奴隷じゃなくて、少年がリュウオウなのか。

この小さな少年が、僕たちの主人。

中央さんは僕を立たせると、車に向かいました。

周りの連中は、リュウオウが「散れ」と言うと、すぐにその場から離れていきました。

ひ。視界に映った炎に、背筋が凍りました。車に乗り込む直前、中央さんがタバコに火を点けたんです。中央さんは、おいしそうにタバコを吸っていました。

「乗れ」リュウオウが後部座席の窓から顔を出して、命令しました。

僕は、中央さんの車の前で立ち止まりました。

乗らなきゃいけないけど、乗りたくない。

「どうした?」中央さんが不思議そうに僕を見ます。

乗れ。乗らなきゃ。乗りたくない。

「乗れ、品川ゼロ」リュウオウは、さらに強い口調で命令しました。

乗らなきゃ。乗らなければいけないという重圧が、僕の背中を押します。

ですが僕の手はフルフルと震え、車のドアノブから動きません。

「乗れって、僕は命令してる!」

とうとう、リュウオウは怒鳴りました。

僕は、慌てて助手席のドアを開けました。けど、今度は足が動きません。

「どういうことだ?」

中央さんはメガネの位置を直しながら、眉間にシワを寄せています。

「SCMが効いていない……のか?」

「乗れよぉお!」

リュウオウが大声で怒鳴った瞬間。

ガッバン! 僕は自分の意識とは関係なしに、車のドアを閉めました。

喉の奥からは、まるで異物を吐き出すように、声が出ます。

「おおおれに命令するなぁ!」

たしかに、僕はそう言った。リュウオウと中央さんの驚いた顔が視界に映った、次の瞬間。

僕は後ろを向いて走りだしました。

「品川ゼロ! 待て!」後ろから中央さんが追ってきた。他の人も、みんな僕を追ってきた。

逃げろ。戻らなきゃ。逃げなきゃ。戻らなきゃ。逃げたい。戻りたくない。ゼロ逃げろ。

頭のなかで、別の意思が叫ぶんです。

「うあ、うああ」

今にも泣き叫びそうでした。嗚咽しながら、夢中で走りました。

わけが分からない。自分でもよく分からない。何なんだこれ! 何が起きたの!

僕のなかに、違う自分がいるんだ! 僕は何なの!? どうなるの!? どうすればいいの!?

〝ゼロ、逃げろ〟不意に、あの声が頭のなかで響きました。

「キャッ! 痛っ!」

「オン!」

横断歩道に差しかかったとき、誰かにぶつかりました。犬の鳴き声もしました。

「う、あ。すみません！　すみません！　たすけ、助けて！」

普通なら怒られる。シカトされる。錯乱した僕はおかしな人間に見られる。

けど、その女の子は違った。

「どうしたの？　警察？」

輝く瞳を持った女の子でした。隣には、犬もいました。

「僕、奴隷に！　奴隷に！」

そう言った瞬間、彼女の表情が変わりました。茂みの先から、髪を編みこんだ女の人が追いかけてきました。

「ズシ！」

「オン！」名前を呼ばれた犬が、僕を追う女の人に向かって行きました。

「立てる？　名前は？」

「し、品川ゼロ」

差し出された手は冷たかったけど、その女の子からは、普通の子とは違う何かを感じました。

「また君か。荒川エイア」

そのとき、背後に中央さんが現れました。知り合いなのか、この子と中央さんは。

「今回は渡してくれよ？　そいつは奴隷だ。それとも勝負をするか？」

「無理。私は絶対にＳＣＭをつけないし、この子が奴隷だってのも、前みたいに嘘なんでしょ」

合図をしたら左右に分かれて逃げよ。エイアと呼ばれた彼女は、小声で言いました。

「今回〝も〟本当だ。彼はうちの大事な人を怒らせちまったうえに、ボスは彼に興味津々でな」

「もう、やめなよ。あんたたちのところにも来たんでしょ？　〝あたまがおかしい人〟の手紙。

危ないよ、あれ。何の生産性もないよ」

あたまがおかしい人の、手紙？　彼女の言葉に、中央さんの眉間にシワが。

「ゲームって、ハマった時点で負けなんだよ」

「黙れ!!」

大人の怒声が、辺りにこだましました。

「……荒川エイア。父親は一級建築士で、母親はファッションデザイナーだったな。新宿セイヤから聞いたよ。典型的な中流階級の家庭だ」

「……それがどうしたの？」

「俺の母親は要介護度４。半身麻痺だ」

「え？」中央さんは突然、自分の母親の話を始めました。

「10年前、肥満がたたって脳幹出血を起こした。命こそ助かったものの、右半身の感覚を失った。息子の俺は一時期は腐ったものの、事業を始め、それも軌道に乗った。やっと親孝行ができる。そこで、ＳＣＭだ」

中央さんにも、生活が、人生がある。

「自分も被害者だ、って言いたいの？」

「違う！　お前が言ってることは百も承知なんだよ！　悪を望んで生きている奴なんてここにいない！　お前みたいに言葉で綺麗事を言うなんて、当たり前のことを言うなんて、誰にでもできんだよ！」

中央さんの表情は苦痛で歪んでいました。

「自分の意思で好きな物を食べ、好きな時間に眠り、着たい服を選び、当たり前の日常のありがたさと幸せを満喫するお前に何が分かる！　金も！　夢も！　時間も！　家族も生活も仕事も友達との小さな思い出も！　自分が培ってきた努力もアイデンティティも哲学も誇りもささやかな恋心ですらも！　そのすべてを蹂躙された者の気持ちの何が分かる⁉　本気で救いたいと思ってるなら！　そうやって偉そうに説教を垂れてるなら……‼」

中央さんの拳が震えています。

奴隷になった今、この瞬間の僕だから分かる。

勢いで言っているんじゃない、言葉を選んでいる。怒りじゃない。中央さんは抗《あらが》っている。

何かを言いたくても、口では言えないんだ。だから言葉に出さずに、唇だけを動かして、こう言っている。

（に、げ、ろ）

「今！」

僕とエイアさんは左右に分かれて走りました。

僕は夢中で駆け出した先に、ゴールのヴィジョンを浮かべました。

もう少しで土手に、川に、あの朝日に。あの泣き出してしまいそうな、景色に。

けど、進んだ先に、キラキラした女の子がいたんです。何かのケースを脇に抱えてる。

その子は、両手に持っていた吸盤のようなそれを、僕の顔面に当てました。

「うあ、あがっ！」

その直後、筋肉が強張るのを感じました。

「ゼロくん！」

顔面が一気に縮んだような感覚のあと、エイアさんの叫び声を最後に、僕の意識はなくなりました。

朦朧とした意識のなか、鳥の鳴き声のような機械音が聞こえます。

「まさか、中野タイジュがAEDを持ち出すとはな。パチンコ屋から拝借したそうだ」

「うん。荒川エイアと犬は？」

疲れた様子の中央さんの声に続いて、リュウオウの声が聞こえました。

「タイジュとシヲリに追ってもらったが、ズシオウマルのせいで、逃がした」

「そう。エイアと犬はそのうちでいいから、それよりも300万円の男を早く奴隷にして」

「大田ユウガだな。分かった」

なんだか、暖かい。誰かの膝枕？　視界の先に、綺麗な鼻の穴が2つ、見えました。

「あ、リュウオウ様。ゼロくんが気がつきました」

リュウオウは爬虫類みたいに冷たい瞳で、僕を見ました。

「ねえゼロ。貯金はいくらある？」

「200万円くらい……」

そう言った瞬間、僕の口からよだれが垂れました。

「そっか。あと1500万円。やっと半分だ」

窓の外を見ると、さっきまで晴れていたのに、低く重い雲が陽光を遮っていました。

リュウオウは、今にも泣き出してしまいそうな空を仰ぎ、こう続けました。

「あと半分で……ママを救える」

ママ……？

エピローグ

ジュリアの声が車内に響きました。

「あの、リュウオウ様。急ぎの報告があります」

「頭がおかしい人の手紙のこと？」

「違います。別件です。ねえ、中央さん」

「ああ、文京ゼンイチと目黒マサカズ。以上２名が病院から消えた。電話にも出ない」

リュウオウは黙って中央さんの話を聞いています。

「引き続き連絡を取り、家にも行こうと思うが、誰かの奴隷になった可能性が高い」

「すぐに杉並ルシエに連絡を取れ」

「どういうことだ？」

「ゼンイチも目黒も、ルシエの居場所と連絡先を知っているから。次は杉並ルシエでしょ」

「ああ、分かった。すぐに杉並ルシエにも連絡を取り、引き続き奴らを探す」

「あの手紙の送り主〝あたまがおかしい人〟が２人を奴隷にしたんですかね？　それとも大田ユウガと荒川エイア？」

「さあな。ただ、２人が失踪した時期と、手紙が送られてきたタイミングが噛み合う。大田派閥にも同じ手紙が届いていたようだ。荒川エイアがそう言っていた」

カサカサと、紙の音が聞こえました。それに、ほんのりと甘い香水の匂いも。

そしてリュウオウの声が、手紙に書かれた最初の一文を読み上げました。

「わたしは頭がおかしい人です……」

わたしには恋焦がれて仕方のない人がいます。

【わたしはあたまがおかしい人です。

それがあなたであることを願い、手紙をしたためました。

晩餐をご用意します。儀式の内容は、そちらが決めてください。

わたしには2匹の奴隷がいます。すべてを賭けてSCMの儀式がしたい。

わたしは頭がおかしいから、絶対的な敗北が約束された儀式でもかまいません。

わたしはあたまがおかしい人です……】

リュウオウがメールアドレスまで読み上げたのと同時に、車が停まりました。

中央さんは手紙を受け取り、鼻に近づけます。

「女ものの香水か。字は墨と筆。筆跡をごまかすためだろうが、随分汚い文字だな」

僕のいる位置からも、手紙の内容が見えました。乱雑に書きなぐられた大きな文字です。

「この妙な跡はなんだ?」中央さんが指差す位置に、黒い掠れた線が見えました。

「中央、ペン。それとジュリア」

リュウオウは、中央さんから受け取ったペンをジュリアの口にくわえさせ、彼女の顔の下にその手紙を差し出しました。その光景を見た瞬間、僕はゾッとしました。

髪の先が、手紙に触れたのです。

「口に筆をくわえて、この手紙を書いたんだ……」

※　　※

◇主人　江戸川リュウオウ↓奴隷　杉並ルシエ、新宿セイヤ、足立シヲリ、中野タイジュ、葛飾ジュリア、中央アタル、品川ゼロ

◇主人　大田ユウガ↓奴隷　豊島アヤカ

◇フリー　荒川エイア、墨田ズシオウマル

◇行方不明　文京ゼンイチ、目黒マサカズ

以上14名。残り10名。

僕《ぼく》と23人《にん》の奴隷《どれい》

2012年3月18日　第一刷発行

著者　岡田伸一《おかだしんいち》
発行者　赤坂了生
発行所　株式会社双葉社
〒162-8540
東京都新宿区東五軒町3-28
電話　03-5261-4818（営業）
03-5261-4828（編集）
http://www.futabasha.co.jp
（双葉社の書籍・コミック・ムックが買えます）
印刷・製本所　図書印刷株式会社
装幀　松　昭教（ブックウォール）
イラスト　岡田伸一

ISBN978-4-575-23760-3　C0093